Val Tyler

Die Greenwich-Chroniken

ZEITENWIRBEL

Val Tyler
Die Greenwich-Chroniken

Zeitenwirbel

Aus dem Englischen
von Britta Waldhof

COPPENRATH

5 4 3 2 1
ISBN 978-3-8157-9270-4

Deutscher Text von Britta Waldhof
Die englische Originalausgabe erschien 2006 unter dem Titel
»The Greenwich Chronicles. The Time Apprentice« bei Puffin Books,
a part of Penguin Books Ltd., UK

Einbandillustration: Dieter Wiesmüller
Lektorat: Jutta Knollmann
Satz: creaboni design & support, Münster
Gesamtherstellung: Westermann, Zwickau
Printed in Germany
www.coppenrath.de

Für Mum und Dad

Ich danke Dr. Nicholas Perkins vom St. Hugh's College, Oxford für die Übersetzungen ins Altenglische, Bethia Tyler fürs Lesen des Manuskripts in einem frühen Stadium, Kelly Tung für die Übersetzung ins Kantonesische und Yu Yul Tsang dafür, dass sie mir erlaubt hat ihren Namen zu verwenden.

Anmerkung der Autorin:

Die Namen *Vremja, Wakaa, Seegan* und *Aleyesu* bedeuten alle *Zeit* in der Sprache des jeweiligen Zeithüters.

Altenglisch

Das in diesem Buch vorkommende Altenglisch ist so genau, wie es sich mit der Lesbarkeit vereinen lässt.

Tid bedeutet *Zeit*.

Die Bezeichnung *Wracka* ist angelehnt an das altenglische Wort *wræcca*, das so viel heißt wie *Armseliger, Ausgestoßener.*

Gemet bedeutet *Maß* und *bur* bedeutet *Kammer.* Ein *Gemetbur* ist demnach eine *Messkammer.*

In me bewreoh heißt *verbergt euch in mir* und wird *in mä bi-räjo* ausgesprochen. Das *ä* in *mä* ist kurz wie im Wort *Männer.*

Opena ond me cyth bedeutet *öffne dich und zeige mir* und wird gesprochen, wie es sich schreibt, bis auf *cyth*, das in etwa klingt wie *küff.*

Geweald of lyfte heißt *Macht aus der Luft* und spricht sich *je-wejald ow lüfte.*

Endebyrdnes is geniwad bedeutet *die alte Ordnung ist wiederhergestellt* und klingt gesprochen wie *endebiertness is je-njuad.*

Tide healdath, ealle brucath heißt *wir schützen/bewahren die Zeit; alle nutzen/genießen sie.* Ausgesprochen wird es *tide haldaf, alle brukaf.*

INHALT

Der Wobbel

Offa Scratchs Blick wanderte die Tunnelwand hoch, an der Decke entlang und auf der anderen Seite wieder hinunter.

Die Wrackas schauten in banger Erwartung zu. Würde er zufrieden sein?

»Gut geworn, nich wahr nich?«, fragte Sniff hoffnungsvoll.

»Gut?«, erwiderte Offa Scratch in drohendem Tonfall.

»Nu ja …« Sniff merkte, dass sich die Begeisterung seines Anführers in Grenzen hielt. »Scheint jenfalls anner richtigen Stelle zu sein.«

»Scheint?«, fauchte Offa Scratch.

Seit über einem Jahr war Sniff nun der zweite Anführer der Wrackas. In dieser Zeit hatte er reichlich Erfahrung darin gesammelt, wie er Ärger am besten aus dem Weg gehen konnte. Offa Scratch selbst hatte ihnen gezeigt, wo sie graben sollten, also mussten sie natürlich an genau der richtigen Stelle sein.

»Ich bin appenzu ’n bisschen trödelig im Kopf, Euer Allmächtigkeit«, sagte Sniff unterwürfig und verbeugte sich vor seinem Anführer. »Ich weiß wohl, dass du uns nix Falsches nich erzählt has. Du has dich den Plan ja ausgedenkt – den brilljanten Plan«, verbesserte er sich hastig. »Du has 'n gewaltigen Grips.«

Etwas besänftigt schritt Offa Scratch unter den Augen seiner Männer den Tunnel ab.

Wrackas sind fiese, schmuddelige und ziemlich dumme Unglücksgeschöpfe. Ihre Schultern sind krumm, weil sie die meiste Zeit ihres Lebens in niedrigen Gängen umherkriechen, und ihre Haare verfilzt, weil sie sich nie kämmen. Sie hausen unter der Erde in einem Netz von dunklen, dumpfigen, dreckigen Tunneln, das man die Drunterwelt nennt, und leben in ständiger Angst vor ihrem wildwütigen Anführer.

Offa Scratch machte vor Scamp Halt, der von Kopf bis Fuß mit Erde bedeckt abseits der anderen stand. Scamp war der Tunnelbaumeister und galt, obschon nicht mehr grün hinter den Ohren, als recht jung für einen solchen Posten.

»Wie lange noch, bis er fertig is?«, fragte Offa Scratch in herrischem Ton.

Scamp stützte sich auf eine zerbeulte alte Schaufel, die sein Markenzeichen war. Er kratzte sich am Kopf und löste damit den Dreck, der sich in seiner strubbeligen Zottelmähne verfangen hatte. »Schwer zu sagen«, nuschelte er.

»Schwer zu sagen? Das is aber dich deine Aufgabe!«, schnauzte Offa Scratch.

Scamp schüttelte den Kopf und ein Schauer von Erdklümpchen rieselte zu Boden. Furchtlos sah er wieder hoch. Aus irgendeinem unerfindlichen Grund war Scamp der einzige Wracka, der nicht vor ihrem tobsüchtigen Anführer zitterte. »Is 'ne weite Strecke zum Graben«, sagte er und schlug sich kräftig mit dem Handballen an die Schläfe, um sein Ohr vom Dreck zu befreien.

»Scamp is nich so fix im Kopf wie du, Euer Großartigkeit«, warf Sniff ein, als er sah, wie Zorn in seinem Anführer aufbrauste. Scamps unerschütterliche Gelassenheit machte Offa Scratch rasend. Wenn er nicht so gut im Graben gewesen wäre, hätte Offa Scratch ihn längst in den Ruckus geschickt.

»Is schon ewig her«, bemerkte Sniff, gekonnt ein Ablenkungsmanöver einfädelnd, »dass ich die Geschichte gehört hab, wie du uns alle vor die schreckliche Gefahr am tosenden Fluss gerettet has.«

Beim Gedanken daran schwoll Offa Scratch vor Stolz die Brust. Diese Geschichte erzählte er für sein Leben gern. An jenem Tag war er der Held gewesen und damit konnte er gar nicht oft genug prahlen. »Ich erzähl se allen!«

»Wundervolle Idee, Euer Meisterhaftigkeit«, sagte Sniff katzbuckelnd und führte seinen Anführer davon. Die Wrackas würden nichts dagegen haben, die Geschichte noch einmal zu hören, solange es ihren Anführer bei Laune hielt.

Scamp blieb, wo er war, und schlug sich weiter gegen den Kopf, in seliger Unwissenheit darüber, wie knapp er der Gefahr entronnen war.

Die heiße Sommersonne brannte auf den Park von Greenwich nieder. Das sonst so saftige Gras war braun. Wer im Park saß, hielt sich im schattigen Schutz der mächtigen Bäume auf. Gruppen von plaudernden Sommerausflüglern, jeder mit einem Rucksack auf dem Rücken, schlenderten den Hügel hinunter. Man hätte es ihnen nicht verübeln können, wenn sie der Meinung gewesen wären, ihr Tun und Treiben ginge weder dich noch mich noch sonst jemanden etwas an. Doch sie hätten sich getäuscht. Selbst die kleinste unserer Handlungen kann gewaltige Folgen haben …

Ein Junge mit Rucksack lief allein durch den Park, die Schultern eingezogen und die Hände tief in den Hosentaschen vergraben. Seine dunklen Augen blickten finster auf den Boden vor seinen Füßen.

Seff beobachtete den Jungen.

Eigentlich war Seff ein Wracka, lebte aber nun über der Erde bei den Hütern. Das Leben in der Drüberwelt, wie die Wrackas sie nannten, war vollkommen anders als das trostlose Elend der Drunterwelt, doch Seff fand die Umstellung verwirrend. Deshalb hatte er sich immer mehr in sein Schneckenhaus verkrochen und keine Freunde gewonnen. Vielleicht war das der Grund, weshalb ihm gerade dieser Junge ins Auge fiel. Irgendetwas an seinem Gang vermittelte Seff, dass auch er sich einsam fühlte. Er schaute zu, wie der Junge seinen Rucksack abstreifte und zu Boden schleuderte. Ein Schulbuch fiel heraus, aber der

Junge schien es nicht zu bemerken. Seff ertappte sich dabei, wie er den Jungen mit wachsendem Interesse beobachtete. Er lehnte sich vor und gab sich keine Mühe, seine Neugier zu verbergen. Unverhohlen starrte er ihn an, ohne die geringste Angst, entdeckt zu werden. Den Jungen würde es nicht stören, denn er konnte Seff nicht sehen. Er war ein Mensch.

Ein paar Meter von Seff entfernt stapfte der Junge nun immer wieder auf demselben Fleckchen auf und ab und grummelte vor sich hin. Seff legte den Kopf schief, um zu lauschen, konnte aber kaum etwas hören. Auch als er so nah heranrückte, dass er die Worte des Jungen aufschnappen konnte, fiel es ihm noch schwer, ihn zu verstehen, weil der Junge mit einem fremden Akzent sprach.

»Blöder Name!«, stieß er immer grimmiger zwischen den Zähnen hervor. »Ich hasse sie! Ich hasse Greenwich! Ich hasse Dad!« Unvermittelt holte er mit dem Bein aus und trat mit voller Wucht nach einem großen Stein, der daraufhin quer durch den Park schoss und gegen einen der Bäume prallte.

Seff konnte buchstäblich hören, wie der Baum aufstöhnte, als der Stein grausam in die Rinde schnitt und ein dickes Stück davon absplitterte.

Als Seff zu dem Jungen zurückschaute, hatte der sein Buch wieder in den Rucksack gestopft und stiefelte missmutig mit hängendem Kopf und finsterem Blick davon.

Seff lief zu dem Baum hinüber und hob das auf dem Boden liegende Stück Rinde auf. »Armer alter Baum«, sagte er und fuhr liebkosend mit der Hand über die Wunde.

»Hallo, Großvater!«, riefen Tid und Sofie fröhlich, als sie von der Schule nach Hause kamen.

Zeitvater Tim drückte Sofie einen Kuss auf den Kopf und strubbelte Tid durch die Haare. »War's schön heute?«, fragte er.

»Ganz gut«, antworteten sie, nicht ohne den mit dicker Glasur überzogenen Schokoladenkuchen zu bemerken, der auf dem Tisch stand. Der Wasserkessel fing an zu pfeifen und der alte Mann machte sich daran, Tee aufzubrühen.

Zeitvater Tim war das mächtige Oberhaupt des Hütervolkes. Auf manche wirkte er ziemlich Furcht einflößend, Sofie und Tid aber wussten, dass er gütig und liebevoll war. Allerdings umwehte den alten Mann ein geheimnisvoller Zauber. Wie alle Hüter trug Zeitvater Tim ein bodenlanges Gewand unter einem ebenso langen Mantel, seiner jedoch war tiefblau und glitzerte leis von Saphir und Sternenglanz. Sein schulterlanges Haar und sein kurzer Bart hatten einen Silberschimmer und seine zumeist freundlich blickenden Augen konnten aufblitzen wie Stahl.

Die Hüter sind weise und edelmütig. Sie wachen zum Wohle aller über die Zeit, leben in gepflegten kleinen Häuschen und legen Wert auf Gelehrsamkeit und ein respektvolles Miteinander. Sie bewohnen dieselben Orte wie wir Menschen, mit dem entscheidenden Unterschied, dass wir weder sie noch irgendeinen Teil ihrer Welt sehen können. Menschen und Hüter können sogar geradewegs durch einander hindurchspazieren, ohne mehr zu spüren als ein sonderbares Kribbeln.

Nachdem Tid und Sofie sich über dem Spülbecken die Hände gewaschen hatten, schnitt Sofie jedem von ihnen ein großes Stück Kuchen ab. An ihren Fingern blieb Schokolade kleben, als sie sich und Tid den Kuchen auf einen Teller legte. Beide leckten sich schon voller Vorfreude die Lippen, da hielten Zeitvater Tim und Tid plötzlich stutzend inne. Verwundert sahen sie sich an.

»Hast du das auch gemerkt?«, fragte Zeitvater Tim.

Tid nickte.

Sofie ließ den Blick von Tid zu ihrem Großvater schweifen. Sie hatte keine Ahnung, wovon die beiden sprachen.

»Was gemerkt?«, fragte sie.

»Den Wobbel.«

»Ich glaube kaum, dass Sofie ihn hätte fühlen können«, meinte Zeitvater Tim.

Sofie sah ihn entrüstet an. Gerade wollte sie klarstellen, dass sie einen Wobbel (was immer das auch sein mochte) bestimmt genauso gut fühlen konnte wie Tid, da sagte Zeitvater Tim: »Iss schnell auf, mein Junge. Ich muss zur Zeitlinie und ich halte es für angebracht, wenn du mitkommst.«

Sofie blickte ihn erwartungsvoll an.

»Tut mir leid, Sofie.« Zeitvater Tim enttäuschte sie nur ungern, aber es ging nun einmal nicht anders. »Als Zeitvaterenkel und vielleicht künftiges Hüteroberhaupt muss Tid bestimmte Dinge wissen. Ich kann dich leider nicht einladen uns zu begleiten. Kommst du alleine zurecht oder soll ich Enderell herbitten?«

Sofie fand es schon kränkend genug, ausgeschlossen zu werden, da wollte sie nicht auch noch die Schmach über sich ergehen lassen, mitten am Tag einen Aufpasser zu haben. Dafür war sie zu groß.

»Ich komm schon klar«, antwortete sie mit einem gequälten Lächeln. »Ich hab jede Menge zu tun.«

Tid schlang den letzten Bissen Kuchen hinunter und wischte sich schnell Mund und Finger an dem feuchten Tuch ab, das Zeitvater Tim ihm hinhielt. Er lächelte Sofie entschuldigend zu und folgte seinem Großvater aus dem Haus.

Sofie legte ihr angebissenes Stück Kuchen auf den Teller und zog ein beleidigtes Gesicht. Eigentlich war sie ein Wracka und hatte in der Drunterwelt gelebt, bis sie und Seff vor eineinhalb Jahren von den Hütern aufgenommen worden waren. Inzwischen hatte Sofie das Gefühl, dass ihre Wandlung vom Wracka zu einem Mitglied des Hütervolkes abgeschlossen war. Nicht nur, dass sie sich kleidete, sprach und dachte wie die Hüter, meist vergaß sie sogar, dass sie je etwas anderes gewesen war. Deshalb versetzte es ihr einen Stich, dass Tid etwas durfte, nur weil er schon als Hüter auf die Welt gekommen war, während es ihr aufgrund ihrer Wrackaherkunft verwehrt blieb.

Missmutig setzte sie sich hin, rumste die Ellbogen auf den Tisch und ließ das Kinn in die Hände plumpsen.

Sie schlug eines ihrer Schulbücher auf, da sie wohl oder übel ihre Hausaufgaben machen musste, aber sie hatte keine Lust. Warum sollte sie arbeiten, während Tid sich vergnügte? Stattdessen schlug sie das Buch mit einem lauten Knall wieder zu und zog *Tempus und der Gemetbur* aus ihrer Tasche. Sie war heute an der Reihe gewesen, ihr Lieblingsbuch mit in die Schule zu bringen und der Klasse vorzustellen. *Tempus und der Gemetbur* handelte von Tempus, dem allerersten Zeithüter. Sofie hatte lesen gelernt, seit sie in die Drüberwelt gekommen war. Es war ein Beweis dafür, dass sie jetzt zu den Hütern gehörte. Wrackas konnten nicht lesen. Sie lehnte sich in ihrem Stuhl zurück und blätterte unaufmerksam in den Seiten herum, bis Tid und Zeitvater Tim von der Zeitlinie zurückkehrten.

Tid stürmte zur Tür herein und rief aufgeregt, dass es einen Zeitwobbel gegeben habe. »Die Menschen müssen einen Tag wiederholen. Stell dir vor, Sofie«, sagte er begeistert, »morgen machen sie den ganzen Tag über genau dasselbe wie heute und sie bekommen nichts davon mit!«

Obwohl Sofie tausend Fragen hatte, spielte sie die Gleichgültige. »Hab jetzt keine Zeit«, behauptete sie, klappte ihr Buch zu und machte sich an ihre Hausaufgaben.

SEFFS RIESENFEHLER

Seff war wie üblich allein. Genau wie am Tag zuvor saß er im Park und sah zu, wie der Menschenjunge hin und her stampfte.

Die Hüterin von Greenwich, Seffs Adoptivgroßmutter, hatte ihn ermahnt sich heute von den Menschen fernzuhalten. »Sie wiederholen ihren gestrigen Tag«, hatte sie ihm beim Frühstück erklärt.

»Wiederholt unser Tag sich auch?«, wollte Seff wissen.

»Nein, unsere Zeit läuft ganz normal weiter.« Und in sehr ernstem Ton fügte sie hinzu: »Aber wenn die Zeit der Menschen wieder ins Lot kommen soll, musst du gut achtgeben, ihnen aus dem Weg zu gehen. Bist du gestern durch einen hindurchgegangen?«

»Nein.«

»Gut, dann sieh zu, dass du heute auch einen Bogen um sie machst. Durch einen von ihnen hindurchzulaufen und dabei etwas an dem zu ändern, was sie tun, könnte verheerend sein.«

»Okay.«

»Hast du das auch ganz sicher verstanden?«, hakte seine Großmutter nach. »Wiederholungstage können ein wenig heikel sein.«

»Ich bin gestern durch keinen gelaufen und laufe heute auch durch keinen«, versicherte ihr Seff, ohne sich seine Verärgerung anmerken zu lassen. »Ich geh ihnen aus dem Weg, wie immer.«

»Braver Junge«, sagte die Hüterin von Greenwich und nahm sich eine weitere Scheibe Toast.

Seff nickte. Der Zeitwobbel klang ohnehin langweilig. Noch immer hatte der Wrackajunge nicht das Gefühl, in die Hüterwelt zu gehören, und sie war ihm auch nach wie vor ein Rätsel. Trotzdem hatte er die Bitte seiner Großmutter beherzigt und sich den ganzen Tag von den Menschen ferngehalten. In der Schule war das ein Leichtes, aber nun hatte es ihn dorthin zurückgezogen, wo er gestern schon gewesen war. Untätig saß er da und beobachtete den Jungen vom Vortag, von dem er genau wusste, was er gleich tun würde.

Der Junge stapfte ein ums andere Mal auf demselben Fleckchen hin und her. Die Hände tief in den Hosentaschen vergraben, grummelte er vor sich hin. Aus Neugier, ob der Junge wortwörtlich dasselbe sagte wie am Tag davor, rückte Seff bis auf Hörweite heran.

»Blöder Name!«, stieß der Junge immer grimmiger zwischen den Zähnen hervor. »Ich hasse sie! Ich hasse Greenwich! Ich hasse Dad!« Plötzlich fiel Seff wieder ein, was der Junge als Nächstes machen würde. Er würde nach dem Stein treten, der gegen den Baum krachen und ihn wie tags zuvor beschädigen würde.

Seff hätte es besser bleiben lassen sollen und wenn ihm klar gewesen wäre, welchen Schaden er mit seinem Eingreifen anrichten würde, hätte er sich wohl auch herausgehalten, doch darüber machte er sich keine Gedanken. Als der Junge mit dem Bein ausholte, beugte Seff sich vornüber und nahm den Stein fort. Der Junge trat ins Leere und verlor das Gleichgewicht. Sein Bein schwang weiter, aber das kümmerte Seff nicht. Er wusste ja, dass der Fuß des Jungen ungehindert durch seine Hand sausen würde. So war es nun einmal: Menschen und Hüter konnten einander nicht berühren. Daher staunte Seff nicht schlecht, dass er einen knallharten Tritt zu spüren bekam, als der Fuß des Jungen plötzlich seine Hand traf.

»Au!«, schrie Seff und fiel, seine schmerzende Hand umklammernd, hintenüber. Der Boden unter ihm bebte, aber vor lauter Schreck bemerkte er es nicht.

Der Junge machte einen Satz zurück und starrte Seff entgeistert an. »Wo kommst du denn auf einmal her?«, fragte er Seff, der wie aus dem Nichts aufgetaucht war.

Verwundert blickte Seff sich um. Ihn konnte der Junge nicht meinen. Ein Mensch konnte ihn unmöglich sehen.

»Du da«, sagte der Junge und stieß ihn mit dem Fuß an. »Ich rede mit dir.«

Seff schluckte. Er war sprachlos. Das konnte einfach nicht wahr sein.

»Wie blöd bist du eigentlich?«, fragte der Junge. Als Seff nicht antwortete, nahm er einen neuen Anlauf. »Also, tut mir leid, dass ich dich getreten hab.« Es hörte sich nicht danach an, als ob es ihm leidtäte, sondern eher, als meinte er, das seien die passenden Worte für so eine Situation. »Aber du solltest dich auch nicht an andere ranschleichen. Ich hab dich überhaupt nicht gesehen.«

Seff schwieg weiter. Der Mensch hatte eine Aussprache, die er noch nie zuvor gehört hatte.

Offenbar unschlüssig, was er als Nächstes sagen sollte, zögerte der Junge kurz und fragte dann: »Du verpetzt mich doch nicht, oder? Weil wenn doch, dann erzähl ich Frau Carter, dass du dich an mich rangeschlichen hast und ich nichts dafürkonnte.«

Noch immer gab Seff keine Antwort. Der Junge machte ein verwirrtes Gesicht. »Du gehst doch auf dieselbe Schule wie ich, oder?«

Seff schüttelte den Kopf.

»Dann ist's ja gut«, meinte der Junge erleichtert. Dad hatte ihn gewarnt, dass er mächtigen Ärger bekäme, falls es in der Schule weitere Scherereien geben sollte.

Seff hielt sich immer noch die verletzte Hand.

»Alles noch dran?«, fragte der Junge.

Seff nickte.

»Wie heißt du?«

Natürlich wusste Seff, dass er nicht mit Menschen sprechen sollte, aber eigentlich sollten die ihn auch gar nicht sehen können. Was blieb ihm also übrig?

»Seff.«

»Ich bin Baz.« Einen Augenblick lang war es still, während Baz sich nach seinem Schulbuch bückte und es wieder in seinen Rucksack steckte. »Wo gehst du denn zur Schule?«

Seff hielt es für keine gute Idee, einem Menschen den Namen seiner Schule zu verraten, deshalb sagte er nur schwammig: »Den Hügel hinunter.«

»Komische Schuluniform.« Baz wies mit dem Kopf auf Seffs kurze Kutte, die er über einer Hose trug. »Der Gürtel gefällt mir. Wo hast du den her?«

Wie alle Hüterjungen trug Seff einen schweren Gürtel um die Taille. Seiner war besonders schön mit den verschlungenen, tief ins Leder eingekerbten Mustern.

»Den hat mir meine Großmutter geschenkt.«

»Ich wünschte, meine Oma würde mir mal so was Cooles schenken«, sagte Baz. »Super Wetter, was? Findest du's nicht auch genial, wenn's warm ist? Was ist denn deine Lieblingsmannschaft?«

Seff wurde ganz schwindlig, so schnell wie Baz von einem Thema zum nächsten sprang.

»Ich weiß schon«, sagte Baz, der Seffs Schweigen falsch auslegte, »Soccer, oder Fußball, wie es bei euch heißt, ist ein bisschen lahm, oder? Dauert immer ewig, bis da mal einer ein Tor schießt! Dad nimmt mich oft mit zu Arsenal, wenn die ein Heimspiel haben. In New York guck ich mir Basketball an. Das ist viel besser. Ich bin Fan von den Knicks.« Eine unschöne Erinnerung trübte

Baz’ Gedanken und ließ ihn verstummen, doch er schüttelte sie sogleich wieder ab. »Ist mit deiner Hand alles in Ordnung?«

Wortlos sah Seff auf seine Hand und nickte.

»Ich hab dich ganz schön erwischt!«, sagte Baz ziemlich beeindruckt. Er stand auf und hievte sich den Rucksack auf den Rücken. »Ich muss jetzt los. Bis demnächst mal«, sagte er hoffnungsvoll.

»Ja, gut.«

Fröhlich winkend drehte Baz sich um und ging davon. Den Kopf ließ er nicht mehr hängen und ein mürrisches Gesicht machte er auch nicht mehr.

In einem anderen Winkel des Parks kamen Sofie und Tid gerade von der Schule heim.

»Den musst du aber gespürt haben!«, rief Tid Sofie zu, als sie durch das Törchen zum Haus einbogen. »Dieser Wobbel war gigantisch!«

»Ich weiß nicht«, sagte Sofie unsicher. »Ich glaube schon.«

»Das war der bislang größte!«

Zeitvater Tim trat aus der Haustür.

»Gehst du zur Zeitlinie?«, fragte Tid gespannt.

Sein Großvater schien ihn nicht gehört zu haben. »Sehr merkwürdig«, murmelte er. »Wirklich sehr merkwürdig.«

»Darf ich mitkommen?«, fragte Tid, der sich wunderte, dass sein Großvater die übliche Hüterbegrüßung ausließ. Mit entschuldigendem Lächeln drückte er Sofie seine Schultasche in die Hand und folgte Zeitvater Tim zur Pforte hinaus.

Sofie sah ihnen schweigend hinterher.

Für das Hütervolk ist die Zeitlinie im Park von Greenwich der allerheiligste Ort. Hier verläuft der Nullmeridian, von dem aus die Welt in verschiedene Zeitzonen unterteilt wird. Und hier steht der eindrucksvolle Zeitmesser, der aussieht wie eine besonders kunstvoll verzierte Standuhr. Er ist der Herzschlag der Zeit. Ohne ihn würde die Zeit für immer und ewig stillstehen. Eineinhalb Jahre zuvor hatte Sofie den Wrackas geholfen ein Teil aus seinem Innenleben zu stehlen. Als sie begriff, welche Gefahr dadurch drohte, hatte sie so manches Wagnis auf sich genommen, um es wiederzubeschaffen. Wenn sie nicht gewesen wäre, dachte Sofie bitter, wäre damals mit einem Schlag alles zu Ende gewesen, und trotzdem durfte Tid seinen Großvater begleiten und sie nicht.

Sie trottete ins Haus und ließ sich auf einen Stuhl plumpsen. Die Schultaschen warf sie achtlos auf den Küchentisch, sodass sie beinahe den frisch gebackenen Bananenkuchen erwischt hätten. Fast wünschte sie sich, er wäre mit Karacho zu Boden gefallen. Eines stand jedenfalls fest: Sie würde keine Hausaufgaben machen, während Tid mit seinem Großvater unterwegs war und seinen Spaß hatte!

Abrupt stieß sie den Stuhl nach hinten, dass er nur so über die glänzenden Fußbodenfliesen quietschte. Mit einem unzufriedenen Grummeln stand sie auf und rauschte aus dem Haus.

In der Düsternis der Drunterwelt schob sich Offa Scratch schweigend auf das Ende des neu gegrabenen Tunnels zu. Sniff hielt eine Fackel über ihren Köpfen hoch. Beide spähten in das Halbdunkel.

»Da drüben hört er auf«, flüsterte Sniff. Offa Scratch tastete sich weiter voran, bis seine Handfläche auf die raue Wand traf, an der der Gang endete. Er beugte sich vor und drückte das Ohr dagegen, um festzustellen, ob er irgendetwas von der anderen Seite hören konnte.

Sniff hielt eilfertig die Flamme über das Haupt seines Anführers, damit er mehr Licht hatte, und ein Tropfen heißes Wachs fiel ihm auf die Wange.

»Arrgghhh!«, schrie Offa Scratch auf. Er schlug mit seinen gefährlich scharfen Fingernägeln nach Sniff und vergaß dabei völlig, leise zu sein. »Du strunzdoofer Volltrottel!«, fauchte er ihn an. »Wills du mir abfackeln?«

Sniff wich ihm geschickt aus. Diese Lektion hatte er gelernt, seit er zweiter Anführer war: Immer, wenn Offa Scratch die Wut packte, schlug er um sich, und Sniff hatte am eigenen Leib erfahren, wie wichtig schnelles Reagieren war, wenn man keine schlimmen Wunden davontragen wollte.

»Tut mich leid, Euer Wunderbarkeit«, sagte Sniff mit gedämpfter Stimme, damit auf der anderen Seite der Wand nichts zu hören sein würde.

Augenblicklich fiel Offa Scratch wieder ein, dass sie sich still verhalten mussten. »Du strunzdoofer Vollidiot!«, zischte er. »Du machs Radau, wo wir doch leise sein müssen!«

»Tut mich leid«, sagte Sniff noch einmal. Er war daran gewöhnt, sich für Dinge zu entschuldigen, die er überhaupt nicht getan hatte.

Offa Scratch legte sein Ohr wieder an die Wand und horchte.

»Ich hör nix nich«, knurrte er verärgert. »Bis du sicher, dass sie anner richtigen Stelle gegraben ham?«

»Hmja«, antwortete Sniff, der es für das Beste hielt, nicht darauf herumzureiten, dass sie dort gegraben hatten, wo Offa Scratch es ihnen aufgetragen hatte.

»Sie ham nich weit genug gebuddelt.«

»Das Problem, Euer Eloganz«, fuhr Sniff mit einer tiefen Verbeugung fort, »is, dass es jetz, wo sie auf Fels gestoßen sind, viel schwerer vorangeht. Aber das wird schon«, fügte er schnell hinzu, um keinen neuen Anlass zur Verärgerung zu geben. »Scamp sucht die spitzen Hämmer für hartes Gestein raus. Es fehlt nich mehr viel nich.«

»Und die auf der annern Seite ham kein' Schimmer nich, was wir machen?«

»Nä.«

Offa Scratch nickte weise. »Hör mich ma zu«, sagte er. »Ich bin hier derjenige, der weiß, wo's langgeht.« Andauernd rieb er den übrigen Wrackas unter die Nase, wie dumm sie im Vergleich zu ihm waren, und das nicht ganz zu Unrecht. Offa Scratch hatte tatsächlich mehr Grips im Kopf als die anderen, was allerdings noch lange nicht hieß, dass er schlau war, bloß eben schlauer als irgendwer sonst in der Drunterwelt.

Sofie streifte so gedankenverloren durch den Park, dass sie es nicht gleich mitbekam, als jemand ihren Namen rief.

»Sofie.«

Unbeirrt lief sie weiter.

»Sofie!«

Diesmal hörte sie es. Als sie sich umdrehte, sah sie in einiger Entfernung ein hübsches, schon etwas älteres Mädchen stehen. Es trug ein knöchellanges Kleid in einem ausgeblichenen Laubgrün, das von der Taille abwärts weiter wurde. Die bis zum Ellbogen eng anliegenden Ärmel fielen glockig auf die Handgelenke herab. Das Mädchen hatte blonde Haare und kam Sofie unbekannt vor.

Da Sofie nicht mit Fremden sprechen sollte, wandte sie sich wieder ab, doch das Mädchen lief hinter ihr her und rief dabei nochmals ihren Namen.

»Kennen wir uns?«, fragte Sofie, als das Mädchen sie eingeholt hatte.

»Du erinners dir nich.«

Sofie blickte das Mädchen an. In ihrer Art zu sprechen lag etwas Vertrautes.

»Ich bin Scaggy.«

Sofie riss überrascht die Augen auf. Scaggy! Sie war ein Wrackamädchen, das Sofie aus ihrem Leben in der Drunterwelt kannte. Eines Tages war Scaggy plötzlich spurlos verschwunden, wie alle Mädchen irgendwann. Sofie hatte angenommen, dass sie fortgegangen war, um bei den Wrackafrauen zu leben. »Ich soll nicht mit Wrackas reden«, sagte Sofie rundheraus und wich ein paar Schritte zurück.

»Wieso nich? Du bis doch selbs ’n Wracka.«

Sofie blieb abrupt stehen. »Nein, bin ich nicht«, entgegnete sie erbost.

»Klar bis du einer.«

Obwohl die Worte nicht unfreundlich klangen, trafen sie Sofie. Es hatte sie viel Zeit und Mühe gekostet, sich zu ändern. Selbstverständlich war sie kein Wracka mehr. Sie sprach nicht einmal mehr wie einer.

»Spielt das ’n so ’ne große Rolle?«, fragte Scaggy sanft, ganz anders, als Wrackas in Sofies Erinnerung sprachen.

»Ich bin kein Wracka nich mehr!«, platzte Sofie heraus und zuckte sogleich zusammen, denn zum ersten Mal seit einer Ewigkeit hatte sie wieder wie einer gesprochen.

»Nich alle Wrackas sind schlecht«, sagte Scaggy, die nichts bemerkt hatte.

»Ach ja?«, erwiderte Sofie feindselig. »Nenn mir einen, der es nicht ist!«

»Du«, sagte Scaggy einfach.

Auf einmal schämte sich Sofie. Scaggy hatte sich ihr gegenüber niemals unfreundlich verhalten, als sie beide noch in der Drunterwelt lebten. Im Gegenteil, sie hatte sie sogar oft mit durchgefüttert, als Sofie noch zu klein war, um für sich selbst zu sorgen.

Mit viel weicherer Stimme fragte sie: »Woher weißt du eigentlich, dass ich Sofie heiße?« In der Drunterwelt war ihr Name Snot gewesen.

»Das wissen wir alle.«

Da wurde Sofie ganz seltsam zumute. Sie wollte nicht, dass die Wrackas irgendetwas über sie wussten.

Scaggy musterte sie neugierig.

»Mir gefällt dein Kleid«, sagte Sofie, um das Gespräch in eine andere Richtung zu lenken.

Hütermädchen tragen keine Kleider, sondern Kutten und Hosen wie die Jungen. Sofies Kutte war blau und, da Sommer war, kurzärmelig.

Scaggy lächelte sichtlich erfreut. »Hab ich selbs genäht«, verkündete sie stolz.

»Kleiden sich alle Wrackafrauen so?«

»Nä. Wir ziehn uns eintlich an, wie wir lustig sind.«

Als Sofie in der Drunterwelt gelebt hatte, gab es dort weder heranwachsende Mädchen noch Frauen, sondern nur Kinder und Männer. Sofie war klar, dass die Frauen irgendwo leben mussten, aber sie hatte nie gewusst wo. Hier bot sich ihr nun die Gelegenheit, es herauszufinden.

»Wo wohnst du jetzt?«

»Ins Labyrinth.«

»Was ist das?«

»Die Frauentunnel«, erklärte Scaggy.

»Wo liegen die?«

»Ganz drüben am annern Ende von die Heide. Ich zeig's dich, wenn du wills.«

Schlagartig wurde Sofie misstrauisch und trat einen Schritt zurück.

Scaggy konnte zwei und zwei zusammenzählen. »Du muss nich mitkomm'. Aber wenn du's täts, würd dich nix passiern.«

»Nein, danke«, sagte Sofie und wich noch ein Stückchen zurück.

»Warte, Sofie.« Scaggys Stimme bekam einen drängenden Unterton. »Am Rand vons Labyrinth gehn merkwürdige Dinge vor sich. Man hört lauter so 'n Geklopfe und Gerumpel. So, als ob ganz in unsrer Nähe wer buddelt. Ich hab gedenkt …« Sie zögerte. »Ich hab gedenkt, vielleich … alsu … ich meine … vielleich läss du mir mit Zeitvater Tim drüber reden.«

»Großvater?«, fragte Sofie argwöhnisch. »Warum?«

»Er kann uns helfen.«

»Nein«, sagte Sofie, die nicht einen Augenblick daran zweifelte, dass es sich um eine Falle handelte.

»Ich würd's au ganz kurz machen.«

»Nein.«

»Wir brauchen Hilfe.«

»Aber nicht von ihm. Regelt das selber. Großvater weiß nichts darüber, was sich unter der Erde abspielt.«

»Wir könn' das nich alleine ohne Zauber. Vielleich kanns du mit Zeitvater Tim sprechen und ihm fragen, ob –«

»Nein«, entgegnete Sofie stur und fügte dann in milderem Ton hinzu: »Ich kann nicht.«

»Doch, kanns du«, versuchte Scaggy sie zu ermutigen und legte ihr behutsam die Hand auf den Arm.

»Nein, kann ich nicht!«, rief Sofie und schüttelte Scaggys Hand ab. »Ich bin kein Wracka mehr! Ich gehör zum Hütervolk und ich rede nicht mit Wrackas!« Schnurstracks drehte sie sich um und rannte davon.

Die Heftigkeit von Sofies Reaktion überraschte Scaggy. Sie schaute Sofie hinterher, bis sie ihren Blicken entschwand. Es war ihre Idee gewesen, um Hilfe zu bitten. Nun würde sie mit leeren Händen zurückkehren und den anderen gegenüber eingestehen müssen, dass sie sich geirrt hatte.

Irgendwie mussten sie da alleine durch.

DIE ZEITSCHLEIFE

Als Tid mit Zeitvater Tim an der Linie eintraf, war Bryn Brownal bereits da. »Und, was gibt es diesmal?«, erkundigte sich Zeitvater Tim.

»Bei den meteorischen Kontraktionen der Erdilluminalstränge ist eine ungeheure Konfabulation eingetreten.«

»Was ist denn eine Konfab-« Tid kam nicht dazu, seine Frage zu Ende zu stellen. Wie es schien, hatten Zeitvater Tim und Bryn Brownal seine Anwesenheit völlig vergessen.

»So was habe ich mir schon gedacht«, sagte Zeitvater Tim.

»Was meinst du denn, wie schlimm es ist?«

Zeitvater Tim rieb sich das Kinn. »Schwer zu sagen ohne genaue Berechnungen.«

»Irgendeine Vorstellung musst du doch haben«, beharrte Bryn. Als einer der Parkältesten stand Bryn in dem Ruf, ein kluger Kopf zu sein, doch natürlich war Zeitvater Tim als oberster Hüter noch ein Fitzelchen klüger.

»Bis wir Gewissheit haben, wird es wohl eine Weile dauern«, meinte Zeitvater Tim nachdenklich, »aber mir scheint, etwas hat die Zeit ganz und gar aus der Bahn geworfen.«

Obwohl Tid aufmerksam zugehört hatte, war ihm schleierhaft, worum es ging. »Was ist denn passiert?«

Sein Großvater, immer noch tief in Gedanken, wandte sich erneut an Bryn. »Je länger wir warten, desto schwieriger wird es, das Ganze wieder in Ordnung zu bringen. Mal überlegen. Kommen jetzt nicht bald die Kandidaten, die es in die letzte Runde des Auswahlverfahrens geschafft haben?«

»Ja, sie sollen in ein paar Tagen hier sein.«

»Ausgezeichnet«, sagte Zeitvater Tim. »Sie können uns helfen. Ihre Fähigkeiten lassen sich ohnehin viel besser beurteilen, wenn man sieht, wie sie sich mit einem echten Problem auseinandersetzen. Wer ist denn alles dabei?«

»Wakaa bringt eine Kandidatin namens Kanika mit.«

»Gut, wir werden tiefe Zauberkraft brauchen.«

»Vremja kommt mit zwei Schülern.«

»Gleich zwei? Da hat er wohl einen sehr guten Jahrgang erwischt. Vremja kennt sich mit Geschichte aus. Das wird auf jeden Fall nutzlich sein.«

»Und Seegan bringt eine junge Kandidatin mit, auf die er große Stücke hält.«

»Hervorragend, er ist ein Meister im Rechnen. Kommt sonst noch jemand?«

»Nein, das sind alle.«

»Was ist mit historischem Recht? Wir brauchen jemand, der sich mit den alten Gesetzen auskennt ... ähm ... meinst du, Zeit wäre dafür der Richtige?«

»Er ist ein ziemlicher Hitzkopf.«

»Ich weiß, ich weiß«, sagte Zeitvater Tim, »aber er hat das Herz auf dem rechten Fleck.«

»Und er ist blitzgescheit.«

»Lass ihn herkommen.«

Bryn notierte es sich.

Zeitvater Tim rieb sich erneut das Kinn, während er konzentriert nachdachte. »Übersetzungen werden eine entscheidende Rolle spielen. Wir brauchen …« Er überlegte einen Augenblick. »Aleyesu ist zwar erst seit Kurzem Zeithüter, aber er hat schon einen hohen Wissensstand erreicht. Ihn sollten wir bitten für uns zu übersetzen.«

»Gut.« Bryn wartete ab, ob Zeitvater Tim sonst noch jemanden benötigte.

»Ich glaube, das wär's.«

»Dann leite ich alles in die Wege.« Bryn eilte davon.

Die meisten der erwähnten Zeithüter kannte Tid flüchtig. Sie waren anlässlich der Krise um den verschwundenen Tick nach Greenwich gekommen, als Zeitvater Tim den Hüterrat zur Großen Zusammenkunft einberufen hatte. »Hältst du wieder eine Zusammenkunft ab?«, fragte Tid gespannt. Solche Versammlungen waren immer eine aufregende Sache, denn sie führten Zeithüter aus aller Welt nach Greenwich.

»Nein, diesmal nicht. Wir bitten nur die Zeithüter her, die wir brauchen. Ein paar von ihnen kommen sowieso bald.«

»Pa Brownal hat gesagt, dass sie Kandidaten mitbringen. Kandidaten wofür?«

»Aus ihrer Mitte wählen wir den neuen Zeitschüler oder die neue Zeitschülerin.«

»Was ist das?«

Zeitvater Tim ließ sich auf eine Holzbank nieder. »Man könnte wohl sagen, der Zeitschüler ist der Meisterschüler der Zeithüter. Anstatt bei nur einem von ihnen zu lernen, erhält er die Möglichkeit, mit mehreren zu arbeiten. Das verschafft ihm einen Lernvorsprung.«

»Warst du Zeitschüler, als du jung warst?«

»Nein, das war die Hüterin von Greenwich. Ich war der Zeitvaterenkel.«

»Kann ich ein paar von den Kandidaten kennenlernen, wenn sie hier sind?«

»Für Plauderstündchen wird wegen der Wobbel keine Zeit sein.«

Tid zog die Augenbrauen zusammen. Er war enttäuscht.

Zeitvater Tim klopfte mit der flachen Hand neben sich auf die Bank. »Setz dich, mein Junge.«

Tid nahm Platz.

»Weißt du, was es mit den Wobbeln auf sich hat?«

»Nicht so richtig.«

»Also.« Der alte Mann holte tief Luft. »Der erste Zeitwobbel, den wir gespürt haben, war nicht weiter schlimm. Das kann einfach so passieren, ohne Grund. Es hatte nichts zu bedeuten. Aber mit dem zweiten hat es eine ganz andere Bewandtnis. Um diesen zweiten Wobbel zu verursachen, muss etwas von großer Tragweite geschehen sein. Er war mit Abstand der stärkste, den ich je gespürt habe. Ich vermute, er hat die Zeit aus der Bahn geworfen.«

»Ja, das hab ich dich zu Pa Brownal sagen hören. Aber was heißt das?«

»Das heißt, mein Junge, dass die Menschenzeit sich von der Hüterzeit abgespalten hat. Während unsere Zeit weiterläuft wie gehabt, durchleben die Menschen nun immer und immer wieder denselben Tag, bis es uns gelingt, ihre Zeit wieder an unsere zu koppeln.«

Das klang halb so wild. Tid hatte schon Schlimmeres gehört. »Während die Menschen immer denselben Tag wiederholen«, folgerte er, »leben wir also ganz normal weiter?«

»Ja.«

»Wie kann es dann für uns ein Problem sein?«

Zeitvater Tim überlegte ein Weilchen, wie er es seinem Enkel am besten verständlich machen konnte. »Stell dir vor, du und ich würden zusammen durch Greenwich laufen, zum Horchenden Haus.«

Tid nickte.

»Nun, und jetzt denk dir, wir gingen statt nebeneinanderher auf gegenüberliegenden Seiten der Straße. Wir würden zum gleichen Zeitpunkt loslaufen, genau derselben Route folgen, den ganzen Weg über auf gleicher Höhe bleiben und schließlich in exakt derselben Sekunde am Horchenden Haus eintreffen.«

»Aber ein klein wenig unterschiedlich wären unsere Wege schon, oder?«, fragte Tid, während er sich die Szene im Kopf ausmalte. »Es könnte doch sein, dass ich eine Straße überqueren muss und du nicht.«

»Ganz genau, mein Junge«, sagte Zeitvater Tim begeistert. »Das sind die kaum spürbaren Wobbel, die von Zeit zu Zeit auftreten. Der Zeitmesser ist darauf ausgelegt, derlei Unregelmäßigkeiten auszugleichen, und wir bemerken sie kaum. Aber mal angenommen, ich würde auf meiner Straßenseite umgeleitet und käme durch einen Kreisverkehr.«

»Dann müsste ich langsamer gehen, bis du wieder aufgeholt hast.«

»Und was, wenn ich in dem Kreisverkehr feststecken würde und eine Runde nach der anderen drehen müsste? Was wäre dann?«

»Na, wenn wir zusammen am Horchenden Haus ankommen wollen, würde ich stehen bleiben und warten, bis du aus dem Kreisverkehr herausgelangst.«

»Aber du kannst nicht stehen bleiben, Tid. Die Zeit kann nicht stehen bleiben. Du würdest weitergehen und ich würde immer weiter im Kreis laufen.«

»Dann würde ich wohl ohne dich ankommen.«

Zeitvater Tim nickte. »Du sagst es. Und wenn nicht jemand etwas Außergewöhnliches unternähme, um mich aus dem Kreisverkehr zu befreien, und mir helfen würde dich einzuholen, kämen wir nie wieder zusammen.«

»Wie außergewöhnlich müsste es denn sein?«

Zeitvater Tim machte ein sehr ernstes Gesicht. »Verflixt außergewöhnlich, mein Junge. Hüter- und Menschenzeit sind nämlich so angelegt, dass sie Seite an Seite laufen müssen. Wenn eine sich dauerhaft von der anderen entfernen würde, geriete die Welt aus den Fugen. Wir würden ins Urchaos zurückfallen.«

»Was bedeutet das?«

»Es gäbe keine Ordnung mehr. Menschen und Hüter würden in derselben Welt leben.«

Tid erschrak. »Du meinst, sie könnten uns sehen?«

»Ich fürchte, nicht nur das. Sie wären unsere direkten Nachbarn. In der Vergangenheit hat das zu Krieg geführt.«

»Krieg? Aber Hüter taugen doch gar nicht zum Kämpfen!«

»Stimmt. Wir müssten unsere Zauberkraft einsetzen«, erwiderte Zeitvater Tim.

»Wär das nicht ein bisschen unfair?«

»Nicht unbedingt. Du darfst nicht vergessen, dass Menschen, wenn sie erst einmal angefangen haben zu kämpfen, nicht so schnell wieder aufhören, selbst wenn sie besiegt werden. Außerdem können sie ziemlich schlau und gerissen sein. Es bestünde die Gefahr, dass beide Seiten sich gegenseitig vernichten.«

»Soll das heißen, wir würden alle sterben?«, fragte Tid entsetzt.

»Ja, das würden wir.«

Tid klopfte das Herz. »Dann müssen wir die Menschen aus dem Kreisverkehr holen.«

»Ja«, antwortete Zeitvater Tim in bemüht heiterem Ton. »Das werden wir versuchen, mithilfe der Zeithüter.«

»Und ihrer Schüler?«

»Ja.«

Tid fasste seinen Großvater an der Hand.

»Ich habe dir das erzählt«, fuhr Zeitvater Tim fort, »weil du als Zeitvaterenkel darüber Bescheid wissen musst. Aber am besten belastest du niemand anders damit.«

»Meinst du Sofie?«

»Ich meine alle.«

Tid nickte. »Gut. Ich verrate keinem was. Wie viel Zeit bleibt uns denn?«

»Das kann niemand mit Bestimmtheit sagen. Ein, zwei Monate vielleicht.«

»Das ist ja noch eine Weile hin«, meinte Tid ein wenig erleichtert.

»Es könnte aber auch schon morgen so weit sein.«

Scaggy klopfte an die Tür zum Labyrinth und wartete, dass Falryd öffnete. Da es an der Außenseite der Tür keine Klinke gab, musste Scaggy sich gedulden. Falryd ließ sich wie üblich Zeit. Als sie endlich die schwere Tür aufzog, trat Scaggy ohne ein Wort ein. In Gedanken war sie schon beim bevorstehenden Gespräch mit Berwyth, dem sie nicht gerade mit Freude entgegensah.

Wie die Drunterwelt war auch das Labyrinth unterirdisch gelegen, aber anders als die Wrackamänner hatten die Frauen ihre Tunnel nicht selbst gebaut. Vor vielen Jahren, als die Männer sie aus der Drunterwelt vertrieben hatten, mussten die Frauen einen sicheren Ort zum Leben finden. Da sie die Erde nur von unten kannten, suchten sie dort. Am anderen Ende der Heide stieß eine von ihnen schließlich auf einen Durchschlupf. Dahinter tat sich ein verzweigtes Netz von trockenen und einigermaßen warmen Tunneln auf, die sich über viele Kilometer erstreckten. Sie waren Tausende von Jahren zuvor von Menschen aus dem Gestein gehauen worden. Hier richteten die Frauen sich ein Zuhause ein.

Berwyth und die Mitglieder ihres Komitees belegten die besten Unterkünfte. Ihre Wände zierten über der Erde aufgestöberte Bilder und sie hatten Betten mit Laken und Decken, nicht so sauber und schön, wie du oder ich es erwarten würden, aber ganz gewiss um Vieles besser als alles in der Drunterwelt. Die Mehrheit der Wrackafrauen hatte jedoch weder Betten noch Bilder an den Wänden. Einigen war es geglückt, mithilfe von ausgeblichenen Stofffetzen oder Abfallholz eine eigene Nische abzuteilen, die übrigen schliefen gemeinsam in einem Tunnel.

Mit Ausnahme von Berwyth und ihrem Komitee aßen alle in der Küche. Das Essen war oft verdorben, aber immerhin halbwegs gut zubereitet. Die Frauen hatten einen großen Ofen gebaut und es gab mehrere Feuerstellen, an denen in verschiedenen Töpfen und Kesseln gekocht und altbackenes Brot geröstet werden konnte. Die Küche war mit Tischen, Stühlen und Bänken eingerichtet, die allesamt von Schuttplätzen in der Drüberwelt stammten. Die Wrackafrauen hielten sie, so gut es ging, sauber, aber ein Großteil der Möbel fiel halb auseinander.

Scaggy lief durch die Tunnel zur Komiteekammer. Das Komitee war der Frauenrat, der das Leben im Labyrinth organisierte. Es bestand aus sechs Mitgliedern. Jedes wurde von Berwyth höchstpersönlich ernannt. Wer im Komitee sitzen wollte, musste also jahrelang vor ihr auf dem Bauch herumrutschen, bis ein Platz frei wurde.

Es hatte eine ganze Weile gedauert, bis Scaggy das Komitee überreden konnte Zeitvater Tim um Hilfe zu bitten. Niemand fand die Idee gut und Berwyth hatte schließlich nur zugestimmt, weil sie keinen anderen Plan parat hatte. Nun graute Scaggy vor ihren Reaktionen, wenn sie erfuhren, dass sie gescheitert war. Es tat ihr leid, dass sie es überhaupt versucht hatte.

Vor der Kammer stand Yaryth. »Und?«, fragte sie, sobald sie Scaggy erblickte. »Er hat Nä gesagt, stimmt's?«

»Ich bin hier, um Berwyth zu berichten«, erwiderte Scaggy von oben herab.

Yaryth zuckte mit den Schultern und verschwand hinter dem langen, schmuddlig dunkelroten Vorhang, der die Komiteekammer abschirmte.

»Du kanns rein«, sagte Yaryth, als sie wieder auftauchte.

Scaggy schob den Vorhang zur Seite und trat ein.

Rechts und links saß auf zwei langen Bänken das Komitee. Berwyth selbst lümmelte am hinteren Ende der Kammer auf dem Bett herum, das sie ihr ›Lager‹ nannte.

Wie die meisten Wrackas war Berwyth dunkelhaarig. Sie hatte ein rundes Gesicht mit Glupschaugen und dicken wulstigen Lippen, die sie gern mit einem knallroten Saft bemalte. Yaryth, ihre Dienerin, stellte ihn aus getrockneten und zerriebenen Beeren her. Das so gewonnene Pulver wurde mit Wasser vermischt und dann auf die Lippen geschmiert. Berwyth war ziemlich voluminös – manche nannten sie fett, jedoch nur hinter ihrem Rücken.

»Und?«, fragte sie, sowie Scaggy hereingekommen war. »Eilt Zeitvater Knollnase zu Hilfe?«

Scaggy stellte sich zwischen die beiden Bänke. Auf jeder saßen drei Mitglieder des Komitees, die Scaggy aus zusammengekniffenen Augen belauerten, um an ihrem Verhalten abzulesen, ob sie Erfolg gehabt hatte oder nicht. Scaggy schenkte ihnen keinerlei Beachtung, sondern sah direkt zu Berwyth und bemühte sich ihrer Stimme einen selbstbewussten Klang zu verleihen. »Nä«, antwortete sie.

Sofort hagelte es von links und rechts Kommentare.

»Siehsse!«

»Hab ich dich ja gleich gesagt!«

»Aber du wusstes mal wieder alles besser!«

»Der hilft uns nie im Leben nich!«

»Erfahrung macht klug, was?«

Erhobenen Hauptes und den Blick stur auf Berwyth gerichtet, ergänzte Scaggy: »Sofie fragt ihm nich.«

»Kleines Biest!«, zischte Berwyth. »Lebt da oben in Saus und Braus und rührt für ihrsgleichen nich den klein' Finger nich.«

Wieder kamen von allen Seiten Kommentare.

»Kein' Finger nich!«

»Kleine Giftkröte!«

»In Saus und Braus!«

»Hilft uns nich!«

Scaggy nahm Sofie in Schutz. »Ihr könnt's sie nich verübeln nich.«

»Nich verubeln?«

»Ach nä, könn' wir nich?«

»Woher soll sie 'n wissen, dass sie uns traun kann?«, sagte Scaggy. »Sie denkt bestimmt, wir wolln die Männer helfen ihr zurückzuholn.«

»Wir den' helfen, diesen stinkenden Mistkerlen?«, stieß Berwyth voll Abscheu hervor.

»Stinker!«

»Mistkerle!«

»Kein' Finger rühr ich nich, um die zu helfen!«

»Das kann Sofie aber nich wissen nich«, gab Scaggy zu bedenken.

»Oho, hört euch Miss Neunmalklug an!«, höhnte Berwyth und blickte Beifall heischend in die Runde. »Bringt nix nich, wenn du die Schnöseline in 'n Hintern kriechs. Ich hab's dich ja gleich gesagt, sie hat keine Zeit mehr für dir, jetz, wo se denkt, se steht über uns. Solche wie die wern immer auf solche wie dir runterkucken!«

Scaggy erwiderte nichts darauf. Sie hatte alles gesagt, was sie sich vorgenommen hatte, und wollte jetzt nur noch weg. »War's das?«, fragte sie.

Doch so leicht wollte Berwyth sie nicht davonkommen lassen. Scaggy war ihr schon immer ein Dorn im Auge gewesen. Irgendetwas an ihrem Verhalten und an ihrer Art, sich zu kleiden, vermittelte Berwyth den Eindruck, dass sie sich für etwas Besseres hielt. Das hätte Berwyth vielleicht gar nicht so sehr gewurmt, wenn sie nicht insgeheim geglaubt hätte, dass etwas Wahres daran war. Daher ließ sie keine Gelegenheit aus, Scaggy herunterzuputzen. Eins stand jedenfalls fest: Scaggy würde niemals Mitglied des Komitees werden, nicht solange Berwyth das Sagen hatte.

»Du gibs alsu zu, dass du dir geirrt has?«, fragte sie gehässig.

Scaggy reckte das Kinn vor. »'n Versuch war's wert«, entgegnete sie.

»'n Versuch war's wert«, äffte Berwyth sie nach. »Bis wohl nich so schlau nich, wie du denks, was?«

»Wie immer, Berwyth, liegs du mit deine messerscharfe Analüse apselut richtig.« Scaggy verwendete gern lange und komplizierte Wörter. Über die Jahre hatte sie eine Menge davon gelernt, während sie in einem Baum im Park gesessen und von dort die Hüter beobachtet und belauscht hatte. »Ich bitte um Verzeihung, dass ich's versäumt hab, die außerorntliche Gewichtigkeit von die Aufgabe zu erfassen, die zu versehn du mir angewiesen has.«

»Pff!«, schnaubte Berwyth vollkommen eingeschüchtert, weil sie kein Wort verstanden hatte. »Du has versagt. Raus mit dich!«

Das ließ Scaggy sich nicht zweimal sagen. Erleichtert wandte sie sich um und rauschte durch den Vorhang davon, immer die Tunnel entlang. Sie ging erst wieder langsamer, als sie schon die halbe Heide hinter sich hatte.

Der Beweis

Seff biss die Zähne zusammen und wartete.

Baz kam direkt auf ihn zugelaufen, den finsteren Blick wie üblich zu Boden gerichtet.

Schon den ganzen Tag über war Seff beunruhigt gewesen. Er wusste, dass er gestern den Stein nicht hätte fortnehmen dürfen. Seine Großmutter würde toben, wenn sie dahinterkäme. Nun hoffte er inständig, dass sich über Nacht irgendwie alles wieder eingerenkt hatte.

Baz war fast bei ihm.

Seff rührte sich nicht vom Fleck.

Im letzten Augenblick wechselte Baz die Richtung.

Also machte auch Seff einen Schritt zur Seite, um sich Baz erneut in den Weg zu stellen. Er musste Gewissheit haben. Wenn Baz durch ihn hindurchlief, wäre alles in Ordnung.

Sofort bewegte Baz sich zur anderen Seite.

Seff ebenfalls.

Verärgert schaute Baz hoch. »Hast du irgendein Problem?«

Seff sank der Mut. Nichts hatte sich geändert.

Baz sah Seff mit grimmiger Miene an, aber das war nichts Ungewöhnliches. Baz war oft schlecht gelaunt und abweisend. Er hatte überhaupt nicht nach England gewollt, um bei seinem Vater zu wohnen. Seiner Meinung nach wäre er durchaus imstande gewesen, allein zu Hause zu bleiben, während seine Mutter im Krankenhaus lag. Als sein Vater aus Amerika fortgegangen war, hatte Baz ihn schrecklich vermisst. Jetzt aber war er verbittert darüber, dass er mit ihm in England leben musste. Nicht einmal, als seine Mutter endlich aus dem Krankenhaus entlassen worden war, durfte er zurück. Dafür telefonierte er nun beinah täglich mit ihr, doch obwohl sie sich tapfer bemühte sich nichts anmerken zu lassen, hörte Baz ihr an, dass sie unsäglich erschöpft war. Deshalb machte er sich die ganze Zeit über Sorgen und war trübsinnig und launisch.

Vielleicht war das der Grund, warum seine Klassenkameraden sich gegen ihn wandten. Sie lachten über seinen amerikanischen Akzent und zogen ihn wegen seiner mangelnden Fußballkünste auf. Mittlerweile war der Spott in Einschüchterung umgeschlagen. Baz nahm an, Seff hätte das Gleiche mit ihm vor, und da er aus Erfahrung wusste, dass es ein Fehler war, Angst zu zeigen, reckte er das Kinn vor und fragte in aggressivem Ton: »Bist du stumm oder was?«

Seff war überrascht. Unwillkürlich trat er einen Schritt zurück.

Baz' grimmiger Blick wich einem Ausdruck der Verwunderung. »Dich kenn ich doch, oder?«

Seff nickte.

»Aber du gehst nicht auf meine Schule«, meinte Baz verwirrt.

Seff schüttelte den Kopf.

Baz legte die Stirn in Falten. »Du heißt … äh … irgendwie komisch.« Er erinnerte sich nur nebelhaft an den Jungen.

»Seff.«

»Seff!«, stieß Baz hervor. »Na klar, Seff. Ich hab dir vor die Hand getreten. Tut sie noch weh?« Baz entspannte sich. Er hatte Seff als merkwürdigen Jungen in Erinnerung, nicht aber als einen, der auf Ärger aus war.

»Was ist denn das eigentlich für ein blöder Name, ›Seff‹?«, fragte er.

Seff fand, sein Name war mit das Beste, was der Wechsel in die Drüberwelt mit sich gebracht hatte. Er liebte ihn. In der Drunterwelt hatte er Snivel geheißen, weil man ihn so leicht zum Weinen und Schniefen bringen konnte. Demgegenüber war Seff auf jeden Fall eine Verbesserung. Baz' verächtliche Bemerkung verletzte Seff in seinem Stolz, und so verfiel er instinktiv wieder in typisches Wrackaverhalten und holte zum Gegenschlag aus. »Und was für ein blöder Name ist Baz?«

Baz zog ein Gesicht, als müsse er einräumen, dass Seff nicht ganz unrecht hatte. »Immer noch besser als die Alternative.«

»Und die wäre?«

»Sebastian.« Baz sprach den Namen voller Widerwillen aus. »Wie kann man bloß auf die Idee kommen, seinem Kind einen solchen Namen zu verpassen!«

»Sebastian ist doch gar nicht so schlecht«, meinte Seff. Ihm gefiel der Name.

»Du heißt ja auch nicht so. Wovon ist Seff denn die Kurzform?«

Seff wusste nicht, ob sein Name eine Kurzform war. »Seff«, antwortete er.

Baz neigte den Kopf und musterte Seff eingehend. »Seit wann kenn ich dich überhaupt?«

Doch Seff war abgelenkt. Er schien hinter Baz in die Ferne zu starren und ein Ausdruck der Besorgnis legte sich auf sein Gesicht.

Baz fuhr herum und sah zwei Kinder in der gleichen seltsamen Kluft wie Seff durch den Park laufen. Er wandte sich wieder zu Seff um.

Doch der war verschwunden.

Baz blickte umher und entdeckte ihn hinter einem Baum, wo er sich offenbar vor den beiden Kindern versteckte. Er schloss daraus, dass Seff Ähnliches zu erleiden hatte wie er, und sah zu Tid und Sofie hinüber. Sie erweckten eigentlich nicht den Anschein, als würden sie andere gern schikanieren, aber das konnte man schließlich auch nicht jedem an der Nase ansehen. Er gesellte sich zu Seff hinter den Baum.

»Machen dir das Leben schwer, was?«, fragte er.

»Nur, wenn sie mich mit dir reden sehen«, sagte Seff, der vorsichtig hinter dem Baum hervorlugte, während die zwei Kinder vorbeiliefen.

»Wieso?«

Seff richtete seine volle Aufmerksamkeit auf Tid und Sofie, daher machte er sich keine Gedanken, wie seltsam seine Worte in den Ohren eines Menschen klingen mussten. »Du solltest mich eigentlich nicht sehen.«

»Warum nicht?«

Seff vergewisserte sich, dass Tid und Sofie weit genug weg waren, bevor er sich wieder zu Baz umwandte und an den Baum lehnte. Er entsann sich, dass Baz ihm eine Frage gestellt hatte. »Warum nicht was?«, fragte er.

»Warum sollte ich dich nicht sehen?«

Was konnte Seff darauf antworten? Er dachte kurz nach und kam dann zu dem Schluss, dass es wohl das Beste war, die Wahrheit zu sagen. »Weil du ein Mensch bist!«

»Was?«, fragte Baz verwirrt.

»Du und ich sind verschieden«, erklärte Seff.

»Das liegt daran, dass ich aus den USA komme und du von hier.«

»Was ist das, die ›USA‹?«

Baz blickte Seff forschend an. Das wusste doch wohl jeder. »Amerika«, sagte er.

Seff schüttelte achselzuckend den Kopf.

Baz trat einen Schritt zurück und musterte diesen eigenartigen Jungen, als sähe er ihn zum ersten Mal. Seine

Kleidung war komisch – Baz hatte noch nie zuvor einen solchen Gürtel gesehen – und er sprach anders als die Jungen in der Schule. Irgendetwas an ihm war außerordentlich merkwürdig.

»Wer bist du eigentlich?«, fragte Baz ihn auf einmal verunsichert.

Seff ließ sich die Frage einen Moment lang durch den Kopf gehen.

»Ich heiße Seff und ich bin …« Er zögerte. Was war er? War er ein Wracka oder ein Hüter? Er wusste es nicht, aber eins wusste er sicher. »Ich bin kein Mensch.«

Sniff trat zurück und sah zu, wie Offa Scratch die Truppen inspizierte. Slime hatte sie aufgestellt, Sniff trug also keine Verantwortung für sie. Falls Offa Scratch unzufrieden war, müsste Slime es ausbaden, und dennoch war Sniff nervös. Wie immer, wenn sein Anführer in der Nähe war.

Offa Scratch schritt die krummen Reihen schlunziger Wrackas ab, die mit stolzgeschwellter Brust dastanden. Sie trugen schmutzige Hosen und Hemden in tristen Brauntönen. Jeder von ihnen hielt ein unförmiges Stück Holz in der Hand. Keine zwei Knüppel waren gleich lang oder schwer. Einige waren eindeutig Aststücke, andere waren aus alten Zäunen herausgerissene Latten und einer sah aus wie ein abgesplitterter Baseballschläger. Letzteren hielt Slime in der Hand. Er war ein besonders abstoßender

Wracka, dessen Name daher rührte, dass ihm immerzu Schleim aus Nase, Mund und Ohren troff, den er mit einem schnodderverkrusteten alten Lappen fortzuwischen pflegte.

Offa Scratch begutachtete jeden Wracka von Kopf bis Fuß, bevor er zum nächsten weiterging.

»Nich übel«, meinte er, als er fertig war. Voller Stolz warfen sich die Wrackas noch mehr in die Brust. Es fehlte nicht viel und sie wären vornübergekippt.

»Aber könn' sie au kämpfen?«, fragte Offa Scratch.

»Jawoll, Herr General!«, kreischte Slime, der sich bemühte, wie ein Soldat zu klingen. Er wandte sich den Truppen zu und brüllte: »Alle Waffen – bereit!«

Augenblicklich, jedoch vollkommen unkoordiniert, reckten die Soldaten ihre Knüppel wie zum Angriff in die Höhe. Manche hielten ihre Waffe in der rechten Hand, andere in der linken. Es war ein wüster Anblick, doch Offa Scratch zeigte sich beeindruckt.

»Vorwärts!«, bellte Slime und langsam, wenn auch nicht im Gleichschritt, setzten sich die Wrackas in Bewegung. Und da erhob sich tief aus ihren Kehlen ein dunkler, drohender, monotoner Brummgesang, der rhythmisch und schwer durch die Höhle pulsierte. Gespenstisch hallte er die Tunnel entlang und musste jedem unweigerlich Angst einjagen. In der Hoffnung, ihrem Anführer zu imponieren, marschierte die Wrackaschar schleppend auf ihn zu.

Offa Scratch wich unwillkürlich zurück. So zerlumpt und undiszipliniert die Soldaten auch waren, sie waren dennoch eine schreckenerregende Streitmacht. Ohne es zu wollen, riefen sie in ihrem Anführer eher Furcht als Bewunderung hervor.

Offa Scratch bekam feuchte Hände und einen trockenen Mund. Plötzlich blitzte die Erinnerung in ihm auf, wie er vor eineinhalb Jahren die Macht an sich gerissen hatte. Er hatte die Gunst des Augenblicks genutzt und ihren vorherigen Anführer, Old Killjoy, skrupellos aus dem Weg geräumt. Sollte es ihm nun genauso ergehen?

Sowie er die Gefahr erkannt hatte, reagierte Offa Scratch rasch und ungestüm. Eisern entschlossen sich nicht kampflos geschlagen zu geben, stürzte er sich auf den nächstbesten Wracka. Mit wildem Gebrüll schlug er auf den überraschten Mann ein, der erschrocken nach hinten taumelte. Aus einer klaffenden Wunde in seinem Gesicht rann Blut. Er wagte nicht sich zur Wehr zu setzen.

Offa Scratch schnappte sich den Holzknüppel, den der andere Wracka hatte fallen lassen, hielt ihn kampfbereit vor sich und blickte scharfäugig umher, um herauszufinden, wer als Erster angreifen würde.

Der Gesang der Wrackas erstarb auf ihren Lippen und sie blieben mit offenen Mündern stehen.

Doch auf dieses Täuschungsmanöver fiel Offa Scratch nicht herein. »Na los, dann kommt schon!«, knurrte er und wippte auf den Fußballen auf und ab. Seine Fingerknöchel waren weiß, so fest umschlossen hielt er den Holzknüppel in seiner zitternden Hand.

Fassungslos starrten die Wrackas ihren Anführer an. Was hatte er bloß vor?

Als sein Stellvertreter kannte Sniff ihren Anführer besser als die meisten. Er hatte schnell durchschaut, was los war. Wie gewöhnlich würde er die Situation retten müssen und so fing er laut und begeistert zu klatschen an. Das kam für alle anderen so unerwartet, dass sie zusammenschraken.

»Gratulasjon, oh Mächtiger!«, brüllte Sniff. »Du bis der größte Krieger von sie alle!«

Offa Scratch beäugte ihn misstrauisch.

Sniff applaudierte weiter und sah zu Slime hinüber. Er hielt die Hände hoch und nickte Slime zu, um ihn zum Mitmachen zu ermuntern.

Endlich fiel der Groschen. Slime klemmte sich seinen Schläger unter den Arm und begann ebenfalls zu klatschen. Einer nach dem anderen fielen die übrigen Wrackas ein.

Der Beifall schwoll an.

»Hurra!«, rief Sniff und bald jubelten sie alle.

Offa Scratch blickte sich um. Zuerst dachte er, der Applaus wäre Teil der Falle, doch als sich niemand auf ihn stürzte, begriff er, dass der Beifall echt war. Langsam dämmerte ihm, dass man ihn feierte. Er entspannte sich ein klein wenig und stellte sich gerade hin.

Das Gejohle wurde ohrenbetäubend.

Offa Scratch riskierte ein Lächeln.

Der Freudentrubel wurde wilder.

Mit gesenktem Kopf nahm er ihr Lob entgegen. Wenn die Truppen ihn in Angst und Schrecken versetzt hatten, mussten sie gut sein.

Sie waren bereit.

Baz saß unter dem Baum und kratzte sich am Kopf. Seff hatte ihm so gut wie möglich erklärt, was es mit der Hüterwelt und dem Wiederholungstag auf sich hatte und wie es kam, dass Baz ihn nun sehen konnte. Da Baz ohnehin Mühe hatte, ihm zu folgen, sparte Seff sich den Hinweis, dass ihr Miteinanderreden alles nur noch schlimmer machen konnte.

»Du wohnst also im Park?«, fragte Baz, mehr aus Verlegenheit als aus Interesse. Er hatte Zweifel, ob dieser Seff ganz richtig im Kopf war.

»Nein, ich wohne am anderen Ende von Greenwich, aber viele von uns leben im Park.«

Baz fiel es schwer, das zu glauben. Er überlegte. So was gab es doch nur im Märchen! »Du spinnst«, sagte er schließlich wegwerfend.

Seff nahm es ihm nicht übel. Er konnte sich vorstellen, wie abenteuerlich das alles klingen musste. Suchend hielt er nach einer Möglichkeit Ausschau, es Baz zu beweisen, als eine Gruppe von Menschenjungen den Weg entlangkam. Es war eine lärmende Bande, die Seff schon oft im Park hatte herumlungern sehen.

Er wandte sich zu Baz um. »Pass mal auf«, sagte er. »Lass mich nicht aus den Augen.«

Seff rannte zum Weg hinüber. Mit einem Blick über die Schulter vergewisserte er sich, dass Baz zuschaute. Er würde die Jungen mitten durch sich hindurchlaufen lassen. Abwartend stellte er sich auf den Weg und drehte sich noch einmal nach Baz um.

Als die Gruppe näher kam, spürte Seff ein nervöses Kribbeln im Magen. Was, wenn der Zeitwobbel sich nicht nur auf Baz ausgewirkt hatte und die anderen Menschenjungen ihn nun auch sehen konnten? Dann versperrte er ihnen den Weg – und sie wirkten nicht gerade wie die Sorte Jungs, die er gern gegen sich aufbringen würde. Tja, wenn er Baz von der Wahrheit überzeugen wollte, musste er es wohl riskieren. Er wich nicht von der Stelle.

Kurz bevor sie aufeinandertrafen, kniff Seff die Augen zu und wartete auf den Rums. Doch es kam keiner. Stattdessen durchrieselte ihn das seltsame Gefühl, das er immer spürte, wenn er durch einen Menschen lief.

Er öffnete die Augen und blickte zu Baz hinüber, der ihn sprachlos vor Staunen anstarrte. Seff wusste, dass er es besser dabei belassen sollte, aber er musste auf Nummer sicher gehen, damit Baz nicht dachte, er hätte sich verguckt. Also drehte er sich um und rannte durch einen weiteren Jungen.

»Ich hatte gerade ein echt komisches Gefühl«, sagte der Junge.

»Ja, ich auch«, meinte der Junge, der zuerst durch Seff gelaufen war.

»Uuuh!«, lachte ein dritter. »Alles klar bei euch, Mädels?«

Diese Bemerkung löste bei den anderen aus der Clique spöttisches Gelächter aus.

Der erste der beiden Jungen konnte nicht gut einstecken und schaute sich nach einer Möglichkeit zur Ablenkung um. Als er Baz unter dem Baum erspähte, leuchteten seine Augen auf. »Na, sieh mal einer an, der Ami!«, sagte er boshaft. Die anderen Jungen wirbelten herum.

Baz' Gesicht erstarrte vor Furcht. Langsam erhob er sich. Es war sicherer, Cooper und seiner Bande im Stehen gegenüberzutreten.

Die Jungen drängten sich einschüchternd um ihn herum und versperrten ihm die Sicht auf Seff. Der konnte sich nur zu gut vorstellen, wie Baz zumute war. So hatte er sich oft in der Drunterwelt gefühlt.

»Oh, guckt mal«, höhnte Cooper, »der Kleine hat Angst!« Und er schlackerte übertrieben mit Händen und Knien.

»Träum weiter!«, sagte Baz mit gespielter Gelassenheit.

»Oje«, spottete Cooper. »Der hat die Hose gestrichen – au!« Cooper fasste sich an den Hinterkopf. Seine Haare fühlten sich feucht an.

Als er die Hand wieder nach vorn nahm, war sie blutverschmiert.

Wütend fuhr er herum. »Wer war das?«, schrie er. Doch bevor er es herausfinden konnte, kam auch schon der nächste Stein angesaust und traf ihn an der Stirn. »Warst du das?«, fragte er einen der Jungen und packte ihn an der Krawatte seiner Schuluniform.

»N-n-nein«, stammelte der.

Cooper glaubte ihm nicht.

Seff fühlte sich an die gespannte Erregung erinnert, die durch die Wrackamenge ging, wenn sich ein Kampf ankündigte. Die Jungen bildeten einen Kreis um die beiden.

»Los, Coop, verpass ihm eine!«

In diesem Augenblick durchfuhr Seff der Gedanke, dass er es schon wieder getan hatte. Das Aufheben des ersten Steines hatte dazu geführt, dass Baz ihn sehen konnte. Ob das Gleiche passiert war, als er nun Cooper mit einem anderen Stein am Kopf getroffen hatte?

Er musste es wissen.

Entschlossen trat Seff näher heran und wedelte mit den Armen über dem Kopf. »He!«, rief er.

Cooper war voll und ganz darauf konzentriert, den Jungen vor ihm zu verprügeln.

»Coop! Hier drüben!«, schrie Seff und fuchtelte weiter mit den Armen in der Luft herum.

Cooper reagierte nicht.

Baz machte ein erschrockenes Gesicht. Wollte Seff sie beide umbringen? Er nutzte den Tumult, um sich an der Gruppe vorbeizudrücken, und zischte seinem Freund zu: »Was machst du denn?«

Nun, da Seff sicher war, dass Cooper und seine Bande ihn nicht sehen konnten, gab es keinen Grund, noch länger zu bleiben. »Komm, wir verschwinden!«, sagte er.

Baz schnappte sich seine Schultasche und flitzte los.

Hals über Kopf rannten die beiden Jungen durch den Park, unter tief hängenden Zweigen hindurch und über Büsche hinweg. Sie liefen so lange weiter, bis sie nicht mehr konnten. Schließlich warfen sie sich nach Atem ringend ins verdorrte Gras.

»Hast du die Steine geworfen?«, keuchte Baz.

»Ja.«

Ein Grinsen breitete sich über Baz' Gesicht. »Du hast Cooper richtig eins auf die Nuss gegeben. Hast du das mitbekommen? War der sauer!«

Seff fühlte plötzlich Freude in sich aufsteigen und fing an zu lachen. Baz ließ sich von ihm anstecken und gluckste ebenfalls los. Je mehr der eine lachte, umso lustiger fand es der andere. Bald kugelten sie sich am Boden. Es war ein wunderbares Gefühl!

Vor lauter Glück lachten sie, bis ihnen Tränen über die Wangen liefen und ihnen vor Anstrengung der Bauch wehtat. Langsam beruhigten sie sich wieder und wischten sich die Augen.

»Seff«, sagte Baz schließlich, »wenn ich dich sehen kann, weil du den Stein entfernt hast, den ich wegtreten wollte, warum konnte Cooper dich dann nicht sehen, als du ihn getroffen hast?«

»Weiß nicht genau«, erwiderte Seff grübelnd, »aber ich hab an dem, was du gemacht hast, etwas verändert und genau im selben Augenblick hast du mich berührt. Dein Fuß hätte durch meine Hand gehen sollen, ist er aber nicht.«

»Meinst du, das war das Entscheidende?«

Seff zuckte mit den Schultern. Seine Großmutter wüsste es bestimmt, aber die würde er nicht fragen.

Einen Moment lang herrschte zwischen den beiden unbeschwerte Stille.

»Was machen wir jetzt?«, fragte Baz.

»Wir haben keine Zeit, noch was zu machen«, antwortete Seff. »Du musst nach Hause.«

»Wieso?«

»Wegen der Zeitschleife. Ich hab dir doch gesagt, dass wir nichts ändern dürfen. Heute soll ganz genauso sein wie gestern und das ist es jetzt schon nicht mehr.«

Baz wurde plötzlich ernst. »Ja, morgen verabreicht Cooper mir 'ne Ladung Fußtritte«, sagte er.

»Er wird sich nicht erinnern.«

»Warum nicht?«

»Er müsste alles vergessen haben, was heute passiert ist«, erklärte Seff. »So läuft das eben.«

»Echt?«, fragte Baz, wieder aufgemuntert.

»Und du vielleicht auch.«

»Heute hab ich mich aber an dich erinnert.«

»Kann sein, dass das meine Schuld war«, gab Seff zu. »Ich hätte mich dir eigentlich nicht in den Weg stellen dürfen, denn dass wir uns getroffen und unterhalten haben und so, könnte heißen, dass du genau diesen Tag ewig wiederholen musst.«

»Super!«, freute sich Baz.

Seffs Mundwinkel umspielte ein Lächeln. Es war ein schönes Gefühl, einen Freund zu haben. »Solange wir um Cooper einen Bogen machen und du als Einziger etwas änderst«, überlegte er und hoffte, dass es stimmte, »dürfte es doch nicht viel schlimmer werden. Was können wir zwei schon für eine Rolle spielen?«

»Also treffen wir uns morgen und machen was zusammen?«

»Ja!«, sagte Seff mit leuchtenden Augen. »Aber jetzt musst du nach Hause.«

»Sieht so aus«, sagte Baz widerstrebend. Dann fügte er hoffnungsvoll hinzu: »Bist du morgen wieder hier?«

Seff wusste, dass die einzig richtige Antwort Nein war. »Ich werd am Tor auf dich warten.«

»Die Zeithüter wählen also, während sie hier sind, ihren besten Schüler?«, fragte Sofie Tid auf dem Nachhauseweg von der Schule.

»Ja, er oder sie heißt dann Zeitschüler und kann bei verschiedenen Zeithütern lernen, nicht nur bei einem.«

»Wäre das nicht toll?«, schwärmte Sofie. »Meinst du, ich könnte Zeitschülerin werden, wenn ich älter bin?« Doch geknickt schob sie gleich hinterher: »Wahrscheinlich würdest du es werden.«

»Kann ich gar nicht, weil ich Zeitvaterenkel bin, aber ich seh keinen Grund, warum du es nicht werden solltest.«

»Wirklich?«, freute sich Sofie. »Wäre das nicht aufregend?« Und sofort fing sie an, sich ihr Leben als Zeitschülerin auszumalen.

Tid öffnete das Gartentörchen, erleichtert, dass das Thema Zeitschüler Sofies Gedanken vereinnahmte und sie sich nicht näher nach den Zeitwobbeln erkundigt hatte. Er war schon kurz davor gewesen, selbst davon anzufangen, nur um ihre Meinung zu hören, aber weil er es seinem Großvater versprochen hatte, ließ er es bleiben.

»Das mit den Anagrammen heute war schwer.«

»Ja, fand ich auch«, sagte Sofie, während sie das Törchen schloss und sich aus ihrer Tagträumerei riss. »Ma Watten denkt anscheinend, es wäre leicht. Meistens ist sie ja eine gute Lehrerin, aber sie versteht nicht, wie schwer es ist, wenn man einen kniffligen Namen hat. Sofie Mossel eignet sich dafür nicht. Ein S ginge ja noch, aber ich hab drei! Mir ist bloß ›Miss Esel‹ eingefallen und da bleibt auch noch ›oof‹ übrig. Ich wünschte, ich hätte einen zweiten Vornamen. Dann wäre es einfacher gewesen.«

»Ich konnte aus meinem nur ›dem Solist‹ herauskriegen«, murrte Tid, als sie ins Haus gingen.

»Zinnie Fenpress«, sagte Sofie versonnen, »hat aus ihrem Namen ›Feenprinzessin‹ gemacht. Die Glückliche!«

Tid kicherte. »Rob Peahearts Anagramm war toll. Rate mal, was es war.« Sofie zuckte mit den Schultern.

»Behaarter P–« Aber Tid sprach nicht zu Ende, denn Zeitvater Tim kam die Treppe herunter.

»Guten Tag, ihr zwei«, begrüßte sie der alte Mann. »War es schön in der Schule?«

»Ja«, sagte Sofie, während sie ihre Tasche abstellte und ihren Großvater umarmte. Alle drei gingen in die Küche hinüber, wo Sofie den Zitronenkuchen anschnitt.

»Hat es noch mehr Wobbel gegeben?«, fragte sie und legte das Messer ab, um sich die Hände zu waschen.

»Nicht, dass ich wüsste.«

»Warum passieren sie eigentlich?«

»Das kann mehrere Gründe haben«, sagte Zeitvater Tim, der den Teekessel mit Wasser füllte und auf den Herd setzte.

»Welche Gründe denn?«

Zeitvater Tim fuhr sich durch den silbernen Bart. »Nun ja, es könnte sein, dass eine fremde Macht uns ihr Zeitsystem aufgezwungen hat, aber das ist eher unwahrscheinlich. Dann gäbe es noch andere Anzeichen. Schmeckt es euch?«

»Was für Anzeichen?«, fragte Tid, der an seinen Kuchen jetzt nicht dachte.

Sofie interessierte sich mehr für die möglichen Ursachen. »Und was ruft sonst noch einen Wobbel hervor?«, fragte sie schnell, bevor sie sich einen Bissen Kuchen in den Mund schob.

»Es könnte sein«, antwortete ihr Zeitvater Tim, »dass unter der Erde exkavatorische Kräfte am Werk sind. Auch ein direkter Kontakt zwischen der Menschen- und der Hüterwelt würde zu einem Wobbel führen, aber das ist kaum denkbar. Niemand aus unserer Welt wäre so dumm, sich in die Welt der Menschen einzumischen.«

Sofies Herz klopfte ein wenig schneller. »Was für Kräfte unter der Erde?«, fragte sie mit einem Anflug von Besorgnis in der Stimme.

Zeitvater Tim löffelte Tee in die Kanne. »Exkavatorische Kräfte«, wiederholte er. »Das bedeutet, wenn jemand unter der Erde in der Nähe der empfindlichen Zeitsensoren gräbt, dann könnte das einen Wobbel verursachen.«

»Wer würde denn graben?«, fragte Tid.

Sofie erinnerte sich, dass Scaggy gesagt hatte, es höre sich an, als ob jemand unweit des Labyrinths grabe. Ihr Großvater schenkte den Tee ein. Tid unterhielt sich lebhaft mit ihm. Sofie wusste, dass sie den Mund aufmachen sollte, aber sie mochte ihnen nicht erzählen, dass sie mit einem Wracka gesprochen hatte.

Beklommen biss sie in ihren Kuchen.

DIE KANDIDATEN

Den darauffolgenden Tag verbrachte Zeitvater Tim in der Bibliothek des Horchenden Hauses, das der Hüterin von Greenwich als Wohnsitz und dem gesamten Hütervolk als Ort der Zusammenkunft und Beratung diente. Die Bibliothek mit ihrem hohen Deckengewölbe war ein besonders prächtiger Saal. An den Wänden liefen dunkle Holzregale entlang, die mit Büchern jeglichen Formats und Alters gefüllt waren. Jedes Buch war in tiefbraunes Leder gebunden und trug goldene Schrift auf dem Rücken. Die neueren Bücher waren dunkel und von makellosem Glanz, die alten dagegen verblichen und von jahrhundertelangem Gebrauch leicht abgegriffen. Um die oberen Regalreihen zu erreichen, waren ringsum auf unterschiedlicher Höhe zwei Laufgänge angebracht. Wunderschön geschnitzte Treppen, deren Stufen von Generationen von Hütern ausgetreten waren, führten zu den Emporen hinauf. Fenster gab es keine. Ein Zauber ließ die Bücher schimmern und erfüllte so den Raum mit einem warmen Licht.

Seegan und seine Schülerin, die aus dem chinesischen Guangdong angereist waren, hatten sich schon in der Bibliothek eingefunden. Wie alle Zeithüter war Seegan in ein langes Gewand und einen Mantel gekleidet, auf seinem Mantel jedoch prangte ein farbenprächtiger Drache. Seegans Schülerin war ein schüchternes junges Mädchen namens Yu Yul. Sie arbeitete eng mit ihm zusammen und zog fortwährend die Handschriften und Bücher der Bibliothek sowie die alten Schriftrollen zurate, die sie mitgebracht hatten. Seegan befragte Yu Yul im Flüsterton und sie kritzelte auf einem Bogen Pergament drauflos.

Vremja war ein greiser Zeithüter aus dem russischen Uralgebirge. Da er ein wenig schwerhörig war, legte er immer die Hand ans Ohr, um besser zu verstehen. Er sprach mit tiefer, volltönender Stimme und starkem russischem Akzent. Tid mochte Vremja, weil er ein nimmermüdes Lächeln auf dem Gesicht trug, selbst dann, wenn er eigentlich gerade nicht lächelte. Er war Experte für die Geschichtsschreibung des Altertums. Wann immer sein Finger auf ein bestimmtes Wort in dem alten Band, den er studierte, tippte, schrieb es Pascha, einer seiner jungen Schüler, in ein großes Notizbuch. Sascha, Vremjas zweiter Schüler, der kleiner und stämmiger war als Pascha, stand abwartend in der Nähe, stets bereit flink treppauf zu eilen und den nächsten Band herauszusuchen. Seine Hose war an den Knien schon ganz abgewetzt, weil er oft auf dem Boden herumrutschen musste, um Bücher auf den unteren Regalborden ausfindig zu machen.

Wakaa, ein sehr streng anmutender Zeithüter aus dem ostafrikanischen Kenia, stand an einem Lesepult und blätterte in einem großen Folianten mit schweren Seiten.

Seine Schülerin war Kanika, die eine bunt gemusterte Kutte mit weiten Ärmeln trug. Zuweilen murmelte Wakaa ein Wort, das für jeden außer Kanika unverständlich war. Dann kramte sie in einer mit Schnitzereien verzierten Truhe und holte ein Tonfläschchen mit einem dunklen Pulver hervor oder einen reich bemalten Kieselstein. Jeder Gegenstand wurde vorsichtig auf eine flache Schale gelegt.

Zeitvater Tim saß mit einem alten Buch auf dem Schoß in einem geräumigen Sessel und studierte Sternkarten. In einem zweiten Sessel, neben ihm, saß die Hüterin von Greenwich. Auch sie steckte die Nase in einen großen Wälzer. Hin und wieder brachte Joss, ihr junger Sekretär, ihr einen weiteren.

Als die Tür aufging, hob die Hüterin von Greenwich den Kopf und rief: »Zeit, wie schön, dich zu sehen.«

Zeitvater Tim sah lächelnd auf. Er stützte sich auf die Armlehnen seines Sessels und stemmte sich hoch. Dann schritt er zu Zeit hinüber und schüttelte ihm herzlich die Hand. »Willkommen«, sagte er, abermals lächelnd, und beim Anblick von Zeits Schüler, der beinahe vollständig hinter einem Stapel Lederbände verborgen war, fügte er hinzu: »Wie ich sehe, kommst du gut vorbereitet.«

Zeit nickte und begrüßte die übrigen Hüter. Er stammte aus Niedersachsen in Deutschland und war Experte für Hüterrecht. Die Hüterin von Greenwich zeigte ihm seinen Arbeitsplatz.

Sein Schüler, der unter der Last der Bücher wankte, war froh, sie endlich absetzen zu können.

»Ich habe die von dir vorgeschlagenen Werke mitgebracht«, sagte Zeit zu Zeitvater Tim. »Obwohl ich nicht recht weiß, was sie uns nützen sollen.«

»Für sich allein genommen, überhaupt nichts«, pflichtete Zeitvater Tim ihm bei, »aber Grenja« – er wies mit dem Kopf auf die Hüterin von Greenwich – »ist in den Chroniken auf etwas gestoßen, das von Bedeutung sein könnte.« Er ging zu einem Tisch hinüber, auf dem ein großer verblichener Lederband lag, klappte den schweren Deckel hoch und schlug die betreffende Seite auf.

Zeit beugte sich darüber. »Sehr interessant«, murmelte er, »wirklich äußerst interessant.« Ohne den Blick zu heben, rief er seinem Schüler zu: »Shelton, schreib das hier mal auf.«

Zeitvater Tim und Grenja drehten die Köpfe. »Shelton MacRaven!«, rief Zeitvater Tim überrascht.

Shelton sah auf. Genau das war der Grund, warum er nicht nach Greenwich hatte kommen wollen. »Ja«, sagte er verlegen. Inzwischen waren auch die Augen aller anderen in der Bibliothek auf ihn gerichtet.

»Du bist groß geworden, mein Junge«, meinte Zeitvater Tim mit großväterlichem Stolz. »Es freut mich von Herzen, dich zu sehen.«

Zeit blickte hoch, ein wenig verärgert, dass sein Schüler so lange brauchte. »Shelton!«, bellte er.

»Entschuldigung, Zeitvater Tim«, nuschelte Shelton und sputete sich, Zeits Aufforderung nachzukommen.

Zeitvater Tim und Grenja wechselten einen zufriedenen Blick.

Eineinhalb Jahre zuvor war Shelton MacRaven aus Greenwich fortgeschickt worden. Verräterisch und aufsässig, wie er damals war, hatte man ihn gegen seinen Willen nach Deutschland gebracht, wo Zeit die Erziehungsanstalt für Hüterjungen wie ihn leitete.

»Ähem.« Seegan räusperte sich schon zum hundertsten Mal an diesem Tag. »Yu Yul, deine Subtrakorrektur ist verkehrt.«

Yu Yul warf einen raschen Blick auf ihre Lösung und zog scharf die Luft ein, als sie ihren Fehler erkannte. »Tut mir leid«, sagte sie.

»Du musst dich die *ganze* Zeit über konzentrieren, nicht nur mal *zwischendurch.*«

Yu Yul wurde rot vor Scham über den für alle hörbaren Dämpfer und strengte sich nun doppelt an.

Die heiße Sommersonne brannte auf den Park von Greenwich nieder. Das sonst so saftige Gras war braun. Wer im Park saß, hielt sich im schattigen Schutz der mächtigen Bäume auf. Gruppen von plaudernden Sommerausflüglern, jeder mit einem Rucksack auf dem Rücken, schlenderten den Hügel hinunter. Seff lehnte an dem Baum, bei dem er Baz kennengelernt hatte. Hier trafen sie sich nun jeden Tag nach der Schule.

Als er Baz näher kommen sah, ging Seff zu einem ruhigen Winkel des Parks hinüber. Fern von neugierigen Blicken konnten sie ungestört reden. Sie machten es sich auf dem Boden bequem.

»Hier«, sagte Seff, einen Himbeermuffin in der ausgestreckten Hand, den Enderell ihm zum Mittagessen eingepackt hatte. Er hatte ihn für Baz aufgehoben.

»Und du probier mal das.« Baz reichte ihm ein Küchlein mit Zuckerguss und einer Kirsche obendrauf, das seine Großmutter gebacken hatte.

Seff kostete davon. Der Kuchen schmeckte interessant, konnte aber mit Enderells Leckereien nicht im Mindesten mithalten. »Schmeckt gut«, sagte er höflich.

Mittlerweile hatte Baz herzhaft in Enderells Himbeermuffin gebissen. Als der köstliche Geschmack seine Sinne erreichte, schloss er verzückt die Augen.

»Wer hat den denn gebacken?«, fragte er schwer beeindruckt.

»Enderell«, antwortete Seff ziemlich stolz. »Sie arbeitet für meine Großmutter. Sie kann prima kochen und backen.«

»Ungelogen. Dagegen schmeckt Grandmas Kuchen bestimmt wie eingeschlafene Füße.«

Der Höflichkeit halber wollte Seff es eigentlich bestreiten, aber stattdessen lächelte er nur. »Ich werde jeden Tag was für dich aufheben. Manchmal backt sie auch Klebkuchen.«

»Meinst du vielleicht Lebkuchen?«, fragte Baz.

»Nein, Klebkuchen. Das sind so klebrige Plätzchen, die sie im Ofen macht, mit Honig und Mandeln und Gewürzen. Die schmecken am allerbesten, aber sie sind nicht so gut für die Zähne und Großmutter sagt, ich darf nur ab und zu welche essen.«

Baz streckte die Beine aus. »Dad reitet auch andauernd auf meinen Zähnen herum, aber die hier kauf ich mir trotzdem immer.« Er zog eine Rolle Drops hervor und bot sie Seff an. Seff nahm sich einen und steckte ihn in den Mund.

»Mir sind heute wieder deine beiden Freunde über den Weg gelaufen«, sagte Baz. »Ist schon irre, dass ich jetzt alles von deiner Welt sehen kann. Kaum zu glauben, dass es immer schon da war und ich keinen Schimmer davon hatte. Wäre es in New York genauso?«

»Überall«, erwiderte Seff.

»Wow! Ich wünschte, ich könnte es Dad erzählen. Der würde ausflippen!«

»Du darfst es niemandem verraten«, sagte Seff sofort besorgt.

»Keine Bange, der würde sowieso bloß denken, ich wäre übergeschnappt.«

Dann fiel Baz plötzlich etwas ein. »Da war heute ein Mädchen auf dem Weg zur Schule, eine von euch. Sie war wohl spät dran oder so, die ist nämlich mit einem Affenzahn dahergepest, direkt auf mich zu. Also, die hat überhaupt keine Anstalten gemacht, mir auszuweichen. Wär sie durch mich durchgerannt wie du durch Cooper oder wär sie voll in mich reingeknallt?«

»Weiß ich nicht, probier's lieber nicht aus. Was hast du denn gemacht?«

»Aus dem Weg werfen konnte ich mich schlecht, das wär zu auffällig gewesen.«

»Und was ist passiert?«

»Ich war wie versteinert, weil ich nicht wusste, was ich tun sollte, und dann ist sie auf einmal gestolpert und hingesegelt. Wie sie zu Boden ist, ist ihr Pferdeschwanz in die Luft geflogen«, gluckste er. »Ich konnte mir das Lachen kaum verkneifen. Aber ich hab mir auf die Zunge gebissen und bin einfach weitergegangen.«

Seff lächelte. Mit Baz konnte man sich gut unterhalten.

»He, Seff.«

»Ja?«

»Kannst du mir nicht mal eins eurer Häuser von innen zeigen? Die sehen irgendwie schnuckelig aus. Manche haben so ein Reetdach.«

»Das von Zeitvater Tim hat eins.«

»Wow, könnte ich mir sein Haus mal angucken?«

»Auf gar keinen Fall. Nachher sieht uns noch einer. Wir dürfen uns nicht zusammen blicken lassen. Deshalb haben wir uns doch hierher verzogen, weil sich in diese Ecke vom Park keiner verirrt.«

Baz seufzte enttäuscht.

»Spielst du Fußball?«, fragte Seff, um ihn auf andere Gedanken zu bringen.

»Ein Ass bin ich nicht gerade«, antwortete Baz düster. »Die in der Schule machen sich über mich lustig, aber auf einem Basketballfeld würden die genauso eine komische Figur abgeben.«

»Ich spiel auch nicht besonders«, meinte Seff, »aber ich hab einen Ball.« Er holte einen Fußball aus seiner Tasche. »Mit mir spielt nie einer, weil ich so eine Niete bin.«

»Ich auch«, sagte Baz.

»Bolzen wir eine Runde?«, fragte Seff leicht nervös.

»Au ja!«, rief Baz. »Es gibt so was, das Cooper immer macht.« Er stand auf. »Er tippt den Ball hinter sich, etwa so«, Baz rollte den Ball im Zeitlupentempo um sich herum, »und dann kickt er ihn irgendwie über den Kopf hinweg.« Baz versuchte es selbst, aber der Ball schoss in die verkehrte Richtung. Er zog die Schultern hoch. »Das passiert mir jedes Mal, oder ich leg mich lang.«

»Das kenn ich«, sagte Seff und rannte dem Ball hinterher, um ihn zurückzuholen. »Das hab ich auch schon probiert.« Er stellte den Fuß auf den Ball und schob ihn mit einer Drehung hinter sich, doch er verlor das Gleichgewicht und fiel der Länge nach hin.

Baz lachte, aber nicht aus Schadenfreude.

»Ich hab gesehen, was du falsch machst«, sagte er, streckte die Hand aus und half Seff auf die Beine. »Versuch's mal so.«

Sofie saß draußen vor dem Haus auf der Mauer und sah Tid und Herbie Connal beim Fußballspielen zu. Sie überlegte, ob sie mitspielen sollte, aber da die Sonne noch heiß herunterschien, obwohl sie schon tief am Himmel stand, zog es Sofie in den Schatten der Bäume. Einen Baum unweit des Teichs liebte sie besonders. Seine langen, tief herabhängenden Zweige strichen beinah über den Boden, sodass ein lauschiges Plätzchen entstand, das im Sommer kühl, im Winter trocken war und wo sie sitzen und ganz für sich sein konnte. Es gab Zeiten, da war Sofie gern allein und genau so ein Moment war dies. Mit einem letzten flüchtigen Blick auf die Jungen rutschte sie von der Mauer und machte sich zu ihrem Baum auf.

Die Grauhörnchen im Park hatten wegen des Wiederholungstages jede Menge zu tun. Sie mussten dafür sorgen, dass das Treiben der Menschen seinen gewohnten Gang ging. Ihr Anführer, Walnut Bushytail, hatte dazu Pläne ausgearbeitet, Listen aufgestellt und Schichten eingeteilt. Es spielte keine Rolle, ob sich immer ein und dasselbe Grauhörnchen von dem Futter, das ein Mensch ihnen hinhielt, anlocken ließ. Menschen konnten Grauhörnchen ohnehin nicht auseinanderhalten. Sofie winkte ihrer

Freundin Hazel zu, doch die war zu sehr damit beschäftigt, einem Kind eine Nuss aus der Hand zu nehmen, um es mitzubekommen.

Sofie bückte sich tief, kroch unter ihren Baum und kletterte auf den einladenden Ast in seiner Mitte. Sie legte sich der Länge nach darauf und starrte hoch in das Geäst. Sie musste eine Entscheidung treffen. Sollte sie Zeitvater Tim von ihrer Begegnung mit Scaggy erzählen?

Der Gedanke an Scaggy rief Erinnerungen an ihr altes Zuhause wach. Von jeher hatten die Frauentunnel, wie sie in der Drunterwelt genannt wurden, Sofie fasziniert, denn das war der Ort, an dem sie ihre Mutter vermutete. Sofie konnte sich nicht an sie erinnern, weil sie noch ganz klein gewesen war, als sie in die Drunterwelt kam. Schon ihr ganzes Leben lang sehnte sie sich danach, sie kennenzulernen.

»Hallo.«

Sofie wandte sich so abrupt um, dass sie beinah von ihrem Ast gefallen wäre. Ihr Blick traf auf Scaggy, die mit gekrümmtem Rücken am äußeren Rand des Blätterdachs stand, um nicht an die ausladenden Äste zu stoßen.

»Hallo«, erwiderte Sofie und schaute sich um, ob Scaggy allein war. Es sah ganz danach aus.

Sofie schwang die Beine zur Seite und ließ sie vom Ast hinunterbaumeln, sodass sie nun aufrecht saß.

»Hab ich mich gedenkt, dass ich dir hier find.«

»Wieso?«, fragte Sofie misstrauisch.

Scaggy zuckte mit den Schultern. »Das is dich dein Baum. Ich seh dir oft hier.«

»Spionierst du mir etwa nach?«, argwöhnte Sofie.

»Nä, Quatsch«, sagte Scaggy, eine Spur gekränkt. »Ich sponier kein' nich nach, ich kuck bloß gern, sons nix. Hier oben is es viel buntiger.«

Verglichen mit dem Leben unter der Erde war das Leben im Park mit den Grauhörnchen, Menschen und Hütern sehr aufregend. Sofie erinnerte sich daran, dass Scaggy sich als Kind oft aus der Drunterwelt in die Drüberwelt geschlichen hatte. Da leuchtete es ein, wenn sie nun, da sie älter war, noch mehr Zeit hier oben verbrachte.

»Und wo ist dein Ausguck?«, fragte Sofie.

»Ich hab au 'n Lieblingsbaum«, antwortete Scaggy. »Nich hier, sonnern mehr so da bei 'n Wildpark.«

Ein beklommenes Schweigen trat ein.

Scaggy kam weiter unter den Baum, damit sie aufrecht stehen konnte.

»Habt ihr das Problem mit der Graberei gelöst?«, erkundigte sich Sofie.

»Nä«, sagte Scaggy. »Wir sitzen tief inner Patsche.«

»Was ist denn passiert?«

»Das Gerumse und Geklopfe wird immer lauter. Es hört sich an, als ob einer mit Hämmer auf die Wände einhaut.«

»Kann es nicht sein, dass ein paar von euch Frauen etwas bauen?«

Scaggy sah sie überrascht an. Offensichtlich gab es so einiges, was Sofie über die Welt, aus der sie kam, nicht wusste. »Wir Frauen baun nix nich.«

»Vielleicht macht ja eine heimlich etwas.«

»Ins Labyrinth gib's keine Geheimnisse nich«, sagte Scaggy. Dann fügte sie nüchtern hinzu: »Ich glaub, die Männer buddeln sich zu uns durch. Weiß du« – sie beugte sich näher zu Sofie heran und senkte ihre Stimme – »ich glaub, die Männer wolln uns einnehm'.«

»Euch einnehmen?«

Scaggy nickte.

»Warum? Sie können Frauen doch gar nicht ausstehen.«

»Hmja, das tun se behaupten und die Frauen wettern in eine Tour, wie grässlich die Männer sind, aber die vertragen sich schon, wenn se wolln. Ich hab se gesehn, hab ich.«

»Und du meinst, die Männer wollen ins Labyrinth einziehen?«

»Warum nich? Da is es viel schöner als wie in den' ihre Tunnels und außerdem ham wir die Wichte.«

»Kinder mögen die Männer doch auch nicht.«

»Mögen tun se se vielleich nich, aber brauchen tun se se«, erklärte Scaggy.

»Wozu?«

»Streng ma dein' Grips an, Sofie. Die Männertunnels sterben aus, wenn se keine Jungs nich ham, die zu Männer ranwachsen.«

»Kann schon sein, aber warum sollten sie deswegen das Labyrinth einnehmen wollen?«

»Als du noch bei die Männer inner Drunterwelt wars«, sagte Scaggy geheimnisvoll, »is dich da nix an die Wichte aufgefalln?«

»Was soll denn mit ihnen gewesen sein?« Sofie dachte zurück. Leicht war das nicht. Sie hatte sich so sehr bemüht, ihr elendes Dasein unter der Erde zu vergessen, dass es ihr nun schwerfiel, sich zu erinnern. »Es kamen keine mehr, nicht nach Seff.«

»Hmja«, sagte Scaggy mit zufriedenem Lächeln. »Wusst ich's doch, dass du's merks. Snivel – Seff, mein ich – war der Letzte. Nachdem er weggeschnappt worn war, ham die Frauen dafür gesorgt, dass Schluss is damit.«

»Schluss?«

»Hmja. Die Männer sind immer reinspaziert, wie se lustig warn. Irgendwann war's so, dass wir da unten nix Schönes mehr hatten, weil se einfach rein sind und sich alles gekrallt ham, was se wollten, au die Wichte. Berwyth sagt, sie tun's aus pure Fiesigkeit.«

»Wer ist Berwyth?«

»Sie is die Anführerin vons Komitee.« Noch bevor Sofie den Mund aufmachen konnte, erklärte Scaggy schon: »Die leiten das Labyrinth. Manches machen se nich schlecht nich. In anneres sind se furchtbar. Jenfalls ham se dafür gesorgt, dass die Wichte nich mehr weggeschnappt wern.«

»Und wie?«

»Eintlich war's 'n Klacks«, sagte Scaggy mit einem leisen Kichern. »Wir ham die Männer einfach von Zeitvater Tims Zauber erzählt, alsu, nich direkt erzählt nich, sonnern eher bloß so rumgetratscht, dass Old Killjoy Wind davon gekriegt hat.«

»Was denn für ein Zauber?«

»Wir ham behauptet, dass Zeitvater Tim die Tür zu's Labyrinth mit ein' seiner stärksen Hokuspokusse belegt hat. Und dass der Zauber so stark is, dass jeder, der ungebeten durch ihr durchgeht, in 'n Frosch verwandelt wird!« Sie lachte kurz auf. »Die dumm' Hohlköppe ham's geglaubt. Die sind so was von blöd.«

Sofie schmunzelte. Scaggy hatte ein nettes Lachen.

»Danach ham se sich nich mehr blicken lassen und jetz könn' wir alle unsre Stöberschätze behalten und die Wichte wachsen bei ihre Mütter auf. Die Sache is nur« – ihr Gesicht wurde wieder ernst – »Scratch hat mehr Grips als wie Old Killjoy und ich glaub, er führt was in Schilde. Ers hat's bloß gebebt, aber seit 'ne Weile hört man au Geräusche.«

»Was für Geräusche?«

»Ganz nah bei mich meine Nische. Ich wohn am Rand vons Labyrinth. Es gefällt mich da, weil's leise is, oder besser gesagt, leise war. Jetz hört man nich nur Gerumse, sonnern au Gescharre. Ich glaub, die buddeln sich durch. Um so was auszutüfteln, brauch man Grips. Durch die Tür könn' se nich, also tunneln se sich rein.«

»Darauf wäre Old Killjoy nie gekommen.« Sofie erinnerte sich nur zu gut, wie dumm der frühere Wracka-Anführer gewesen war.

»Old Killjoy is nich mehr ans Ruder. Er hat sich um 'n selben Dreh rum aus 'n Staub gemacht wie du. Es wird gemunkelt, dass Scratch ihm beseitigt hat. Jenfalls is Scratch jetz Anführer. Er hat sich sogar irgend so 'n bekloppten Titel zugelegt. Nennt sich Offa Scratch, keine Ahnung nich, warum.«

Sofie hörte nur mit halbem Ohr zu. Es fiel schwer, sich die Drunterwelt ohne Old Killjoy vorzustellen, doch sie dachte nicht weiter darüber nach. »Liegen das Labyrinth und die Drunterwelt nah beieinander?«

»Manche sagen, sie wärn verbunden, aber mich leuchtet nich ein, wie das gehn soll. Ich glaub, sie mussten 'ne weite Strecke bis zu uns buddeln, und du sags jetz bestimmt, so weit könn' die Männer nich buddeln, aber sie sind schon 'ne ganze Weile dran.«

Sofie überlegte. Zeitvater Tim hatte gesagt, dass exkavatorische Kräfte unter der Erdoberfläche den Wobbel verursacht haben könnten.

»Und was soll Großvater machen?«

»Ich, alsu, wir ham gedenkt, wenn er die Tunnels wirklich verzaubert, dann komm' die Männer niemals nich durch.«

»Das geht nicht«, meinte Sofie. »Hüter haben unter der Erde keine Zaubermacht.«

»Gewöhnliche Hüter nich, aber Zeitvater Tim is 'ne Ausnahme. Er is 'n großer Hüter, wir alle wissen das. Der kann das.«

Sofie hatte ihre Zweifel, doch sie behielt sie für sich. »Möchtest du ihn gern treffen?«

»Hmja«, antwortete Scaggy ernst.

»Gut«, sagte Sofie und sprang von ihrem Ast hinunter. »Dann komm mit zu mir nach Hause.«

Scaggy schien es auf einmal nicht mehr so eilig zu haben. Mit Zeitvater Tim zu sprechen war zwar ihr Ziel gewesen, aber nun, da es so weit war, bekam sie plötzlich kalte Füße. »Muss nich jetz gleich sein.«

Es war, als hätten sie die Rollen getauscht. Für Sofie stand nun fest, dass Scaggy ihren Großvater auf der Stelle treffen musste. »Natürlich muss es jetzt gleich sein. Du sagst doch, die Männer sind schon ewig zugange, sie könnten also in dieser Sekunde durchbrechen. Du musst mit Großvater reden.«

Scaggy zögerte. »Zeitvater Tim will bestimmt kein' Wracka nich im Haus.«

»Gegen dich wird er nichts haben.«

»Aber …« Scaggy blieb stur. »Was, wenn die Türn verzaubert sind? Du weiß schon«, sagte sie, als sie Sofies fragenden Blick sah, »mit so 'n Zauber, der 'n Wracka in 'n Frosch oder so verwandelt.«

Sofie unterdrückte ein Lachen. »Das würde Großvater nicht machen.« Scaggy war sich da nicht so sicher.

»Wie wär's, wenn er im Garten mit dir spricht?«, schlug Sofie vor.

»Warum nich hier?«

Sofie wollte es nicht darauf ankommen lassen, dass Scaggy sich davonmachte, während sie ihren Großvater holen ging. Sie erinnerte sich noch gut daran, wie sehr sie selbst sich vor ihrer ersten Begegnung mit Zeitvater Tim gefürchtet hatte.

Schnell ließ sie sich etwas einfallen. »Er ist ein alter Mann, da muss er ja nicht wegen dir durch den ganzen Park rennen.«

Scaggy runzelte die Stirn. »Na gut, aber ich geh in kein Haus nich rein!«

SUM CHOY DAY HAR

»Exkavatorische Kräfte!« Vremja hatte so laut gesprochen, dass alle in der Bibliothek aufsahen. Er tippte mit dem Finger auf das Manuskript, in dem er gerade las. »In den historischen Schriften Wladimirs des Wackeren ist die Rede von außergewöhnlichen exkavatorischen Kräften, die mit einem Zeitsprung zusammenfielen.«

»Ah!«, sagte Seegan aufgeregt. »Das könnte gut mit etwas zusammenpassen, was wir hier haben, wenigstens denke ich das.« Er blickte zu Yu Yul. »Wie würdest du das übersetzen?« Er wies auf eine kurze Textstelle in alten Schriftzeichen.

Yu Yul zog die Stirn in Falten, während sie sich auf die Worte konzentrierte. »Sum choy day har?«, sagte sie zögernd.

»Ja!«, jubelte Seegan. »Du hast es!«

Yu Yuls hübsches Gesicht errötete vor Freude.

»Sum choy day har«, wiederholte Seegan, der auf das Manuskript starrte und im nächsten Augenblick ganz darin versunken war. Die anderen Zeithüter warteten auf eine Erklärung von ihm. Nach längerem Schweigen sagte Zeitvater Tim vorsichtig: »Wir haben nicht die leiseste Ahnung, was du meinst.«

Seine Stimme holte Seegan in die Gegenwart zurück. »Entschuldigung. Wo habe ich nur meine Manieren? *Sum choy day har* bedeutet ›tief unter der Erde‹. Diesen Berechnungen zufolge können Bewegungsvorgänge tief unter der Erdoberfläche eine schwerwiegende Störung der Zeit verursachen.«

»Interessant.« Zeitvater Tim zupfte sich am Bart. »Bryn verzeichnet schon seit Monaten unterirdische Aktivität. Wenn sie in der Nähe der empfindlichen Zeitsensoren auftritt, könnten wir den Grund für den Zeitsprung gefunden haben.«

»Wir werden das untersuchen«, sagte die Hüterin von Greenwich.

»Danke, Grenja.« Zeitvater Tim lächelte. »Und auch dir, Seegan, und dir, Vremja, vielen Dank, das hilft uns ein gutes Stück weiter.« Er sah Zeit an. »Was ist mit den alten Gesetzen?«

»Leider kann ich nichts von Belang finden«, antwortete Zeit.

»Na gut, und wie steht es mit tiefer Magie?«

Wakaa schüttelte den Kopf.

»Hm, also sind exkavatorische Kräfte der einzige mögliche Grund, den wir bisher ausmachen konnten.«

»Wir dürfen auch nicht ausschließen, dass jemand die Grenze zwischen unserer und der Menschenwelt überschritten hat«, sagte Grenja. »Darin könnte die Ursache liegen.«

»Wer käme denn auf die Idee?«, fragte Zeit. »Niemand würde etwas tun, das unseren Gesetzen so zuwiderläuft. Das lernen wir doch schon von Kindesbeinen an.«

»Überprüfen sollten wir es vielleicht trotzdem«, schlug Zeitvater Tim vor.

»Ich werde mit Bryn sprechen«, erklärte Grenja. »Er steht in regelmäßigem Kontakt mit den Grauhörnchen. Die werden wissen, ob irgendetwas dieser Art im Park vorgefallen ist.«

Scaggy stand nervös in Zeitvater Tims Vorgarten, während Sofie ins Haus lief. Tid und Herbie unterbrachen ihr Fußballspiel und starrten die Unbekannte an.

»Enderell, ist Großvater da?«, rief Sofie durch die offene Tür.

Elegant wie immer blickte Enderell von einem großen Buch auf, in das sie geschrieben hatte. »Noch nicht«, sagte sie gelassen.

Enderell war die Kräuterkundlerin unter den Hütern. Sie blieb bei Tid und Sofie, wenn Zeitvater Tim länger außer Haus war.

»Aber sie ist extra hergekommen, um mit ihm zu reden.«

»Wer denn?«

»So was wie eine alte Freundin von mir.«

Enderell sah Sofie verständnislos an.

»Also, eigentlich ist sie ein Wracka.«

Enderells Augen weiteten sich vor Überraschung.

»Aber sie ist nicht wie die anderen«, versicherte Sofie ihr schnell. »Sie war immer nett zu mir und sie hat Großvater etwas Wichtiges zu sagen. Es könnte etwas mit dem Zeitwobbel zu tun haben, auch wenn sie das nicht weiß. Kannst du ihn herholen? Kannst du ihn von hier bis zum Horchenden Haus in deine Gedanken rufen?«

Enderell schaute zum Fenster hinaus und sah im Garten die junge Wrackafrau stehen, die nervös ihre Finger ineinanderknotete.

»Nein, die Entfernung ist zu groß.« Enderell schloss für einen kurzen Moment die Augen und Sofie wusste, dass sie jemanden in ihre Gedanken rief. Hüter können Gedanken übertragen. Auch Tid und Sofie konnten das, doch sie waren noch keine Meister darin und mussten sich dafür stark konzentrieren. Erwachsenen gelang es müheloser.

Als Enderell die Augen wieder öffnete, fragte Sofie: »Wer kommt denn?«

Enderell gab keine Antwort, sondern ging hinaus in den Garten.

Als Scaggy sie kommen sah, straffte sie den Rücken und strich verlegen den Rock ihres ausgeblichenen Kleides glatt.

»Das ist Enderell«, sagte Sofie, die es als ihre Aufgabe betrachtete, die beiden miteinander bekannt zu machen.

»Ich weiß«, sagte Scaggy leise. Sie hatte Enderell schon oft im Park gesehen.

Sofie wandte sich Enderell zu, um ihr Scaggy vorzustellen. »Und das ist –«

»Lorin«, unterbrach Scaggy sie mit einem flüchtigen Blick in ihre Richtung.

Sofie sah sie erstaunt an.

»Wenn wir die Drunterwelt verlassen und ins Labyrinth zurückkehrn«, erklärte Lorin, »nehm' wir statt die grässlichen Namen, die uns die Männer verpasst ham, wieder die Namen an, die unsre Mütter uns bei unsre Geburt gegeben ham. Das heiß, wenn se noch da sind und sich erinnern könn'.«

»Herzlich willkommen, Lorin«, sagte Enderell und streckte anmutig die Hand aus.

Die meisten Wrackas hätten mit dieser Geste nichts anfangen können, doch Lorin hatte sich beim stundenlangen Beobachten im Park einiges abgeschaut. Sie erkannte den Hütergruß und hielt Enderell unbeholfen ihre Hand hin, damit sie sie schütteln konnte.

»Kommst du auf ein Tässchen Tee mit rein?«

»Da rein?«, fragte Lorin mit Unbehagen.

Enderell lächelte. »Ja.«

»Aber ich bin 'n ...« Lorin zögerte. »Bestimmt bin ich nich erwünscht in – in *ihm* sein Haus.«

Enderells Lächeln wurde breiter. »Sofies Freunde sind auch unsere Freunde. Bitte sehr, komm.«

Sofie ermunterte Lorin mit eifrigem Kopfnicken.

Nervös raffte Lorin ihr Kleid und folgte Enderell. Kurz vor dem Hauseingang blieb sie zurück. Sie scheute sich die Schwelle zu überschreiten. Doch obwohl sie große Angst hatte vor dem, was sie jetzt tun würde, wusste sie, dass kein Weg daran vorbeiführte. Sie biss sich auf die Unterlippe, kniff die Augen zu und trat kühn durch die Tür. Sobald sie drinnen war, schlug sie die Augen wieder auf und blieb einen Moment lang stehen, um zu sehen, ob irgendetwas Furchtbares geschehen war. Sie fühlte sich kein bisschen anders. Auch ihr Herz schlug noch. Sie betastete ihre Finger: Ihr waren keine Schwimmhäute gewachsen. Nichts hatte sich verändert. Sie hatte sich nicht in einen Frosch verwandelt.

Tid und Herbie hatten mit dem Fußballspielen aufgehört und waren aus Neugier auf das fremde Mädchen zur Tür gekommen. Enderell goss heißes Wasser in eine Teekanne. Lorin schaute sich um.

Sie stand in einer gemütlichen Küche mit einer farbenfrohen Gardine am Fenster und einem kunterbunten Flickenteppich auf dem gefliesten Boden. Enderell stellte Tassen und Untertassen auf einen runden Tisch, über dem eine karierte Decke lag. Sofie zog einen Stuhl hervor und bat Lorin sich zu setzen. An der Lehne war mit kleinen Schleifchen ein zur Tischdecke passendes Kissen festgebunden. Lorin, die noch nie zuvor auf einem Stuhl mit Kissen gesessen hatte, nahm zaghaft Platz.

»Möchtest du?«, fragte Sofie und stellte einen angeschnittenen Kuchen auf den Tisch. »Es ist Erdbeer und ich hab ihn gebacken.«

Lorin nickte geistesabwesend. Es gab zu viel zu bestaunen. So viel Luxus. So viel Pracht.

Sofie konnte nachempfinden, wie Lorin sich fühlte. Ihr war es genauso ergangen, als sie zum ersten Mal an diesem Tisch gesessen und mit Tid und Zeitvater Tim gegessen hatte. Sie erinnerte sich, wie Tid sich dafür entschuldigt hatte, dass es nur einfachen Hackbraten mit Kartoffelbrei gab, und doch war es köstlicher gewesen als alles, was Sofie sich je hätte träumen lassen. Sie konnte verstehen, warum Lorin den Kuchen mit großen Augen ansah und nicht anrührte.

Tid und Herbie kamen gierig näher. Es gab Kuchen und dafür war in ihren Bäuchen immer Platz, aber Sofie schüttelte den Kopf und nahm die Platte wieder fort, sobald sie Lorin ein Stück serviert hatte. »Ihr habt schon gegessen«, sagte sie im Erwachsenenton zu den Jungen.

Enderell hatte den Tee noch nicht eingeschenkt, da ertönte von der Tür eine Stimme. »Ist alles in Ordnung, Enderell?«

Enderell sah lächelnd hoch. »Bryn. Danke, dass du gekommen bist. Möchtest du Tee?«

»Das wäre fabelhaft«, antwortete Bryn Brownal.

Sofie ging auf, dass es Pa Brownal war, den Enderell in Gedanken herbeigerufen hatte.

»Hallo Jungs«, sagte er gut gelaunt, als er sich im Türrahmen an den beiden vorbeischob. »Ich glaube, es ist Zeit, dass du dich nach Hause aufmachst, Herbie. Auf dem Weg hierher habe ich deinen Großvater getroffen. Er hat gesagt, er wartet schon auf dich.«

»Och«, murrte Herbie, der ungern gehen wollte, wo es doch gerade so interessant zu werden versprach. Zögernd blieb er im Türrahmen stehen, doch Bryn verabschiedete ihn kurzerhand, beförderte ihn mit einem kleinen Schubs in den Rücken hinaus und schloss dann die Tür.

»Hallo, Sofie.«

»Hallo, Pa Brownal«, erwiderte Sofie. »Das ist Lorin.«

Bryn Brownal richtete seinen Blick auf die Fremde, was nicht hieß, dass er sie nicht schon gleich bei seiner Ankunft bemerkt hätte.

»Guten Abend, Lorin«, sagte er förmlich und hielt ihr die Hand hin.

Lorin streckte ihm die zitternde Hand entgegen.

»Ich habe dich ab und zu schon mal im Park gesehen«, sagte er, während er sich auf einem Stuhl niederließ und die Tasse in Empfang nahm, die Enderell ihm reichte.

Lorin war bestürzt. Sie hatte immer gedacht, in ihrem Baumversteck wäre sie vor neugierigen Blicken sicher.

Sofie schnitt ein Stück Kuchen ab und gab es Bryn.

Er bedankte sich mit einem Lächeln und wandte sich wieder Lorin zu. »Ich hätte nie gedacht, dass du dich mit uns unterhalten willst«, sagte er. Er verschlang einen großen Bissen Kuchen, erklärte ihn für köstlich, beglückwünschte Sofie, als er hörte, dass sie ihn gebacken hatte, und empfahl Lorin dringend ihn auch zu probieren.

Doch Lorin rührte ihn nicht an. Es war alles zu viel für sie. Das schöne Häuschen, der Duft des allerersten Kuchens, den man ihr je serviert hatte, und die vielen auf sie gerichteten Augenpaare verschüchterten sie. Schweigend saß sie auf der Stuhlkante.

»Du liebe Zeit, hier ist ja ein richtiger Budenzauber im Gange!«

Alle schraken zusammen und sahen zur Tür. Sie hatte sich so leise geöffnet, dass niemand es gehört hatte. Zeitvater Tim war nach Hause gekommen.

»Großvater!« Sofie lief zu ihm und schlang die Arme um seine breite Taille. Er herzte sie und drückte ihr einen Kuss auf. Dann legte er die Hand auf Tids Wuschelkopf und die beiden lächelten sich an. »Hallo, Großvater.«

»Hallo, mein Junge.«

Nachdem Zeitvater Tim Enderell und Bryn begrüßt hatte, wandte er sich schließlich der Unbekannten zu.

»Das ist Lorin«, sagte Sofie, während sie ihre Hand in die ihres Großvaters schob. »Weißt du noch, ich hab dir mal von einem …« Sie zögerte, weil sie das Wort nicht in den Mund nehmen mochte, aber sie musste ja erklären, was los war. Sie stellte sich auf die Zehenspitzen und ihr Großvater beugte sich ein wenig herunter, damit sie leise sprechen konnte. »… von dem Wracka erzählt, der in der

Drunterwelt nett zu mir war. Damals haben wir sie Scaggy genannt, aber jetzt heißt sie Lorin.« Und dann fügte sie mit lauterer Stimme hinzu: »Sie möchte mit dir reden, Großvater. Es geht etwas Wichtiges vor sich.«

Zeitvater Tim nickte. »Willkommen, Lorin«, sagte er herzlich. »Wie ich sehe, hast du Kuchen. Ich hatte ja gehofft, ich würde auch welchen bekommen.«

Sofie entfuhr ein kleiner Schreckenslaut, als ihr aufging, wie unaufmerksam sie gewesen war. Sofort machte sie sich daran, das letzte Stück Kuchen für ihren Großvater auf einen Teller zu legen.

Lorin starrte nervös vor sich auf den Tisch.

Zeitvater Tim konnte sich denken, was in ihr vorging. »Tid, ich glaube, es ist Zeit für dein Bad.«

Tid sah ihn entrüstet an. Er war zu groß, um noch in die Badewanne geschickt zu werden, vor allem im Beisein von Besuch, und überhaupt war es noch viel zu früh dafür. Er setzte schon zum Protest an, doch ein einziger Blick seines Großvaters brachte ihn zum Schweigen.

»Sofie«, sagte Tid, »du darfst zuerst.«

»Sofie bleibt hier«, erwiderte Zeitvater Tim in ruhigem Ton. »Heute kannst du zuerst baden, mein Junge.«

Tid war zutiefst gekränkt, dass Sofie bleiben durfte, während er hinausgeschickt wurde. Das ging zu weit! Immerhin war er der Zeitvaterenkel. Er hatte ein Recht zu bleiben! Er hätte seinem Unmut gern Luft gemacht, aber ihm war klar, dass er das nicht durfte. Um sich nichts anmerken zu lassen, ließ er die Tür sanft hinter sich ins Schloss fallen, als er ging.

In Sofie regte sich leiser Stolz darüber, dass sie bleiben durfte.

»Danke fürs Vorbeischauen, Bryn«, sagte Zeitvater Tim. »Vielleicht kommst du ein andermal wieder.« Bryn schaltete sofort. Schnell verputzte er die letzten Kuchenkrümel von seinem Teller. Nachdem er sich von allen verabschiedet und am Schluss noch hinzugefügt hatte: »Freut mich sehr dich kennengelernt zu haben, Lorin«, entfernte er sich.

Da Lorin im Labyrinth nur unter Frauen lebte, fiel es ihr schwer genug, mit nur einem Mann zu sprechen, geschweige denn mit zwei Männern und einem Jungen. Im Stillen dankte sie dem Zeitvater, dass er die beiden fortgeschickt hatte.

Zeitvater Tim winkte Enderell und Sofie sich dazuzusetzen. Schweigend nahmen sie Platz. »Worum handelt es sich bei diesem Wichtigen, das da vor sich geht?«, fragte er freundlich.

Eine Weile saß Lorin nur stumm da und sammelte Mut, um zu sagen, was sie auf dem Herzen hatte. Sie hatte es lange einstudiert, aber nun, da der Augenblick gekommen war, hatte sie ihren Text vergessen.

»Vielleicht erst mal ein Schlückchen Tee?«, schlug Zeitvater Tim vor.

Froh über die kleine Schonfrist nahm Lorin einen großen Schluck, aber nun raubten neue Sinneseindrücke ihr jeden Gedanken daran, was sie sagen könnte. Der Tee war köstlicher als alles, was Lorin je probiert hatte. Sie starrte in die Tasse. Es sah aus wie Tee, aber es schmeckte ganz anders.

»Ja«, sagte Zeitvater Tim mit einem Schmunzeln, »Enderell kann Tee wie einen Wundertrank schmecken lassen. Das ist ihre Gabe.«

Enderell lächelte geschmeichelt.

»Er erstaunt mich jedes Mal wieder aufs Neue, wenn ich ihn trinke«, sagte Zeitvater Tim und nippte an seiner Tasse.

Lorin war ihm dankbar für seinen Versuch, ihr das Unbehagen zu nehmen, auch wenn es ihm nicht gelang.

Nachdem Lorin noch einen Schluck getrunken hatte, fuhr sie sich mit der Zunge über die Lippen und fing an zu sprechen. Kein Ton kam heraus, daher räusperte sie sich und begann noch einmal von vorn. »Zeitvater Tim«, sagte sie so leise, dass alle sich ein wenig vorbeugen mussten, um sie zu verstehen. »Wir – alsu, die Frauen ins Labyrinth – brauchen dich deine Hilfe.«

So, nun war es heraus. Die Augen fest auf die Tischdecke geheftet, wartete sie auf seine Reaktion.

»Womit könnte ich euch helfen?«, fragte Zeitvater Tim freundlich.

Lorin holte tief Luft, doch dann verließ sie der Mut und sie sah verzweifelt zu Sofie hinüber, die ihr zu Hilfe kam.

»Lorin hat mir erzählt …« Und sie erklärte rasch die Sache mit den Wrackakindern und den Wrackamännern und dem Tunnelbau.

Zeitvater Tim rieb sich das Kinn.

»Und wie lange graben sie schon?«

»Sie ham in 'n Sommer angefang', nachdem Sofie inne Drüberwelt gegang' is«, sagte Lorin, heilfroh ihre Stimme wiedergefunden zu haben.

Zeitvater Tim nickte vor sich hin. Das mussten die unterirdischen Erschütterungen sein, von denen Bryn gesprochen hatte.

»Aber sie sind schon ganz nah. Das kann ich spürn. Appenzu leg ich die Hände anne Wand von mich meine Nische und dann is es, als ob die Wand sich bewegt.«

Zeitvater Tim überlegte kurz. »Es war richtig von dir, dass du mich aufgesucht hast«, sagte er.

»Kanns du uns helfen?«, fragte Lorin und sah angespannt zu ihm auf.

Zeitvater Tim blickte ihr tief in die Augen. Er konnte mehr als irgendwer sonst in jemandes Augen lesen und er sah, dass es ihr ernst war.

»Ja, das kann ich«, antwortete er.

»Oh!«, entfuhr es Lorin vor lauter Erleichterung. »Kanns du mit mich komm' und es Berwyth erzähln?«

»Nein«, sagte Zeitvater Tim sanft.

Lorin war geknickt. »Aber du has doch gesagt …«

»Erst muss ich mich mit dem Hüterrat besprechen.«

»Aber dafür is keine Zeit nich. Was is, wenn die Männer genau jetz durchstoßen?«

»Du musst begreifen, Lorin«, sagte Zeitvater Tim freundlich, aber bestimmt, »dass wir anders sind als Wrackas. Wir hören zu, wir tauschen uns aus und dann planen wir. Es behagt uns nicht, etwas übers Knie zu brechen, bevor wir alle Möglichkeiten gründlich durchdacht haben. Die Wrackas graben schon lange an dem Tunnel, da bezweifle ich, dass ein Tag mehr oder weniger etwas ausmacht.«

»Aber du kanns doch jetz schon ma zaubern, bloß zur Sicherheit, und dann wieder gehn und reden und so 'n Zeugs, und dann später wiederkomm' und tun, was der Rat sagt. Es is aus mit uns, wenn die Männer durchbrechen. Die könn' sauböse sein. Früher ham se sich einfach die Kinder geschnappt, aber die Frauen wern se nich mehr lassen und dann gib's 'n Gemetzel. Nie und nimmer lassen wir die Wichte so mir nix dir nix gehn.«

Zeitvater Tim sah in ihr banges Gesicht. »Ich verfüge nicht über den Zauber, der unter der Erde wirken würde.«

»Doch«, erklärte Lorin stur. »Du bis der Zeitvater. Du kanns alles.«

»Nein, das kann ich nicht«, sagte er entschieden. »Es stimmt zwar, dass es Zauber gibt, die auch unter der Erde wirken könnten. Aber das ist die tiefste und älteste Magie, die existiert. Ich beherrsche nur ein wenig davon und bei Weitem nicht genug, um euch zu schützen. Ich brauche Zeit.«

»Wir ham aber keine Zeit nich.«

Zeitvater Tim war von ihrer Offenheit gerührt. Er unterschätzte nicht, wie viel Überwindung es sie gekostet haben musste, ihn aufzusuchen und um Hilfe zu bitten. Er wünschte, er könnte mehr tun.

Sofie sah ihn forschend an. Sie hatte lange genug bei ihm gewohnt, um zu erkennen, wann er sich nicht umstimmen ließ. Er versuchte nur es Lorin so behutsam wie möglich beizubringen. Sofie fand die Vorstellung, dass Lorin mit leeren Händen wieder fortgehen sollte, schrecklich, daher platzte sie mit dem ersten Gedanken heraus, der ihr in den Sinn kam. »Vielleicht könnten wir eine Wand bauen.«

Alle waren verblüfft über ihren plötzlichen Ausbruch.

»Ein paar von uns könnten mit Lorin zurück zum Labyrinth gehen«, sagte sie begeistert, »und den Frauen helfen eine Wand direkt vor die zu bauen, die die Männer durchbrechen wollen. Das würde Scratch und die anderen fernhalten, bis du den Zauber beschafft hast, Großvater.« Sie sah ihn hoffnungsvoll an. Für den Fall, dass er Ja sagen würde, plante Sofie mitzugehen.

»Daraus wird nix«, entgegnete Lorin.

Sofie warf ihr einen verärgerten Blick zu. »Die Idee ist gut«, sagte sie.

»Kann sein, dass Berwyth es duldet, wenn Zeitvater Tim ohne Voranmeldung aufkreuzt, aber 'n ganzer Haufen von euch?« Sie schüttelte energisch den Kopf. »Nie und nimmer nich.«

»Du würdest ihr sagen, dass es das Beste ist, worauf sie hoffen kann«, beharrte Sofie. »Auf dich würde sie hören.«

Lorin lachte spöttisch auf. »Sofie, du has zu lang inner Drüberwelt gelebt. Wrackabosse treffen ihre Entscheidungen selber. Mädchen wie mir beachten die nich die Bohne.«

Sofie überlegte einen Augenblick. Wenn es auch nur die kleinste Möglichkeit gab, zum Labyrinth zu gehen und ihre Mutter zu suchen, würde sie sie wahrnehmen. »Ich könnte ja mit Berwyth sprechen«, sagte sie beherzt.

Diesmal lachte Lorin lauthals los, sodass Sofie sich ganz klein und dumm vorkam.

Zeitvater Tim sah nicht gern mit an, wie Sofie als naiv hingestellt wurde. »Ich würde dich aber gar nicht gehen lassen, mein Krümelchen«, erwiderte er mit warmer Stimme.

Sofie holte schon Luft, um zu widersprechen, da sah sie den liebevoll besorgten und zugleich eisern entschlossenen Ausdruck in seinen Augen und sie klappte den Mund wieder zu.

»Lorin«, sagte Zeitvater Tim. »Du musst zum Labyrinth zurückgehen und mit Berwyth sprechen. Sag ihr, dass wir bereit sind zu helfen, aber dass ich erst mit dem Rat reden muss.«

LORINS HEILTRANK

Nachdem Sofie sich bettfertig gemacht hatte, saß sie allein auf ihrem Zimmer. Es war extra für sie angebaut worden, als sie in Zeitvater Tims Haus eingezogen war. Enderell hatte ihr beim Anstreichen geholfen. Sofie hatte es sich blau gewünscht, weil das ihre Lieblingsfarbe war, aber Enderell hatte gemeint, Blau wirke zu kalt. Sofie konnte das nicht verstehen. Für sie war Braun die kälteste Farbe, denn das war die Farbe der Drunterwelt. Da sie jedoch niemanden vor den Kopf stoßen wollte, ließ sie sich auf einen Kompromiss ein und die Wände ihres Zimmers wurden mit blauen und gelben Schnörkeln bemalt. Enderell sagte, das Gelb nehme dem Blau die Kälte.

Zeitvater Tim hatte Regale gezimmert, die ebenfalls blau und an den Rändern mit aufwendigen Schnitzereien verziert waren. Dort bewahrte Sofie ihre wachsende Büchersammlung auf. Über ihrem Bett lag eine blaugelb gemusterte Patchworkdecke, die Ma Brownal eigens für sie genäht hatte. Ihr Lieblingsgegenstand aber befand sich auf dem Nachtschränkchen, das Zeitvater Tim ihr gebaut hatte. Es war eine Glaskugel, in der eine Feenfigur schwebte. Sie hatte langes blondes Haar und trug ein blaues Kleid und beides wehte immer sanft umher. Berührte Sofie die Kugel mit dem Finger, erstrahlte sie von funkelnden Lichtern, die überall im Zimmer umhertanzten.

Sofie saß auf dem Bett und blickte traurig aus dem Fenster. Sie hatte sich sehnlich gewünscht mit Lorin zum Labyrinth gehen zu dürfen. Es war alles so ungerecht. Tid durfte mit zur Zeitlinie, weil er das Glück hatte, als Enkel des Zeitvaters auf die Welt gekommen zu sein. Na schön, aber nun war Sofie an der Reihe. Sie war als Wracka geboren, also war es ihr gutes Recht, unter die Erde zu gehen und zu helfen.

Sofie seufzte. Vielleicht war sie zu selbstsüchtig. Sie war glücklich mit Zeitvater Tim und Tid zusammenzuleben, glücklicher, als sie es je für möglich gehalten hätte. Der alte Mann war für sie Großvater und Großmutter zugleich. Bei ihm zu Hause fühlte sie sich geborgen. Im Grunde ihres Herzens hatte sie das Gefühl, dass die Suche nach ihrer Mutter (die es vielleicht nicht einmal gab) einem Verrat gleichkam an all dem, was er für sie geworden war, und, womöglich noch schlimmer, an allem, was sie für ihn geworden war. Sie wollte ihn nicht enttäuschen, indem sie nach ihrer Mutter suchte und ihm damit zu verstehen gab, dass ihr bei ihm etwas fehlte.

Sofie seufzte noch einmal tief und legte sich hin. Die Steppdecke schob sie mit den Füßen nach unten. Es war zu warm. An Schlaf war nicht zu denken. Sofie wusste, es würde eine lange Nacht werden.

Offa Scratch saß auf seinem Thron und fuhr sich mit einem seiner langen Fingernägel über die schmalen Lippen. Er war tief in Gedanken. Er hatte ein Problem.

Ins Labyrinth durchzustoßen und die Frauen anzugreifen war ja gut und schön. Das würde verhältnismäßig einfach sein. Jeder wusste, dass Wrackamänner kämpften wie die Teufel. Sie waren brutal, kaltblütig und erbarmungslos. Die Frauen wären gegen so eine Streitmacht wehrlos. Offa Scratch war sich seines Sieges sicher, doch um welchen Preis würde er ihn erringen? Die Männer würden durchbrechen und wenn er nicht aufpasste, wären binnen kürzester Zeit sämtliche Frauen und Kinder im Labyrinth niedergemetzelt. Nicht, dass Offa Scratch sich um die Frauen und Kinder sorgte, ihm lag einzig und allein sein eigenes Wohl am Herzen.

Der Dreck und die Verwahrlosung der Drunterwelt wurden mit jedem Jahr schlimmer. Offa Scratch wollte im Labyrinth leben, von dem er wusste, dass die Bedingungen dort viel besser waren. Die Männer wären allerdings nie und nimmer in der Lage, dafür zu sorgen, dass es auch behaglich blieb. Dafür brauchte er die Frauen. Sie verstanden sich gut auf solcherlei Dinge und würden den Männern die wirklich wichtige Arbeit wie Denken, Reden und Kämpfen überlassen. Aber wie konnte er die Frauen nur dazu bringen mitzumachen?

Darüber zerbrach Offa Scratch sich den Kopf. Er legte die Stirn in Falten, während er gedankenversunken mit dem Fingernagel die Wange entlangfuhr. Wie konnte er es anstellen, dass die Frauen für ihn arbeiteten?

Lorin klopfte an die Tür zum Labyrinth und wartete. »Nu mach schon!«, murrte sie halblaut vor sich hin. Falwyth, die sich den Türdienst mit Falryd teilte, ließ die Leute ebenso gern warten wie ihre Schwester.

Endlich ging die Tür auf.

»Wars ja ganz schön lange weg«, brummte Falwyth, als Lorin hereinkam. »Was has 'n getrieben?«

»Dein Intresse is diesbezüglich nich vonnöten«, sagte Lorin. Sie verwendete absichtlich Wörter, die Falwyth nicht verstand.

Falwyth schnaubte. »Nütz dich au nix, dein schnöseliges Getue. Madame höchspersönlich will dir sehn.«

»Berwyth?«, fragte Lorin. »Warum?«

Falwyth feixte. »Zu oft inner Drüberwelt gewesen, nehm ich an.«

Daran glaubte Lorin nicht. Sie hatte schon immer einen Großteil ihrer Zeit in der Drüberwelt verbracht. Berwyth hatte sich noch nie darum geschert.

»Lass ihr lieber nich warten nich«, sagte Falwyth. Der Gedanke, dass Lorin Ärger bekommen könnte, erfüllte sie mit Schadenfreude.

Lorin stolzierte davon.

»Lorin!«

Ihre Freundin Morlenni eilte ihr entgegen. Sie war nicht viel älter als Lorin und ein wenig kleiner. Ihre mausbraunen Haare trug sie in langen verfilzten Zöpfchen. Sie war in eine ausgebeulte Hose und einen abgetragenen Schlabberpulli gekleidet. Morlenni hatte ein sorgloses Gemüt und stellte nie etwas infrage, sondern nahm das Leben, wie es kam, und versuchte das Beste daraus zu machen. Heute aber blickte sie finster drein. Neuerdings litt sie ständig an Kopfweh und so, wie sie beim Laufen das Gesicht verzog, musste es diesmal besonders schlimm sein. »Sie sind wieder zugange«, sagte sie, sobald sie bei Lorin angekommen war. »Das Rumpeln is lauter geworn! Jetz sind alle beunruhigt.«

Ach, darum ging es also. Berwyth wollte mit ihr über die Männer und ihre Tunnelgraberei sprechen. »Wir tun, was in unsre Kräfte steht«, sagte Lorin.

»Meine Nische liegt an genau die Wand«, jammerte Morlenni. »Ich kann se fast reden hörn.«

»Wirklich?« Stimmen hatten sie vorher nie gehört.

»Nä«, gab Morlenni zu, »nich wirklich, aber sie sind ganz nah. Die kloppen in eine Tour drauflos. Ich krieg kein Auge nich mehr zu. Das treibt mir noch in 'n Wahnsinn.«

»Schon gut«, sagte Lorin. »Ich bin auf 'm Weg zu Berwyth, um mit sie drüber zu sprechen. Keine Sorge, wir arbeiten dran.«

»Macht lieber schnell.«

»Ja. Wie geht's dich dein' Kopf?«

Morlenni schnitt eine Grimasse. »Nich gut. Has du noch was von den Trank?«

»Nä, die Heilerde, die ich für Brummschädel brauch, is alle. Ich hol neue, sobald ich mit Berwyth gesprochen hab. Wenn ich die Erde ers ma dahab, geht das Anrührn ganz fix. In Ordnung?«

Morlenni machte ein schmerzverzerrtes Gesicht. »Weiß du was«, sagte sie. »Ich kenn die Stelle, wo du se weghols. Ich flitz schnell inne Drüberwelt und besorg welche, während du mit Berwyth sprichs. Dann kanns du den Trank mischen, sobald du fertig bis.«

»Meins du? Es is riesig da oben«, sagte Lorin zweifelnd. Wie die anderen Wrackafrauen war Morlenni die Beengtheit des Labyrinths gewohnt. Die Weite der Drüberwelt ließ einen nur allzu leicht den Mut verlieren.

»Nützt kein' nix, wenn ich hier mit mein' Brummkopf rumsitz. Es is bestimmt besser, wenn ich mir ablenk.« Und dann fügte sie hinzu: »Ich weiß, wo die Erde is. Letzes Mal bin ich ja mit dich mitgekomm'. Ich mach 'n Kübel voll.«

»'n klein' Kübel«, sagte Lorin, »und denk dran, den Schaber zu benutzen. Damit geht's leichter.«

»Gut. Ich bleib nich lang weg.«

Lorin sah ihr hinterher. Sie hatte ein ungutes Gefühl dabei, ihre Freundin allein gehen zu lassen. Anders als die Wrackamänner durften sich die Frauen frei bewegen.

Trotzdem wagten sich nur wenige über die Erde, denn die Drüberwelt jagte ihnen Angst ein. Morlenni mochte zwar etwas älter sein als Lorin, aber sie war bei Weitem nicht so selbstsicher. Für einen Augenblick überlegte Lorin, ob sie ihrer Freundin nachlaufen sollte, doch Berwyth warten zu lassen würde ihr mehr Ärger einhandeln, als es wert war.

Mit einem letzten Blick über die Schulter setzte Lorin ihren Weg fort. Am besten, sie brachte das Gespräch mit Berwyth so schnell wie möglich hinter sich. Sie legte einen Schritt zu und kam kurz darauf an der Komiteekammer an. Wie üblich stand Yaryth vor dem ausgeblichenen roten Vorhang.

»Wo wars du?«, empfing sie Lorin.

Lorin überhörte die Frage und sagte: »Lungers du bloß rum oder meldes du mir an?«

»Mach ma keine Welle!« Yaryth schob den Vorhang beiseite und verschwand.

Lorin blieb allein zurück und versuchte sich zu beruhigen. Es wurmte sie, dass sie jedes Mal nervös war, wenn sie vor das Komitee trat.

»Du solls reinkomm'«, sagte Yaryth, als sie wieder auftauchte.

Lorin reckte das Kinn hoch und straffte die Schultern, dann ging sie hinein.

Auf der einen Bank saßen zwei Mitglieder des Komitees, auf der anderen Bank nur eines. Lorin ahnte gleich, dass es nichts Wichtiges sein konnte, wofür man sie herbestellt hatte, denn sonst wären alle sechs Mitglieder zugegen gewesen.

»Du wolltes mir sprechen, Berwyth?«, fragte sie.

»Harfed braucht dir«, sagte Berwyth in gelangweiltem Ton.

Lorin wandte sich zur linken Bank, wo eine leicht gekrümmte Frau mittleren Alters mit krausen, pechschwarz gefärbten Haaren und kleinen grimmigen Augen saß. »Dieser Heiltrank hat nich geholfen«, quäkte sie wehleidig.

Das war also schon alles. Harfed hatte Bauchweh!

»Ich hab dich doch gesagt, dass es nich gut is, wenn du Tag und Nacht isst«, sagte Lorin.

Harfed war frischgebackenes Mitglied des Komitees. Erst ein paar Tage zuvor war sie aufgenommen worden. Angesichts ihrer neuen Stellung hatte sie all den Vorzugsspeisen, die die Küche zu bieten hatte, nicht widerstehen können. Folglich hatte sie sich vier Tage lang vollgestopft. Es war kein Wunder, dass ihr nun der Bauch wehtat.

Wann immer es einen Heiltrank zu brauen galt, wurde Lorin herbeigerufen. Sie hatte einiges Wissen über verschiedene Heilerden, aus denen sie Mixturen herstellte, um kleinere Wehwehchen zu lindern. Am Vortag hatte Lorin Harfed einen solchen Trank verabreicht. Weniger zu essen hätte allerdings mehr geholfen.

»Ich bereite neuen zu. Diesmal wird er stärker sein. Und zwar so stark«, sprach sie mit eindringlicher Stimme, »dass dein Bauch explodiert, wenn du in den nächsen zwei Tagen und Nächten auch nur ein Krümelchen isst.« Um ihrer Aussage Nachdruck zu verleihen, hielt sie zwei Finger in die Höhe.

Harfed glaubte ihr aufs Wort. Ihre Augen wurden riesengroß vor Angst, aber sie erhob keinen Protest. Alles war ihr recht, sogar aufs Essen zu verzichten, wenn nur die Magenschmerzen aufhörten.

»Ich mach mir ans Mischen, sobald ich mit Berwyth gesprochen hab.«

»Mein' arm' Kopf zuliebe, tu's sofort«, grummelte Berwyth. »Ich halt ihr Geplärre kein' Augenblick länger aus.«

Daraufhin wurde Harfeds Stöhnen nur noch lauter.

»Und wenn du nich bald die Backe nich häls, schmeiß ich dir aus 'n Komitee, noch bevor du richtig drin bis!«, schnauzte Berwyth.

Harfed klappte den Mund so schnell zu, dass Lorin ein leises Plopp vernahm.

»Da wär nur noch eins«, sagte Lorin.

»Schieb ab, du Wurm!«, knurrte Berwyth.

Lorin rührte sich nicht vom Fleck, sondern verkündete in ruhigem Ton: »Ich hab mit Zeitvater Tim gesprochen.«

Im Nu hatte sie alle Aufmerksamkeit. Selbst Harfed schien ihren Bauch vergessen zu haben.

Berwyth kniff die Augen zusammen. »Was has du?«

»Ich hab grad bei Tee und Kuchen in Zeitvater Tims Küche gesessen.« Sie sagte es so beiläufig wie möglich und erinnerte sich mit Bedauern daran, dass sie den Erdbeerkuchen in Wahrheit gar nicht probiert hatte.

»Wirs du zu 'ne Verräterin?«, fragte Berwyth gehässig.

»Ach was! Du has mich gesagt, ich soll mit ihn reden, also hab ich mit ihn geredet.«

»Das kleine Biest, Sofie, hat doch Nä gesagt.«

»Tja, heute hat se eben Ja gesagt und ich hab Tee mit sie alle getrinkt.«

»Wie hat er geschmeckt?«, fragte Harfed, der schon wieder das Wasser aus dem Mund lief.

Lorin beachtete sie nicht. Sie ließ Berwyth keine Sekunde aus den Augen. »Er sagt, er wird uns helfen.«

Einen Moment lang war Berwyth stumm. Ihre Glupschaugen durchbohrten Lorin. Dann blaffte sie: »Von 'ner Knollnase wie den brauchen wir keine Hilfe nich!«

Das war mal wieder typisch Berwyth. Andauernd suchte sie Streit.

»Als ich reinkam, hab ich Morlenni getroffen«, fuhr Lorin fort. »Sie sagt, das Geklopfe wird lauter. Was soll passiern, wenn die Männer ganz durchbrechen? Du weiß, dass wir gegen die keine Schangse nich ham.«

Berwyth schwieg. Lorin hatte recht, aber das würde sie nicht zugeben. »Hol den Trank«, sagte sie eisig.

Lorin biss sich auf die Zunge. Es wäre reine Zeitverschwendung, es weiterzuversuchen. Wenn Berwyth in dieser Laune war, prallte alles an ihr ab. Sie würde Harfeds Trank zubereiten und sich dann in die Drüberwelt begeben, um Morlenni mit der Erde zur Hand zu gehen. Mit Berwyth würde sie morgen früh noch einmal reden müssen.

Nachdem Tid und Sofie zu Bett gegangen waren, kehrte Zeitvater Tim zum Horchenden Haus zurück, wo er sich mit den anderen Zeithütern zusammensetzte und alles, was Lorin ihm erzählt hatte, eingehend mit ihnen besprach.

»Alte Magie?«, fragte Wakaa. »Hast du eine Ahnung, wie schwer das ist?«

»Ja, ich weiß«, erwiderte Zeitvater Tim, »aber wir müssen etwas unternehmen. Zum einen können wir nicht tatenlos mit ansehen, wie die Wrackamänner die Frauen angreifen.«

»Da stimme ich dir zu«, sagte Wakaa.

»Und zum anderen, wenn Seegan recht hat«, fuhr Zeitvater Tim fort, »könnten dies die exkavatorischen Kräfte sein, die die Zeit aus der Bahn geworfen haben.«

»Wir müssen mehr darüber in Erfahrung bringen«, sagte Wakaa. »Wann wissen wir Bescheid, ob die Grabungen die Ursache sind?«

»Sobald alle Zeitsensoren überprüft sind. Der Parkrat hat schon damit angefangen, aber es wird noch ein Weilchen dauern.«

»Nun«, meinte Zeit, »wir könnten doch versuchen den Wrackas die Situation zu erklären und sie auffordern die Grabungen einzustellen.«

»So etwas habe ich schon mal probiert.« Zeitvater Tim erinnerte sich zurück. »Das hat damals nicht geklappt und ich bezweifle, dass es diesmal klappen würde. Wrackas hören auf nichts und niemanden.«

»Ganz gleich, was wir unternehmen, wir müssen uns beeilen«, fuhr Zeit fort. »Uns bleibt nicht viel Zeit.«

»Wir wissen nicht, wie viel Zeit wir haben«, berichtigte ihn der oberste Hüter.

»Morgen früh, wenn wir aufwachen, könnten die Zeitzonen schon außer Kontrolle geraten sein«, sprach Zeit weiter, ohne zu merken, wie seine Stimme lauter wurde. »Bis Mittag könnte Chaos herrschen. Ein Mal schon hat Tempus die Welt dem Chaos entrissen. Wer könnte das ein zweites Mal schaffen?« Er blickte in die Runde, in der Hoffnung, dass außer ihm noch jemand die Dringlichkeit der Situation erfasst hatte.

»Gibt es noch andere Ideen?«, fragte Zeitvater Tim ganz in Ruhe. »Wir müssen alle Möglichkeiten ausschöpfen.«

Niemand meldete sich zu Wort.

Zeit biss die Zähne zusammen, um sich nicht anmerken zu lassen, wie verärgert er war.

Shelton, der mit den übrigen Kandidaten im Hintergrund saß, grinste in sich hinein. In Deutschland wurde Zeit nie widersprochen. Es war äußerst unterhaltsam mit anzusehen, wie er von älteren, erfahreneren Zeithütern Kontra bekam.

Zeitvater Tim wandte sich an die Hüterin von Greenwich: »Hat Bryn von irgendwelchen Grenzüberschreitungen zwischen unserer und der Menschenwelt gehört?«

»Es kursieren Gerüchte, aber Anzeichen gibt es außer den Zeitwobbeln keine. Bryn hatte gehofft, dass die Grauhörnchen helfen, die ja sonst immer Augen und Ohren für uns aufsperren, aber der Wiederholungstag hält sie so sehr auf Trab, dass sie kaum jemanden als Späher entbehren können. Seine Nachforschungen sind noch nicht abgeschlossen.«

»Dann konzentrieren wir uns vorläufig auf die alte Magie. Das hilft wenigstens schon mal den Wrackafrauen.«

»Was ist denn mit dem Gemetbur?«, fragte Vremja mit verhaltener Stimme.

Alle sahen ihn überrascht an. »Dem Gemetbur?«

Vremja nickte.

»Willst du uns weismachen«, fragte Zeit ungläubig, »dass du meinst, den Gemetbur gibt es wirklich?«

»Ja«, antwortete Vremja leise.

»Da kannst du ja gleich an die Geisterschatten in den Hütertunneln glauben«, schnaubte Zeit verächtlich. »Ich weiß noch, dass ich als kleiner Junge einen ganz schönen Bammel vor denen hatte!«

»Zeit«, sagte Zeitvater Tim streng, »darf ich dich an den guten alten Hüterbrauch erinnern, unter Einbezug aller

Fakten und Theorien zu diskutieren und zu überlegen, anstatt etwas kurzerhand vom Tisch zu fegen?«

Zeit verstummte. Wie oft hatte er seinen Zöglingen gepredigt, dass man sich selbst nur so weit achten kann, wie man anderen Achtung entgegenbringt? Er ging mit schlechtem Beispiel voran, aber es war auch nicht gerade leicht, jemandem Respekt zu erweisen, der etwas dermaßen Absurdes von sich gab. »Verzeihung, Vremja«, sagte er. »Ich vergreife mich manchmal im Ton.«

Vremja nahm die Entschuldigung mit einem huldvollen Kopfnicken an.

»Glaubst du wirklich, der Gemetbur könnte existieren?«, fragte Zeitvater Tim.

»Ja«, bestätigte Vremja.

Zeit lehnte sich in seinem Stuhl zurück und sagte so respektvoll wie möglich: »Ich habe immer gedacht, das mit dem Gemetbur ist ein Märchen.«

»Was nicht heißen muss, dass es nicht wahr sein kann«, entgegnete Zeitvater Tim. Er sah zu Vremja hinüber. »Erzähl.«

Vremja räusperte sich. »In den Überlieferungen der Alten steht geschrieben, dass zu der Zeit, als Tempus auf Erden wandelte …«

Alle wussten, dass Vremja von den Anfängen der Zeit sprach, vor vielen tausend Jahren, als Tempus, der erste Zeithüter, seinen unübertroffenen Zauber auf die Erde wirkte.

»… seine Sorge der Frage galt, was nach seinem Tode mit der Zeit geschehen würde. Er hatte die Welt vor dem Chaos gerettet, aber die Gesetze der Zeit waren noch nicht in Kraft.« Vremja blickte hinüber zu Zeit, der mehr als jeder andere von diesen Gesetzen verstand. »Es existierte kein Netz von Zeithütern und keine Möglichkeit sicherzustellen, dass die Zeitzonen, die er so sorgsam voneinander getrennt hatte, im Gleichklang bleiben würden.«

Die Zeithüter nickten. Das alles war ihnen bekannt.

»Wenn du an seiner Stelle gewesen wärst«, sagte Vremja und sah Zeitvater Tim an, »was hättest du gemacht?«

»Ich hätte etwas eingerichtet, das die Zeit bis zum Aufbau eines Zeithütersystems sichert.«

»Und was gäbe es dafür Besseres«, meinte Vremja lächelnd, »als den Gemetbur?«

»Aber wo?«, fragte Wakaa.

»Sum choy day har«, antwortete Seegan. »Tief unter der Erde.«

»Ist das möglich?«, wollte Zeitvater Tim wissen.

Seegan nickte. »Absolut.«

Alle schwiegen. Es mutete seltsam an, dass Vremja eine Geschichte für bare Münze nahm, die sie auf den Knien ihrer Großmütter gehört hatten. Konnte sie wirklich wahr sein?

»Wenn mich mein Gedächtnis nicht trügt«, sagte Grenja, »war der Gemetbur in meinem Märchenbuch ein Raum voller Apparaturen. Was meinst du?«

»Das dürfte hinkommen.«

»In meinem Buch war er als Höhle dargestellt«, bemerkte Wakaa.

»Ob Höhle, Raum oder was auch immer«, fuhr Vremja fort, »das sei dahingestellt. Aber ich vermute, er befindet sich unter der Erde.«

»Und dein Gemetbur«, sagte Zeit, »geht also falsch?«

»Es ist nicht mein Gemetbur«, entgegnete Vremja ruhig. »Der Große Tempus hat ihn konstruiert und deshalb bin ich sicher, dass er nicht versagt hat, aber es könnte gut sein, dass ein Zeitsprung seine Funktionsweise gestört hat.«

»Also«, sagte Zeitvater Tim, »halten wir noch einmal fest: Der Parkrat prüft die Zeitsensoren, die uns verraten werden, ob die Grabungen der Wrackas das Problem verursacht haben. Bryn forscht nach eventuellen Grenzüberschreitungen, was durch die extrem hohe Arbeitsbelastung der Grauhörnchen erschwert wird. Wakaa nimmt sich die tiefe Magie vor, damit wir die Wrackafrauen schützen können. Und wir versuchen herauszufinden, wo der Gemetbur liegen könnte, falls er denn existiert.«

»Schlägst du allen Ernstes vor, dass wir in Kinderbüchern herumblättern sollen, um die Lage des Gemetbur zu bestimmen?«, fragte Zeit ungläubig. »Und dann jemanden hinschicken, der daran herummurkst?«

»Ich weiß nicht recht, ob *herummurksen* das Richtige wäre«, erwiderte Zeitvater Tim mit einem flüchtigen Lächeln, »und ich bin mir sicher, dass die Hüterchroniken weit aufschlussreicher sein werden als ein Kinderbuch, aber ja, ich meine, wir sollten uns darauf einstellen, jedweden Fehler, den der Zeitsprung am Gemetbur – so er denn existiert – hervorgerufen haben könnte, zu beheben.«

»Dürfte ich vorschlagen«, sagte Zeit, »dass wir all das auf dem schnellsten Wege erledigen?«

»Ja«, gab Zeitvater Tim zurück, »ich weiß, die Zeit drängt. Wir fangen unverzüglich an.«

Lorin rührte rasch den Trank für Harfed an und gab ihn bei Yaryth ab. Dann schaute sie an Morlennis Nische vorbei, nur für den Fall, dass ihre Freundin Angst bekommen hatte und vorzeitig zurückgekehrt war. Als sie Morlennis Nische verwaist vorfand, machte sie sich eiligst auf den Weg, um ihre Freundin zu suchen.

»Morlenni!«, rief sie an der Stelle, wo sie immer die Heilerde gegen Kopfweh besorgte. »Wo bis du?«

Keine Morlenni tauchte aus den Schatten der Dämmerung auf. Das überraschte Lorin nicht weiter, denn sie ging davon aus, dass ihre Freundin sich irgendwo versteckt hielt, weil sie vor Angst nicht nach Hause fand. Lächelnd begab sich Lorin auf die Suche. In vielerlei Hinsicht war Morlenni wie ein Kind.

Je länger Lorin suchte, desto größer wurde ihre Sorge. Sie begann den Park systematisch zu durchkämmen, um keinen Winkel auszulassen. Sogar bei den Hütergebäuden an der Zeitlinie schaute sie nach, obwohl sie eigentlich nicht damit rechnete, ihre Freundin dort zu finden. Sie suchte um den Teich herum und im Wildpark. Schließlich warf sie noch einen Blick in die Baumkronen, für den Fall, dass eine verängstigte Morlenni dort hinaufgeflüchtet war und sich nun zu sehr fürchtete, um wieder herunterzukommen.

Doch Morlenni blieb verschwunden.

Ein markerschütternder Schrei

Lorin suchte die ganze Nacht lang. Sobald am Morgen die ersten Wrackafrauen erwachten, durchkämmte sie auch das Labyrinth und fragte alle, ob sie ihre Freundin gesehen hatten.

Schließlich begab sie sich zu Berwyth, die auf ihrem Lager vor sich hin döste und auf das Frühstück wartete. »Raus, du Wurm!«, fuhr sie Lorin an. So früh am Tag gestört zu werden schätzte sie gar nicht.

»Aber ich bin hier, weil –«

Da zerriss ein markerschütternder Schrei die Luft – ein langgezogener, furchterregender Schrei. Jeder im Labyrinth erstarrte vor Schreck. Und dann, noch ehe der Schrei verklungen war, ertönte sein Widerhall immer lauter und lauter, während der Schall von Felswand zu Felswand sprang und die Echos sich im Geflecht der Tunnel vervielfachten und miteinander verschmolzen, bis die Wände mit einer solchen Schaurigkeit dröhnten, dass es einem die Ohren zerriss und das Herz stocken ließ.

Berwyth und Lorin sahen einander stumm an. Keine von ihnen wagte zu sprechen.

Lorin vergaß, dass Morlenni verschwunden war.

Alle vergaßen alles.

Das Dröhnen entfernte sich, wurde leiser und leiser, bis es irgendwann ganz verhallte. Dann hing Stille in der Luft, nicht minder bedrohlich als das schreckliche Geräusch.

Endlich sprach Berwyth in mühsam beherrschtem Flüsterton. »Geh und hol die Knollnase.«

»Aaaaaaahhh!«

Der schaurige Schrei hallte durch die Tunnel der Drunterwelt. Wrackamänner, die grausige Schreie gewohnt waren, stutzten und fragten sich, wer oder was einen solch entsetzlichen Laut von sich gegeben haben mochte. Manche hielten inne, als sie gerade einen Becher zum Munde führten, andere verstummten mitten in der Unterhaltung. Wieder andere schraken aus Angst, was ein solcher Schrei zu bedeuten haben könnte, zusammen. Einige, die wie Kraut und Rüben verteilt irgendwo schliefen, schlugen die Augen auf. Nur die Ältesten und Schwerhörigsten unter ihnen schlummerten ungestört weiter.

Scamp drehte sich um, ohne zu wissen, was ihn erwartete, doch er ahnte Schlimmes. Was er sah, übertraf all seine Vorstellungen. Vor Entsetzen riss er Mund und Augen auf.

Die Arbeit am Tunnel war nun, da sie sich durch Gestein schlugen, mühsamer geworden, doch sie ging stetig voran. Die Wrackas behalfen sich mit einer abenteuerlichen Sammlung von Werkzeugen, die sie in der Drüberwelt aufgestöbert hatten. Mit Ausnahme von Scamps alter, aber heiler Schaufel war alles von seinen menschlichen Besitzern ausrangiert worden, weil es kaputt war. Und so fand sich hier eine kuriose Mischung aus Spitzhacken, Spaten, Forken und Kellen, ja sogar Löffeln und Messern, die grob an einem Stück Holz festgeschnürt waren. Obwohl Wrackas alles andere als begeistert waren, wenn es um schwere körperliche Arbeit ging, legten sie sich für Scamp ins Zeug. Er hatte ein Händchen dafür, sie zu motivieren.

Das einzige Problem war ihre mangelnde Disziplin. Sosehr Scamp sich auch bemühte sie in einer Art Arbeitseinheit aufzustellen, sie zerfielen schon bald wieder in ungeordnete Grüppchen. Spitzhacken und Gartenforken sausten nur so durch die Luft, während die Wrackas sich einen Weg durchs Gestein hieben und stachen. Der Schutt wurde in großen Behältern abgeladen, die fortgeschleppt wurden, wann immer es gerade jemandem einfiel. In jüngster Zeit hatten die Wrackas es besonders eilig, die Arbeit abzuschließen, um endlich die von Offa Scratch in Aussicht gestellte Belohnung einzustreichen. Infolgedessen war das Treiben wilder und das Tunnelende zu einem noch gefährlicheren Ort geworden.

Bei dem Anblick, der sich Scamp nun bot, legte sich ihm ein eisiges Gefühl um den Magen. Während Slob nichts ahnend mit seiner Spitzhacke ausgeholt hatte, war Stench zur Tunnelfront hinübergegangen, um die dort verstreut liegenden kleineren Gesteinsbrocken aufzusammeln. Slob hatte die hoch über den Kopf angehobene Spitzhacke mit aller Kraft hinunterfahren lassen. In letzter Sekunde hatte er noch versucht die hinabsausende Hacke in eine andere Richtung zu lenken, aber vergebens. Die Spitze blieb auf ihrer Bahn und stürzte auf die Felswand zu. Sie grub sich jedoch nicht ins harte Gestein.

Sie grub sich in Stench.

Es war ein Bild des Grauens. Der markerschütternde Schrei war von Stench gekommen, und es war der letzte Laut, den er von sich geben sollte. Bis Scamp an seine Seite gekrochen war, lag er still und mit weit aufgerissenen Augen da. Aus seinem Kopf sickerte Blut.

Stench war tot wie Stein.

Scamp kniete sich neben ihn und versuchte den Blutstrom zu stillen, doch ohne Erfolg.

Slob war entsetzt, nicht so sehr über das Blut, auch wenn das grauenvoll war, nein, Slob hatte vor allen Dingen Angst um sich selbst. Er wollte sich gar nicht erst ausmalen, was ihm nun blühte. Mit einem erstickten Schrei ließ er seine Spitzhacke fallen und rannte davon.

Die Wrackas standen wie vom Donner gerührt da. Scamp wischte sich mit dem Handrücken über die Stirn und beschmierte sie dabei mit Stenchs Blut. »Am besten, wir holn Sniff.«

Shelton saß dösend in der Bibliothek. Er hätte gelangweilter nicht sein können. Es gab nichts für ihn zu tun. Von Anfang an hatte er Zeit nicht nach Greenwich begleiten wollen und es war sonnenklar, dass der seine Hilfe auch gar nicht brauchte.

Shelton konnte Greenwich nicht leiden und hegte einen Groll gegen jeden, der dort lebte. Seine Kindheit war sehr einsam gewesen, nie hatte er Freunde gehabt. Er beneidete Kinder wie Tid, die so Vieles zu haben schienen, und vom Neid war es nur ein kleiner Schritt bis zum Hass gewesen. Sofie gab er die Schuld für seine ganze Misere. Bryn Brownal konnte er nicht ausstehen, weil der ihm nach jedem Verstoß gegen eine der Parkregeln den Kopf gewaschen hatte. Die Schule und all seine Lehrer waren ihm ein Gräuel gewesen. Am meisten aber verabscheute er, wie er sich damals, als er noch in Greenwich lebte, gefühlt hatte. Warum hatte Zeit ihn gezwungen zurückzukommen und sich in Erinnerung zu rufen, was er mehr als alles andere zu vergessen wünschte? Greenwich war der letzte Ort, an dem er sein wollte.

»Shelton!«, rief Zeit.

Shelton schrak aus seinen Gedanken auf. Zeit wies mit dem Finger auf Yu Yul, die sich auf der oberen Empore abmühte, an ein für sie unerreichbares Buch zu kommen.

»Vorsichtig!«, rief Seegan zu ihr hoch.

Shelton seufzte. Schlafmützig stieg er die Holzstufen empor. Auf der oberen Galerie trat er zu Yu Yul, die mit ihren dunklen, schräg stehenden Augen zu ihm aufsah, den Widerschein der schimmernden Bücher im tiefschwarzen Haar. Sie zeigte auf einen verblichenen braunen Lederband.

Während Shelton danach griff, versuchte er den Titel zu entziffern, aber er war in einer fremden Sprache geschrieben.

»Wie heißt es?«, fragte Zeitvater Tim.

»Ich kann es nicht lesen.«

»Das klingt nach dem Richtigen!«, rief der oberste Hüter freudig. »Bring es herunter.«

Shelton kippelte den alten Band aus dem Regal und als er ihn endlich draußen hatte, wäre er ihm um ein Haar heruntergefallen. Es war das schwerste Buch, das er je in den Händen gehalten hatte, und in den Händen gehalten hatte er viele, seit er Zeits Schüler war.

»Schön aufpassen«, mahnte Zeitvater Tim, als Shelton mit Yu Yul im Schlepptau die ausgetretenen Stufen hinunterstieg. Auf einem der Tische wurde Platz gemacht. Shelton bemühte sich das Buch sachte darauf abzulegen, doch es war so schwer, dass es mit einem lauten Klatsch aufkam.

»Du meine Güte!«, rief Zeitvater Tim und fuhr andächtig mit der Hand darüber. »Von diesem Band der Chroniken habe ich nie wirklich geglaubt, dass es ihn gibt. Und dabei war er die ganze Zeit dort oben!«

»So steht es in den Schriften«, sagte Vremja.

Alle sahen gespannt zu, wie Zeitvater Tim den schweren Lederdeckel hob und das Buch aufschlug. Er begann die dicken Seiten umzublättern. Jede war mit einer verschlungenen und eigentümlich rätselhaften Schrift bedeckt, schwarz und schwungvoll. Die meisten der Schriftzeichen ähnelten dem Hüteralphabet, aber einige Buchstaben fehlten und neue waren hinzugekommen. Manche Zeichen sahen aus, als wären zwei Buchstaben zusammengeschrieben, doch nicht so, wie Hüter das tun. Das Ganze war unlesbar.

»Wird von euch jemand hieraus schlau?«, fragte Zeitvater Tim.

Alle schüttelten den Kopf.

Zeitvater Tim sah zu Wakaa. »Nicht mal du?«

»Nein, Zeitvater. Das übersteigt mein Wissen gewaltig.«

»Wir brauchen Aleyesu.«

»Nein!«, entfuhr es Zeit.

Die anderen blickten ihn erstaunt an und ihm wurde unbehaglich zumute.

»Ich weiß, ich bin immer die Gegenstimme«, sagte er, »aber diesmal habe ich recht. Aleyesu ist noch nicht lange genug Zeithüter. Wie soll er über die nötige Erfahrung verfügen, uns in einer so wichtigen Sache zu unterweisen? Die Zeit ist zu knapp.«

»Eben«, sagte Zeitvater Tim. »Für eine Unterweisung haben wir keine Zeit. Hier sind Übersetzung und Deutung gefragt und ich kann mir dafür niemand Besseren vorstellen als Aleyesu. Ich habe ihn schon herrufen lassen.«

Zeit seufzte. Manchmal fragte er sich, wozu er überhaupt den Mund aufmachte.

Nach dem Zwischenfall standen die Wrackafrauen an den Wänden des Labyrinths Wache. Berwyth war überzeugt, dass dies der Auftakt zur Invasion war. Niemand schlief. Niemand aß. Niemand sprach. Harfed vergaß, dass sie sich krank fühlte, und Berwyth vergaß, dass Zeitvater Tim ihr Erzfeind war. Unruhig schritt sie in der Komiteekammer auf und ab und wartete auf Lorins Rückkehr.

Lorin rannte in die Drüberwelt und eilte zum Haus von Zeitvater Tim, wo sie, kaum dass sie angekommen war, mit den Fäusten gegen die Tür trommelte.

»Was ist denn los?«, fragte Enderell, als sie öffnete.

»Ich muss mit Zeitvater Tim sprechen«, keuchte Lorin atemlos.

»Er ist nicht da.«

»Es muss jetz sofort sein«, schnaufte Lorin. »Ich glaub, die Männer brechen durch.« Und sie schilderte rasch, was geschehen war.

»Wir müssen den Zeitvater verständigen«, sagte Enderell.

Das ging am schnellsten, wenn sie zum Horchenden Haus liefen, wo die Zeithüter gerade arbeiteten. Zum

Gedankenrufen lag es zu weit entfernt. Schnurstracks machten sich die beiden auf den Weg.

Lorin musste rennen, um mit Enderell Schritt zu halten. Sie war noch nie zuvor in Greenwich gewesen, aber die vielen Sehenswürdigkeiten der Stadt konnte sie jetzt nicht bewundern. Dafür war keine Zeit.

Schließlich folgte Lorin Enderell die ausgetretenen, unförmigen Stufen zur verwitterten Tür des Horchenden Hauses hinauf. Als sie angekommen waren, hatte Lorin das windschiefe alte Haus mit den verschlafen schauenden Fenstern zuerst überhaupt nicht bemerkt. Ja, sie hätte schwören können, dass es gar nicht da gewesen war, doch als sie die Straße überquerten, war es plötzlich wie aus dem Nichts aufgetaucht.

Von außen wirkte es wie ein verfallenes, nicht allzu großes Gebäude, aber als Lorin über die Schwelle trat, stellte sie fest, dass der Eindruck gewaltig täuschte. Allein die Eingangshalle schien doppelt so groß zu sein wie das ganze Haus und von dort führten noch etliche Türen weiter. Die hohe Decke, die über und über mit kunstvollem weißem Stuck geschmückt war, wurde von mächtigen Marmorsäulen getragen.

Zur Rechten befand sich ein breiter Kamin. Weil Sommer war, brannte darin kein Feuer; stattdessen stand dort eine Tonvase mit einem Meer von Wildblumen und Kräutern. Vor dem Kamin war ein mit Speisen beladener Tisch.

Noch nie hatte Lorin ein solches Schlemmermahl aus Pasteten, Früchten, Törtchen und Kuchen gesehen. Sie war von dem Anblick wie gebannt. Enderell dagegen war unzufrieden. Sie überflog die Tafel mit einem Kopfschütteln und schnalzte missbilligend mit der Zunge, aber was immer sie auch zu beanstanden hatte, jetzt war keine Zeit, es zu ändern. Stattdessen schritt sie durch eine Tür am anderen Ende der Halle und winkte Lorin mitzukommen.

Lorin bestaunte ihre prachtvolle Umgebung mit offenem Mund, während sie Enderell durch eine Tür nach der anderen folgte, bis sie endlich ein Zimmer betraten, in dem ein hochgewachsener junger Mann an einem Schreibtisch Papiere durchsah.

»Joss, wir müssen mit Zeitvater Tim sprechen«, sagte Enderell.

Der Hüter lächelte freundlich und verschwand durch eine weitere Tür.

Lorin kannte Joss aus dem Park und fand ihn sehr gut aussehend. Seine schwarzen Wimpern rahmten dunkelbraune Augen, die sie bisher nur aus der Ferne gesehen hatte. Es war ein merkwürdiges Gefühl, ihm so nah zu sein, und nun spürte sie auch noch, wie ihr Gesicht zu glühen begann. Auf einmal kam ihr der Gedanke, dass sie schäbig aussah, besonders im Vergleich zur wunderhübschen Enderell. Verlegen fuhr sie sich mit der Hand über die zerzausten Haare und versuchte ihr ausgeblichenes Kleid glatt zu streichen, aber sie hatte nicht viel Zeit, sich um ihr Aussehen zu sorgen, denn schon erschien Zeitvater Tim in der Tür.

»Zeitvater«, sagte Enderell, »Lorin muss mit dir sprechen. Ich glaube, es ist dringend.«

»Meine liebe junge Dame«, wandte Zeitvater Tim sich an Lorin, »hat dir schon jemand eine Stärkung angeboten?«

Lorin schüttelte flüchtig den Kopf. Sie wollte nicht durch Essen abgelenkt werden.

»Berwyth schickt mir, um dir zu holn«, platzte sie heraus.

»So?«, sagte der alte Mann. »Ist etwas passiert?«

Lorin zögerte. Wie konnte sie das schreckliche Geräusch beschreiben? Sie vermochte nicht in Worte zu fassen, wie angsteinflößend es gewesen war. »Da war so 'n Radau ins Labyrinth. Das kam ungefähr aus dieselbe Ecke wie das Gerumse und Geklopfe. Es war nich bloß irgensein Geräusch. Es war wie ...« Womit konnte sie es nur vergleichen? »Es war wie ... wie nix, was ich schon ma gehört hab. Es war ...« Sie schauderte. »Wie Kriegsgeheul hat's sich angehört. Berwyth hat gesagt, ich soll sofort los und dir holn.« Sie blickte hoch in Zeitvater Tims tröstliches altes Gesicht. »Die Männer stehn kurz vorn Durchbruch, da bin ich mich ganz sicher. Wir brauchen dich deine Zauberkraft, Zeitvater Tim, und zwar jetz gleich.«

Lorins Besorgnis war unübersehbar. Zeitvater Tim beschloss zu den Zeithütern zurückzugehen und alles, was sie berichtet hatte, mit ihnen zu besprechen. Lorin sollte so lange hierbleiben und sich stärken. Enderell brachte ihr etwas zu essen und verschwand dann in die Küchenräume, um die Korrekturen an dem Speisentisch in der Haupthalle zu beaufsichtigen. Joss kehrte zu den Papieren auf seinem Schreibtisch zurück.

Es machte Lorin ganz verlegen, mit demjenigen in einem Raum zu sitzen, den sie besonders oft und gern von ihrem Baumversteck aus beobachtet hatte. Sie war erleichtert, als Enderell endlich wieder erschien.

»Du kannst jetzt zu Zeitvater Tim rein«, sagte sie und führte Lorin zu einem Zimmer, das kleiner war als alle, durch die sie bisher gekommen war. Die Wände waren mit Holz verkleidet und strahlten ein ruhiges, aufmunterndes Licht aus. Sieben im Kreis stehende Lehnstühle nahmen die gesamte Fußbodenfläche ein. Jeder hatte eine andere Farbe und Form und war wie gemacht für den, der darauf saß.

Seegans Stuhl war gedrungen und reich an bunten Verzierungen. Der von Vremja war dunkelfarbig und bequem. Wakaas hatte keinerlei Polsterung, sondern bestand aus mit üppigen Schnitzereien versehenem Holz und wäre wohl sehr unbequem gewesen, wenn er nicht perfekt den Konturen seines Körpers angepasst gewesen wäre. Zeits Stuhl war hoch und kantig und mit schwarzem Leder bespannt, und Zeitvater Tims Polstersessel hatte einen farbenfrohen Karobezug und dazu passende Kissen.

Als Lorin hereinkam, erhob sich die Hüterin von Greenwich aus ihrem eleganten, bequem aussehenden Stuhl. »Ich hoffe, du hast dich ordentlich gestärkt.«

Lorin murmelte ein Ja, obwohl sie vor lauter Unruhe keinen Bissen von Enderells verlockendem Essen hatte anrühren können.

»Setz dich bitte.« Enderell deutete auf den siebten, noch freien Stuhl, einen kleinen Korbsessel, der am Rücken und an den Armlehnen mit passend genähten Patchworkkissen gepolstert war. Für Lorin war er das Schönste, was sie je gesehen hatte. Er schien ihr zu schade, um darauf zu sitzen, aber da sie nun mal aufgefordert worden war, setzte sie sich ganz vorsichtig auf die Stuhlkante. Die Hüterin von Greenwich nahm ebenfalls wieder Platz.

»Lorin«, begann Zeitvater Tim.

Sie wandte sich ihm zu.

»Meine Kollegen und ich haben über dein Problem gesprochen und wir meinen eine Lösung gefunden zu haben.«

Seltsamerweise hatte Lorin in all der sie umgebenden Pracht den Grund vergessen, aus dem sie Zeitvater Tim überhaupt aufgesucht hatte. Nun war ihr die Notlage des Labyrinths und all jener, die dort lebten, mit einem Schlag wieder bewusst. Lorin sah dem alten Mann ins Gesicht.

Er las in ihren Augen und ihm gefiel, was er dort fand. Lorin war ehrlich und aufrichtig. Er bemerkte, wie sehr sie darin Sofie ähnelte.

»Lorin«, begann er, »die anderen Zeithüter und ich sind darin übereingekommen, dass wir die Frauen im Labyrinth nur mithilfe von Zauberkraft schützen können.«

Lorin atmete erleichtert auf.

»Aber«, fügte Zeitvater Tim rasch hinzu, »derlei Zauber ist sehr schwer heraufzubeschwören. Damit er stark genug ist, um unter der Erde zu wirken und eine Streitmacht wie die Wrackas abzuwehren, muss er tief und mächtig sein. Wakaa hat sich bereit erklärt sich darum zu kümmern, doch es wird eine Weile dauern.«

»Wie lang?«, fragte Lorin, die ihre Nervosität vergessen hatte.

»Einige Tage.«

»Einige Tage?«, wiederholte Lorin bestürzt. »Sie stehn kurz vor 'n Durchbruch.«

»Es gibt Dinge, die kann man nicht übers Knie brechen. Wir wollen einen Zauber anwenden, der die Wrackas vom Graben ablenkt. Und der Zauber muss mächtig und präzise sein, verstehst du? Wenn wir übereilt handeln, geht am Ende alles nur noch langsamer.«

»Aber wir sind *jetz* in Gefahr«, betonte Lorin.

»Und deshalb«, fuhr Zeitvater Tim mit besänftigender Stimme fort, »sind wir zu der Überzeugung gelangt, dass es das Beste für die Frauen wäre umzuziehen.«

»Umziehn?«

»Nur vorübergehend«, beruhigte er sie. »Wenn ich das richtig verstanden habe, nutzen die Frauen nur einen kleinen Teil des Höhlensystems. Ihr müsst einfach etwas weiter ins Innere gehen.«

»Das tut Berwyth nie und nimmer. Wir ham das schon ma gemacht, als sich in 'n paar von die Höhlen Menschen breitgemacht ham. Das war furchtbar. Wir ham fast alle unsre Sachen verlorn. Darauf lässt se sich nich noch ma ein.«

»Aber es wäre ja nur für kurze Zeit. Und es ist doch ganz gewiss besser, als da zu sein, wenn die Männer angreifen.«

»Was glaubs du, was die Männer anstelln, wenn se ers ma drin sind in unsers Labyrinth?«, fragte Lorin rundheraus. »Es is tausendma schöner da als inner Drunterwelt. Glaubs du, die spaziern rein, sehn, dass wir nich da sind, und schwirrn dann wieder ab?«

»Und was sollen wir deiner Meinung nach tun?«, fragte der alte Mann.

»Uns allerminstens helfen gegen sie zu kämpfen.«

»Das Volk der Hüter kann nicht kämpfen«, erklärte Zeitvater Tim. »Wir setzen unseren Verstand, unsere Weisheit und unsere Zauberkraft ein, und das erfordert Zeit.«

»Was 'n für 'ne Weisheit?«, fragte Lorin abschätzig.

Zeitvater Tim lächelte nachsichtig. »Ich dachte eigentlich, wir hätten von unserer Weisheit Gebrauch gemacht, als wir vorgeschlagen haben, dass ihr umzieht.«

»Wenn wir umziehn, verliern wir für immer unser Zuhause«, entgegnete Lorin. »Wo is 'n da die Weisheit?«

»Na, na«, sagte Zeit missbilligend und Wakaa schüttelte den Kopf. Solche Unverschämtheiten waren sie nicht gewohnt.

Lorin hatte keine Ahnung, dass sie sich schlecht benahm. In ihren Augen sagte sie einfach nur, wie es war.

Zeitvater Tim war nicht beleidigt, im Gegenteil, er schätzte ihre Offenheit. »Ich glaube nicht, dass wir sonst noch irgendetwas tun können«, meinte er bedauernd. »Ich wünschte, es wäre anders. Du musst sehr tapfer sein, meine Liebe, und deine Leute in Sicherheit bringen. Würde es dir helfen, wenn ich zum Labyrinth mitkomme, um alles zu erklären?«

»Nä«, sagte Lorin bitter.

Zeitvater Tim lehnte sich in seinem Sessel zurück. Es war offensichtlich, dass er das Gespräch für beendet hielt.

Die Hüterin von Greenwich stand auf. »Joss bringt dich zum Park zurück.«

»Das hat mich grade noch gefehlt«, sagte Lorin, die in Gedanken bei der Frage war, wie sie Berwyth bloß beibringen sollte, dass Zeitvater Tim sie abermals im Stich ließ.

»Den Weg durch Greenwich findest du bestimmt nicht allein«, beharrte Grenja.

Da stand Joss auch schon an Lorins Seite. Seine Nähe verwirrte sie, sodass sie zu keinem Einwand imstande war. Sie nickte der Hüterin von Greenwich zu und verließ den Raum, Joss dicht hinter ihr.

Auf dem Weg durch Greenwich versuchte Joss sich mit Lorin zu unterhalten, doch sie war kurz angebunden und er merkte schnell, dass sie nicht wollte. Lorin legte ein flottes Tempo vor und wünschte sich, dass er sie so bald wie möglich alleinlassen würde. Es dauerte nicht lange, da liefen sie schon durchs Parktor und den Hügel hinauf. Nachdem sie die Zeitlinie passiert hatten, sagte Lorin: »Von hier aus weiß ich den Weg.«

Joss machte keine Anstalten zu gehen. »Die Hüterin von Greenwich hat gesagt, ich soll dich nach Hause bringen.«

»Nä!«, erwiderte Lorin erschrocken. »Zum Park solls du mir bring', hat se gesagt. Wenn ich allein geh, bin ich schneller.«

Joss zauderte. »Ich sollte dich aber …«

»Es könnten Wrackas auf die Heide sein«, beharrte Lorin. »Nix für ungut, aber ich will nich mit dich gesehn wern. Das gibt bloß jede Menge Ärger. Die Hüterin von Greenwich hat nur gesagt, du solls mir durch Greenwich führn.«

»Hm«, erwiderte Joss unsicher, »ich könnte ja ein paar Schritte hinter dir gehen, nur zur Sicherheit …«

»Nä!«, rief Lorin. Ihn den ganzen Nachhauseweg an sich kleben zu haben wäre einfach furchtbar. »Ich find mir schon zurecht. Mein Baum is gleich auf die annere Seite von 'n Park. Von da aus kenn ich den Weg. Ich komm fast jeden Tag da her. Danke, aber is nich nötig.«

»Wenn du meinst.«

»Ja, tu ich.«

»Na schön. Wiedersehen, Lorin.« Joss streckte die Hand aus. Bemüht, sich ihre Verlegenheit nicht anmerken zu lassen, gab Lorin ihm die ihre, doch als er sie hielt, spürte sie, wie ihr das Blut in die Wangen schoss. Blitzartig drehte sie sich um und stürzte davon. Sie rannte wie blind durch den Park und versuchte das Gefühl abzuschütteln, dass sie sich ziemlich dumm verhalten hatte.

»Frollein Scaggy.«

Lorin erstarrte. Niemand nannte sie Scaggy, niemand außer …

AleYesu

Lorin schlug das Herz bis zum Hals, als sie sich umdrehte. Tatsächlich, dort stand ein Wracka – und nicht nur irgendeiner. Es war Scratch höchstpersönlich.

»Was wills du?«, fragte sie misstrauisch.

»Ich will mit dich reden«, antwortete Offa Scratch ganz vernünftig.

»Ich will aber nix hörn nich«, entgegnete sie und wandte sich zum Gehen.

»Das hat Frollein Simple au gesagt.«

Lorin fuhr schlagartig wieder herum. Ihre Freundin Morlenni war in der Drunterwelt Simple genannt worden.

»Wovon sprichs du?«

»*Die* ham wir umgestimmt«, sagte er mit boshaftem Grinsen.

»Was habt ihr mit sie gemacht?«

»Nix, Frollein, überhaupt nix nich.« Er legte Besorgnis in seine Stimme. »Sie is wunschlos glücklich bei uns inner Drunterwelt, bloß …«

»Bloß was?«

»… bloß, dass se sich ’n bisschen einsam fühlt. Aber das is wohl ganz normal, inmitten von all die rauen Kerle.

Das kann so ’n Mädchen schon ma aus ’m Gleichgewicht bring’.«

»Wenn du sie wehtus …«

»Wehtun?«, fragte Offa Scratch, als wäre eine solche Vermutung eine Beleidigung. Er trommelte sich mit den scharfen Fingernägeln über die Wange. »Ich tu kein’ nich weh … jenfalls nich, wenn jemand anners macht, was ich sie sage.«

Lorin wurde plötzlich ganz flau im Magen. Sie versuchte ruhig zu bleiben. »Woher soll ich wissen, ob ihr se wirklich habt?«, fragte sie, um Zeit zu gewinnen.

»Komm mit und überzeug dir selbs.«

Lorin lachte spöttisch auf. »So leicht kriegs du mir nich inne Drunterwelt.«

»Na gut. Dann geh zurück zu’s Labyrinth und horch dir um.« Offa Scratchs Stimme klang klebrigsüß. »Du wirs bald feststelln, dass Frollein Simple nich da is. Jemand wird anner untern Tür zur Drunterwelt auf dir warten, wenn du so weit bis.«

»Ich geh nich inne Drunterwelt«, sagte Lorin stur.

»Oh weh.« Offa Scratch tat bekümmert. »Frollein Simple wird untröstlich sein und die Männer ehmfalls. Bestimmt wolln se ihr nich mit Absicht wehtun, aber manchen fällt’s schwer, nett zu sein, wenn se enttäuscht sind.« Ein böses Lächeln huschte über seine schmalen Lippen.

»Wenn ihr’s wagt, sie au nur ein Haar zu krümm’!«, fauchte Lorin und baute sich vor ihm auf.

Die Tatsache, dass ein Mädchen sich einbildete ihn einschüchtern zu können, amüsierte Scratch. »Aber, aber, das wern wir schon nich«, sagte er theatralisch. »Trotzem besser, du komms und überzeugs dir selbs.«

»Ich prüf, ob du die Wahrheit sags.«

»Sehr klug, Frollein Scaggy, sehr klug.« Er fuhr sich mit einem seiner Fingernägel über die Lippen, die nun nicht mehr lächelten. »Aber lass dich nich zu lange Zeit. Wär doch 'ne Schande, wenn Frollein Simple – wie drück ich mir am besten aus? – auf irgenseine Weise zu Schaden kommt, weil du dir verspätes.«

Lorin hatte eine trockene Kehle und feuchte Hände. Was sollte sie tun? Morlenni wäre nie und nimmer in der Lage, gegen Scratch und seine Männer in der Drunterwelt anzukommen. Doch wie konnte sie sicher sein, dass Morlenni wirklich dort war? Inzwischen könnte ihre Freundin längst zu Hause sein. Scratch durfte sie nicht blindlings glauben. Sie musste sich Gewissheit verschaffen.

All diese Gedanken schossen ihr innerhalb eines Augenblicks durch den Kopf. »Ich beeil mir«, sagte sie.

Offa Scratch zuckte mit den Schultern. »Das will ich dich au geraten ham«, erwiderte er und schlenderte davon.

Lorin sah ihm hinterher. Einen Moment lang war ihr Verstand wie betäubt, dann schwirrten ihr lauter Fragen im Kopf herum. Wieso versuchte Scratch sie in die Drunterwelt zu locken? Warum schnappte er sie sich nicht einfach? Wie ging es Morlenni? Hatte er sie wirklich in seiner Gewalt? Was sollte sie nur tun?

Die Zeit war knapp. Sie wusste, dass Scratch zu großer Grausamkeit fähig war, sie musste sich also beeilen. Hektisch schaute sie sich um. War Joss ihr vielleicht doch gefolgt? »Joss!«, zischte sie, weil sie sich nicht traute allzu laut zu schreien, falls Scratch noch in Hörweite war. Es kam keine Antwort. Warum hatte sie ihn bloß fortgeschickt?

Lorin stand unschlüssig da. Am liebsten hätte sie der Hüterin von Greenwich oder Enderell erzählt, was vorging, aber die beiden waren am anderen Ende von Greenwich.

Plötzlich fasste sie einen Entschluss, schürzte ihre Röcke und rannte, so schnell sie konnte, zum Labyrinth.

Als Zeitvater Tim wieder im Horchenden Haus war, berichtete er den übrigen Zeithütern alles, was er von Bryn erfahren hatte. »Er hat keine Anzeichen für eine Grenzüberschreitung entdeckt, aber ganz ausgeschlossen werden kann es nicht. Der Parkrat hat auch nichts gefunden, was auf eine Störung der Zeitsensoren hinweist. Sowohl Bryn als auch der Rat werden natürlich weiterforschen.«

»Und was machen wir so lange?«, fragte Zeit.

»Ich denke, wir müssen uns auf die Suche nach dem Gemetbur begeben und nachsehen, ob unser Problem dort liegt«, sagte Zeitvater Tim. »Und als Zeithüter mit der größten Erfahrung wähle ich für diese Aufgabe mich selbst aus.«

»Ich komme mit«, erklärte Wakaa in einem Ton, der keinen Widerspruch duldete.

»Und was ist mit der tiefen Magie, die wir fürs Labyrinth brauchen?«, fragte Zeitvater Tim.

»Ich halte es für wichtiger, dich zu begleiten«, antwortete Wakaa.

Zeit stimmte lauthals zu. »Ich komme auch mit.«

»Nein«, sagte Zeitvater Tim. »Du bist hier oben von größerem Nutzen. Einen Experten für die Zeitgesetze brauchen wir in den Tunneln nicht, ein Kenner der tiefen Magie dagegen könnte hilfreich sein.« Er wandte sich Wakaa zu. »Aber wir können Lorin nicht im Stich lassen.«

»Sie soll ihren Zauber bekommen«, sagte Wakaa. »Kanika ist eine sehr fähige Schülerin, sie wird die Forschungen leiten. Ich bin mir sicher, Grenja wird ihr alle Mittel und jede Hilfe zur Verfügung stellen, die sie benötigt.«

»Selbstverständlich.«

»Dann wäre das also geregelt.«

»Und wie wollt ihr den Gemetbur finden?«, erkundigte sich Zeit.

»Wir werden uns in Aleyesus Hände begeben«, sagte Zeitvater Tim. »Ich hoffe darauf, dass er das für uns unlesbare Buch übersetzen kann.«

»Woher willst du wissen, ob es die Antworten enthält, die wir suchen?«, fragte Zeit.

»Vremja ist sich dessen sicher«, erwiderte Zeitvater Tim.

»Wie kann er das sein?«

»Durch sein lebenslanges Studium der historischen Schriften.«

Zeit war skeptisch.

»Vremja ist ein hochgelehrter und sehr weiser Hüter.«

»Natürlich«, gab Zeit zurück, »und ich schätze ihn und seine Weisheit, aber was, wenn er falschliegt?«

Bevor Zeitvater Tim antworten konnte, wurde seine Aufmerksamkeit von der sich öffnenden Tür abgelenkt. Als er sich umdrehte, sah er einen großen und eindrucksvollen Hüter im Türrahmen stehen. Er hatte lange, dunkle, glänzende Haare, in die links und rechts ein einzelner Zopf geflochten war. Seine Nase war lang, zwischen den Augen schmal und über seinem vollen und scharf geschnittenen Mund breit. In der Hand trug er einen reich geschnitzten Stab. Es war Aleyesu, der Zeithüter aus dem amerikanischen Oklahoma.

»Aleyesu! Willkommen!«, begrüßte Zeitvater Tim ihn herzlich. Er ging zu ihm hin und schüttelte ihm überschwänglich die Hand, um ihn anschließend den übrigen Zeithütern vorzustellen.

Aleyesu senkte immer wieder respektvoll den Kopf, während er mit einem nach dem anderen bekannt gemacht wurde. Danach führte Zeitvater Tim ihn geradewegs zur Bibliothek, damit er sich unverzüglich die alte Chronik ansah.

Aleyesu betrachtete die Symbole und lächelte anerkennend. »Das hier sind einige der frühesten Hüterschriften.«

»Kannst du sie lesen?«, fragte Zeitvater Tim.

Daraufhin tat Aleyesu etwas Seltsames. Er hob den Kopf, als wollte er den Hals so lang machen wie möglich, und blickte auf seine Hand hinab, die er mit gespreizten Fingern und der Handfläche nach unten ein paar Zentimeter über die Buchseite hielt. Dann bewegte er ganz leicht die Finger und starrte konzentriert auf den Zwischenraum zwischen Hand und Papier. »Es ist älter als alles, was mir bislang untergekommen ist.«

»Meinst du, du wirst daraus schlau?«

Aleyesu ließ seine Hand herabsinken. »Wenn ich genügend Zeit habe«, sagte er.

»Ach«, erwiderte Zeitvater Tim. »Genau das ist der Haken. Davon haben wir nur sehr wenig.«

»Dann benötige ich Unterstützung.«

»Hast du keinen Kandidaten mitgebracht?«

»Nein, ich bin Hals über Kopf abgereist.«

»Nimm dir Shelton«, schlug Zeit vor. »Ich brauch ihn im Moment nicht.«

Als Shelton seinen Namen hörte, schreckte er hoch. Er hatte mal wieder in seiner Ecke vor sich hin gedöst.

»Mach alles, was Aleyesu von dir verlangt«, wies Zeit ihn an. Shelton nickte. Es passte ihm überhaupt nicht, dass er nach der Pfeife eines Zeithüters tanzen sollte, den er nicht einmal kannte, aber mit Zeit ließ sich ohnehin nicht reden. Zähneknirschend setzte er sich neben Aleyesu.

Sie arbeiteten bis spät in die Nacht. Einige der anderen Hüter zog es ins Bett, nicht jedoch Aleyesu, was für Shelton hieß, dass er ebenfalls bleiben musste. Seine Aufgabe bestand darin, die von Aleyesu laut gesprochenen Übersetzungen aufzuschreiben. Es war eine langwierige und eintönige Arbeit. Shelton hatte große Mühe, sein Gähnen zu unterdrücken und die Augen offen zu halten. Hin und wieder starrte er auf die seltsamen Symbole, nur als Konzentrationsübung, um wach zu bleiben, aber es war ein einziger Zeichensalat, der keinen Sinn ergab.

Gelegentlich bat ihn Aleyesu etwas auf den langen ledernen Schriftrollen, die er mitgebracht hatte, nachzusehen. Anfangs fand Shelton das sehr schwierig und er hätte die Aufgabe mit Freuden Pascha überlassen, der ganz in der Nähe auf den Fußspitzen stand und augenscheinlich darauf brannte, sich zu beteiligen. Er wollte unbedingt sein Können und seinen Arbeitseifer unter Beweis stellen und damit seine Chancen erhöhen, zum Zeitschüler gewählt zu werden.

Es war wohl nur Sheltons hartnäckiger Wille, Paschas Pläne zu durchkreuzen, der ihn bei der Stange hielt. Er half Aleyesu entschlossen weiter, bis er einige der Muster wiederzuerkennen begann. »Wie macht man eine Übersetzung?«, fragte er ihn während einer Pause. »Dauert es lange, das zu lernen?«

»Es dauert ein Leben lang, nur, dass ein Leben für die meisten Leute noch zu kurz wäre. Diese Symbole haben nicht bloß für sich genommen eine Bedeutung, sondern auch unterschiedliche Bedeutungen je nachdem, wo sie auf der Seite stehen, wie oft sie verwendet werden und in welchen Mustern sie vorkommen.« Als er sah, dass Shelton ihm nicht folgen konnte, fügte er hinzu: »Wenn ich lese, ist es beinah so, als ob die Zeichen sich vom Blatt lösen. Das hier und dieses und das da unten«, er wies mit dem Finger auf bestimmte Symbole, »leuchten heller als die übrigen, dadurch heben sie sich von der Seite ab und es sieht für mich aus, als würden sie in der Luft schweben, etwa hier.« Er hielt die Hand so eben über das Papier. »Und wenn ich dann die Position, in der sie schweben, mit ihrer Lage auf der Seite vergleiche, kann ich ihren Sinn verstehen.« Mit einem bedauernden Lächeln schob er hinterher: »Also, oft jedenfalls. So manches Mal kann ich es auch nicht.«

Shelton betrachtete die Seite. Nichts passierte. Er starrte mit zusammengekniffenen Augen auf die Schriftzeichen. Keines davon schwebte. »Bei mir bewegen sie sich nicht.«

Aleyesu nickte. »Zuallererst braucht es Talent und dann lebenslanges Lernen.«

Lorin hämmerte gegen die Tür. »Mach schon!«, murmelte sie ungeduldig.

Ungewöhnlich schnell wurde ihr geöffnet. Sobald die Klinke heruntergedrückt war, stieß Lorin die Tür auf, und eine gehörig erschrockene Falryd fiel fast hintenüber, als ihr die Tür mit voller Wucht vor den Kopf knallte. »Was fällt dich ein!«, schrie sie und griff sich an die Stirn.

Ohne ein Wort der Erklärung stürmte Lorin an ihr vorbei, lief schnurstracks zu Morlennis Nische und riss den zerschlissenen Vorhang zur Seite, der das Reich ihrer Freundin abschirmte.

Morlenni war nicht da.

Lorin rannte weiter zu ihrer eigenen Nische, obwohl sie eigentlich nicht erwartete Morlenni dort vorzufinden. Und sie hatte recht. Auch da war nur gähnende Leere.

»Weiß du, wo Morlenni is?«, fragte sie jede, der sie begegnete. Doch niemand hatte sie gesehen und niemand schien darüber auch nur im Geringsten beunruhigt zu sein. Alle redeten noch immer von dem schrecklichen Geräusch.

Lorin eilte zur Komiteekammer. Sie musste Berwyth Bescheid sagen.

Draußen davor stand wie üblich Yaryth. Sowie sie Lorin erblickte, ging sie hinein, um sie anzumelden. Berwyth wollte unverzüglich von Lorins Rückkehr benachrichtigt werden.

Lorin folgte ihr, ohne zu warten. »Berwyth«, sagte sie, alle Förmlichkeit beiseitelassend, »sie ham sich Morlenni geschnappt.«

»Wusst ich's doch!«, rief Berwyth und eine Zornader trat blau und pochend an ihrem Hals hervor. »Nie und nimmer kann man die nich traun. Die olle Knollnase is 'n Mistkerl. Markiert immer den Guten und dabei –«

»Nä, nä, nä!«, unterbrach Lorin sie. »Nich Zeitvater Tim. Der hilft uns mit 'n Zauber.«

Vom Komitee war erstauntes Raunen zu vernehmen.

»Scratch hat ihr geschnappt!«

Berwyth machte ein verwirrtes Gesicht.

»Scratch hat Morlenni geschnappt«, bestätigte Lorin.

Für einen Augenblick herrschte Schweigen, dann fragte Berwyth: »Wozu?«

»Ähm … also … weil – spielt das 'ne Rolle?«

Niemand antwortete. Lorin begriff, dass sie einen Grund von ihr hören wollten.

»Sie ham ihr geschnappt, weil … weil Männer ebent so was tun!«

»Hm!«, grunzte Berwyth wegwerfend. »Was is mit den Zauber?«

»Sie ham ihr inne Drunterwelt verschleppt«, fuhr Lorin unbeirrt fort, in der Hoffnung, dass dies endlich die erwartete Empörung hervorrufen würde.

»Wo solln se ihr au sons hinbring'? Erzähl uns von den Zauber!«

Lorin starrte die anderen irritiert an. Sie hatten nicht verstanden, worum es ging. Sie musste es ihnen wohl erst noch buchstabieren. »Sie ham Morlenni *entführt.*«

»Besser ihr als mir«, sagte Berwyth nur. »Was für ’n Zauber wolln sie anwenden?«

Lorin wusste zwar, dass Berwyth ein unleidlicher Zankdrachen war, aber ihre Gleichgültigkeit gegenüber Morlenni erschütterte sie. Fassungslos sah sie die Komiteefrauen an, die jedoch von alledem nichts mitbekamen. Sie waren viel zu sehr damit beschäftigt, sich über Zeitvater Tim und seinen Zauber zu unterhalten.

Lorin fehlten die Worte. Als sie endlich welche fand, sprach sie langsam und überlegt, mit einer Stimme, die von kaltem Zorn durchdrungen war. Sie stellte sich vor die Frauen auf der einen Bank und zischte: »Ihr hässlichen, kaltherzigen« – und drehte sich dann zur anderen Bank um – »dämlichen alten Schreckschrullen!«

Entgeistert rissen sie die Münder auf und starrten Lorin an. Dann stieg ein leises Glucksen vom hinteren Ende der Kammer empor.

Berwyth lachte.

Ihre Heiterkeit wurde immer ausgelassener, während sie sich den kugelrunden Bauch hielt und vor Lachen brüllte. »Auwei!«, japste sie. »Der war gut! Hässlich! Wo se recht hat, hat se recht!« Eine weitere Lachsalve brach aus ihr hervor und hallte in der Kammer wider.

Lorin kochte innerlich, aber nach außen hin ließ sie sich nichts anmerken. Stattdessen wirkte sie kühl und gelassen. Langsam trat sie auf ihre Anführerin zu.

Berwyth lachte noch immer.

»Es is gar nich lang her«, sagte Lorin ruhig, »da has du bei den Gedanken, dass die Männer zu's Labyrinth durchbrechen, geschlottert vor Angst.«

Lorins verändertes Verhalten bremste Berwyth in ihrem Gelächter, auch wenn sie sich weiterhin den fülligen Bauch hielt.

»'ne Sterbensangst hattes du«, fuhr Lorin fort, während sie näher kam. »Du has zu mich gesagt« – höhnisch äffte sie Berwyths Stimme nach – »›Lauf und hol die olle Knollnase.‹«

Berwyth klappte hörbar den Mund zu. Es war undenkbar, dass jemand sich solche Unverschämtheiten herausnahm. Ihre Augen sprühten vor Zorn. »Wie kanns du's wagen …«, fauchte sie.

»Du wars halbtot vor Angst«, unterbrach Lorin sie, noch immer ganz ruhig und noch immer schäumend vor Wut. »Und jetz kuck dir an, wie du aus 'n Häuschen bis wegen die Zauberei und 's dir am Allerwertsen vorbeigeht, was aus Morlenni wird. Du bis zu nix nütze!« Sie ließ jedes einzelne ihrer Worte wirken, bevor sie das nächste in Berwyths rot anlaufendes Gesicht schleuderte: »Du bis 'ne selbssüchtige, aufgeblasene, faule, fette alte Hexe!«

Mit jeder Beleidigung, die Lorin ausstieß, zuckte Berwyth wie unter einem Nadelstich zusammen. Lorins Worte trafen sie hart und vor Schreck verschlug es ihr die Sprache. Bis sie sich wieder gefangen hatte, war Lorin längst aus der Kammer gerauscht.

»Damit kommt sie mich nich davon!«, krächzte Berwyth mit einer Stimme, die wie ein rostiger Nagel klang. »Haltet ihr auf!«

Die Komiteemitglieder wechselten ängstliche Blicke. Yaryth linste zu Berwyth herüber.

»Bring mich diese Furie zurück!«

Niemand rührte sich vom Fleck.

Berwyth verpasste Yaryth einen festen Hieb in die Rippen. »Hol ihr!«, schäumte sie.

»Ich?«, fragte Yaryth, die sich offensichtlich überfordert fühlte.

»Wer sons?«, brüllte Berwyth und stieß sie noch fester, sodass sie rückwärtstaumelte und gegen die Wand fiel. »SOFORT!«

Yaryth rappelte sich hoch. Sie bezweifelte, dass sie Lorin noch einholen konnte, aber Berwyth wollte sie aus der Kammer haben und ausnahmsweise war sie einer Meinung mit ihr.

Tempus und der Gemetbur

Aleyesu rieb sich den Nacken. Er hatte die ganze Nacht hindurch gearbeitet. »Ich muss wohl eingenickt sein«, sagte er gähnend.

Zeitvater Tim reichte ihm eine Tasse starken schwarzen Kaffee. »Trink. Der wird dir guttun.« Eine weitere Tasse gab er Shelton, der ebenfalls eingeschlafen war.

Aleyesu setzte die Tasse an den Mund, eher aus Höflichkeit als aus Durst, doch sowie seine Lippen mit dem Getränk in Berührung kamen, spürte er dessen belebende Kräfte. Dies war kein gewöhnlicher Kaffee. Er trank die schwarze Flüssigkeit in einem Zug aus.

Zeitvater Tim lächelte. »Eine von Enderells Mischungen«, sagte er. »Bei mir wirkt sie jedes Mal.«

»Mit dieser Enderell muss ich unbedingt mal reden«, meinte Aleyesu beifällig.

Nun, da er sich wieder hellwach fühlte, warf er einen Blick auf die Handschrift, über der er die vergangene Nacht gesessen hatte. »Scheiiibe!«, fluchte er. »Ich bin ja noch gar nicht fertig! Ich muss geträumt haben.«

»Wie viel fehlt denn noch?«

Aleyesu schaute nach. »Zwei Seiten.«

»Steht drin, was wir wissen müssen?«

»Zumindest, wo sich der Eingang zu den Hütertunneln befindet, aber dann blicke ich nicht mehr so ganz durch.«

»Und steht auch drin, wie man in den Gemetbur kommt?«, fragte Zeitvater Tim erwartungsvoll.

»Wenn das überhaupt irgendwo zu finden ist, dann hier. Es wird allerdings ein Weilchen dauern.«

»Wakaa und ich wollen bald los.«

»Dann muss ich wohl mitkommen.«

»Und dann?«

»Übersetze ich unterwegs weiter.«

»Auf so eine Reise kann man doch keinen Wälzer wie diesen mitschleppen.«

Aleyesu nickte. »Recht hast du«, sagte er. »Das ist viel zu unhandlich.« Und zu Zeitvater Tims Entsetzen nahm er die zwei Seiten und riss sie fein säuberlich aus der alten Chronik.

»Was machst du denn da?«, rief Zeitvater Tim bestürzt.

»Es gibt Wichtigeres als alte Bücher«, gab Aleyesu zurück. »Wenn ich das richtig sehe, braucht ihr mich und meine zwei Seiten auf eurer Reise.«

Nachdem heute ausnahmsweise Enderell das Frühstück zubereitet hatte, weil Zeitvater Tim im Horchenden Haus war, gingen Tid und Sofie wie üblich zur Schule.

Auf dem Weg dorthin sahen sie Seff, der sich äußerst merkwürdig benahm. Verstohlen schaute er sich über die Schulter und als er die zwei erblickte, rannte er davon. Es hatte den Anschein, als würde er sie meiden.

»Der ist ganz schön komisch, dein Freund«, meinte Tid. Er bezeichnete Seff immer als *Sofies Freund*, weil sie beide aus der Drunterwelt kamen.

Als sie nachmittags von der Schule heimkehrten, war ihr Großvater wieder da. Sie setzten sich gemeinsam um den Tisch. Statt des sonst üblichen Kuchens hatte Enderell Gewürzplätzchen gebacken; sie schmeckten köstlich. Zeitvater Tim erzählte von seiner bevorstehenden Expedition zum Gemetbur.

»Du sagst doch immer, die Geschichte ist bloß erfunden«, meinte Sofie überrascht.

»Ich weiß«, räumte der alte Mann ein. »Das dachte ich ja selbst auch, aber Vremja hat in den historischen Schriften Verweise darauf entdeckt, sie muss also wahr sein.«

»Und wie wollt ihr den Gemetbur finden?«

»Das werden uns die Chroniken verraten.«

»Steht da auch drin, wie ihr in den Gemetbur reinkommt, wenn ihr ihn gefunden habt?«, wollte Sofie wissen.

»Aleyesu ist davon überzeugt. Er kommt mit und übersetzt unterwegs weiter.«

»Von wo geht ihr los?«, fragte Tid.

»Dieses kleine Detail behalte ich lieber für mich«, erwiderte der alte Mann. »Je weniger Leute davon wissen, desto besser.« Er stand auf. »So, und jetzt muss ich mich auf den Weg machen.«

Zeitvater Tim drückte Sofie einen Kuss auf den Kopf, wuschelte Tid durchs Haar und lächelte Enderell zu. Er griff nach seinem Stab, nahm den Beutel mit Butterbroten, die Enderell ihm als Proviant eingepackt hatte, und ging.

Tid und Sofie stellten sich ans Gartentörchen und winkten. Sofie biss sich auf die Lippe, bis es schmerzte, um die Tränen zurückzuhalten, die ihr in den Augen brannten. Obwohl ihr Großvater kein großes Aufheben darum gemacht hatte, war ihr klar, dass er sich möglicherweise in Gefahr begab, ohne dass seine Zauberkräfte ihm viel Schutz bieten konnten. Gern hätte sie Tid gefragt, ob er ihre Sorge teilte, aber aus Angst, er könnte ihr die Tränen anhören, traute sie sich nicht zu sprechen. Als er jedoch das Törchen umklammerte, sah sie, wie weiß seine Fingerknöchel waren, und sie ahnte, dass es ihm genauso ging wie ihr.

Shelton MacRaven lehnte sich an einen Baum. Er hatte keine ausdrückliche Erlaubnis zu gehen, aber nachdem Aleyesu fort war, hatte er die Gelegenheit genutzt und sich unauffällig aus dem Horchenden Haus geschlichen. Nun war er im Park und ließ den Blick umherschweifen. Eigentlich hätte er sich freuen müssen wieder daheim zu sein, aber er freute sich nicht. Sein Zuhause rief all die Gefühle von damals, als er hier wohnte, wieder in ihm wach: Einsamkeit, Zurückweisung und Groll.

Das Leben bei Zeit in Deutschland war seltsam gewesen. Anfangs war er voll Bitterkeit darüber, dass man ihn aus seiner vertrauten Umgebung gerissen und gezwungen hatte, seine Heimat zu verlassen. Die Schuld daran gab er allen und jedem: Sofie, Tid, Zeitvater Tim, der Hüterin von Greenwich, sogar Pa Brownal. Nach einer Weile begann sich seine Bitterkeit dann gegen seine Großmutter zu richten, weil sie ihm ein so schlechtes Zuhause geboten hatte, später gegen seinen Vater, weil er ihn im Stich gelassen hatte, und schließlich gegen seine Mutter. Wo war sie nur?

Im Lauf der Jahre hatte Shelton viele Stunden damit verbracht, sich seine Mutter in Erinnerung zu rufen. Warum war sie ohne ein Wort des Abschieds gegangen? Er wusste, dass sie unglücklich gewesen war. Nacht für Nacht hatte er sich das Kopfkissen über die Ohren gezogen, um die Streitereien zwischen ihr und seinem Vater nicht mit anhören zu müssen. Und dann das Weinen. Seine Mutter versuchte zwar ihre Tränen vor ihm zu verbergen, doch er sah es ihr jedes Mal an, wenn sie geweint hatte.

Schließlich war sie verschwunden. Eines Morgens beim Frühstück war sie einfach nicht da. Als er seinen Vater nach ihr fragte, bekam er eine schallende Ohrfeige. Er lernte schnell keine Fragen mehr zu stellen.

Natürlich wurde geredet. Manche Kinder in der Schule behaupteten, sein Vater habe seine Mutter umgebracht. Damals hatte Shelton den Gedanken beiseitegewischt. Sein Vater war zwar ein unangenehmer, fauler Kerl, der auf Sheltons Fragen lieber mit Ohrfeigen als mit Antworten reagierte, aber seine Mutter umbringen? Nein, daran wollte er nicht glauben.

Danach war sein Vater fortgegangen – nicht mit den anderen Eltern, um die Lehren des Hütervolks zu studieren. Darauf hätte Shelton wenigstens stolz sein können. Nein, sein Vater war *ausgezogen, um sein Glück zu machen,* und hatte Shelton allein bei seiner einfältigen Großmutter zurückgelassen. Die anderen Jungen hatten ihn damit aufgezogen, dass sein Vater sich davongemacht habe, weil Shelton eine Flasche sei.

Seltsam, über all die Jahre hinweg hatte der Schmerz kein bisschen nachgelassen. Genau jetzt, da er an der Pforte zu seinem alten Zuhause stand, spürte er ihn ganz deutlich, tief in seinem Innern. Grimmig trat er gegen das Törchen, das nur mehr in einer Angel hing. Das letzte Mal war er mit Sofie unter dem Arm hier hindurchgelaufen, als er sie zu den Wrackas bringen wollte. Wie hatte sie sich gewehrt! Von Sofie wanderten seine Gedanken zu Tid, den er mehr als irgendwen sonst auf der Welt verabscheute. Tid war gescheit und beliebt und zudem auch noch Zeitvaterenkel und bei allen angesehen. In seiner blinden Abneigung sah Shelton nicht, dass Tid seine Anerkennung nicht seiner

Stellung als Enkel des obersten Hüters verdankte, sondern seinen guten Eigenschaften.

Shelton knirschte mit den Zähnen. Er hatte eine Menge Rechnungen zu begleichen.

Sofie ahnte, dass ihr eine lange Nacht bevorstand. Vor Sorge um ihren Großvater würde sie kein Auge zutun können. Daher nahm sie einen Geschichtenband vom Bücherregal und machte es sich auf dem Bett bequem, um zu lesen. Sacht klopfte sie an die Glaskugel mit der Fee und funkelndes Licht erhellte ihr blaugelbes Zimmer.

Sofie las *Tempus und der Gemetbur* von Defthilm Dot.

Im Anfang war das Chaos. Die Welt wirbelte in finsterer Wirrnis. Es gab keine Ordnung. Das erfüllte Tempus, den Zeithüter, mit großer Sorge und so widmete er sein Leben der Aufgabe, es zu ändern. Um ihn herum verstand niemand, was er tat. Aus Misstrauen versuchte man sein Werk zu zerstören. Daher verbarg Tempus seine Werkstatt unter der Erde und pflanzte darüber einen Baum.

Aus dem Chaos schuf er Ordnung.

Das Volk der Hüter verstand die Welt und verwandte seine Zauberkraft darauf, sie zu erhalten. Es lebte Seite an Seite mit den Menschen, von denen die meisten fleißig und um das Wohl ihrer Mitmenschen bemüht waren. Manche aber waren selbstsüchtig und habgierig und wollten alles um sich herum beherrschen. Sie suchten nach Wegen, sich das Leben zu erleichtern, und dachten,

Hütermagie könne ihnen dabei helfen. Einige aus dem Hütervolk gaben denn auch ihr Zauberwissen an die Menschen weiter, doch diese waren nicht imstande es anzuwenden. Das machte sie zornig. Aus Zorn wurde Hass. Aus Hass erwuchs Krieg.

Es ist verheerend, wenn Hass und Zauberei aufeinandertreffen.

Der Krieg richtete unbeschreibliche Verwüstung in der Welt an, ja, die Zeit selbst geriet in Gefahr. Tempus erkannte, dass er nur Harmonie schaffen konnte, wenn er Menschen und Hüter voneinander trennte. Viele Jahre lang studierte er den tiefsten Zauber, bis er endlich herausfand, wie er die Zeit aufteilen konnte. Dann brachte er das Hütervolk in der einen, die Menschen in der anderen Zeit unter. Die Überwachung der Zeit legte er in die Hände der Hüter, die er für die Menschen unsichtbar machte, damit die Zeit auf immer und ewig sicher sein würde.

So wurde die Welt ein friedvollerer Ort, an dem das Leben nun in geordneten Bahnen verlief, doch trotz alledem traten noch Probleme auf. Dann und wann gelangte ein Wesen in die jeweils andere Welt, denn es gibt immer jemanden, der im falschen Augenblick einen Stein von der Stelle bewegt oder an einer Bohnenranke in die Wolken hinaufklettert.

Zudem war ein Teil des Hütervolks zunehmend von Neid und Missgunst erfüllt und scherte sich nicht um das Wohl anderer. Diese Hüter lebten für sich und stifteten Unfrieden, wo sie nur konnten, um die von Tempus geschaffene Ordnung zunichtezumachen.

Der Zeitmesser, der Herzschlag der Zeit, ließ sich nicht verstecken, da er alle tausend Jahre erneuert werden musste, aber der Gemetbur, die Zeitreglerkammer, brauchte keine Wartung. Daher brachte Tempus ihn an einem geheimen Ort unter und umgab ihn mit einem Zauber, der so stark war, dass der Gemetbur nur auf eine einzige, ganz bestimmte Weise geöffnet werden konnte. Wer versuchte ihn ohne den richtigen Schlüssel zu öffnen, würde das Tageslicht niemals wieder erblicken. Die wahren Geheimnisse des Gemetbur wurden nicht in den Chroniken niedergeschrieben, sondern durch die Jahrhunderte mündlich überliefert, bis das Wissen verloren ging.

Doch das Geheimnis des Gemetbur schlummert noch immer irgendwo im Verborgenen. Nur wer mit tiefer Einsicht begabt ist, vermag es je zu erkennen, den Schlüssel zu finden und ihn zu benutzen.

Sofies Augenlider wurden schwer. Sie blätterte die Seite um und betrachtete die Zeichnungen, die Tempus als würdevollen alten Hüter zeigten. Wie er dort inmitten eines Raumes voller Zahnräder und Apparaturen stand, hatte er eine täuschende Ähnlichkeit mit Zeitvater Tim.

Die Ränder jeder Buchseite waren purpurrot und goldfarben und mit seltsamen Symbolen verziert. Sofie hatte immer angenommen, sie gehörten zu irgendeinem alten Alphabet, da viele der Zeichen den Buchstaben glichen, die die Hüter zum Schreiben verwendeten, einige aber sahen ganz anders aus. Als sie Zeitvater Tim einmal danach fragte, hatte er geantwortet, es seien keine echten Schriftzeichen, sondern nur solchen aus lang vergangner Zeit nachempfundene. Manchmal tat Sofie so, als könnte sie sie lesen, aber Zeitvater Tim sagte, es sei nur Spielerei. Er erklärte, dass Tempus zwar wirklich gelebt habe, sich jedoch viele Mythen um ihn rankten, die nichts als reine Fantasie seien.

Sofie schloss die Augen, aber noch hatte die Müdigkeit sie nicht ganz übermannt. Sie öffnete sie wieder einen Spalt und ließ sie über den Text wandern. Zerstreut überflog sie eine Stelle, die sie schon viele Male zuvor gelesen hatte. Aus einigem in dem Buch wurde man einfach nicht schlau. Es enthielt merkwürdige Rätsel, die niemand verstand.

Vier hat der Kompass,
drei unter mir;
obschon ich ein Rund bin,
der Schlüssel liegt hier.

Sofies Augen fielen zu und langsam dämmerte sie ein.

Ohne zu wissen, wie lange sie geschlafen hatte, war sie plötzlich hellwach. Die Worte aus der Geschichte dröhnten in ihrem Kopf. Sie nahm das Buch, das ihr vom Schoß gerutscht war, in die Hand und las: *»… nur auf eine einzige, ganz bestimmte Weise geöffnet werden konnte. Wer versuchte ihn ohne den richtigen Schlüssel zu öffnen, würde das Tageslicht niemals wieder erblicken. Die wahren Geheimnisse des Gemetbur wurden nicht in den Chroniken niedergeschrieben …«*

Sofie klopfte das Herz. Obwohl sie die Geschichte gut kannte, kam ihr der letzte Teil völlig unbekannt vor. Sie sagte die Worte laut vor sich hin: »Die wahren Geheimnisse des Gemetbur wurden nicht in den Chroniken niedergeschrieben.« Diesen Satz hatte sie noch nie zuvor gelesen, da war sie sich sicher. Konnte es sein, dass man eine Geschichte immer wieder las und eine Stelle einfach übersah? Oder war sie vorher nicht da gewesen? Und wenn sie nicht da gewesen war, wo kam sie dann her? Sie drehte und wendete das Buch in den Händen, um zu sehen, ob irgendetwas daran anders war. Auch die Seiten betrachtete sie genau. Hatten die Ränder immer schon so geleuchtet? Hatte die Schrift schon immer so merkwürdig ausgesehen?

Sie wandte sich wieder dem Text zu und las ihn ein weiteres Mal. Wenn in den Chroniken nicht geschrieben stand, wie man den Gemetbur öffnete, konnte Aleyesu es dort auch nicht nachlesen. Vielleicht wusste er das schon, oder er war noch nicht so weit gekommen – aber wenn er es nicht nachlesen konnte, woher sollte er dann wissen, wie man auf die richtige Weise in den Gemetbur hineinkam? Wenn sie es auf die falsche Art versuchten – erschrocken schlug Sofie die Hand vor den Mund, als ihr die Ungeheuerlichkeit ihrer Erkenntnis aufging –, würden sie das Tageslicht nie mehr erblicken!

Großvater schwebte in schrecklicher Gefahr!

Sofie schnappte sich das Buch, schlüpfte leise aus dem Bett und tappte zu Zeitvater Tims Schlafzimmer hinüber. Ihn erwartete sie dort nicht vorzufinden; Enderell war es, die sie suchte.

Sofie klopfte leise an die Tür. Es kam keine Antwort. Zaghaft drückte sie die Klinke herunter. Enderells gleichmäßige Atemzüge waren zu hören. Lautlos schlich Sofie über den Flickenteppich, legte den Mund an Enderells Ohr und flüsterte ihren Namen.

Enderell regte sich nicht.

Sofie pikste sie mit dem Finger in die Schulter. Enderell schlug die Augen auf. »Ja?«, murmelte sie mit verschlafenem Blick. Sie hob den Kopf vom Kissen und kniff die Augen zusammen, wie um besser sehen zu können.

»Ich bin's«, sagte Sofie.

»Ist was passiert?«, fragte Enderell.

»Ich weiß nicht«, gestand Sofie. »Ich hab bloß gerade dieses Buch hier gelesen«, sie hielt das Buch hoch, damit Enderell es sehen konnte, »und da steht drin, dass Tempus nicht in den Chroniken aufgeschrieben hat, wie man in den Gemetbur kommt. Und wer es auf die falsche Art versucht, der wird das Tageslicht nie wieder erblicken.«

Einen Moment lang machte Enderell ein verdutztes Gesicht, so als müsste sie erst begreifen, was Sofie gesagt hatte, dann lächelte sie beruhigend. »Sofie, das ist ein Kinderbuch. Der, der es geschrieben hat, hat das meiste davon erfunden.«

»Vielleicht ist das der Teil, den er nicht erfunden hat.«

»Wer hat es denn geschrieben?«, fragte Enderell, die sich Mühe gab, sich ihre Schläfrigkeit nicht anmerken zu lassen. Sofie las den Namen vor. »Defthilm Dot.«

»Defthilm Chauntespieu-Dot?«, fragte Enderell. Sie dachte an ihre eigene Kindheit zurück. »Der ist gut. Ich habe seine Geschichten regelrecht verschlungen, als ich klein war.«

»Hier steht nur Defthilm Dot.«

Enderell warf einen Blick auf den Bucheinband. »Das ist eine neue Ausgabe«, sagte sie. »Er muss inzwischen längst tot sein. Zu meiner Zeit hieß er Defthilm Chauntespieu-Dot. Sollte sich wohl keiner die Zunge verrenken.«

»Aber Defthilm Dot denkt, dass es den Gemetbur wirklich gibt, genau wie Großvater. Wenn er damit recht hat, dann vielleicht auch mit dem Rest.«

»Hör mal zu, Sofie.« Enderell setzte sich auf und rieb sich die Augen. »Zeitvater Tim und die anderen Zeithüter sind sehr klug. Sie würden schon merken, wenn in den Chroniken etwas nicht ganz stimmt.«

Sofie dachte darüber nach. »Kann sein.«

»Und wenn der große Tempus geheim halten wollte, wie man in den Gemetbur gelangt, woher sollte Defthilm Chauntespieu-Dot es dann wissen?«

Das leuchtete ein. »Ja, wahrscheinlich hast du recht«, sagte Sofie zerknirscht.

Enderell musste lächeln. »So, und jetzt geh schön wieder ins Bett.«

»Na gut«, sagte Sofie, die ihre Enttäuschung nicht verbergen konnte.

»Und weck Tid nicht auf.«

Sofie nickte und trollte sich zurück ins Bett, aber schlafen legte sie sich nicht. Sie wollte die Geschichte noch einmal lesen.

Sie war noch nicht weit gekommen, da öffnete sich die Zimmertür und Tid lugte herein.

»Was ist los?«, flüsterte er. »Wieso bist du durchs Haus gegeistert?«

»Guck mal hier«, sagte sie und reichte ihm das Buch.

Tid setzte sich aufs Bett und las den Abschnitt, auf den Sofie zeigte.

»Was hältst du davon?«, fragte sie.

»Ich weiß nicht genau«, antwortete er. »Großvater kennt das Buch. Er hat uns ja oft genug daraus vorgelesen.«

»Aber ich kann mich nicht an die Stelle mit den Chroniken erinnern. Du?«

Tid schüttelte den Kopf.

»Und sieh dir mal die Ränder an.«

Tid betrachtete sie.

»Sehen die nicht anders aus?«

Tid konnte keinen Unterschied feststellen. »Worauf willst du hinaus?«

Fast hätte Sofie geantwortet, dass ihr das Buch irgendwie verändert vorkam, aber das klang so abenteuerlich, das würde keiner glauben.

»Enderell sagt, es ist bloß eine Geschichte und ich soll sie nicht allzu ernst nehmen.«

Tid verzog das Gesicht. »Typisch Erwachsene.«

»Und du meinst, weil Großvater uns das Buch vorgelesen hat, kennt er es in- und auswendig.«

»Nicht unbedingt.« Tid zog die Stirn kraus. »Erwachsene achten nicht immer so genau darauf, was sie Kindern vorlesen, und es ist ja auch schon ewig her. Vielleicht hat er es vergessen.«

»Und was sollen wir jetzt tun?«

Tid überlegte. Es machte ihm schon schwer genug zu schaffen, dass die Welt jeden Augenblick ins Chaos zurückfallen konnte, und nun auch noch das! Er brauchte Rat. »Eine zweite Meinung einholen«, schlug er vor.

Das hielt Sofie für eine gute Idee. »Wir sollten uns aber beeilen«, sagte sie. »Großvater ist schon seit Stunden unterwegs. Wir können nicht bis morgen warten.«

Und obwohl es draußen stockdunkel war, zogen Tid und Sofie sich an, schlüpften geräuschlos durch Sofies Fenster und ließen sich ins Gras fallen. Leise liefen sie los.

Als Parkältester war Pa Brownal ihre erste Wahl, aber wenn Enderell sie schon für dumm gehalten hatte, würde er es vielleicht nicht minder tun. Ohnehin waren Erwachsene komisch, wenn es darum ging, dass Kinder sich nachts draußen herumtrieben. Tid und Sofie mussten mit jemandem reden, der nicht gleich einen Anfall bekam, nur weil sie ohne Erlaubnis so spät noch vor der Tür waren.

Plötzlich kam Tid eine Idee. »Wir fragen Herbie!«

Sofie runzelte die Stirn. Es mochte ja sein, dass Tids Schulfreund gut Fußball spielen konnte, aber sie bezweifelte, dass er hierbei eine Hilfe war. »Was sollte der denn darüber wissen?«, fragte sie skeptisch.

»Ihm könnte etwas auffallen, was wir übersehen haben.«

»Zum Beispiel?«

»Woher soll ich das wissen, wenn ich es übersehen habe?«, fragte Tid ungeduldig.

Sofie warf ihm einen vernichtenden Blick zu. Ausgerechnet Herbie! Er würde kein Stück mehr über die ganze Sache wissen als sie beide. Am liebsten hätte sie Lorin gefragt, aber sie hatte keine Ahnung, wo sie sie finden konnte. Sie würde wohl kaum mitten in der Nacht in ihrem Baum sitzen.

»Ich weiß nicht, was es bringen soll, mit Herbie zu reden, und überhaupt, wie könnten wir das schon hinkriegen, ohne seine Großeltern zu wecken?«

»Nichts leichter als das«, sagte Tid. »Draußen vor seinem Haus steht ein Baum und die Äste reichen bis zu seinem Fenster hoch. Wenn ich …« Schlagartig verstummte er. Er hatte etwas gehört.

Jemand kam auf sie zu.

Die Suche nach dem Gemetbur

Auf einmal schien es doch keine so gute Idee mehr zu sein, sich nachts draußen herumzutreiben. Tid und Sofie schauten ängstlich umher. Sie wussten, dass im Dunkeln Wrackas an die Erdoberfläche kamen.

Tid sah sich nach einem Versteck um. »Hierher!«, zischte er.

Er rannte auf einen Baum zu, doch kaum war er losgelaufen, blieb er auch schon wieder stehen, denn Sofie war nicht hinterhergekommen. Sie stand unbeweglich da und spähte in die nächtliche Finsternis. Tid folgte ihrem Blick. Kein Zweifel, dort war jemand!

»Komm schon!«, flüsterte er.

Aber Sofie kam nicht. Im Gegenteil, sie trat auf die herannahende Gestalt zu. »Shelton, bist du das?«

Shelton MacRaven erschrak, als hätte man ihn bei etwas Verbotenem ertappt. »Wer ist da?«, fragte er.

»Du bist es wirklich«, sagte Sofie und lief ihm entgegen. »Ich bin's, Sofie!«

Sie gab sich mit solch offenkundiger Freundlichkeit zu erkennen, dass Shelton sofort Verdacht schöpfte.

»Hm«, schnaubte er und hielt nach allen Seiten Ausschau, um zu sehen, wer bei ihr war.

»Tid«, rief Sofie über die Schulter, »es ist Shelton!«

Tid hatte von klein auf gelernt dem älteren Jungen zu misstrauen. Shelton hatte früher keine Gelegenheit ausgelassen, andere fertigzumachen. Tid konnte sich an unzählige Schläge und blaue Flecke erinnern, die er von ihm hatte einstecken müssen, ebenso wie zahllose Sticheleien und Beschimpfungen. Er würde weiter vor ihm auf der Hut sein, und wenn Sofie noch so froh war, ihn zu sehen. Argwöhnisch ging er auf die beiden zu und stellte sich neben Sofie.

Shelton musterte ihn verstohlen. Auch in ihm regten sich Erinnerungen. Er hatte Tid verabscheut. Als der ältere von beiden fand Shelton, dass Tid ihm Respekt schuldete, doch den hatte er ihm bis heute verweigert. Tid war schon immer ein verhätscheltes, allseits beliebtes Jüngelchen gewesen, aber am schlimmsten war für Shelton, dass er der Enkel eines so bedeutenden Mannes war. Das konnte er nur schwer verkraften, war doch seine eigene Familie eine einzige Katastrophe. Shelton schämte sich nicht im Geringsten dafür, Tid fertiggemacht zu haben. In seinen Augen hatte er alles verdient, was er bekommen hatte. Beim Anblick von Sofie hätte Shelton sich eigentlich noch weit mehr schämen müssen. Eineinhalb Jahre zuvor hatte er sie entführt und versucht sie an die Wrackas auszuliefern. Wenn irgendjemand Grund hatte, einen Groll gegen ihn zu hegen, dann sie, doch anscheinend freute sie sich aufrichtig ihn wiederzusehen.

»Wow!«, sagte Sofie und lächelte zu ihm auf. »Du bist ja noch größer geworden.« Wie Shelton in seiner Hüterkleidung vor ihr stand, fiel es ihr schwer, sich an den unsympathischen Jungen zu erinnern, der sich so gemein zu ihr verhalten hatte. Für sie gehörte er nun zum Hütervolk und ihr wurde richtig warm ums Herz, als sie ihn sah. »War's schön in Deutschland?«

Obwohl das Wort *schön* Shelton alles andere als passend erschien für die ganze dortige Paukerei und Arbeit an sich selbst, nickte er flüchtig.

»Seit wann bist du wieder hier?«

»Seit ein paar Tagen«, erwiderte er und schob mit einem Anflug von Stolz hinterher: »Zeit hat mich als seinen Kandidaten mitgenommen.«

»Mann, du musst ja richtig gut sein«, sagte Sofie voller Bewunderung und fügte dann in ernstem Ton hinzu: »Das mit deiner Großmutter tut mir leid. Es war bestimmt schlimm für dich, dass du sie vor ihrem Tod nicht mehr gesehen hast.«

Zeit hatte Shelton angeboten heimzureisen, damit er sich von ihr verabschieden konnte, aber er hatte abgelehnt, weil er nicht nach Greenwich zurückwollte.

Um schnell von sich abzulenken, fragte Shelton: »Was macht ihr zwei eigentlich um diese Zeit draußen?« Es klang viel erwachsener, als er sich vorkam.

Tid setzte zu einer unverfänglichen Antwort an. Er hatte Shelton nie über den Weg getraut und gedachte nicht, jetzt damit anzufangen. Doch zu seiner großen Verärgerung war Sofie bereits dabei, Shelton den wahren Grund auf die Nase zu binden. Offensichtlich legte sie auf seine Meinung größeren Wert als auf die von Herbie.

Sie schlug das Buch auf und zeigte Shelton im Schein der Taschenlampe, die er dabeihatte, die Geschichte. Shelton stellte belustigt fest, dass Tid sich darüber ärgerte, daher sah er sich Sofies Buch mit übertriebener Genauigkeit an.

»Es ist schlecht zu lesen«, sagte sie und richtete den schmalen Lichtstrahl der Lampe auf den Abschnitt, den er sich anschauen sollte.

»Wir müssen langsam mal los«, drängelte Tid.

Doch die beiden schienen ihn nicht zu hören.

»Sofie!«

Sie blickte auf.

»Wir haben hierfür keine Zeit.«

»Red keinen Unsinn«, sagte sie auf ihre oberlehrerhafte Art, die Tid sonst nicht weiter störte. Diesmal regte sie ihn auf. »Wir wollten eine zweite Meinung und Shelton liefert sie uns.«

Mittlerweile hatte Shelton es sich mit Buch und Taschenlampe im Gras bequem gemacht. Er kostete Tids Verärgerung in vollen Zügen aus. Um das Ganze noch etwas in die Länge zu ziehen, wanderte er mit dem Finger über die Seiten und murmelte gewichtig vor sich hin.

»Großvater, Wakaa und Aleyesu haben sich auf die Suche nach dem Gemetbur gemacht«, erzählte ihm Sofie, der nicht klar war, dass er das bereits wusste. Sie wies auf eine Stelle im Buch. »Hier hab ich gelesen, wie –« Ihre Stimme brach ab.

Sheltons Finger fuhr nicht am Text entlang, sondern an den Symbolen auf dem Seitenrand. Ein wenig ähnelten sie denen, die Aleyesu übersetzt hatte. Mit dem Finger zeichnete er eines nach, das aussah wie ein *d* mit zwei Schrägstrichen durch die Oberlänge. Da war noch eins, und noch eins. Shelton rief sich Aleyesus Vorgehensweise ins Gedächtnis und ahmte sie konzentriert nach. Er hielt die Hand dicht über die Buchseite und ließ sie vibrieren.

Sofie war tief beeindruckt.

Tid verdrehte die Augen.

»Wo ist der Eingang?«, wollte Shelton wissen.

»Wir haben nicht viel Zeit«, bemerkte Tid scharf.

»Das wissen wir nicht«, antwortete Sofie auf Sheltons Frage.

»Die Werkstatt des Zeitvaters.«

»Was?«

Shelton sah Sofie an. »Er ist in Zeitvater Tims Werkstatt«, wiederholte er.

Tid und Sofie starrten ihn an.

»Woher weißt du das?«, fragte Sofie.

Shelton deutete auf drei Symbole an verschiedenen Stellen auf der Seite. »Diese Zeichen hier«, erläuterte er mit einem flüchtigen Blick auf Tid, um sich zu vergewissern, dass der sich auch schön weiterärgerte, »fügen sich irgendwie aneinander, wenn ich die Hand so bewege.« Er ließ die Hand über der Seite zittern und versuchte sich zu erinnern, was Alęyesu gesagt hatte.

»Und du meinst, sie bedeuten *Werkstatt?*«, fragte Sofie.

»Ja.«

»Woher weißt du das?«, hakte sie noch einmal nach.

Tid platzte der Kragen. »Himmel noch mal!«, entfuhr es ihm. »Er hat es sich ausgedacht!«

»Nein, hat er nicht«, sagte Sofie verteidigend.

»Er spielt sich nur auf, wie immer!«, fuhr Tid fort.

Sofie stand auf, ging mit raschen Schritten zu Tid hinüber und zog ihn unsanft an die Seite. Sie sprach in angespanntem Flüsterton, auch wenn Shelton jedes Wort mitbekam. »Hör auf, Tid! Du bist einfach nur gemein.«

»Du kennst ihn nicht so gut wie ich.«

»Doch.«

»Dann weißt du ja, wie er ist.«

»Na ja«, räumte sie ein, »ich weiß, dass er nicht immer nett gewesen ist.«

»Er war *nie* nett!«

»Aber er war fast zwei Jahre lang weg! Könnte doch sein, dass er sich geändert hat.«

Tid schnaubte verächtlich. »Es war nur etwas mehr als ein Jahr und du hast nicht den geringsten Beweis dafür, dass er sich geändert hat.«

»Und du hast keinen, dass er sich nicht geändert hat.«

»Ach komm, jetzt sei nicht albern!«

»Albern bin ich also, ja?«, sagte sie gereizt. Sie sah Tid von oben herab an und stapfte zu Shelton zurück. »Willst du uns helfen?«, fragte sie rundheraus.

Shelton hatte keinerlei Verlangen, jemandem zu helfen, aber es bereitete ihm großes Vergnügen, Tid zu ärgern. »Ja«, antwortete er.

»Danke«, sagte Sofie.

Dann drehte sie sich zu Tid um und verkündete: »Ob du mitmachst, liegt bei dir.«

»Wegen dem servierst du mich ab?«, fragte Tid zutiefst gekränkt.

So hatte Sofie es nicht gemeint, aber sie war zu stolz, um es zuzugeben. »Ich sage bloß, dass es deine Entscheidung ist«, erwiderte sie hochmütig.

Sosehr Sofies Worte Tid auch trafen, er konnte sie nicht in den Händen von jemandem wie Shelton lassen. »Wir haben es zusammen angefangen«, meinte er, »also bringen wir es auch zusammen zu Ende.«

Sofie war erleichtert, aber sie ließ es sich nicht anmerken. »Na schön«, sagte sie. »Gehen wir.«

»Wohin?«, fragte Tid.

»Na, wohin schon, zu Großvaters Werkstatt.« Schnurstracks marschierte sie los.

Tid verspürte große Lust, sie zu Boden zu werfen, sich auf sie zu setzen und sie zu zwingen, das Ganze noch einmal zu überdenken, doch er biss die Zähne zusammen und folgte ihr.

Shelton, der ebenfalls hinterherkam, grinste Tid mit unverhohlenem Triumph an.

Lorin saß auf dem verdreckten Boden einer Kammer in der Drunterwelt und wiegte Morlennis Kopf in ihrem Schoß. Morlenni weinte leise vor sich hin. Wieder in der Drunterwelt zu sein rief viele schlimme Erinnerungen in ihr wach, für deren Vergessen sie Jahre gebraucht hatte.

Vor Müdigkeit war auch Lorin zum Heulen zumute. Erst nachdem sie ihre Freundin so lange gesucht hatte, wie sie sich traute Scratch warten zu lassen, war sie widerwillig unter die Erde gekommen. Sie hätte sich sicherer gefühlt, wenn jemand vom Hütervolk gewusst hätte, wo sie war, aber in der Eile hatte sie niemanden gefunden. Nun saß sie an dem Ort, an dem sie am allerwenigsten sein wollte, und bemühte sich gleichmäßig zu atmen, um die in ihr aufsteigenden Tränen zurückzuhalten.

»Hör mit die Flennerei auf!«, sagte Offa Scratch zu Morlenni. »Wenn ihr brav auf mir hört, seid ihr beide in 'n paar Tagen wieder hier raus.«

»Und was solln wir tun?«, fragte Lorin mit möglichst fester Stimme.

Offa Scratch antwortete nicht, sondern schnappte sich einen Becher Wasser von einem wackligen Tisch und reichte ihn ihr. Diese zur Schau getragene Freundlichkeit jagte Lorin mehr Angst ein als alles andere. Wrackas waren niemals freundlich. Angewidert nahm sie den schmutzigen Becher entgegen.

»Ihr braucht euch keine Sorgen nich zu machen«, sagte Offa Scratch mit Schmeichelstimme. »Ruck, zuck und ihr seid wieder zu Hause.«

Eigentlich hätten diese Worte tröstlich sein müssen, doch aus seinem Mund klangen sie eher wie eine Drohung.

Sofie stand grübelnd vor dem Baum, unter dem sich Zeitvater Tims Werkstatt verbarg. Sie versuchte sich an den Zugangscode zu erinnern. Ihr Großvater hatte ihn geändert, nachdem sie im vorletzten Winter einigen Wrackas geholfen hatte dort einzubrechen und den Tick zu stehlen. Seither hatten sie und Tid ihren Großvater viele Male in die Werkstatt begleitet. Er hatte ihnen den Code zwar nie wirklich gezeigt, aber sie hatten ihm oft dabei zugeschaut, wie er ihn angewendet hatte.

Tid, der stur seine Mithilfe verweigerte, beobachtete, wie Sofie nach vorne trat. Sie hob die Hand und bewegte sie auf die Knoten in der knorrigen Rinde zu, um den Öffnungsvorgang einzuleiten, doch da zog er sie unsanft zurück. »Nicht vor dem da.« Er wies mit dem Kopf in Sheltons Richtung.

Sofie hielt Tid für äußerst unhöflich, aber sie war sich auch darüber im Klaren, dass es besser war, wenn möglichst wenige wussten, wie man sich zu Zeitvater Tims Werkstatt Zutritt verschaffte. Mit großem Unbehagen wandte sie sich zu Shelton um. »Würde es dir sehr viel ausmachen, wenn ich dich bitten würde, dich umzudrehen?« Shelton fühlte Groll in sich aufsteigen. Sie traute ihm also auch nicht.

Sein Gedanke musste ihm ins Gesicht geschrieben stehen, denn Sofie sagte: »Nicht, dass ich dir nicht traue, aber«, sie senkte die Stimme, »Tid stellt sich an.«

Bevor Shelton ihrer Bitte nachkam, bedachte er Tid mit einem beleidigten Blick.

Tid funkelte Sofie böse an. Typisch Mädchen, ihm den schwarzen Peter zuzuschieben!

Sie legte die Finger auf die entsprechenden Knoten in der knorrigen Borke und begann die Formel zu flüstern.

»Du machst es falsch.« Tid freute sich insgeheim, dass er es besser wusste. »Wir müssen uns aneinander festhalten.«

Sofie kam sich sehr dumm vor. An Shelton gewandt sagte sie: »Tut mir leid, aber du musst dich an Tid festhalten. Tid, du hältst mich.«

Shelton musterte Tid argwöhnisch und fasste ihn widerwillig am Arm. »Guck woandershin«, zischte Tid ihn an.

»Ihr müsst näher zusammenrücken«, sagte Sofie energisch. Sie schoben sich enger aneinander.

Sofie ergriff Tids Hand, legte den Daumen und den kleinen Finger wieder auf die Knoten in der Rinde und flüsterte: »In me bewreoh.«

Und ohne mehr als einen kleinen Ruck im Bauch zu verspüren, standen die drei auch schon im Inneren des Baumes, dicht gedrängt am Kopf der Treppe. Genau auf der anderen Seite von dort, wo einmal die Tür gewesen war.

Sofie und Tid, für die das nichts Neues war, stiegen gleich die vertrauten alten Stufen hinab.

Shelton blinzelte. Er hatte erwartet, dass sich eine Tür auftun würde. Wie sollte er auch ahnen, dass die Zauberformel sie direkt in den Baum befördern würde? Er rief sich die Worte, die Sofie benutzt hatte, in Erinnerung und murmelte sie leise vor sich hin. Wer weiß, vielleicht konnte er sie eines Tages noch gebrauchen.

Shelton sah den beiden anderen zu, wie sie die steilen, tief ausgetretenen Stufen hinabkletterten. Langsam ging er hinterher. Als er unten ankam, musste er sich ducken, um einem niedrigen Balken auszuweichen.

Der Raum war von einem warmen Licht erhellt, das von den Wänden, vom Fußboden und sogar von der ausladenden Eichenwerkbank, die den meisten Platz einnahm, schimmerte. An den Wänden hingen Regale, in denen Messgeräte, Bohrer, Schraubenzieher, feines Garn, Dosen mit Sternenstaub und glimmernde Kiesel säuberlich aufgereiht waren.

»Kommt, wir schauen noch mal in das Buch«, sagte Sofie.

Es dauerte eine Sekunde, bis Shelton einfiel, dass er es in der Hand hielt. Er setzte sich auf das Podest am hinteren Ende der Werkstatt.

Tid lehnte sich an die Werkbank und sah hinüber. »Wir dürften überhaupt nicht hier sein«, murrte er.

Die beiden anderen schenkten ihm keine Beachtung.

»Großvater wird fuchsteufelswild sein«, fuhr er unbeirrt fort.

»Nicht, wenn er den Grund weiß«, entgegnete Sofie, ohne aufzublicken.

»Und was, wenn der uns reingelegt hat«, sagte Tid mit einer Kopfbewegung zu Shelton, »bloß um rauszufinden, wo das hier ist?«

»Hat er nicht.«

»Woher willst du das wissen?«

Sofie wandte sich an Shelton. »Hast du?«, fragte sie unumwunden.

»Er wird es wohl kaum zugeben«, schnaubte Tid.

»Wo die Werkstatt ist, weiß ich schon ewig«, sagte Shelton.

»Was?« Sofie war überrascht.

»Wusstest du nicht!«, erwiderte Tid gehässig.

»Ich hab sie auf der Karte gesehen«, erklärte Shelton Sofie. »Du erinnerst dich doch an die grottige Karte, die Scratch vom Park gezeichnet hat. Sie lag auf dem Tisch, als du mit den Getränken reingekommen bist.« Tid würde es bestimmt ärgern, dass er und Sofie eine gemeinsame Erinnerung hatten, von der er nichts wusste.

Sofie dachte zurück. Sie hatte Erfrischungen in Old Killjoys Kammer gebracht und Shelton hatte mit der Karte an einem Tisch gesessen. Damals hatte sie es nicht als Karte erkannt, weil sie noch keine Ahnung von Erdkunde hatte, aber im Nachhinein wurde ihr klar, dass es eine gewesen sein musste – allerdings eine sehr schlechte.

»Kein Wracka würde eine Karte zustande bringen«, meinte Tid.

»Scratch hat aber eine gezeichnet«, bestätigte Sofie.

»Und er hat die Werkstatt darauf eingetragen«, sagte Shelton, den es freute, dass er recht hatte und Tid nicht.

»Woher sollte ein Wracka wissen, wo sie liegt?«, fragte Tid.

Obwohl Sofie die Frage äußerst unangenehm war, beantwortete sie sie freiheraus, ließ sich dabei aber nicht anmerken, wie sehr sie sich schämte. »Weil ich es ihm gezeigt habe.«

Tid presste die Lippen zusammen und schwieg. Das hatte er vergessen.

»Und wer hat es mir gezeigt?«, fragte Sofie herausfordernd.

Tid war derjenige gewesen und er war bitterböse, dass sie es vor Shelton zur Sprache brachte.

Der amüsierte sich königlich über ihr Gezanke.

Tid wandte sich ab und stocherte mit dem Finger in einer tiefen Kerbe auf der Werkbank herum.

»Kannst du noch irgendwas in dem Buch sehen?«, fragte Sofie Shelton, um auf den eigentlichen Grund zurückzukommen, weswegen sie hier waren.

»Die Symbole schweben wieder«, sagte Shelton mit gewichtiger Stimme. Zu seiner eigenen Überraschung stimmte das: Sie schienen wirklich zu schweben.

»Was meinst du mit schweben?«, wollte Sofie wissen.

»Genau hier.« Er bewegte die Hand ein paar Zentimeter über der Seite leicht hin und her, wie Aleyesu es getan hatte. »Siehst du es nicht?«, fragte er, obwohl er genau wusste, dass sie es nicht sehen konnte. »Da steht Uh…«, es klang, als könnte er es nur mit Mühe lesen, »Uh… – Uhr.«

»Was heißt denn *Uhr?*«, fragte Sofie.

Shelton zuckte mit den Schultern und konzentrierte sich erneut auf die Worte. »Nein, da steht nicht bloß *Uhr*«, murmelte er, »sondern noch irgendwas von *darunter* oder *dahinter*.« Er kratzte sich am Kopf. »Keine Ahnung.«

Tid wusste, was eine Uhr war, weil sein Großvater es ihm mal erzählt hatte. »Eine Uhr ist ein Zeitmesser«, sagte er, froh, mit seinem überlegenen Wissen glänzen zu können. »Und als Großvater den neuen Zeitmesser gebaut hat, stand er auf diesem Podest.«

Sofie und Shelton schauten hinter sich. Das Podest befand sich vor einer mit Eichenholz verkleideten Wand, die einzige in der Werkstatt, an der keine Regale hingen.

»Hinter dem Zeitmesser«, murmelte Sofie vor sich hin, während sie auf das Podest stieg und mit den Händen über die Täfelung fuhr. Es war nichts von einer Tür zu sehen. Sie trat einen Schritt zurück und starrte auf die Wand.

»Weißt du genau, dass der Zeitmesser hier stand?«, fragte sie Tid.

»Ganz genau«, antwortete er.

»Und du bist dir sicher, dass da *hinter* dem Zeitmesser steht?«, fragte sie Shelton.

»Nein.« Sicher wusste er überhaupt nichts.

»Wenn du sagst, es muss hinter dem Zeitmesser sein«, verkündete Tid mit triumphierendem Unterton, »dann ist das die einzige Stelle, die gemeint sein kann, und da ist eindeutig nichts. Du musst dich wohl getäuscht haben.«

Sofie wollte nicht, dass Shelton sich täuschte. Wenn er im Irrtum war, dann hatte vielleicht auch sie mit der Geschichte in ihrem Buch unrecht.

Sie kniete sich neben ihn und lehnte sich an seine Schulter, um die Seite aus seinem Blickwinkel zu betrachten und so auch die Symbole schweben zu sehen, wie er es beschrieben hatte.

Es ist traurig, aber wahr: Wer nicht geliebt wird, wird nicht berührt. Shelton hatte ein einsames Leben geführt. Auch in der Erziehungsanstalt in Deutschland drehte sich alles ums Lernen und um Disziplin. Niemand nahm ihn in den Arm. Die einzige Gelegenheit, bei der er jemanden berührte, war das Händeschütteln zur Begrüßung eines

Neuankömmlings. Und so fühlte es sich für ihn ganz seltsam an, als Sofie sich nun an ihn lehnte.

»Drei!«, platzte er heraus, um seine Verlegenheit zu überspielen. Er schaute auf das Buch. Wie war er auf drei gekommen? Er konnte es nicht sagen.

Sofie sah ihn überrascht an. »Drei was?«, fragte sie.

Er schüttelte den Kopf. »Weiß ich nicht.« Doch er hatte das unbestimmte Gefühl, dass es mit der Drei irgendetwas auf sich hatte. Das Ganze artete langsam aus und Shelton wurde mulmig zumute. Fantasierte er oder hatte er die Symbole tatsächlich die ganze Zeit übersetzt?

Tid gab erneut ein verächtliches Schnaufen von sich.

Sofie beachtete ihn nicht. »Im Buch steht irgendetwas von drei.« Sie blätterte die Seiten um. »Ja, hier«, und sie las vor:

Vier hat der Kompass,
drei unter mir;
obschon ich ein Rund bin,
der Schlüssel liegt hier.

Sie sah auf. *»Drei unter mir«*, wiederholte sie. »Shelton, hast du nicht auch etwas von *unter* gesagt?«

Jetzt wurde es Tid zu bunt. »Das ist doch lächerlich!«, erklärte er. »Der denkt sich das bloß aus! Er hat nicht den blassesten Schimmer, was irgendwas davon bedeutet. Einen Spaß macht der sich, sonst nichts. Wir verschwenden unsere Zeit. Wir dürften nicht mal hier sein. Lass uns gehen.«

»Mann, Tid, halt doch endlich mal die Klappe!«, rief Sofie wütend. »Ich versuche nachzudenken.« Sie erhob sich und schritt auf und ab, die Stirn in tiefe Falten gelegt. »Drei unter oder hinter dem Zeitmesser«, sagte sie grübelnd und dann hellte sich ihre Miene plötzlich auf, als wäre ihr die Erleuchtung gekommen. »Drei Schritte hinter dem Zeitmesser!«, rief sie.

»Er stand direkt an der Wand«, erwiderte Tid. »Da waren keine drei Fingerbreit dazwischen, geschweige denn drei Schritte.«

»Nein, nicht hier!« Sofie schrie fast vor Freude, dass sie das Rätsel gelöst hatte. »Der Zeitmesser ist nicht mehr hier, er steht an der Linie!« Nach seiner Fertigstellung war der Zeitmesser zur Zeitlinie im Park gebracht worden, wo er nun für alle sichtbar die Zeit verkündete. »Wir sind am falschen Ort!«, rief Sofie.

Tid war für alles zu haben, was sie aus der Werkstatt führen würde. »Gut, dann versuchen wir's also da.«

»Wenn der Eingang sich an der Linie befindet«, wandte Shelton ein, »warum steht dann im Buch, dass er in der Werkstatt liegt?«

»Das heißt vielleicht …«, begann Sofie, verstummte aber gleich wieder. Sie hatte keine Ahnung, was es heißen könnte.

»Er muss hier sein«, sagte Shelton.

Sofie stemmte die Arme in die Hüften und schaute auf die Wand. »Hm, vielleicht bedeutet es nicht genau dahinter, sondern drei Schritte zur Seite.« Sie maß die Entfernung ab, wobei sie darauf achtete, die Füße extraweit auseinanderzusetzen, um die Schrittlänge eines Erwachsenen nachzuahmen.

»Diese Geschichte ist doch alt, oder?«, fragte Shelton.

»Jahrtausendealt«, erwiderte Sofie.

»Woher sollte denn damals jemand gewusst haben, wo Zeitvater Tim so viel später den Zeitmesser hinstellen würde, während er ihn baut?«

Darauf kannte Tid die Antwort. Sein Großvater hatte ihm die Vorgeschichte seiner Werkstatt oft erzählt. Tid konnte es sich nicht verkneifen, den anderen vorzuführen, was er alles wusste. »Weil das Podest genau dafür gemacht ist. Diese Werkstatt ist uralt. Alle Zeitmesser sind darin gebaut worden. Der Holzboden von dem Podest«, er ging hinüber und stieß leicht mit dem Fuß dagegen, »ist von alter Magie durchwirkt, die bösen Zauber abwehrt. Großvater sagt immer …«

Schlagartig hielt er inne. Sofie und Shelton sahen ihn mit fragendem Blick an. Tid starrte auf den Boden. Ihm war etwas ins Auge gefallen. Er schaute zu Sofie hoch.

Nun steckte Tid gehörig in der Klemme. Wenn er Sofie und Shelton erzählte, was er gerade entdeckt hatte, würden sie vielleicht mit diesem Schwachsinn weitermachen wollen. Falls er es ihnen aber nicht zeigte und Shelton am Ende doch recht hatte, würde er die Möglichkeit verspielen, seinem Großvater zu helfen. Mag sein, dass Tid auf Sofie böse war und dass er Shelton misstraute, aber er konnte Richtig und Falsch unterscheiden.

Er kniete sich auf das Podest und wies auf einen Knubbel in der Oberfläche, unweit der Stelle, wo Sofie nach dem Abmessen der drei Schritte stehen geblieben war. Dann legte er den Daumen darauf und den kleinen Finger auf einen zweiten Knubbel ein paar Zentimeter weiter. Sofie erkannte es sofort wieder. Diese unebenen Stellen sahen genauso aus wie die Knoten draußen auf der Baumrinde. »Das muss ein Zufall sein«, sagte Tid und zog die Hand zurück. »Bevor der Tick gestohlen wurde, gab es einen Hebel zum Öffnen der Tür. Wenn die Werkstatt so mit dem Zwei-Knoten-Zauber verknüpft wäre, warum sollte Großvater dann erst jetzt angefangen haben, ihn zu nutzen?«

»Großvater muss von den Knoten hier gewusst haben und als er ein ähnliches Muster außen am Baum entdeckt hat, bot es sich einfach an«, meinte Sofie. »Aber was hat die Drei damit zu tun?«

Alle starrten auf die Knubbel im Podest.

Fast beiläufig legte Sofie den kleinen Finger auf den einen und den Daumen auf den anderen und murmelte: »Opena ond me cyth.«

Als sich nichts tat, schlug Tid vor: »Probier es mal mit *Tide healdath*.« Er war zu sehr von den Knoten fasziniert, um daran zu denken, dass er eigentlich gar nicht mithelfen wollte.

Sofie nickte und sprach die altvertraute Zauberformel der Hüter: »Tide healdath, ealle brucath.«

Von fern ertönte ein dumpfes Klacken. Dann zuckte Tid plötzlich zusammen und rutschte unfreiwillig zur Seite, als sich der Boden unter ihm in Bewegung setzte.

DIE HÖHLEN DES TEMPUS

Die drei trauten ihren Augen nicht, als ein Teil des Podests sich anhob, zur Seite glitt und den Blick auf eine Öffnung freigab, gerade groß genug, dass eine Person hindurchschlüpfen konnte.

Kühle Luft schlug Sofie entgegen, als sie sich vornüberbeugte und in das Loch hinunterspähte. Schmale Stufen verloren sich in schwarzer Finsternis.

»Das sind sie!«, erklärte sie begeistert. »Die Höhlen des Tempus!«

»Soviel wir wissen, könnten das auch Wrackatunnel sein«, entgegnete Tid grimmig.

Sofie schickte sich an die Stufen hinabzuklettern.

»Was *machst* du da?«, fragte Tid.

»Wir sollten uns lieber beeilen«, sagte sie, kurz bevor ihr Kopf verschwand. »Großvater ist schon eine Ewigkeit unterwegs.«

»Lass den Quatsch!«, rief Tid. »Vielleicht ist das irgendeine Falle!«

Sofies Kopf tauchte wieder auf. »Was, hier?«, fragte sie. »Wie sollte sich jemand eine Falle ausdenken, die von Großvaters Werkstatt ausgeht?« Sie verschwand abermals.

Die Jungen starrten unschlüssig in das dunkle Loch. Urplötzlich erschien Sofie wieder. »Da unten ist es duster«, sagte sie, während sie herauskletterte. »Wir brauchen ein paar Taschenlampen.« Sofie begann Zeitvater Tims Werkstatt zu durchsuchen. »Irgendwo muss es hier doch so was geben.«

Shelton hielt seine Taschenlampe hoch. »Ich hab die hier.«

»Dann such eine für mich.«

»Untersteh dich irgendwas anzufassen!«, fuhr Tid ihn an, noch bevor er sich rühren konnte. Das fehlte noch, dass Shelton MacRaven die Sachen seines Großvaters durchwühlte!

»Wenn du schon nicht willst, dass er sucht«, sagte Sofie unwirsch, »wie wär's dann, wenn du selber mal die Augen aufsperrst?«

»Oder wie wär's, wenn wir nach Hause gehen und Enderell hiervon erzählen?«

»Klasse Idee«, erwiderte Sofie sarkastisch. »Und die geht dann zum Horchenden Haus und spricht mit der Hüterin von Greenwich und die spricht mit Vremja und der mit Zeit, der sich wiederum mit dem Rat berät – und bis dahin könnten Großvater und die anderen richtig tief in der Tinte sitzen!«

»Das ist aber der vorgesehene Ablauf.«

»Schön, *du* kannst es ja so halten. Shelton und ich werden uns derweil nützlich machen.«

Tid zögerte. Ihre Worte ärgerten ihn, doch ihm blieb kaum eine Wahl, denn er würde niemals zulassen, dass sie allein in Sheltons Falle tappte.

»Sofie.« Er zog sie beiseite und redete so leise, dass Shelton nichts mitbekam. »Ich weiß, dass du Shelton glauben möchtest«, sagte er so vernünftig wie möglich. Er sah, wie sie gereizt den Mund verkniff, daher fügte er rasch hinzu: »Und ich versteh ja auch, warum. Aber denk doch mal einen Moment nach. Du kennst ihn nicht so gut wie ich.«

»Er hat mir geholfen den Tick zurückzubringen«, sagte sie stur.

»Doch nur, damit du ihm den Weg aus der Drunterwelt zeigst. Vergiss nicht, er wollte dich an die Wrackas verraten.«

»Er wollte mich nicht verraten.«

»Aber er hat versucht dich gegen deinen Willen zu ihnen zu schleppen.«

Darauf erwiderte Sofie nichts. Entführen klang auch nicht besser als verraten.

»Jemandem eine zweite Chance zu geben ist ja gut und schön«, fuhr Tid fort, »aber mal angenommen, jemand verdient sie nicht. Das hier könnte ein raffinierter Trick sein, um uns beide in die Drunterwelt zu locken.«

»Wir gehen nicht in die Drunterwelt.«

»Ich weiß.« Tid bemühte sich weiter in vernünftigem Ton zu reden. »Die Höhlen sind eigentlich nicht die Drunterwelt, aber es könnte doch sein, dass sie miteinander verbunden sind. Womöglich wartet da unten gerade eine Bande Wrackas auf uns.«

Sofies Lippen waren noch immer ganz schmal, doch an ihren Augen konnte er ablesen, dass sie zuhörte. Sie sah zu Shelton hinüber, der schnell wegschaute, als ihre Blicke sich trafen. Er wirkte schon irgendwie zwielichtig.

Tid nutzte seinen Vorteil.

»Wir wissen doch, dass die Wrackas einen Tunnel graben. Vielleicht wollen sie gar nicht zu den Frauen. Vielleicht wollen sie hierher, zu uns.«

»Schon gut, du hast ja recht«, sagte Sofie mit gedämpfter Stimme. »Es könnte eine Falle sein. Ich glaube es zwar nicht, aber möglich wäre es. Trotzdem musst du zugeben, dass Shelton genauso gut recht haben könnte, und dann sollten wir keine Zeit verlieren. Je länger wir herumtrödeln, desto schwieriger wird es, Großvater zu finden, bevor er mit dem falschen Schlüssel in den Gemetbur einzudringen versucht.«

»Stimmt«, räumte Tid schweren Herzens ein. »Wir müssen wohl abwägen, welches Risiko kleiner ist.«

»Nun ja, wenn wir uns für Enderell entscheiden, ist das Risiko am kleinsten für uns«, meinte Sofie, »und wenn wir Großvater nachgehen, ist es am kleinsten für ihn.«

Sofie hatte es auf eine Formel gebracht, die es Tid unmöglich machte, nicht mitzukommen: Woran lag ihm mehr, an der Sicherheit seines Großvaters oder an seiner eigenen? Sosehr er Shelton auch misstraute, Tid würde sich nicht an oberste Stelle setzen. Er würde nachgeben müssen – aber nicht in allem.

»Also gut«, sagte er. »Shelton und ich hängen uns an Großvater und du kehrst zu Enderell zurück und sagst ihr, wo wir sind und was wir vorhaben.«

»Von wegen!« Sofie war außer sich vor Empörung. »Geh du doch zu Enderell und ich geh mit Shelton.«

»Sei nicht blöd, du bist ein Mädchen!« Tid verzog unwillkürlich das Gesicht, als ihm klar wurde, was er da gesagt hatte.

»Bloß ein Mädchen, ja?«, entgegnete Sofie wütend. »Tja, und wenn du dich auf den Kopf stellst, Tid Mossel, ich such Großvater. Ob du mitkommst oder nicht, ist deine Sache.« Und damit drehte sie sich wieder zu den Regalen um und begann sie nach etwas zu durchforsten, das als Licht dienen konnte.

Tid seufzte. Warum war ihm nur diese dumme Bemerkung über Mädchen herausgerutscht? Nichts, was er sagen könnte, würde Sofie jetzt noch zurückhalten und er würde sie auf gar keinen Fall allein mit Shelton gehen lassen. Tid warf ihm einen grimmigen Blick zu. Shelton erwiderte ihn feindselig.

Sofie nahm Zeitvater Tims abgestoßenes, zerkratztes Lineal aus dem Regal. Schade, dass ihr Buch nicht mit einem Leuchtzauber versehen war wie die Bücher ihres Großvaters. Sie schwenkte das Lineal umher, um festzustellen, wie viel Licht es spendete. In der Helligkeit der Werkstatt war das schwer zu sehen, aber sie befand, dass es ausreichen würde, um ihr im Dunkeln zu leuchten.

»Dann mal los«, sagte Sofie und ging auf die Luke zu.

»Warte!« Tid hatte Papier und Bleistift aus der Schublade gezogen und kritzelte:

Sofie, Shelton und Tid sind die Luke
hinunter, um nach Großvater zu suchen.

»Mach schnell!«

Tid hätte gern mehr geschrieben, aber er setzte nur rasch seinen Namenszug unter die Notiz und hinterließ sie zusammen mit dem Bleistift auf der Werkbank. Er brauchte ein Licht. Der Stift würde reichen, doch dann fiel sein Blick auf den Briefbeschwerer. Von allen Gegenständen in der Werkstatt war er ihm schon immer der liebste gewesen. Es war eine Glaskuppel auf einem schweren dreieckigen Fuß. Berührte man sie, so wirbelten in ihrem Inneren türkisblaue Lichtstrahlen umher. Er schien hell wie ein Leuchtturm. Tid streckte die Hand danach aus.

»Nimm den besser nicht«, meinte Sofie, die von der Luke herübersah, »der ist zu schwer.«

Sofie hatte recht, er war schwer, aber Tid wollte sich nicht von ihr vorschreiben lassen, was er mitnahm. Er schnappte sich den Briefbeschwerer und ging zur Luke.

Sofie verschwand die Stufen hinunter.

Shelton blieb unschlüssig stehen. Sollte er wirklich hinterhergehen?

»Nach dir«, sagte Tid frostig. Er wollte Shelton im Blick haben.

Shelton sah ihn hasserfüllt an und begann die Treppe hinabzusteigen. Tid folgte ihm. Die Luke ließ er offen, damit sie beim ersten Anzeichen von Gefahr schnell zurücklaufen konnten; und falls jemand nach ihnen suchen sollte, wäre gleich klar, welchen Weg sie genommen hatten.

Die Stufen waren schmal und aus Fels gehauen. Sie mussten uralt sein und doch waren sie kein bisschen ausgetreten. Ganz offensichtlich wurden sie selten benutzt. Die kühle Luft wurde mit jedem Schritt kälter.

Als Tid am Fuß der Treppe ankam, hörte er von oben ein sachtes Klacken. Durch seinen Magen ging ein Ruck. Die Luke hatte sich geschlossen! Wenn das hier eine Falle war, dann saßen sie nun endgültig darin fest.

»Los, komm schon!«, drängelte Sofie.

»Wir können nicht zurück. Die Luke hat sich zugeschoben.«

»Wollen wir doch auch gar nicht«, sagte Sofie nüchtern. »Wir wollen Großvater finden. Wer hat das Buch?«

»Ich«, antwortete Shelton.

»Das nehm ich schon, vielen Dank.« Tid riss es ihm aus der Hand.

Shelton schob das Kinn vor und in seinen Augen flackerte Unmut auf.

»Welche Richtung?«, fragte Tid an Sofie gewandt.

Alle drei hielten ihre Lichter hoch und blickten um sich. Sie standen auf festem Untergrund, der von einer dünnen Schicht loser Erde bedeckt war. Die Wände waren aus Gestein. Tid befühlte sie. Sie waren kalt, aber nicht feucht.

Tid hielt den Briefbeschwerer vor sich, der viel heller schien als die Lichter von Shelton und Sofie. Weit sehen konnte er damit trotzdem nicht.

»Halt ihn neben dich«, sagte Shelton.

»Wie kommst du dazu, mir vorzuschreiben, was ich tun soll?«, fuhr Tid ihn an.

»Wenn du ihn dir vor die Nase hältst, kannst du nicht über das Licht hinaus sehen«, erwiderte Shelton in gereiztem Tonfall. »Nimm ihn weiter runter an die Seite, dann siehst du mehr.«

Tid funkelte ihn böse an.

»Probier's einfach«, sagte Shelton.

Tid und Sofie ließen ihre Lichter ein Stück sinken und tatsächlich, es funktionierte!

»Das ist wirklich gut.« Sofie war begeistert. »Ich kann viel besser sehen. Kommt, hier entlang.«

Vor ihnen schien ein einziger langer Tunnel zu liegen, der zu beiden Seiten hin zahlreiche Öffnungen hatte.

»Warte mal«, sagte Tid.

»Was ist denn noch?«, fragte Sofie entnervt.

»Vielleicht sollten wir hier langgehen.«

Sofie wandte sich um und sah, dass Tid einen ähnlichen Tunnel hinunterwies, der links von der Treppe abzweigte.

»Oder hier.« Shelton zeigte auf einen dritten.

Sie blickten von einem Tunnel zum anderen.

»Ich schätze, wir könnten uns aufteilen«, sagte Sofie zögerlich.

»Nein!«, riefen die beiden Jungen wie aus einem Mund.

»Wir bleiben zusammen«, sagte Tid, der leicht bestürzt war, dass Shelton genauso darüber dachte.

»Gib mir das Buch.« Sofie nahm es Tid ab. »Da stand etwas über drei und hier gibt es drei Tunnel. Wie war das noch gleich?« Sie überlegte. »*Drei unter mir.*« Plötzlich klang sie ganz aufgeregt. »Drei Tunnel unter der Erde!«

»Steht auch dabei, welchen wir nehmen sollen?«, fragte Tid.

»Glaub ich nicht.« Sie schaute angestrengt in das Buch. »Leuchte mal mit der Taschenlampe auf die Seite«, forderte sie Shelton auf. »Mir ist gerade etwas eingefallen.« Sofie blätterte weiter und zeigte auf eine Textstelle. »Seht mal, da steht: *Daher brachte Tempus ihn an einem geheimen Ort unter und umgab ihn mit einem Zauber, der so stark war, dass der Gemetbur nur auf eine einzige, ganz bestimmte Weise geöffnet werden konnte. Wer versuchte ihn ohne den richtigen Schlüssel zu öffnen, würde das Tageslicht niemals wieder erblicken.* Woher weiß man denn«, fragte sie stirnrunzelnd, »ob der Schlüssel der richtige oder der falsche ist, bevor man ihn ausprobiert hat?«

»Das fällt dir ja früh ein!«, sagte Tid.

»Wir müssen sie wohl davon abhalten, überhaupt irgendeinen Schlüssel zu benutzen«, meinte Sofie.

Tid war auf einmal beunruhigt. »Bist du etwa hier, um dafür zu sorgen, dass Großvater und die anderen gar nicht erst versuchen in den Gemetbur zu gelangen?«

»Genau darum dreht es sich doch, oder?«

»Ich weiß nicht, ob das so gut wäre.« Tid gab sich Mühe, nicht zu besorgt zu klingen. »Großvater will doch dorthin, um diesen Zeitwobbel wieder rückgängig zu machen. Wenn das nur vom Gemetbur aus geht, sollten wir dann nicht alles daransetzen hineinzukommen?«

»Nicht, wenn Großvater und die anderen dadurch sterben.«

Tid wusste nicht recht, was er darauf antworten sollte, ohne sich zu verplappern, und er hatte seinem Großvater Stillschweigen versprochen. War die Möglichkeit, schlimmstes Chaos abzuwenden, drei Leben wert, gleichgültig wie edel sie waren oder wie lieb ihm eines davon war?

»Das ist doch das Wichtigste, oder?«, fuhr Sofie fort. »Großvater in Sicherheit zu bringen, und außerdem …« Sie legte die Stirn in Falten. Ihr kam ein Gedanke. »Vielleicht haben wir ja den Schlüssel!«

»Ja?«, fragte Tid verblüfft.

»Ja«, erwiderte sie. »Shelton! Er weiß, wie man das Buch liest. Er muss der richtige Schlüssel sein.«

»Ach so, klar«, sagte Tid ausdruckslos.

Shelton war sich nicht sicher, ob er *der Schlüssel* sein wollte. Über der Erde war das alles ja noch ganz lustig gewesen und er hatte das Gefühl genossen, Tid etwas vorauszuhaben, aber hier unten in den Tunneln war die Situation ernster. Wenn er nicht aufpasste, konnte alles furchtbar schiefgehen.

»Los, Shelton«, sagte Sofie, »mach dein Fingergewackel.«

»Wir sollten hier entlanggehen«, meinte Tid und zeigte hinter sich. Er beschloss, vorerst nichts von der Unabwendbarkeit des Chaos zu erwähnen. Am besten schauten sie erst mal, dass sie heil wieder aus den Tunneln kamen.

»Warum?«, fragte Sofie.

Tid schloss die Augen und stellte sich die Werkstatt über ihnen vor. »Wenn die Werkstatt da ist«, sagte er und versuchte sie räumlich einzuordnen, »dann der Baum auch, also liegt die Zeitlinie … dort drüben!« Er öffnete die Augen. »Der Gemetbur ist bestimmt in der Nähe der Linie.«

»Wieso?«

»Weil da auch der Zeitmesser steht. Es ist doch sinnvoll, wenn alle Zeitapparaturen nah beieinander sind.«

»Aber Tid«, wandte Sofie ein, »bis zur Linie ist es nur ein Katzensprung. Wenn das der richtige Weg wäre, wäre

Großvater seit Ewigkeiten da und hätte schon versucht reinzukommen und …« Ihre Stimme zitterte.

»Du meinst also, wir sollten die entgegengesetzte Richtung einschlagen?«, fragte Tid schnell, um nicht länger bei diesem unerfreulichen Gedanken zu verweilen. »Das ist so eindeutig falsch«, fuhr er fort, »dass es schon wieder richtig sein könnte. Genau das könnte Tempus gemacht haben.«

»Ein Trick, um den Gemetbur zu schützen?«, fragte Sofie.

»Klingt doch logisch.« Tid wandte sich an Shelton. »Was meinst du, welche Richtung?«

Überrascht sah Shelton ihn an. Er hätte nicht gedacht, dass Tid sich für seine Meinung interessierte. »Ich finde, wir sollten in Richtung Zeitlinie gehen.«

Damit war die Sache klar. Wenn Shelton den Weg nehmen wollte, würde Tid den anderen wählen.

»Ich bin derselben Meinung wie Sofie«, sagte er.

Shelton grinste höhnisch. Hatte er's doch gewusst, dass Tid niemals auf seinen Rat hören würde!

»Vielleicht sollte Shelton sicherheitshalber einen Blick ins Buch werfen«, schlug Sofie vor und drückte es ihm in die Hand.

Nur widerwillig nahm Shelton es entgegen. Sie saßen unter der Erde in einer Falle. Er musste mit den Spielchen aufhören. Vielleicht sollte er ihnen lieber beichten, dass dieser Symbolkram noch ganz neu für ihn war, doch ein

Blick zu Tid genügte, um ihn eines Besseren zu belehren. Er würde nicht zugeben, dass er sich einen Spaß erlaubt hatte, nur damit Tid sich ins Fäustchen lachen konnte. Er hielt die Hand über die Seite und starrte auf den Zwischenraum zwischen Buch und Hand.

Tid fand, dass er maßlos übertrieb. Shelton wirkte einfach lächerlich und er wollte es ihm gerade sagen, als Sofie ihn mit einer Handbewegung zurückhielt.

Mit zusammengekniffenen Augen blickte Shelton auf die Seite. Er war ganz durcheinander. Wie konnte das nur sein? Laut Aleyesu brauchte man zum Übersetzen solcher Symbole zuallererst Talent und dann lebenslanges Lernen. Nun, Shelton wusste, dass er keinerlei Begabung besaß und die Zeichen bis vor Kurzem noch nie gesehen hatte. Wie sollte er sie richtig übersetzen können? Aber immerhin war er darauf gekommen, dass der Tunneleingang sich in der Werkstatt befand. Das konnte nicht einfach Glück gewesen sein. Und das Wort *Uhr* hatte er noch nie zuvor gehört, irgendwoher musste er es also haben.

Nach einer halben Ewigkeit, wie es schien, sagte Shelton: »Wir gehen da lang.« Er zeigte in die Richtung, die Tid und Sofie vorgeschlagen hatten.

»Woher weißt du das?«, fragte Sofie mit Ehrfurcht in der Stimme.

»Hier ist eine Art Karte«, erklärte Shelton, ziemlich überrascht darüber, dass er wirklich eine Karte sehen konnte. »Diese Symbole da.« Er wies auf ein Zeichen, das aussah wie ein gekipptes *d* mit zwei Schrägstrichen durch die Oberlänge. »Wenn man die mit denen hier zusammenfügt«, er deutete auf ein Zeichen, das an ein mit einem *e* verschmolzenes *o* erinnerte, »und sie schweben lässt, dann bilden sie eine Route. Mal angenommen, das hier ist die Treppe«, er zeigte auf den Anfangspunkt der Strecke, »und meiner Meinung nach muss sie das sein, denn im Buch stand ja, dass wir in der Werkstatt starten sollen, dann müssen wir da lang.«

»Wow«, murmelte Sofie tief beeindruckt.

Shelton spürte einen Anflug von Stolz.

»Oh Mann, Shelton«, stieß Tid hervor, »wenn du dir schon was ausdenkst, dann mach es wenigstens so, dass es glaubhaft klingt.«

Sofie warf ihm einen bösen Blick zu.

»Ach, komm schon«, sagte Tid abwehrend.

»Du bist bloß neidisch«, erwiderte Sofie schonungslos.

»N-neidisch?«, stotterte Tid. »Auf den?«

»Allerdings.« Sofie nahm das Buch und klappte es zu.

»Nun halt mal die Luft an, Sofie. Er hat seinen Spaß gehabt, aber langsam reicht's. Warum hörst du dir diesen ganzen Quatsch an? Das sind doch nichts als Märchen!«

Mit einem Mal wurden Sofies Züge weicher. »Verstehst du denn nicht«, sagte sie in einem Ton, der ihrer eigentlichen Stimme näherkam, »gerade deshalb höre ich ihm doch zu. Das hier«, sie tippte mit dem Zeigefinger auf das Buch, »*ist* ein Märchen. Ich bin ja nicht doof, ich weiß, dass es verrückt ist, etwas zu tun, das in einem Kinderbuch steht. Das hat Enderell ja auch schon gesagt, aber immerhin hat es uns hierher geführt, oder nicht? Du und ich, wir konnten aus diesen ganzen Symbolen nicht herauslesen, wo sich der Eingang befindet, aber Shelton hat es irgendwie geschafft.«

»Das war reine Glückssache!«

»Kann sein, aber jetzt haben wir keine Wahl mehr. Die Luke ist zu. Wir müssen weitergehen.«

»Vielleicht kriegen wir sie wieder auf.« Tid lief die Treppe hoch und lehnte sich mit der Schulter an die Lukentür. Dann stemmte er sich mit aller Kraft dagegen, doch sie gab keinen Millimeter nach. Es war, als wäre sie aus Beton. Eine durch Zauber verriegelte Tür wie diese würde sich niemals so einfach öffnen lassen.

Tid stieg die Treppe wieder hinab und setzte sich verzagt auf die unterste Stufe. »Sie bewegt sich kein Stück«, sagte er unglücklich. »Lass uns wenigstens einen anderen Tunnel nehmen.«

»Aber was du gesagt hast, klang doch logisch«, entgegnete Sofie.

»Ich hab es mir nur ausgedacht«, sagte Tid düster.

Sofie setzte sich neben ihn. »Ich weiß«, erwiderte sie sanft, »aber es war trotzdem gut überlegt. Ich finde, wir sollten den Weg nehmen.«

Tid biss sich auf die Unterlippe. »Tja, vermutlich ist ein Weg so gut wie der andere. Aber, Sofie«, er senkte die

Stimme und hoffte, dass Shelton ihn nicht hörte, »gib nicht zu viel auf sein Gerede.«

»Ich glaube, er sagt die Wahrheit.«

»Und ich glaube, er lügt, dass sich die Balken biegen.«

Einen Moment lang blickten sie einander unverwandt in die Augen, um die dahinterliegende Wahrheit zu erkennen.

»Lass uns vorsichtig sein«, sagte er.

Sofie nickte.

HILFT DEM TOD

Keuchend überquerte Enderell die Straße. Sie war es nicht gewohnt, in solcher Eile durch Greenwich zu laufen. Es war früh am Morgen und die Hitze des Tages hatte noch nicht eingesetzt, aber Enderell war sehr warm, als sie die Stufen zur verwitterten alten Eingangstür des Horchenden Hauses emporstieg.

Normalerweise hätte sie in der Eingangshalle erst einmal überprüft, ob das für Besucher angerichtete Essen ihren Anforderungen entsprach. Heute jedoch ging sie, ohne auch nur hinzusehen, daran vorbei. Hastig eilte sie durch einige weitere Räume und zwei Treppen hinauf, bis sie zu einer kleinen dunklen Holztür kam. Aufgeregt klopfte sie an.

Die Hüterin von Greenwich öffnete. Sie trug einen langen Morgenmantel und ihre leuchtend roten, lockigen Haare wirkten ungekämmt. Als sie Enderells besorgtes Gesicht sah, merkte sie gleich, dass etwas nicht stimmte. »Was ist los?«, fragte sie.

»Sie sind verschwunden!«

»Wer?«

»Tid und Sofie. Sie müssen nachts das Haus verlassen haben. Als ich sie heute Morgen wecken wollte, waren sie nicht in ihren Betten!« Ihre Stimme klang höher als sonst und ihre Hände zitterten.

»Komm herein.«

»Ich habe den Park abgesucht«, fuhr Enderell fort, während sie eintrat. »Ich war bei den Brownals und den Loms. Niemand hat sie gesehen.«

Sie befanden sich in den Privaträumen der Hüterin von Greenwich. Seff saß am Küchentisch und aß Spiegelei mit Speck, Würstchen und Bohnen.

»Seff«, sagte Grenja, »haben Tid und Sofie für letzte Nacht etwas geplant?«

»Was denn geplant?«, fragte er, einen Bissen Wurst und Ei im Mund. Seff schlang sein Essen nur so hinunter, weil er sich zeitig auf den Weg machen wollte. Er hoffte vor der Schule noch mit Baz sprechen zu können. Onkel Bryn stellte neuerdings ungewöhnliche Fragen und Seff wollte sichergehen, dass Baz besonders vorsichtig war, wenn sie sich nachher trafen.

Grenja unterließ es, Seff daran zu erinnern, dass er nicht mit vollem Mund sprechen sollte. »Irgendetwas, weswegen sie nachts vor die Tür gehen würden?«

»Sie sind nachts nach draußen gegangen?«, rief Seff begeistert.

»Hast du eine Ahnung, wo sie sein könnten?«, fragte Enderell voll banger Ungeduld. Seff schüttelte den Kopf.

»Seff«, sagte Grenja in ernstem Ton, »es ist wichtig. Wenn du etwas weißt, musst du es uns sagen.«

»Mir würden sie eh nichts erzählen.«

Seine Großmutter war zu sehr in Gedanken, um die Bitterkeit in seiner Stimme zu bemerken.

»Ich glaube, sie sind dem Zeitvater hinterher«, sagte Enderell mit einem Gesicht, das wie von Schmerz verzerrt war.

»Wozu denn das?«

»Du weißt ja, wie sie sind«, seufzte Enderell bedrückt, »und nach der Sache mit dem Tick trauen sie sich alles zu. Sofie hat mich mitten in der Nacht geweckt, weil sie die fixe Idee hatte, dass eines ihrer Geschichtenbücher dem Zeitvater helfen könnte den Gemetbur zu finden.«

»Welches Buch?«

»Defthilm Chauntespieu-Dots *Tempus und der Gemetbur.*«

Grenja kannte es gut.

»Ich habe ihr klargemacht, wie unwahrscheinlich das ist, und dann weitergeschlafen.« Unglücklich fügte sie hinzu: »Und ich dachte, sie auch.«

»Setz dich her und trink erst mal einen Tee«, sagte Grenja und nahm eine Tasse und eine Untertasse aus dem holzgezimmerten Geschirrschrank. »Er ist nicht so vorzüglich wie deiner, aber er wird dir guttun. Mach dir keine Sorgen. Sie werden schon nicht weit sein.«

Tid kam es vor, als wären sie schon seit einer Ewigkeit unterwegs, und doch hatte sich die Umgebung kein bisschen verändert. Der Boden unter ihren Füßen war noch immer gleich und jeder Gang sah genauso aus wie all die anderen Gänge, die sie entlanggelaufen waren.

Hin und wieder blieben sie stehen, damit Shelton einen Blick auf die ›Karte‹ im Buch werfen konnte. Tid schwieg. Er hatte alles zu dem Thema gesagt.

»Hätten wir doch bloß markiert, von wo wir losgegangen sind.« Shelton hatte laut gedacht und war überrascht, als Sofie antwortete.

»Es spielt keine Rolle, wo wir schon waren, sondern nur, wo wir am Ende ankommen.«

Tid hatte das Gefühl, dass sie im Kreis liefen.

»He, seht mal da!«, rief Sofie. Sie zeigte nach vorn.

Im Lichtschein war ein Unterschied in der Tunnellandschaft zu entdecken. Unwillkürlich rückten die drei näher zusammen.

»Sieht aus wie ein Teich«, meinte Shelton, der wegen seiner Größe am weitesten blicken konnte.

Nun erkannten es auch die anderen zwei. Spiegelglatt und pechschwarz lag der Teich da.

»Steht er auf der Karte?«, wollte Sofie wissen.

»Mit Orientierungspunkten ist sie eher sparsam«, gestand Shelton.

Vorsichtig traten sie näher.

»Wie tief er wohl ist?«, fragte Sofie sich laut. Der Teich sah so dunkel aus, als könnte er bis ins Bodenlose reichen.

»Wie tief er ist, ist mir egal«, sagte Shelton und ließ sich auf die Knie fallen. Mit den hohlen Händen schöpfte er Wasser aus dem Teich.

»Nicht!«, schrie Sofie.

Shelton hielt inne, die Hände kurz vorm Mund. »Wieso nicht?«

»Es könnte vergiftet sein.«

Shelton schnupperte. Dann tauchte er die Zunge in das Wasser, das ihm rasch durch die Finger rann. Es schmeckte gut. Ohne länger zu warten, trank er durstig.

Misstrauisch schaute Tid zu. Er hegte noch immer den Verdacht, dass Shelton mehr über diesen Ort wusste, als er zugab. Wenn er das Wasser trank, musste es ungefährlich sein. Tid kniete sich hin und begann ebenfalls zu trinken.

Einen Augenblick starrte Sofie nur auf die beiden, dann nahm auch sie einen Schluck. »Wenn es vergiftet ist«, erklärte sie, »will ich nicht zusehen, wie ihr zwei sterbt, und allein hier zurückbleiben.« Nachdem sie ihren Durst gestillt hatte, setzte sie sich auf die Fersen. »Shelton, schau noch mal ins Buch«, sagte sie, »nur zur Sicherheit, damit wir auch in die richtige Richtung gehen.«

Shelton schlug das Buch auf, doch noch bevor er einen Blick hineinwerfen konnte, schlug Tid es wieder zu. »Seht mal hier.« Er zeigte mit dem Finger auf den Einband.

Shelton versuchte Tid das Buch wegzureißen, aber Sofie legte ihm die Hand auf den Arm, um ihn daran zu hindern. Tid schien etwas entdeckt zu haben, das ihn ernsthaft interessierte. Sie beugte sich vor und sah auf den Buchdeckel. Tid wies auf den Namen, *Dot*.

»Was soll daran so spannend sein?«, fragte Sofie.

»Sieh ihn dir genau an«, sagte Tid.

Sofie gehorchte und murmelte den Namen mehrmals leise vor sich hin.

»Fällt dir denn nichts auf?«, fragte Tid. »Es ist ein Anagramm.«

»O-D-«

»Nein«, blaffte Tid. Stellte sie sich mit Absicht so blöd an? »T–O-D. Tod.«

Sofie ging die Buchstaben im Kopf durch. Tid hatte recht. Der Name *Dot* ergab tatsächlich *Tod*.

»Das hat nichts zu bedeuten.«

»Es könnte doch eine Warnung sein.«

»Oder einfach bloß ein Name. Zinnie ist schließlich auch nur ein Mädchen und keine Feenprinzessin.«

»Zinnie hat ja auch nicht dieses Buch geschrieben, oder? Es muss eine Warnung sein«, sagte Tid. »Wir hätten niemals herkommen dürfen.«

»Sein Name lautet aber Defthilm Dot. Wenn es ein Anagramm sein soll, dann doch sicher von seinem vollen Namen.«

Damit hatte sie nicht ganz unrecht. Tid stellte die Buchstaben in Gedanken um. Mit triumphierendem Blick verkündete er: »Heft mild«, doch sein Triumphgefühl war schnell wieder verflogen, als er merkte, dass das überhaupt keinen Sinn ergab.

»Anagramme sind nur ein von Lehrern erdachtes Spiel, um uns ruhig zu halten«, sagte Sofie.

Tid ließ sich nicht beirren und malte die Buchstaben von Defthilm in die lose Erde auf dem Untergrund, um sie anders anzuordnen.

Sofie schöpfte mit den Händen Wasser und wusch sich das Gesicht. »Bitte?« Sie wandte sich um und sah Tid erwartungsvoll an.

»Bitte was?«, fragte er.

»Ich hab nicht verstanden, was du eben gesagt hast.«

»Ich hab nichts gesagt.« Tid widmete sich wieder seinem Anagramm.

»Warst du das?«

Shelton schaute vom Buch auf. »Nein.«

»Na, einer von euch muss es ja wohl gewesen sein«, sagte sie ziemlich verärgert.

»Du hörst Gespenster«, erwiderte Tid.

Sofies Miene verfinsterte sich. Einer der beiden spielte ihr einen Streich. Shelton war in das Buch vertieft gewesen, also musste es Tid sein. »Sehr witzig!«, meinte sie und kehrte ihm wieder den Rücken zu.

»Ach du Schreck!« Das kam von Tid und in seiner Stimme schwang Angst mit.

»Was ist?«, fragte Sofie leicht beunruhigt.

Sogar Shelton blickte auf.

Im Licht des Briefbeschwerers sah Sofie, dass alle Farbe aus Tids Gesicht gewichen war. »Was ist denn los?«, fragte sie noch einmal.

Tid zeigte auf den Boden. »Defthilm ist ein Anagramm von *hilft dem.*«

»Und was ist daran so schlimm?«

»Für sich allein genommen nichts«, räumte Tid ein, »aber stell es vor Dot und es ergibt …« Er wartete ab, damit sie selbst auf die Antwort kommen konnte, aber es war Shelton, der sie aussprach.

»Hilft dem Tod.«

Joss wachte nicht gleich auf. Er schlief zu tief und fest, um von den Geräuschen an der Tür aufgeschreckt zu werden. Schließlich drehte er sich um und öffnete halb die Augen. Schlaftrunken stolperte er aus dem Bett und stürzte auf den Türknauf zu.

»Wer in aller Welt macht denn da so einen Krach?«, fragte er, während er die Tür öffnete und sich den Schlaf aus den Augen rieb. Verdutzt sah er die Hüterin von Greenwich im Morgenmantel davorstehen. Schlagartig wurde ihm bewusst, dass er nichts am Leib trug als eine Schlabberhose – nicht gerade die übliche Nachtgarderobe der Hüter –, und er huschte schnell hinter die Tür. Mit beinah akrobatisch verrenktem Kopf lugte er dahinter hervor. »Ist etwas passiert?«, fragte er.

Die Hüterin von Greenwich schien seine Verlegenheit nicht zu bemerken. Rasch erklärte sie, dass Tid und Sofie verschwunden waren.

»Ich dachte, du könntest vielleicht eine Suchmannschaft zusammentrommeln.«

»Klar«, meinte Joss. »Bin schon unterwegs.«

»Danke«, sagte die Hüterin von Greenwich. »Ich wusste, dass ich mich auf dich verlassen kann.«

Joss schloss gähnend die Tür und schlenderte zum Bett zurück. »Kinder«, murmelte er vor sich hin. Noch vor nicht allzu langer Zeit hatten er und sein Freund Conrad selbst solche Lausbubenstreiche ausgeheckt. Sehnsüchtig blickte er zu den weichen Kissen, kratzte sich am Kopf und begann sich anzuziehen.

Shelton knurrte der Magen. Bestimmt konnten die anderen es hören, aber keiner sagte etwas. Sie waren um den ersten Teich herumgegangen und setzten ihre Reise durch das Einerlei der immer gleichen Tunnel fort. Nur hin und wieder warf Shelton einen Blick in Sofies Buch, um nach dem Weg zu sehen.

Stellenweise ragten kleine Stücke dunkleren Gesteins aus den Wänden hervor.

»Das ist Feuerstein«, erklärte Shelton, als er sah, wie Tid eines davon in Augenschein nahm.

»Woher weißt du das?«

»Stell dir vor, ich geh zur Schule«, erwiderte Shelton schroff.

Tid lag schon die Frage auf der Zunge, was man eigentlich in der Erziehungsanstalt lerne, doch er besann sich eines Besseren.

Schweigend liefen sie weiter. Tid grübelte darüber nach, welche Anagramme es von Sheltons Namen geben könnte. Er war so in seine Gedanken vertieft, dass er beinah geradewegs in einen weiteren Teich spaziert wäre.

»Pass auf!«, warnte ihn Sofie und zog ihn hastig an seiner Kutte zurück.

Sie schauten auf das still daliegende Wasser.

Abermals hörte Sofie eine Stimme im Ohr. »Was?«, fragte sie.

Die Jungen sahen sie an.

»Wie, *was?*«, wollte Tid wissen.

»Was du übers Durchqueren gesagt hast«, erwiderte Sofie.

»Wovon redest du denn?«

»Einer von euch hat was von Wasser durchqueren gesagt.«

»Nein, haben wir nicht«, entgegnete Tid erbost.

Sofie blickte zu Shelton, als ob sie von ihm Widerspruch erwartete, aber der schüttelte nur den Kopf.

»Hör mal, Sofie«, sagte Tid, »wenn du meinst, wir sollten den Teich durchqueren, warum sagst du es dann nicht einfach?«

»Ist auch gar keine schlechte Idee«, bemerkte Shelton.

»Warum können wir nicht drum herumgehen?«, fragte Tid.

»Wie denn?«

Tid spähte in die Düsternis. »Irgendwie muss man doch daran vorbeikommen.«

»Bestimmt nicht«, sagte Shelton.

»Woher willst du das wissen?«, fragte Tid argwöhnisch. »Du hast doch noch nicht mal nachgesehen.«

Shelton erwiderte Tids Blick streitlustig. »Es ist nur eine Meinung.«

»Also, ich schwimme da nicht durch!«, rief Tid.

»Hat ja auch keiner von dir verlangt.«

»Hast du wohl, hab ich doch gehört.«

»Das war ich nicht!«

»Und wer soll's dann gewesen sein?«, fragte Tid giftig.

»Tja, du hast vielleicht 'n kleinen Mann im Ohr«, gab Shelton nicht minder giftig zurück.

»Jemand hat gesagt, ich soll zuerst rüberschwimmen.« Tid hatte plötzlich ein mulmiges Gefühl.

»Ich war es jedenfalls nicht.«

Sie sahen zu Sofie. »Ich war es auch nicht.«

Die drei umklammerten ihre Lichter ein wenig fester und drängten sich dichter aneinander.

»Wir fantasieren«, sagte Tid. »Wir dachten alle, wir müssten durch den Teich, und ich hab mir eingebildet, jemand hätte gesagt, wir sollen durchschwimmen.«

Sofie biss sich auf die Unterlippe. Dieser Ort hatte etwas äußerst Merkwürdiges an sich. »Wo geht es weiter, Shelton?«

»Mittendurch, wie Tid vorgeschlagen hat«, bestätigte Shelton.

»Ich hab nichts dergleichen vorgeschlagen.«

»Also, irgendjemand hat es aber gesagt, gerade eben. Ich hab es doch gehört. Ihr nicht?«

Die beiden schüttelten den Kopf.

Rundherum herrschte gespenstische Stille.

Plötzlich fiel es Tid ein. »Ich hab's!«, verkündete er so überraschend, dass die anderen zwei vor Schreck zusammenfuhren. Beim Laufen hatte er die ganze Zeit erfolglos in Gedanken Buchstaben hin und her geschoben; nun aber, da er an etwas anderes gedacht hatte, war es ihm wie von selbst in den Sinn gekommen.

»Was hast du?«, fragte Sofie.

»Das Anagramm von Shelton.« Und er fügte gehässig hinzu: »Anagramme funktionieren eben doch.«

»Kannst du vielleicht mal sagen, wovon du sprichst?«, fragte Sofie gereizt.

»Du hast gesagt, Defthilm Dots Anagramm hätte nichts zu bedeuten«, fuhr Tid fort. »Tja, das Anagramm von Shelton MacRaven ist *schon mal verraten*.« Verstohlen warf er Shelton einen triumphierenden Blick zu und wandte sich dann wieder an Sofie. »Das kannst du nicht bestreiten!« Dass ein R fehlte, unterschlug er.

»Mann, ehrlich!«, erwiderte sie verächtlich. »Dir zufolge ist Zinnie also eine Feenprinzessin und Rob hat einen behaarten Po, ja?« Und ein wenig herablassend fügte sie hinzu: »Es ist bloß ein netter Zeitvertreib, Tid, mehr nicht.«

»Gönn ihm doch seinen Spaß«, spöttelte Shelton. »Kleine Jungs soll man spielen lassen.«

Tids Miene verfinsterte sich und er schaute Shelton bitterböse an. Shelton erwiderte den Blick feindselig.

Diese zwei trieben Sofie zur Verzweiflung. Das hier war schon schwer genug, auch ohne dass sie sich ständig an die Gurgel gingen. Sie setzte sich hin und machte sich daran, ihre Schuhe auszuziehen. Die Jungen bemerkten es nicht; sie waren damit beschäftigt, sich so lange anzustarren, bis einer aufgab.

Nachdem Sofie die Schnürsenkel zusammengebunden hatte, hängte sie sich ihre Schuhe um den Hals und trat ins Wasser.

»Huh, ist das kalt!«, rief sie.

Das riss die Jungen endlich aus ihrem Blickduell.

»Was machst du da?«, fragte Tid entgeistert.

»Wenn wir sowieso durchlaufen, können wir es genauso gut jetzt gleich tun.«

»Aber wir hatten doch noch gar keine Entscheidung getroffen«, wandte Tid ein und schob verunsichert hinterher: »Oder doch?«

Sofie ging weiter, ohne zu antworten.

»Wir wissen ja nicht mal, wie tief das Wasser ist«, meinte Tid ängstlich.

»Scheint nicht allzu schlimm zu sein«, erwiderte Sofie. »Guck!« Und tatsächlich, sie war schon einige Schritte vom Ufer entfernt und trotzdem reichte ihr das Wasser nicht weiter als bis zur Wade.

»Beeilt euch«, sagte sie zu den Jungen. »Wir haben nicht den ganzen Tag Zeit.«

Mit seinen Schuhen in der einen und dem Buch in der anderen Hand begann Shelton hinter ihr her zu waten. Tid schaute zu. Warum durchquerte Shelton den Teich so bereitwillig? Was lag auf der anderen Seite? Tid wollte ihnen zwar nicht folgen, aber da er Sofie niemals allein mit Shelton weitergehen lassen würde, setzte er sich hin und zog ebenfalls die Schuhe aus. Sofie und Shelton waren inzwischen schon ein ganzes Stück weit vom Ufer entfernt und das Wasser reichte Sofie noch immer nur bis ans Knie.

Eilig watete Tid ihnen hinterher. Die Eiseskälte des Wassers ließ ihn die Luft durch die Zähne ziehen, aber die Kiesel unter seinen Füßen waren glatt und rund geschliffen, sodass sie beim Darüberlaufen nicht piksten.

Sofie kam gut voran. Das Wasser war nun tiefer und ging ihr ein ganzes Stück die Oberschenkel hinauf. »Wir müssen gleich da sein«, sagte sie, ein Bein hinter dem anderen her ziehend und ihr leuchtendes Lineal in die Höhe haltend.

Tid erschien es trotzdem noch sehr weit, viel weiter sogar, als er anfänglich gedacht hatte.

Er blickte zurück, um zu sehen, wie viel sie geschafft hatten. Sehr viel konnte es nicht sein, aber als er zurücksah, war sein Licht schon nicht mehr hell genug, um bis ans Ufer des Teiches zu leuchten. Er strengte sich an Sofie einzuholen. Das Wasser stand ihm mittlerweile bis zur Hüfte. Er musste seine Schuhe hochhalten, damit sie nicht nass wurden.

»Siehst du schon das andere Ufer?«, rief Tid.

Sofie konnte ihre Füße nicht mehr spüren. Beim Sprechen klapperten ihr die Zähne. »N-nein«, antwortete sie, ohne weiterzugehen.

»Nicht stehen bleiben«, sagte Shelton barsch.

»Lass sie in Ruhe.« Tid war fast bei ihnen angelangt. »Sie muss verschnaufen.«

Shelton überhörte ihn und nahm Sofie an die Hand. »Komm weiter«, drängte er.

Tid wollte fragen, warum Shelton es so eilig hatte weiterzugehen, doch die Anstrengung schien zu groß. Stattdessen murrte er: »Du hast leicht reden. Du bist ja auch größer als wir.«

Inzwischen reichte das Wasser Sofie bis zur Brust.

Shelton hielt seine Taschenlampe so hoch wie möglich und spähte in die Ferne. »Hm«, brummte er. »Komm weiter.«

»Kehr um«, sagte Tid.

»N-nein«, erwiderte Sofie schlotternd. »Es k-k-kann nicht m-m-mehr weit s-s-sein.« Nun stand ihr das Wasser schon bis zum Kinn.

Tid hatte kein Gefühl mehr in den Beinen. Das Wasser stieg schnell. Er hatte Mühe, seine Schuhe und sein Licht hochzuhalten. Seine Arme fühlten sich bleischwer an. Plötzlich hallten ihm drei Wörter durch den Kopf: *Hilft dem Tod.* Das war es. Das Wasser half ihrem Tod herbei. Der Teich hatte es darauf abgesehen, sie zu töten.

»Ich dreh um«, verkündete er.

»Geh weiter«, beharrte Shelton.

»N-nein!«, entgegnete Tid. »Sofie!« Er stürzte auf sie zu und erwischte sie hinten an der Kutte. Dabei verlor er seine Schuhe. Sie versanken wie Steine.

»Wenn du unbedingt willst, dann geh zurück«, fuhr Shelton ihn wütend an und zog an Sofies Hand, »aber wir gehen weiter!«

»Einmal Verräter, immer Verräter!«, stieß Tid hervor und zerrte an Sofie. »Lass sie los!«

Sofie wollte etwas einwerfen – die beiden machten sie wahnsinnig –, doch sie war müde, so müde. Ihre bleichen Lippen zitterten. Sie spürte überhaupt nichts mehr.

»Du sollst sie loslassen!«, schrie Tid Shelton an und riss an ihrer Kutte.

Daraufhin bückte Shelton sich tief ins Wasser.

Zuerst dachte Tid, er würde in die schattenhafte Tiefe hinabtauchen, doch einen Augenblick später kam er mit einem Ruck wieder aus dem Wasser hoch, Sofie über der Schulter. Er war von Kopf bis Fuß triefnass.

Von der Wucht der Bewegung wurde Sofies Kutte aus Tids kältesteifen Fingern gerissen. Tid wusste, dass er Sofie Shelton nicht mit Gewalt entringen konnte, doch ebenso gut wusste er, dass er keinen Schritt weitergehen würde. *Hilft dem Tod*, dröhnte es in seinem Kopf. Shelton wollte sie in eine Falle führen. Warum sonst sollte er weitergehen, wenn es doch allen Regeln der Vernunft widersprach?

»Ich g-geh und h-hol Hilfe«, sagte er bibbernd zur stummen Sofie.

Tid wandte sich um und begann in die Richtung zurückzulaufen, aus der er gekommen war, aber irgendetwas stimmte nicht. Wie weit er auch zurückging, das Wasser stieg und stieg. Es stand ihm schon bis zum Kinn und schwappte ihm in den Mund. Das konnte einfach nicht sein!

Er lief dorthin, von wo er gekommen war, und dennoch wurde der Teich immer tiefer. Wasser drang ihm in die Nase, sodass er prustete und nach Luft rang. Er reckte den Kopf und holte Atem, und dann bedeckte Wasser sein Gesicht.

Er würde schwimmen müssen. Warum hatte er nicht schon längst damit angefangen? Ihm war kalt, so kalt. Er brauchte mehr Luft und versuchte den Kopf zu heben, aber er schluckte nur eiskaltes Wasser, das ihn husten und prusten ließ.

Er wollte schreien, doch kein Laut entwich, nur Blasen kostbarer Luft. Er ruderte mit den Armen, um zu schwimmen, aber seine Glieder waren steif gefroren.

Tid war zu kalt, um in Panik auszubrechen, und sein Geist zu benommen zum Denken, als die schwarztrüben Fluten sich über ihm schlossen.

Verloren

Wie Tid hatte auch Shelton es aufgegeben, durch das Wasser zu waten. Nun schwamm er auf dem Rücken, Sofie an seine Brust gedrückt. An die Taschenlampe dachte er nicht mehr. Im Unterschied zu Tid hatte er zu schwimmen angefangen, bevor alles Leben in ihm von dem eisigen Wasser erstarrt war. Er hatte eine Chance. Wenigstens glaubte er das.

In der Schule hatte er etwas über todbringende Gewässer wie dieses gelernt. Er wusste, dass sie nur durchkommen konnten, wenn sie in Bewegung blieben. Tid war verloren, aber Shelton war nicht bereit zu sterben, noch nicht.

Sein Körper war so taub, dass er den leichten Stoß im Rücken nicht spürte und erst nach einer Weile merkte, dass seine Hand auf Grund traf. Als er schließlich aufhörte zu schwimmen und nicht unterging, wurde ihm klar, dass sie es auf die andere Seite geschafft hatten.

Er stieß sich mit den Füßen ab und hievte sich und Sofie zum Ufer hin. Dann drehte er sich mit Sofie im Arm auf den Bauch und kroch an Land, wo er völlig entkräftet zusammenbrach.

Sofie lag unter ihm. Einen Moment lang regten sich beide nicht. Shelton war sonderbar friedlich zumute.

Vielleicht sollte er die Augen schließen und sich dem erlösenden Schlaf hingeben. Er spürte, wie seine Gedanken davonglitten und sein Körper zu schweben begann.

»NEIN!«, schrie sein Verstand. »WACH AUF!«

Seine Augen öffneten sich. Er musste sich zusammenreißen.

»Wach bleiben«, ermahnte er sich. Es war zu kalt. Auf Schlaf konnte nur eines folgen.

Hilft dem Tod. Mit einem Mal schien Tids Anagramm auf grauenvolle Weise bedeutsam geworden zu sein. Nun, er würde heute jedenfalls nicht sterben!

Seine Taschenlampe war fort. Sie musste ihm aus den eisigen Fingern gerutscht sein. Sofie hielt Zeitvater Tims Lineal in der blau gefrorenen Hand noch fest umklammert.

»Sofie!« Er schüttelte sie. »Sofie!« Er klapste sie auf die bleichen Wangen. Dann rieb er ihr die Arme rauf und runter und rief dabei immer wieder ihren Namen. Mit einer Hand drückte er ihren schlaffen Körper an sich und stand auf, um ihr mit der anderen den Rücken warm zu rubbeln. Er hüpfte auf der Stelle, damit das Gefühl in seine Glieder zurückkehrte, und hoffte, dadurch gleichzeitig Sofie wach zu rütteln.

Sofie schlug die Augen auf und ließ das Lineal fallen.

»Sh-Sh-Sh-«, stammelte sie in dem Bemühen, seinen Namen auszusprechen.

Shelton schwieg, rieb ihr den Rücken aber noch kräftiger.

»T-T-T-«, stammelte sie ihm ins Ohr. »T-T-Tid …«

Shelton blickte zum Teich zurück. Ihm war klar, dass das Schlimmste eingetreten war.

»Er ist ertrunken.«

»Neeeiiin!« Der Schrei, der ringsum in den Höhlen widerhallte, klang so verzweifelt, so qualerfüllt, dass es Shelton zu Herzen ging. Er stellte Sofie auf die Füße und hielt sie an den Schultern fest.

»Er hat bestimmt nichts gespürt«, sagte er.

»Nein!«, schrie Sofie noch einmal. Steifgefroren, wie sie war, wollte sie sich zum Wasser zurückschleppen.

Shelton konnte sie kaum halten. »Es ist zu spät!«, rief er.

»Ich m-m-muss es vers-s-suchen!«

Shelton zog sie zurück. In der eisigen Umklammerung des Wassers würde sie nicht lange überleben. Dennoch wehrte sie sich gegen ihn.

»Ich mach's«, sagte er, damit sie sich beruhigte. »Ich such ihn.« Das hatte er nicht ernstlich vor – er würde nur ein paar Minuten umherplanschen, bis Sofie einsah, dass es völlig aussichtslos war.

Sofie wusste, dass sie in ihrem erschöpften Zustand im Wasser gar nichts mehr hätte ausrichten können. »D-d-danke!«, rief sie zutiefst erleichtert und fiel ihm um den Hals. »Du f-findest ihn.« Sie rückte wieder von ihm ab und sah ihm ins Gesicht. »G-ganz bestimmt.«

In ihren stets so ausdrucksvollen Augen lag etwas, das ihm trotz der bitteren Kälte das Herz erwärmte.

»Ich halt das L-licht für d-dich hoch«, versprach sie und hob das Lineal auf, »damit du d-dich nicht v-verschwimmst. Wenn du ihn hast, halt einfach d-darauf zu.«

Shelton nickte.

Er watete ins Wasser hinaus. Da er ohnehin schon durchgefroren war, spürte er die Kälte nun nicht mehr so sehr. Sowie es tief genug war, stieß er sich vom Grund ab. Die Kiesel gaben unter seinen Füßen nach, als er sich in die Fluten stürzte.

Eigentlich hatte er vorgehabt, nur ein Weilchen umherzuplanschen, doch während er schwamm, hatte er Sofies Blick vor Augen, als hätte er sich ihm ins Gedächtnis eingebrannt. Was für ein Ausdruck war das? Angst? Hoffnung? Beinahe erschrocken stellte er fest, dass es Vertrauen war.

Sofie vertraute ihm.

Das war ein neues, interessantes Gefühl für ihn. Sofie, die weniger Grund dazu hatte als die meisten, schenkte ihm Vertrauen. Sie glaubte, er wollte wirklich in die tintenschwarze Finsternis hinaus, um Tid zu retten. Ausgerechnet Tid! Tid, den er sein Leben lang gehasst und verabscheut hatte. Doch irgendwie spielte das jetzt keine Rolle mehr. Er wusste nur, dass er es versuchen musste. Sicher würde es vergebens sein, aber versuchen musste er es.

Alles um ihn herum war pechschwarz. Ein- oder zweimal blickte er sich vorsichtshalber nach dem Licht um. Da stand Sofie und hielt das Lineal noch immer tapfer in die Höhe. Er brauchte ihr Gesicht nicht zu sehen, um zu wissen, welcher Ausdruck darauf lag, welches Vertrauen in ihren Augen. Er holte tief Luft und tauchte.

Plötzlich schlug seine Hand gegen etwas – er konnte nicht erkennen, was. Seine Finger waren wie abgestorben. Aber irgendetwas war da.

Seine Hände packten es. Mit kräftigen Tritten stieß Shelton sich nach oben. Sobald er den Wasserspiegel durchbrach, schnappte er nach Luft und schloss die Arme um den leblosen Körper, von dem er nur vermuten konnte, dass es Tid war.

Er blickte wild umher und schaute sich die Augen nach dem Licht aus.

Das Licht.

Wo war es?

Mit den Beinen strampelnd, drehte er sich einmal ganz im Kreis.

Kein Licht war zu sehen.

Sofie war nicht da.

Sie waren verloren.

Tid an die Brust gedrückt begann er abermals auf dem Rücken zu schwimmen. Er hatte keine Ahnung, wo er hinmusste, er schwamm einfach drauflos wie ein Verrückter.

Joss klopfte bei den Loms an und wartete. Es war immer noch sehr früh. Ma Lom kam an die Tür.

»Entschuldige die Störung«, sagte Joss, »aber wir organisieren einen Suchtrupp wegen der Mossel-Kinder. Wir brauchen Conrad.«

»Er ist erst spät heimgekommen.«

»Tut mir leid, wir brauchen ihn trotzdem.«

»Du siehst aus, als wenn du selber noch halb schläfst«, meinte Ma Lom auf ihre großmütterliche Art.

Joss grinste schief und fuhr sich mit der Hand durch die ungekämmten Haare. »Das kommt davon. Ich sollte früher schlafen gehen.«

Ma Lom lächelte. »Dann wecke ich mal Conrad. Schlimmer als du kann er auch nicht dran sein.«

Joss ging zum Törchen, wo ein paar Freunde von ihm warteten. Er sah zum Himmel hinauf, um die Zeit abzulesen. Genau konnte er es nicht, denn er war gerade erst dabei, es zu lernen, aber es war noch früh am Morgen, so viel wusste er.

Schließlich erschien Conrad mit zerwühlten Haaren und Augen, die mehr zu als offen waren. Joss erklärte ihm die Lage. Ein Seufzen war zu hören. Niemand von ihnen glaubte, dass Tid und Sofie ernstlich in Gefahr waren; die spielten doch nur einen dummen Streich.

»Je eher wir loslegen, desto eher sind wir wieder im Bett«, sagte Joss.

Sie teilten sich auf, sodass jeder einen anderen Abschnitt des Parks übernahm.

Sofie stand am Ufer und hielt ihr Licht hoch. Als Shelton immer weiter hinausgeschwommen war, hatte sie es höher und höher gehalten, damit er es auch ja noch sehen konnte. Nun stand sie auf Zehenspitzen. Der Arm wurde ihr lahm und sie nahm das Lineal in die andere Hand.

Obwohl sie bis auf die Knochen durchgefroren war, harrte sie aus und hielt eisern die Stellung. Selbst als Shelton tauchte, rührte sie sich nicht vom Fleck, sondern hielt das leuchtende Lineal weiter in die Höhe.

Immer wieder wechselte sie den Arm. Konzentriert spähte sie ins Dunkel. Je länger sie wartete, umso unruhiger wurde sie, doch sie gab nicht auf. Vor Anstrengung begann sie am ganzen Leib zu zittern. Tief in ihrem Innern regte sich Angst.

Alle Kraft war aus ihr gewichen. Einzig ihr Wille hielt sie noch auf den Beinen. Da spürte sie mit einem Mal ganz unerwartet einen Luftzug. Ein Schatten durchfuhr sie und alles in ihr erlosch. Ihr Kopf war wie leer gefegt, ihr Arm fiel herab und die Beine sackten unter ihr weg. Sofie sank zu Boden und verlor das Bewusstsein.

Scamp lehnte an der Wand, in der linken Hand die Schaufel, einen Finger der rechten im Ohr, um es von Sand und Steinchen zu befreien. Er wirkte ebenso entspannt wie Slime nervös. Slime stellte sich an die Seite. Seine Truppen waren einsatzbereit. Von ihrem Geschick, Offa

Scratchs Anweisungen auszuführen, hing seine Zukunft ab. Er wischte sich mit einem schmierigen Lappen die Nase und wartete.

Ihr Anführer erschien, flankiert von Sniff.

»Und?«, fragte Offa Scratch in herrischem Ton. Slime zuckte zusammen und bemühte sich strammzustehen.

Scamp sah hoch und würdigte die Ankunft seines Anführers und dessen Stellvertreters mit einem beiläufigen Kopfnicken. Sein Verhalten trieb Offa Scratch wie üblich zur Weißglut, doch Scamp war ein zu wertvoller Tunnelgraber, um ihn jetzt schon zu bestrafen. Das käme später.

»Is alles bereit?«, fragte Offa Scratch.

»Hmja, Euer Dominanz«, erwiderte Sniff mit einer schmeichlerischen Verbeugung.

Offa Scratch blickte zu Slime. »Sind die Truppen klar zu's Gefecht?«

»Jawoll, Offa Scratch«, sagte Slime zackig.

Offa Scratch blickte zu Scamp. »Und die Graber?«

Scamp antwortete nicht gleich. Er verspürte ein Jucken im Kreuz, das zu beseitigen seine volle Aufmerksamkeit beanspruchte.

»Scamp!«, zischelte Sniff.

Scamp sah gleichmütig auf.

»Stehn die Graber bereit?«

Scamp nickte gelangweilt. »So ziemlich, schätz ich mal.«

Sniff fühlte förmlich, wie der Blutdruck seines Anführers anstieg.

Slime dachte, Offa Scratch würde jeden Augenblick explodieren.

Nur Scamp war die Ruhe selbst.

Offa Scratch holte tief Luft und sagte sich im Stillen, dass Scamps unbeschwerte Tage gezählt waren. Und dann wäre er fällig. »Holt das Weibsbild!«, raunzte er.

Niemand im Labyrinth hatte viel geschlafen. Das Verschwinden von Lorin und Morlenni hatte Fragen aufgeworfen und binnen kürzester Zeit machten allerlei Gerüchte die Runde.

Vor lauter Angst um ihre Freundin hatte Lorin vergessen den Frauen zu sagen, dass sie sich weiter ins Labyrinth zurückziehen sollten, und keine von ihnen kam von selbst auf die Idee. Als der Morgen dahinkroch, ohne dass von Graberei oder Furcht einflößendem Gelärm etwas zu hören war, schoben die Frauen alle unliebsamen Gedanken beiseite und schlugen die Zeit mit Getratsche tot. Sie rätselten, wo Morlenni wohl geblieben war, und lachten über die Beschimpfungen, die Lorin Berwyth und ihrem Komitee an den Kopf geworfen hatte. Yaryth hatte es einfach nicht für sich behalten können. Mit jedem Mal, das sie weitererzählt wurden, klangen Lorins Worte beleidigender.

Weder Berwyth noch ihr Komitee wurden sonderlich gemocht. Dass Lorin ihnen ins Gesicht gesagt hatte, was so viele der Frauen nur hinter ihrem Rücken zu flüstern wagten, machte sie regelrecht berühmt. Zum ersten Mal in ihrem Leben lief Lorin Gefahr, Beliebtheit zu erlangen.

Shelton schwamm auf dem Rücken, Tid an seine Brust gedrückt. Immer wieder tauchte er den freien Arm ins Wasser, zog ihn nach unten an seine Seite und paddelte dabei mit den Füßen. Er hatte das Gefühl, dass er sich von der Stelle bewegte. Das genügte.

Sein Verstand war so taub wie alles andere an ihm. Er schwamm wie mechanisch, ohne Hoffnung, je wieder an Land zu kommen.

Als er endlich auf Grund traf, öffnete er überrascht die Augen. Einen Moment lang blieb er in der Finsternis liegen, zu durchfroren, um irgendein Gefühl zu empfinden. Dann zog er die Beine an und stieß die Fersen ins tintenschwarze Wasser, um sich und Tid das Kiesufer hinaufzubringen, fort von der schattenhaften Tiefe.

Sein Unterbewusstsein sagte ihm, dass er sich aufwärmen musste.

Tid lag mit seinem ganzen Gewicht auf seiner Brust. Shelton drehte sich zur Seite, sodass Tid zu Boden rollte. Sein Gesicht war totenbleich und seine Lippen waren blau, doch das konnte Shelton in der Dunkelheit nicht sehen.

Er beugte sich über Tid und legte das Ohr an seine Brust. Kein Laut war zu hören. Sein Herz schlug nicht. Tid lag kalt und stumm da.

Shelton schüttelte ihn. »Stirb mir ja nicht weg!«, schrie er. »Wag es ja nicht, mir wegzusterben!« Er hatte sein Leben aufs Spiel gesetzt, um diesen verwöhnten Bengel zu retten. Er würde ihn nicht sterben lassen. Das könnte ihm so passen! »Du selbstsüchtiger kleiner Waschlappen!« Und aus lauter Wut und Enttäuschung schlug er Tid fest auf die Brust.

Ein Ruck ging durch Tids Körper. Wasser lief ihm aus dem Mund. Er hustete matt.

Shelton legte den Kopf wieder an Tids Brust. Von seinem Herzen kam ein schwaches Klopfen.

Tid war also nicht tot. Jetzt trug Shelton die Verantwortung dafür, ihn am Leben zu halten. Typisch! Das Letzte, was er gebrauchen konnte, war ein Klotz am Bein! Sie mussten sich aufwärmen, sonst würden sie womöglich beide sterben.

Shelton ließ den Blick umherschweifen, aber es war so dunkel, dass er nichts sehen konnte. Er wusste, wo das Wasser lag, und bewegte sich instinktiv davon weg, den bewusstlosen Tid auf seinen Armen. Es wäre einfacher gewesen, wenn er ihn über die Schulter genommen hätte, doch dazu fehlte ihm die Kraft. Er verlagerte Tids Gewicht und wankte ein paar Schritte, bis er eine kalte, feuchte Wand erreichte.

Langsam und mit schleppenden Füßen tastete er sich daran entlang und zu seinem Erstaunen fühlte sie sich immer weniger feucht an. Kurz darauf sank er auf trockenen Boden. Er rieb sich die Stirn, doch sein Körper war noch immer so taub, dass er nichts fühlen konnte.

Unter normalen Umständen hätten ihm die finsteren einsamen Tunnel eine Heidenangst eingejagt, aber wie seine Glieder waren auch seine Sinne betäubt. Um das letzte bisschen Wärme, das noch in ihren durchfrorenen Körpern steckte, zu bewahren, rollte er sich um Tid, als wären sie zwei Hundewelpen, und versuchte wach zu bleiben.

SCHATTEN

Am späten Vormittag herrschte wie üblich reges Treiben im Park. Der Tag wiederholte sich ein weiteres Mal und die Menschen bewegten sich in den gewohnten Bahnen. Unter der Führung von Walnut stellten die Grauhörnchen sicher, dass sie ihrem Trott treu blieben.

Joss traf den Rest des Suchtrupps, der die Suche schon früher beendet hatte, bei Zeitvater Tim zu Hause in der Küche an.

Enderell schritt nervös auf und ab. »Oje«, murmelte sie vor sich hin. »Oje, oje.«

Als Joss eintrat, blickten sie und die Hüterin von Greenwich ihn hoffnungsvoll an. Er schüttelte den Kopf.

»Oje«, murmelte Enderell noch einmal.

Conrad unterdrückte ein Gähnen. »Fehlt außer Chauntespieu-Dots Buch noch irgendwas aus ihren Zimmern?«

»Ich glaube nicht«, antwortete Enderell kummervoll.

»Denk mal ganz logisch nach«, sagte die Hüterin von Greenwich. »Die Schule und den Park haben wir abgesucht. Wo könnten sie sonst noch hingegangen sein?«

»Ich weiß es nicht«, erwiderte Enderell beinah jammernd.

»Beruhig dich.«

»Aber der Zeitvater hat sie mir anvertraut und ich hab sie verloren!«

»Und genau das wäre ihm auch passiert, wenn er hier gewesen wäre und sie beschlossen hätten, mitten in der Nacht davonzulaufen«, sagte die Hüterin von Greenwich streng, aber nicht unfreundlich. »Deine Aufgabe war, dich um sie zu kümmern, nicht, sie zu bewachen.«

Enderell schluckte und versuchte sich zu beruhigen.

»Haben wir alle Häuser im Park überprüft?«, fragte Grenja.

»Ja«, antwortete Joss, »und alle Menschengebäude auch. Dort sind Tid und Sofie nirgends.«

»Was ist mit dem Labyrinth? Hat jemand daran gedacht, da nachzusehen?«, fragte Enderell.

»Warum sollten sie dorthin gehen?«

»Sofie kam mir ziemlich versessen darauf vor, als der Zeitvater mit Lorin gesprochen hat. Es ist nur so eine Idee ...«

»Jedes junge Mädchen würde wohl nach seinen Wurzeln forschen wollen«, meinte die Hüterin von Greenwich, »aber warum sollte Tid mitgehen?«

»Ich kann mir nicht vorstellen, dass er sich so ein Abenteuer entgehen lassen würde, du vielleicht?«, fragte Joss.

Nachdenklich faltete Grenja die Hände. »Also schön«, sagte sie schließlich. »Joss, du gehst zu den Wrackafrauen und findest heraus, ob sie etwas wissen.«

»Hat Lorin ihnen nicht gesagt, sie sollen das Labyrinth räumen? Wahrscheinlich sind sie gar nicht mehr da.«

»Möglicherweise doch«, gab Grenja zurück. »Wrackas fügen sich nicht gern. Es könnte ein Weilchen dauern, bis Lorin sie überredet hat.«

»Na gut.« Joss gab sich Mühe, nicht zu genervt zu klingen. »Ich werde mein Glück versuchen.«

»Sei aber vorsichtig«, ermahnte ihn die Hüterin von Greenwich. »Frag nur an der Tür. Auf gar keinen Fall darfst du hineingehen.«

»Keine Bange«, erwiderte Joss.

»Und du, Conrad, suchst Pa Brownal und bittest ihn herzukommen.« Die Hüterin von Greenwich nahm die Hände auseinander. »Für die anderen gibt es im Moment nichts zu tun. Ihr könnt genauso gut nach Hause gehen.«

Joss seufzte. Wie üblich hatte er die unangenehmste Aufgabe. Er schob alle Gedanken ans Bett beiseite und trottete los zum Labyrinth.

Sofie war sonderbar warm. Sie schlug die Augen auf. Im Schein des leuchtenden Holzlineals neben ihr sah sie das gefährliche Wasser des Teichs, nun wieder spiegelglatt.

Sie setzte sich auf und rieb sich den Rücken. Er tat weh, aber wenigstens konnte sie ihn spüren. Ihr Körper fühlte sich nicht mehr taub an, sie fror nicht einmal mehr und ihre Kleider … sie fasste sie überrascht an: Sie waren trocken.

»Geht's dir gut?«

Die unerwartete Stimme zerschnitt die Luft so scharf, dass Sofie zusammenzuckte. Wer war das? Nach einem der Jungen hörte es sich nicht an. Sofie schaute um sich. Es war niemand zu sehen. Sie musste es sich eingebildet haben.

»Dir sollte jetzt wärmer sein.«

»Wer ist da?« Sofie klopfte das Herz. Sie nahm das Lineal, rappelte sich auf und schwenkte es umher, um den, der da gesprochen hatte, anzuleuchten. »Shelton? Bist du das?«

Ein leises Glucksen war zu hören. Sofie überlief ein Frösteln – allerdings nicht vor Kälte.

»Du kannst dich noch so sehr umsehen, mich kriegst du nicht zu Gesicht.«

»Wer bist du?«, fragte sie ängstlich.

»Wer ich bin? Gute Frage. Es gab eine Zeit, da habe ich mich das unentwegt gefragt, aber das mache ich schon lange nicht mehr.«

»Irgendwer musst du ja sein«, sagte sie.

»Einstmals war ich das auch«, kam die Antwort. »Aber ach, nun nicht mehr.«

»Was meinst du damit?«, fragte Sofie, die nicht sicher war, ob sie das wirklich wissen wollte. »Du bist doch kein«, vor Furcht senkte sich ihre Stimme zu einem Hauchen, »Geist?«

»Ich dachte mir, du wärst viel zu vernünftig, um an Geister zu glauben.«

»Und was bist du dann?«

»Ich bin ein Schatten«, erwiderte die Stimme, »nicht mehr und nicht weniger.«

»Ein Schatten wovon?«

»Ein Schatten meines früheren Selbst.«

Sofie umklammerte ihr Lineal fester, während sie umherspähte und vergeblich versuchte einen Blick von ihm zu erhaschen.

»Und was heißt das nun wieder?«

»Das heißt«, gab die Stimme zurück, »dass ich einmal jemand aus Fleisch und Blut war – zumindest glaube ich das. Es fällt schwer, sich daran zu erinnern. Zu lange ist es her. Vielleicht habe ich die Tunnel gegraben.«

»Wozu?«, fragte Sofie – nicht, dass sie die Antwort wirklich interessierte, aber ihr lag daran, den Schatten am Reden zu halten. Wie sonst sollte sie wissen, ob er noch da war?

»Ich glaube, sie waren ein Zufluchtsort und ein Versteck.«

»Vor wem denn?«

»Vor Feinden. Vergiss nie, dass sie überall lauern.«

Die Worte klangen wie eine Warnung und Sofie fragte sich, ob man diesem Schatten überhaupt trauen konnte. Sie musste vorsichtig sein.

»Warum ist mir so warm?«, fragte sie. »Als ich eingeschlafen bin, war ich nass und mir war eiskalt. Jetzt ist mir mollig warm. Wie kommt das?«

»Das wäre wohl mein Verdienst«, erklärte der Schatten mit gewissem Stolz. »Als du geschlafen hast, bin ich die ganze Zeit durch dich hindurchgeweht. Viel kann ich nicht ausrichten, aber ich kann auf lebende Materie einwirken, wenn ich mich schnell bewege. Ich habe dein Inneres belebt und dich aufgewärmt. Und das hat auch deine Kleider zum Trocknen gebracht.«

»Nun, dann vielen Dank.«

»Gern geschehen. Möchtest du, dass ich noch einmal durch dich hindurchschwebe?«

»Na gut«, antwortete Sofie ein wenig nervös. Sie wartete angespannt. Plötzlich flog ein Schatten über ihr Gesicht und Wärme durchflutete sie.

»Ist das nicht schön?«, fragte der Schatten.

»Und wie«, sagte sie lächelnd und gab sich dem wohligen Gefühl hin. »Vielen Dank.«

»War mir ein Vergnügen.«

»Wie lange hab ich geschlafen?«

»Zeit ist für mich ohne Bedeutung«, antwortete der Schatten leichthin.

Sofie blickte über den Teich. Still und unschuldig lag er da, wie am Anfang, als sie auf ihn gestoßen waren. Eine Frage brannte ihr auf der Zunge, aber sie fürchtete sich vor der Antwort. »Weißt du, was mit meinen Freunden passiert ist?«

»Mit welchem? Dem großen Jungen oder dem kleinen?«

Es war ziemlich erleichternd, dass der Schatten wusste, von wem sie redete. »Beide«, erwiderte sie hoffnungsvoll.

»Ich habe sie im selben Moment aus den Augen verloren wie du. Ich war damit beschäftigt, dich zu retten. Du hast ja keine Ahnung, wie kurz vorm Erfrieren du warst.«

Sofie wollte nicht undankbar sein, doch sie wünschte, der Schatten hätte sich weniger um sie und mehr um Tid und Shelton gekümmert.

»Nur wenige entkommen der Trüben See«, sagte der Schatten in ernstem Tonfall.

»Der Trüben See?« Nun, da das Gewässer einen Namen hatte, wirkte es noch viel bedrohlicher auf Sofie. »Du hättest uns sagen sollen, dass sie so heißt, bevor du uns hindurchgeschickt hast.«

»Das war nicht ich!«, erwiderte die Stimme empört.

»Ich hab dich doch gehört. Du hast mir gesagt, ich soll sie durchqueren.«

»Nein, das war der Schatten der Trüben See«, entgegnete der Schatten und seine Stimme bebte leicht. »Trau niemals einem Schatten, aber besonders nicht denen, die an solch gefährlichen Orten lauern. Sie haben die grauenvollsten Tode erlitten und sind die heimtückischsten von allen.«

Das klang beunruhigend. »Was machen sie denn so Schlimmes?«

»Der Schatten der Trüben See ruft Reisende in sein Wasser und lässt es dann tief oder seicht werden, je nach

Laune. Es ist einerlei, in welche Richtung man geht. Und wenn der Reisende zu müde ist, um gegen die Fluten anzukämpfen, zieht ihn der Schatten in die Tiefe. Ihr hättet nie versuchen sollen sie zu durchqueren.«

»Warum hast du uns nicht aufgehalten?«

»Wie hätte ich das tun sollen?«

»Du hättest etwas sagen können!«

»Das oblag mir nicht.«

»Oblag dir nicht?«, rief Sofie erbost. »Du hast zugelassen, dass er sie sich holt! Du bist genauso schlecht wie er!« Wütend wandte sie sich ab und stampfte ein paar Schritte davon. Aber es war schwer, lange jemandem böse zu sein, den sie nicht sehen konnte, zumal er ihre einzige Gesellschaft an diesem dunklen und einsamen Ort war. Langsam beruhigte sie sich wieder. »Hat er meine Freunde in die Tiefe gezogen?«, fragte sie kleinlaut. Ob der Schatten noch da war?

»Das ist anzunehmen«, antwortete der Schatten steif. Er schätzte es gar nicht, wenn man ihm sagte, er sei genauso schlimm wie der Schatten der Trüben See.

Verzweiflung erfüllte Sofies Herz. »Dann sind sie ertrunken!«, rief sie mit einem Schluchzen in der Stimme.

»Das kommt ganz darauf an.«

»Worauf?«, fragte sie, ohne allzu viel Hoffnung zu schöpfen.

»Der Schatten der Trüben See kann nur behalten, was ihm rechtmäßig gehört.«

»Und was ist das?«

»Liegt das nicht auf der Hand?«

Sofie schüttelte den Kopf.

»Er kann einzig und allein behalten, was schlecht ist und falsch, alles, was böse ist. Sollten deine Freunde gut sein, wird er sie nur für eine Weile behalten. Ihr reines Herz wird ihn schließlich abstoßen und dann muss er sie wieder freigeben.«

»Tid ist gut!«, rief Sofie aufgeregt. »Also muss er am Leben sein.«

Vom Schatten kam beunruhigendes Schweigen.

»Nicht wahr?«, fragte sie ungeduldig.

»Vielleicht auch nicht.«

»Was meinst du damit?«

»Er wird wohl hinuntergezogen worden sein. Und wenn er nicht daran gedacht hat, im Untergehen noch tief Luft zu holen, wird er nicht mehr am Leben gewesen sein, als ihn der Schatten wieder freigegeben hat.«

Diese grauenvolle Vorstellung ließ Sofie erschaudern. Zuvorkommend wehte der Schatten noch einmal durch sie hindurch, doch sie war zu bestürzt über den Gedanken, dass Tid und Shelton tot sein könnten, um sich bei ihm zu bedanken. Wenn Tid den Schatten der Trüben See nicht überlebt hatte, dann Shelton erst recht nicht. Sosehr sie Shelton jetzt auch traute, er war einmal schlecht gewesen. Der Schatten hatte ihn wahrscheinlich um einiges länger unter Wasser halten können.

»Traurigsein nützt nichts, junge Dame«, tadelte der Schatten sie sanft. »Du solltest laufen. Ich kann mich noch erinnern, wie belebend so ein Spaziergang war. Es wird dich warm halten.«

Sofie tat ihm den Gefallen nur, weil sie sich nicht streiten wollte. Langsam lief sie los. Es spielte keine Rolle, in welche Richtung sie ging oder dass sie barfuß war.

»Kommst du mit?«, fragte sie. Sie hatte plötzlich Angst, allein zu sein.

»Wenn du es wünschst.«

Seine Gesellschaft war eine Erleichterung, obwohl Sofie nicht gerade zum Plaudern zumute war.

Nach einigem Schweigen fragte der Schatten auf einmal: »Was ist denn das da vorn?«

Sofie spähte durchs Dunkel. Da war ein Lichtschein. Hoffnung durchflutete sie. »Tid!«, rief sie und rannte mit wild klopfendem Herzen los.

Als sie näher kam, schien das Licht heller. Am Ufer lag Tids Briefbeschwerer. »Tid!«, schrie sie und blickte wirr umher. »Tid! Shelton!« Doch während sie noch ihre Namen rief, wusste sie schon, dass sie nicht antworten würden. Ihr Verstand sagte ihr, dass sie sich niemals freiwillig von ihrer einzigen Lichtquelle getrennt hätten.

Bestimmt hatte die Trübe See einen Briefbeschwerer, der Zeitvater Tim gehörte, nicht behalten können, selbst wenn er so schwer war, dass er in normalem Wasser versunken wäre. Sofie hob ihn auf, in der Hoffnung, dass es sie trösten würde, etwas in der Hand zu halten, das noch vor so kurzer Zeit in Tids Hand gelegen hatte, aber es war kein Trost.

Tiefunglücklich stand sie da. Tid war tot. Wie sollte sie das nur ihrem Großvater beibringen?

Schließlich brachte sie den Briefbeschwerer zu der Felswand, die an die Trübe See grenzte. Vorsichtig stellte sie ihn auf einen kleinen Vorsprung aus Feuerstein. Auf die Art würdigte sie den Ort, an dem Tid und Shelton umgekommen waren.

Der Schatten blieb stumm.

Sofie schaute mit gesenktem Kopf auf das Licht und ging dann davon.

Für eine Weile respektierte der Schatten ihr Schweigen, weil er sie nicht in ihrer Trauer stören wollte, doch sehr lange konnte er nicht still bleiben. Er kam nicht oft in den Genuss einer Unterhaltung. Schließlich fragte er: »Was hat euch eigentlich in die Minen verschlagen?«

Sofie war so von ihrem Kummer überwältigt, dass sie den Schatten ganz vergessen hatte und beim Klang seiner Stimme zusammenfuhr. Seine Frage erinnerte sie daran, wie sie Tid unter Druck gesetzt hatte, um ihn zum Mitkommen zu bewegen. Es war ihre Schuld, dass die Jungen tot waren. Ihr stand nicht der Sinn nach Reden, aber da der Schatten sie sonst vielleicht alleinlassen würde, antwortete sie teilnahmslos: »Wir suchen meinen Großvater.«

»Wer ist dein Großvater?«

»Er ist das Oberhaupt der Hüter und er ist hier, um den Gemetbur zu finden.«

Ihr kam ein Gedanke. »Du weißt nicht zufällig, wo der Gemetbur ist?«

»Ich streiche seit Jahrtausenden durch diese Tunnel«, erwiderte der Schatten entrüstet. »Meinst du, da ist mir irgendein Winkel verborgen geblieben?«

»Dann weißt du also, wo er ist?«, fragte Sofie aufgeregt.

Eine Pause trat ein – eine dermaßen lange Pause, dass Sofie schon dachte, der Schatten hätte sie verlassen.

»Natürlich weiß ich das«, antwortete die Stimme. Sie klang nicht mehr ganz so selbstsicher.

»Wo denn?«

Der Schatten zögerte. »Ähm … was genau ist eigentlich ein Bemetgur?«

Sofie sank der Mut. »Du solltest nicht behaupten Dinge zu wissen, die du gar nicht weißt«, sagte sie vorwurfsvoll. »Und es heißt Gemetbur.«

»Ich kenne alles hier unten«, gab der Schatten verschnupft zurück, »auch wenn ich das Hüterwort dafür vielleicht nicht weiß. Was ist es denn nun?«

»Ein Raum, der vor Tausenden von Jahren angelegt wurde, um die Zeit zu regeln.«

»Ahh!«

Wieder eine Pause.

»Und?«, fragte Sofie gespannt.

Der Schatten schwieg eine Zeit lang. Als er endlich wieder sprach, klang er zutiefst beunruhigt. »Genauso, wie es Schatten gibt, auf die man besser nicht hört, gibt es Orte, die so gefährlich sind, dass man sie besser nicht erkundet.«

Joss stand vor der Tür zum Labyrinth und klopfte an. Wartend schaute er sich um und klopfte dann ein weiteres Mal. Niemand öffnete. Er war ein wenig ratlos. Womöglich hatten die Wrackafrauen ein Guckloch in der Tür und machten keinem auf, den sie nicht kannten.

»Entschuldigung!«, rief er laut.

Stille.

»Ich wollte euch etwas fragen!«

Noch immer antwortete niemand.

Vielleicht konnte er die Tür ja selbst öffnen, aber es gab keine Klinke. Ob er es wagen sollte, sie mit der Schulter aufzustoßen? Lieber nicht.

»Reine Zeitverschwendung«, murmelte er und beschloss wieder zu gehen. Schließlich hatte er noch ordentlich Schlaf nachzuholen. Auf einmal hörte er, wie ein Riegel hochgeschoben wurde. Schnell stellte er sich gerade hin und wartete darauf, dass die Tür aufging. Sie öffnete sich nur einen Spalt, und Falwyth lugte heraus.

Sie hatte nicht am Klopfen erkannt, wer es war, und daher ein wenig Angst gehabt zu öffnen. Doch als sie den jungen, ziemlich gut aussehenden Hüter erblickte, zog sie die Tür etwas weiter auf und lächelte unsicher. »Was kann ich für dir tun?«, fragte sie mit den Wimpern klimpernd.

Joss fühlte sich unwohl. »Ich … Ich suche Lorin.«

Falwyths Blick wurde finster. Sie hatte den Eindruck, dass Lorin viel zu viel Aufmerksamkeit bekam. »Wozu wills du ihr sprechen?«

»Wegen einer wichtigen Angelegenheit«, erwiderte Joss, der sich bemühte äußerlich gefasst zu erscheinen. Diese Wrackafrauen waren beängstigend.

»Nu, sie is nich hier, is se nich. Sie is vor ’ner Weile abgerauscht.« Dann änderte sich Falwyths Verhalten ebenso schlagartig wie zuvor und noch einmal klimperte sie mit ihren dünnen kurzen Wimpern. »Kann ich dich weiterhelfen?«

»Ich glaube nicht«, antwortete Joss – oder konnte sie es vielleicht doch? »Hast du zwei Hüterkinder namens Tid und Sofie gesehen?«

Falwyth zog wieder ein saures Gesicht. »Meins du das kleine Biest, das bei die Männer Snot hieß?«

»Ähm … Ich glaube schon.« Joss erinnerte sich dunkel, dass Sofie einen unvorteilhaften Namen gehabt hatte, als sie aus der Drunterwelt kam.

»Habt ihr se verlorn?«

»Sieht ganz so aus«, erwiderte Joss und lächelte matt, um das Ganze etwas herunterzuspielen.

Falwyth fand sein Lächeln anziehend. Sie wollte gern noch etwas mehr Zeit mit diesem jungen Mann verbringen. »Du darfs gerne reinkomm'«, flötete sie kokett.

Joss riss erschrocken die Augen auf.

Falwyth bauschte sich am Hinterkopf die Haare, um sie attraktiver wirken zu lassen, und zog die Tür noch weiter auf. »Ich werd mir für dir umhörn.«

Joss geriet in Panik. Diese Frau war gruselig. »Das ist wirklich sehr nett von dir«, er trat einen Schritt zurück, »aber ich werde … äh … im Horchenden Haus gebraucht.« Er machte einen weiteren Schritt zurück. »Tja … danke für deine … äh … Kooperation.«

Falwyth setzte ein Gesicht auf, als wäre ihr vollkommen klar, was *Kooperation* bedeutet. »Ich helf dich, wobei immer du wills, Schöner«, erwiderte sie mit einem verführerischen Lächeln, das für Joss eher wie eine Grimasse aussah.

»Ähm …«, sagte er und wich noch ein Stück weiter zurück, »vielen Dank«, und stolpernd eilte er davon.

Der Schatten der Trüben See

Shelton war ruhelos. Es lag nicht allein daran, dass er nass war und fror. Die vollkommene Dunkelheit zermürbte ihn. Es war sinnlos, die Augen offen zu halten, wenn doch nur beklemmende Schwärze auf ihn eindrang. Schloss er sie aber, dann merkte er, wie er eindämmerte, und er wusste, wie gefährlich das war.

Die ganze Zeit über meinte er Gemurmel zu hören, sich überlagernde Stimmen, die ihm ins Ohr flüsterten, er solle das Wasser durchqueren oder still liegen und schlafen oder sich auf die Suche nach einem Ausgang machen. Er wurde das Gefühl nicht los, dass ganz in der Nähe jemand stand, aber weil er nichts sehen konnte, wusste er nicht, ob da wirklich jemand war.

Verwirrt entschied er sich schließlich aufzustehen. Er horchte auf Tids Atmung. Sie war flach und schneller, als sie sein sollte, doch er lebte. Sheltons Beine schmerzten von der angewinkelten Haltung. Immerhin konnte er sie überhaupt wieder spüren. Anscheinend wurde sein Körper allmählich wärmer, wenn seine Finger sich auch immer noch wie Eiszapfen anfühlten. Er musste sich bewegen.

Langsam löste er sich aus ihrer Umklammerung. Er hatte ein schlechtes Gewissen, Tid allein am Boden liegen zu lassen, aber er musste stehen. Schwankend erhob er sich und lehnte sich an die Wand. Seine Kleider waren noch immer nass. Wenn er doch nur ein Feuer machen und sie trocknen könnte.

»Was?«, fragte er. Es hatte sich angehört, als hätte Tid etwas gesagt. »Tid?« Shelton beugte sich über den schlafenden Jungen. »Hast du etwas gesagt?«

Tid atmete gleichmäßig weiter. Er musste im Schlaf gesprochen haben. Wenn es doch nur ein wenig Licht gäbe! Diese blind machende Finsternis war einfach unerträglich.

Shelton ging ein Stück von Tid weg, um nicht auf ihn zu treten, und fing an mit den Füßen zu stampfen und sich mit den eisigen Händen die Oberarme zu reiben, damit das Gefühl in sie zurückkehrte. Es half ein wenig, daher begann er sich auch den Oberkörper und die Beine rauf und runter zu rubbeln.

»Au!«

Etwas hatte ihn ins Bein gestochen. Aber was? Mit seinen vor Kälte prickelnden Fingern fasste er hin. Irgendetwas lag in seiner Hosentasche.

Es war nicht leicht, die Hand hineinzubekommen, doch seine Finger schlängelten sich voran und bald fühlte er, wie sie sich um etwas Langes, Dünnes und Spitzes legten. Als Shelton es hervorzog, verschlug es ihm vor Freude den

Atem. Er hielt Aleyesus Stift in der Hand. An den hatte er gar nicht mehr gedacht – er musste ihn bei der Arbeit im Horchenden Haus eingesteckt haben. Dort fiel seine Helligkeit nicht weiter auf, doch in dieser tintenschwarzen Welt spendete er ein so reines Licht, dass Shelton die Augen zusammenkneifen musste. Andächtig blinzelte er in den tröstlichen Schein.

»Tid!«, rief er aufgeregt. »Wir haben Licht!«

Tid lag still.

»Tid!«

»Sch, weck ihn nicht auf!«

»Wer ist da?« Shelton fuhr herum, hielt den Stift vor sich und wich in Tids Richtung zurück. »Sofie, bist du das?«

»Lass ihn schlafen. Er braucht seine Kraft.«

»Wer bist du?«, fragte Shelton. Er ging zu Tid und kniete sich neben ihn. Schützend legte er ihm die Hand auf die Schulter.

»Ich bin nicht mehr als ein Schatten«, sagte die Stimme. »Und ich bin hier, um euch zu helfen.«

»Was für ein Schatten?«, fragte Shelton misstrauisch.

»Der Schatten von jemandem, der sich vor nicht allzu vielen Jahren in den Minen versteckt hat. Ich habe mich verirrt. Tagelang bin ich umhergestreift, um nach dem Ausgang zu suchen. Schließlich hatte ich keine Kraft mehr. Ich bin zusammengebrochen und gestorben. Jetzt treibe ich mich in der Dunkelheit herum und helfe Wanderern ihren Weg zu finden.«

Shelton wäre weitaus wohler zumute gewesen, wenn er diesen Schatten hätte sehen können.

»Und das willst du auch für uns tun?«, fragte er. »Uns helfen unseren Weg zu finden?«

»Selbstverständlich«, erwiderte die wohlklingende Stimme. »Du musst mit mir kommen. Komm!«

Shelton schüttelte Tid, um ihn zu wecken, doch der Schatten sagte: »Lass den Jungen nur. Ihm passiert hier nichts.«

»Das geht nicht«, sagte Shelton. Er überlegte. Ohne Sofies Buch hatte er nicht die leiseste Ahnung, wo er war und in welche Richtung er gehen sollte. Von seiner Drunterwelt-Erfahrung wusste er, dass es unmöglich war, aus einem Gewirr von dunklen Tunneln herauszufinden, wenn niemand einem den Weg wies. Es schien, als ob seine einzige Hoffnung nun darin bestand, sich diesem Schatten anzuvertrauen, aber ein Gefühl tief im Bauch sagte ihm, dass das gefährlich war.

Er fasste Tid an der Schulter und schüttelte ihn. »Wach auf!«

Tid stöhnte, rührte sich aber nicht.

»Du musst ihn hierlassen.« Der Schatten klang, als machte ihn der Gedanke rundum glücklich. »Ich komme zurück und hole ihn, wenn er bereit ist aufzuwachen.«

»Nein«, erwiderte Shelton. Er hievte Tid auf seine Schulter. »Warte einen Augenblick.« Während er sich schwankend aufrichtete, stützte er sich an der Wand ab, um das Gleichgewicht nicht zu verlieren. Er war müder, als er sich eingestehen wollte.

»Folge mir«, sagte der Schatten.

Enderell, die Hüterin von Greenwich und Bryn saßen um Zeitvater Tims Küchentisch. Enderell hatte Mittagessen gekocht. Es war nicht so vorzüglich, wie man es von ihr gewohnt war, denn sie war mit ihren Gedanken woanders. Was sollte sie bloß Zeitvater Tim sagen, wenn er zurückkam und seine Enkel waren verschwunden?

Die Suche war inzwischen auf ganz Greenwich ausgeweitet worden. Alle Mitglieder der Suchmannschaft erstatteten regelmäßig Bericht.

»Ihre Lehrerin sagt, in der Schule gibt es keine Probleme«, erklärte Bryn, der gerade von dem Gespräch mit ihr zurückgekehrt war. »Es gibt keinen Grund, warum sie weggelaufen sein sollten.«

»Weggelaufen!«, hauchte Enderell entsetzt.

»Sie sind nicht weggelaufen«, sagte die Hüterin von Greenwich bestimmt. »Sie sind fort, weil sie etwas ganz Bestimmtes vorhaben. Du weißt doch, wie die beiden sind.«

»Ich glaube, sie wollen dem Zeitvater helfen«, meinte Bryn.

»Das ist doch lächerlich!«, entgegnete Enderell. »Ich war dabei, als er ihnen alles über die Reise zum Gemetbur erzählt hat. Er hat ihnen keinerlei Grund gegeben zu denken, dass sie ihm irgendwie helfen könnten.«

»Da hatte Sofie aber das Buch noch nicht gelesen«, wandte Grenja ein.

»Ach ja«, sagte Enderell. »Das Buch.«

»Hat der Zeitvater ihnen verraten, wo sich der Eingang zu den Tunneln befindet?«, fragte Bryn.

»Nein.«

»Na, das ist doch schon mal gut. Wissen *wir* denn, wo er liegt?«

»Ja«, antwortete Grenja.

Bryn lehnte sich auf seinem Stuhl zurück und legte die Hände flach auf den Tisch. »Dann sollten wir am besten da anfangen.«

»Wieso? Wenn Tid und Sofie gar nichts davon wissen, warum sollten wir dann dort anfangen?«

»Irgendwo müssen sie schließlich sein«, argumentierte Bryn, »und wenn sie losgezogen sind, um dem Zeitvater zu helfen, dann wissen wir, dass sie sich zu den Tunneln aufgemacht haben. Mag sein, dass sie einen anderen Weg hineingefunden haben, aber wir müssen an dem Eingang anfangen, von dem wir wissen. Wo liegt er?«

»Na schön«, sagte die Hüterin von Greenwich. »Ich brauche wohl nicht zu erwähnen, dass diese Information unter uns bleiben muss.«

Enderell und Bryn nickten.

»Zeitvater Tims Reise beginnt in seiner Werkstatt.«

»Das klingt naheliegend«, meinte Bryn. »Wir sollten dort nachsehen.«

»Es gibt allerdings ein Problem.«

Fragend sahen die beiden anderen sie an.

»Ich weiß nicht, wie man in die Werkstatt hineinkommt.«

»Aber ich«, erwiderte Bryn. »Der Zeitvater hat es mir gezeigt, für Notfälle.«

»Das hier kann man wohl einen Notfall nennen«, sagte die Hüterin von Greenwich entschieden. »Bryn, du und ich gehen zusammen hin. Enderell, du bleibst hier.«

»Bitte nicht.« Enderell wollte sich lieber nützlich machen.

»Ich weiß, das ist schwer für dich«, sagte Grenja verständnisvoll, »aber falls die Kinder wiederkommen, solltest du hier sein. Außerdem müsste Joss sich bald zurückmelden. Wenn er irgendwelche hilfreichen Informationen hat, ruf uns in deine Gedanken.«

Enderell nickte stumm und die Hüterin von Greenwich und ihr Bruder machten sich zügig auf den Weg zur Werkstatt.

Um sich zu beschäftigen, fing Enderell an die Küche zu putzen. Zwar hatte sie es nicht nötig, aber Enderell schrubbte trotzdem mit Feuereifer drauflos. Als sich an der Tür etwas regte, ließ sie vor Aufregung den Schrubber fallen. Tid und Sofie! Aber nein. Es war Zeit.

»Guten Tag, Zeit«, begrüßte sie ihn höflich.

»Guten Tag«, erwiderte er. »Ich muss mit der Hüterin von Greenwich sprechen.«

Enderell hob den Schrubber wieder auf. »Sie ist nicht da.«

»Wann kommt sie denn zurück?«

»Ich weiß es nicht. Kann ich weiterhelfen?«

Zeits Kiefer straffte sich. Warum verschwanden alle, wenn er sie brauchte? Er überlegte gerade, wie er weiter vorgehen sollte, als Joss hereinkam.

»Und, wissen die Wrackafrauen etwas?«, fragte Enderell ihn ungeduldig.

Joss schüttelte den Kopf und grüßte dann den Zeithüter.

Der grüßte zurück und sagte: »Ich wollte mit der Hüterin von Greenwich sprechen.«

»Hat das nicht noch etwas Zeit?«, fragte Enderell.

»Nein.«

»Kann ich vielleicht helfen?«, erbot sich Joss.

Zeit kannte Joss vom Horchenden Haus. Er hielt ihn für ein wenig lasch, da er die Aufgaben, die man ihm erteilte, immer recht gedankenlos ausführte. Trotzdem, er musste jemanden verständigen und Joss arbeitete direkt für die Hüterin von Greenwich. »Vielleicht ist ja nichts dabei«, fing er an, »aber es könnte auch wichtig sein. Wie ich höre, ist der Zeitvaterenkel verschwunden.«

»Das stimmt.«

»Mit diesem Mädchen, Sofie? Die ein Wracka war?«

»Ja.«

»Nun«, Zeit holte tief Luft, »ich dachte, ihr solltet wissen, dass Shelton MacRaven ebenfalls verschwunden ist.«

Enderell hielt entsetzt den Atem an.

»Nach dem, was letztes Mal passiert ist«, fuhr Zeit in Erinnerung an Sofies Entführung durch Shelton fort, »dachte ich, es wäre gut, wenn die Hüterin von Greenwich Bescheid weiß.«

»Hast du irgendeinen Grund anzunehmen, dass Shelton bei den Kindern ist?«, fragte Joss.

»Keineswegs.«

»Ein Jammer, dass du ihn wieder hergebracht hast«, sagte Enderell bitter.

»Ich glaube nicht, dass er etwas in der Art noch einmal macht«, gab Zeit zurück. »Shelton hat sich sehr gebessert, seitdem er das letzte Mal hier war.« Er hielt inne. »Aber vielleicht täusche ich mich auch.«

Als Sheltons Augen sich einmal an das Licht gewöhnt hatten, merkte er, dass der Stift nicht sehr viel hergab. Es war besser als nichts, aber das war auch schon alles.

»Wo bist du?«, fragte er den Schatten.

»Geh weiter.«

Shelton gefiel es nicht, jemandem zu folgen, den er nicht sehen konnte. Wenn man jemandem in die Augen blickte, konnte man sich ein Bild von ihm machen. Bei einem Schatten war das vollkommen anders.

»Beeil dich!«, drängelte der Schatten.

»Ich mach schon, so schnell ich kann«, blaffte Shelton. »Ist ja nicht gerade ein Spaziergang. Tid ist schwer und ich kann meine Zehen nicht spüren.« Er versuchte den Stift besser zu fassen, doch seine Finger waren eiskalt und er ließ ihn fallen.

»Wo bleibst du denn?«, fragte der Schatten gereizt.

»Mir ist das Licht runtergefallen.«

»Das brauchen wir nicht.«

»Kann ja sein, dass du im Dunkeln gut klarkommst«, knurrte Shelton, »aber ich nicht.« Langsam ging er in die Knie, um den Stift wieder aufzuheben. Tid rutschte gefährlich auf seiner Schulter. »Warum hast du es überhaupt so eilig?«

»Ich dachte, du frierst.«

Shelton fühlte sich wie ein einziger Eisklumpen, aber das war noch lange kein Grund, so zu rennen. Irgendetwas war merkwürdig an diesem Schatten. Ob er ihn an der Nase herumführte?

»Du meinst also«, sagte er in beiläufigem Ton, »dass der Gemetbur in dieser Richtung liegt?«

»Ja.«

Shelton stockte. Er hatte den Gemetbur vorher mit keinem Wort erwähnt. Der Schatten hatte nur versprochen ihm den Weg nach draußen zu zeigen.

»Wir verlieren uns, wenn du nicht Schritt hältst«, beklagte sich die Stimme.

Wohin der Schatten sie auch führte, Shelton wollte nicht dorthin. Schweigend ließ er sich ein paar Meter zurückfallen, drehte sich um und rannte, so schnell seine durchfrorenen Zehen und Tids volles Gewicht es ihm erlaubten, in die entgegengesetzte Richtung.

»Wo willst du denn hin?«, rief der Schatten.

Shelton antwortete nicht, er rannte nur weiter.

»Komm zurück!«, heulte der Schatten. »Du wirst dich verirren!«

Shelton beachtete ihn nicht. Die eine Hand um den Stift, die andere fest um Tid geklammert, lief er, so zügig er konnte, davon. Die ganze Zeit über dröhnten ihm Stimmen im Kopf. Wie viele Schatten gab es hier? Shelton überhörte sie entschlossen.

Er rannte, bis ihm die Puste ausging. Dann lehnte er sich keuchend an die Wand und ließ Tid auf den Boden hinabgleiten, wo er reglos liegen blieb.

Vorsichtig musterte Shelton die Umgebung. Sie waren wieder am Teich. Die Stimmen waren verstummt, doch woher sollte er wissen, ob die Schatten fort waren oder ihn nur schweigend belauerten?

Er hielt es für unklug hierzubleiben, aber er hatte keine Ahnung, wohin sie gehen sollten. Schnaufend lief er ein Stückchen in verschiedene Richtungen. Es gab mehrere vielversprechende Tunnel, die er abklopfen musste. Shelton ließ Tid nur ungern allein, aber wenn er ihn schon nicht wach bekam, so beruhigte er sich, dann erst recht kein Schatten. »Ich erkunde mal die Lage«, sagte er laut. »Ich mach, so schnell ich kann.«

Bryn und Grenja standen in der Werkstatt.

»Hast du irgendeine Ahnung, wo der Eingang zu den Hütertunneln sein könnte?«, fragte Bryn.

»Nein«, antwortete sie, während sie die von Tid geschriebene Notiz in die Hand nahm. Sie las sie und gab sie dann ihrem Bruder. »Shelton? Er meint doch wohl nicht Shelton MacRaven, oder?«

Bryn las die Notiz. »Einen anderen kenne ich nicht. Wirklich bedauerlich, dass Zeit ihn wieder herbringen musste. Er hat immer nur Ärger gemacht.«

»Warum ist er bei Tid und Sofie?«, fragte Grenja. »Und warum hat Tid nichts davon geschrieben, wo sich die Luke befindet?«

»Vielleicht ist es offensichtlich«, erwiderte Bryn und blickte sich um.

»Wenn es so offensichtlich ist, weshalb sehen wir sie dann nicht?«

»Also, wenn Tid und Sofie es herausgefunden haben«, sagte Bryn, »dann sollte man doch meinen, dass eine Zeithüterin und ein Parkältester auch ganz gute Chancen haben, es zu schaffen. Mal überlegen …« Er begann in der Werkstatt umherzulaufen und spähte dabei aufmerksam auf den Boden, die Wände, ja sogar unter die Werkbank.

»Man kann sie nur bewundern«, fuhr er unterdessen fort. »Immerhin sind sie noch Kinder und trotzdem haben sie nicht nur herausbekommen, wo der Einstieg ist, sondern auch, wie man ihn öffnet.«

»Vielleicht hatten sie Glück«, meinte Grenja.

»Kann sein«, stimmte er zu, »denn ich sehe nicht den kleinsten Hinweis darauf, wo er sich befinden könnte. Warum hat Tid es bloß nicht aufgeschrieben?«

Grenja zuckte mit den Schultern. »Vielleicht *war* es offensichtlich. Könnte doch sein, dass die Luke offen stand.«

»Oder Tid hat die Nachricht unter Zeitdruck geschrieben«, sagte Bryn in Unheil verkündendem Ton, »oder heimlich.«

Grenja sah ihren Bruder beunruhigt an.

»Vielleicht ist es eine verdeckte Botschaft von Tid«, schloss Bryn, »dass Shelton MacRaven sie diesmal beide entführt hat.«

Tid hatte noch nie so gefroren. Er schlug die Augen auf, doch stockduster, wie es war, nahm er an, sie wären noch zu. Er schloss sie wieder und öffnete sie erneut. Noch immer war alles pechschwarz. Wo er wohl war? Vielleicht lag er tot auf dem Grund des Teichs. Er sah umher, in der Hoffnung, etwas zu finden, auf das er seinen Blick heften konnte. Nie zuvor war er von solcher Schwärze umgeben gewesen.

Er streckte die Hände aus und befühlte alles um sich herum. Anscheinend lag er an einer Wand. Unsicher rappelte er sich auf die Beine. Alles tat ihm weh. Dass er überhaupt wieder etwas empfinden konnte, hätte ihm eigentlich ein Trost sein müssen, doch daran dachte Tid nicht. Hundeelend stand er da, den Rücken gegen die Wand gepresst. Er fror und war nass, aber er lag nicht am Grund des Teichs. Er lebte! Was war passiert?

»Hallo?«, sagte er. Seine Stimme hörte sich komisch an. Er probierte es noch einmal. »Hallo.« Diesmal klang sie schon besser. Leise kam sie von den Wänden zurück. Dann herrschte wieder Stille.

»Ist da jemand?«, rief er. »Sofie?«

Keine Antwort.

Er rieb sich die Arme. Was sollte er tun? Er hatte ein mulmiges Gefühl im Bauch. Vollkommen allein in solcher Dunkelheit zu sein war beängstigend. Sollte er losgehen oder lieber bleiben, wo er war? Wenn Sofie nach ihm suchte, war es vielleicht besser, hier zu warten, damit sie ihn finden konnte. Wo sie wohl war? Hoffentlich ging es ihr gut. An alldem hier war bestimmt Shelton schuld!

»Du musst den Teich durchqueren.«

Es war eine leise Stimme, doch in der Stille der Höhlen war sie deutlich zu hören.

»Sofie?« Tids Herz begann vor Hoffnung schneller zu schlagen. »Wo bist du?«

»Komm über den Teich.«

»Ich kann dich nicht sehen. Hast du auch dein Licht verloren?«

»Ich bin auf der anderen Seite vom Teich. Ich habe ein Licht, aber du kannst es nicht sehen. Ich kenne den Weg. Du musst nur durch das Wasser gehen, dann wird alles gut.«

Sosehr es Tid auch beglückte, Sofie wiedergefunden zu haben, die Vorstellung, noch einmal durchs Wasser zu müssen, gefiel ihm gar nicht. »Gibt es keinen anderen Weg?«, fragte er. »Vielleicht kann ich drum herumlaufen.«

»Das geht nicht.« Sofies Stimme hörte sich ein wenig seltsam an, aber an diesem Ort hatte schließlich alles einen eigenartigen Klang.

Tid zögerte. Er war kein Feigling – trotzdem, der Gedanke, sich wieder dem eisigen Wasser auszusetzen, erfüllte ihn mit Furcht. Er fror noch immer vom letzten Mal.

»Ich habe ein Feuer gemacht. Das wärmt dich, wenn du da bist.«

Ein Feuer! Tid fegte all seine Bedenken beiseite. Mit den Händen vor sich her tastend, damit er nicht an etwas stieß, das ihm im Weg sein könnte, setzte er vorsichtig einen Fuß vor den anderen.

Plötzlich platschte es unter seinen Füßen. Er war am Wasser angekommen.

»Beeil dich! Geh einfach mitten hinein und entspann dich. Lass alles geschehen. Ich warte beim Feuer am anderen Ufer.«

Tid spähte durch die Finsternis. »Wo denn?«, fragte er. Wie weit das Feuer auch sein mochte, seinen Schein musste er doch sehen können.

»Tid!«

Das war eine andere Stimme. Sie hörte sich weiter entfernt an und kam von hinten. »Wer ist da?« Tid drehte sich um. In der Ferne sah er ein schwaches Licht. »Shelton«, flüsterte er.

»Warte nicht auf ihn. Er will dich in den Tod führen.«

»Hab ich's doch gewusst!«, rief Tid mit triumphierendem Unterton. Endlich hatte Sofie eingesehen, was Shelton vorhatte.

Entschlossen schritt Tid ins Wasser hinaus.

»Tid, wo bist du?«, rief Shelton.

Tid ging mit ausholenden Schritten weiter. Das Wasser reichte ihm schon bis übers Knie. Er musste sich beeilen. Schließlich wollte er nicht darauf warten, dass Shelton ihn erwischte.

»Tid!« Im Licht des Stifts konnte Shelton gerade noch sehen, wie Tid ins Wasser lief. »Halt! Was machst du denn da?«

Tid wandte sich noch einmal um. Der Anblick des Lichtscheins war so einladend, dass es ihn zögern ließ.

»Beeil dich!«, hörte Shelton eine Stimme drängen.

»Wer spricht da?«, fragte er. Dann dämmerte es ihm. Er hätte Tid nie alleinlassen dürfen. »Tid, nein!«

Tid stand bereits bis zur Hüfte im Wasser.

Shelton rannte los. »Tid, komm zurück! Geh nicht!«

»Bleib mir vom Leib!«, schrie Tid und ging weiter in den Teich hinein.

Sheltons lange Beine trugen ihn schnell an den Ufersaum. Im Schein seines spärlichen Lichts erkannte er genug, um zu verstehen, was vor sich ging.

»Das ist ein Trick!«, rief er.

»Nein, ist es nicht«, erwiderte Tid über die Schulter. »Sofie wartet auf der anderen Seite mit einem Feuer auf mich. Und du bleib mir ja vom Leib!«

»Das ist nicht Sofie!«, rief Shelton. Was für ein Dummkopf Tid doch war! »Es ist ein Schatten, der dich in den Tod locken will!«

DIE FRAGE

»Ich hör nicht auf dich!«, schrie Tid, dem das Wasser mittlerweile bis an die Brust reichte. »Du hältst mich wohl für blöd!«

»Allerdings«, murmelte Shelton. Er wusste, dass die Stimme nicht Sofie gehörte, und irgendwie musste er es beweisen. »Frag sie etwas.«

»Was?«

»Frag die Stimme etwas, das nur Sofie wissen kann. Wenn sie richtig antwortet, hast du Gewissheit, dass es Sofie ist.«

»Bei deinen Spielchen mach ich nicht mit«, gab Tid giftig zurück.

»Was schadet es schon? Wenn sie die Antwort kennt, kannst du weitergehen, aber das wird sie nicht, weil es nicht Sofie ist. Es ist ein Schatten und er will deinen Tod!«

Tid zögerte. Das Wasser war eiskalt und seine Füße und Beine waren schon wieder taub. Stehen zu bleiben war also keine gute Idee, aber Shelton hatte nicht ganz unrecht. Was konnte es schon schaden, wenn er Sofie eine Frage stellte?

»Wenn ich falschliege«, fuhr Shelton fort, »und sie die richtige Antwort gibt, halt ich dich nicht auf.«

Tid fröstelte. »Gut, nur um zu beweisen, dass du dich irrst.« Er überlegte kurz. »Sofie, welche Farbe hat dein Zimmer?«

Die Stimme antwortete nicht.

»Siehst du!«, rief Shelton triumphierend. »Die Stimme weiß es nicht, weil sie nicht Sofie gehört. Sie gehört einem Schatten!«

»K-komm schon, Sofie«, forderte Tid sie auf. »So langsam w-wird mir kalt.«

»Gelb!«, kam es von der Stimme zurück.

»Sie hat recht!«, jubelte Tid.

»Ein Glückstreffer!«, rief Shelton.

»Ich verschwende nicht noch mehr Zeit«, erwiderte Tid. Er erinnerte sich, was die Stimme ihm gesagt hatte, und ließ sich entspannt auf dem Wasser treiben. Diesmal würde er nicht dagegen ankämpfen.

»Es ist nicht Sofie!«, schrie Shelton, während er mit ansah, wie Tid sich in die trüben Fluten sinken ließ. »Mann, verflucht!«, murrte er und verstaute den kostbaren Stift in seiner Hosentasche. Ihn schauderte, als das eisige Wasser ihm die Beine heraufspritzte. Er konnte Tid nicht mehr sehen, aber er wusste, welche Richtung er eingeschlagen hatte. Zielstrebig stürzte er sich in den Teich.

Shelton war in weit besserer Verfassung als Tid und schwamm mit kräftigen Zügen. Binnen weniger Sekunden hatte er den Jungen eingeholt und packte ihn an seiner durchweichten Kutte.

»Lass mich los!«, schrie Tid wütend. Doch durchfroren und geschwächt, wie er war, kam er gegen Shelton nicht an. Mit Leichtigkeit schloss dieser den Arm um Tid und begann mit dem zappelnden Jungen im Schlepptau wieder ans Ufer zurückzuschwimmen.

»Wehr dich, Tid!«, drängte ihn die Stimme. »Los, wehr dich!«

Bis an Land war es nicht weit, aber Tid machte es Shelton so schwer wie nur möglich, indem er um sich trat und sich wand und mit der geballten Faust auf Shelton einschlug, wo immer er ihn erwischen konnte.

Schließlich spürte Shelton Kiesel unter den Füßen. Jetzt hatte er die Arme frei, um Tids Gezappel unter Kontrolle zu halten. Mit Tid im Klammergriff kroch er schnaufend das Ufer hoch und an Land. Dann stand er auf und stapfte weiter, bis er – blind, wie er in der Dunkelheit war – vor die Wand stieß. Augenblicklich ließ er Tid fallen und setzte sich auf ihn, um seine fuchtelnden Arme und Beine einzuklemmen.

»Geh runter von mir!«, kreischte Tid. »Sofie, er entführt mich!«

»Es ist nicht Sofie!«, brüllte Shelton zurück.

»Aber sie hat die Frage richtig beantwortet.«

»Dann stell ihr noch eine.«

»Geh runter!«

»Los, stell ihr noch eine.«

Tid wehrte sich weiter.

»Wenn sie die nächste richtig beantwortet, lass ich dich los. Versprochen.«

»Das hast du schon mal gesagt.«

»Diesmal mein ich es ernst!« Und wie ernst Shelton es meinte! Er hatte die Nase gestrichen voll von Tid.

Tid schwieg. Er würde sich auf Sheltons Spiel nicht einlassen.

»Na gut«, sagte Shelton, »dann frag *ich* sie eben was.« Er erhob die Stimme und brüllte in die Finsternis: »He, du auf der anderen Seite. Wer hat die Karte in der Drunterwelt gezeichnet?«

Es kam keine Antwort.

»Sofie?«, rief Tid. »Wer hat die Karte gezeichnet?«

Nichts.

»Sofie!«, schrie er noch einmal.

Absolute Stille.

Vor Panik klang Tids Stimme ganz schrill. »Wo bist du?«

»Sie ist nicht da. Sie war nie da«, sagte Shelton entnervt.

»Doch, war sie wohl. Ich hab sie gehört.«

»Das letzte Mal, als ich Sofie gesehen habe, stand sie auf dieser Seite des Teichs«, sagte Shelton. »Zumindest glaub ich, dass es diese Seite war. Wo sie auch steckt, ganz sicher nicht da drüben.«

»Aber sie hat gesagt …«

»Nein, hat sie nicht. Es war ein Schatten, der da gesprochen hat. Die Schatten wollen unseren Tod.«

»Warum?«

»Mann, woher soll ich denn das wissen?«

»Was sind diese Schatten überhaupt?«

»Ich hab nicht den blassesten Schimmer, aber wahrscheinlich sind sie so was wie Geister und aus irgendeinem Grund versuchen sie uns umzubringen.«

»Aber ich hab Sofie doch gehört!« Tid spürte neue Energie in sich aufsteigen und fing abermals an sich zu wehren.

»Nein, hast du nicht«, entgegnete Shelton grimmig und klemmte Tid noch fester ein.

Sein Aufbäumen kostete Tid die letzten Kraftreserven. Shelton fühlte, wie der Junge unter ihm langsam in sich zusammensackte.

»Aber ihr Zimmer ist wirklich gelb«, sagte Tid beharrlich. »Sie ist so stolz darauf. Wir haben alle beim Streichen geholfen. Als wir endlich fertig waren, hingen mir Gelb und Blau zum Hals raus.«

»Gelb und Blau?«, fragte Shelton.

»Ja.«

»Die Stimme hat nur *gelb* gesagt.«

Tid dachte darüber nach. Shelton hatte recht. Sie hatte *gelb* geantwortet, dabei war Sofies Zimmer eigentlich mehr blau als gelb. Blau war ihre Lieblingsfarbe. Sie sprach immer von ihrem blauen Zimmer. Manchmal erwähnte sie, dass es ein paar Tupfer Gelb hatte, aber sie sagte immer, dass es blau war. Mit einem Mal dämmerte ihm die Wahrheit. »Sie war es nicht«, stieß er entsetzt hervor.

Shelton entspannte sich. »Na, endlich!«, sagte er und lockerte seinen Klammergriff. Ein Frösteln überlief ihn. Er fror mehr denn je.

»Und wo ist sie dann?«, fragte Tid.

»Woher soll ich das wissen?«, erwiderte Shelton gereizt. Er stand auf, quetschte die Hand tief in die Tasche seiner durchnässten Hose und zog den Stift hervor. In seinem spärlichen Lichtschein bekam ihre Umgebung Konturen.

»Wo hast du den denn her?« Tid war erleichtert über das Licht.

»Das ist Aleyesus Stift. Ich muss ihn eingesteckt haben, als ich im Horchenden Haus mit ihm gearbeitet habe.«

»Ich dachte, du wärst Zeits Schüler«, sagte Tid misstrauisch.

»Bin ich ja auch«, gab Shelton zurück, »aber er wollte, dass ich Aleyesu helfe.«

»Wer ist Aleyesu?«

»Ein Zeithüter aus Amerika. Ich glaub, er ist neu.«

Tid starrte Shelton forschend an. »Stimmt das auch wirklich?«

Shelton erwiderte Tids Blick mit Abscheu. »Wen interessiert's? Ist doch egal, was ich dir erzähle, du glaubst mir doch sowieso kein Wort, oder?«

Tid antwortete nicht.

»Komm«, sagte Shelton barsch. »Wir gehen lieber los. Das regt die Durchblutung an.«

»Wohin denn?«, fragte Tid. Er war immer noch ein wenig verblüfft. Wie es aussah, hatte Shelton ihm das Leben gerettet.

Shelton hatte keine Ahnung, welche Richtung sie einschlagen sollten. Seine Erkundung der umliegenden Tunnel hatte ihn kein bisschen schlauer gemacht. Hätte er doch nur Sofies Buch, dann könnte er die Karte benutzen. »Hier lang«, sagte er. Er hielt es für das Beste, so zu tun, als wüsste er den Weg. »Wir folgen ein Stück dem Uferlauf.«

Sie liefen los. Der Stift schien hell genug, um ihnen auf ihrem Weg zu leuchten.

Geheimnisvolle Stimmen verfolgten sie.

»Was ist das?«, fragte Tid.

»Hör nicht auf sie!«

»Nein, nicht die Stimmen.« Tid wies in die Ferne. Am Ufersaum lag etwas.

Vorsichtig gingen sie darauf zu.

Es war Sofies Buch.

»Wir konnten den Eingang nicht finden«, berichtete die Hüterin von Greenwich, als sie und Bryn wieder in Zeitvater Tims Haus waren.

»Und was machen wir jetzt?«, fragte Enderell mit einem Anflug von Panik in der Stimme.

»Weitersuchen«, erwiderte Grenja.

»Wobei wir aber bedenken sollten, dass es keinerlei Anhaltspunkte dafür gibt, dass Shelton sie gegen ihren Willen mitgenommen hat«, betonte Zeit, »und meiner fachlichen Meinung nach ist das auch sehr unwahrscheinlich.«

»Und ich finde, wir sollten uns auf das Schlimmste gefasst machen«, sagte Bryn ruhig.

»Ich weiß nicht, ob das Shelton gegenüber fair ist«, wandte Zeit ein.

»Fair gegenüber Shelton!«, entfuhr es Enderell, die zu sehr in Sorge war, um auf ihre Manieren zu achten. »Und was ist mit Tid und Sofie? Wer ist ihnen gegenüber fair?«

Grenja versuchte sie zu beruhigen. »Wir werden uns bemühen zu tun, was für alle am besten ist, und nach allen dreien suchen.«

»Ich weiß, Shelton war nicht immer einfach«, fuhr Zeit fort, »aber im Grunde seines Herzens ist er ein guter Kerl.«

»Er hat Sofie schon einmal entführt!«, entgegnete Enderell hitzig.

»Um Himmels willen!«, stieß Zeit hervor. »Soll dem armen Jungen das bis an sein Lebensende vorgehalten werden? Er war damals kreuzunglücklich.«

»Meine Freunde, ich glaube, diese Diskussion führt zu nichts«, sagte die Hüterin von Greenwich beschwichtigend. »Konzentrieren wir uns doch auf das, worüber wir uns einig sind, nämlich, dass wir Tid, Sofie *und* Shelton so schnell wie möglich finden müssen.«

Von allen kam zustimmendes Gemurmel, auch wenn Enderell Zeit ansah, als wollte sie ihn fressen.

»Da wir den Eingang in der Werkstatt des Zeitvaters nicht finden können, müssen wir einen anderen Weg in die Hütertunnel suchen.« Grenja blickte in die Runde. »Irgendwelche Einfälle?«

»Was ist mit dem Labyrinth?«, schlug Joss vor.

»Ich habe auch schon gehört, dass es dort einen Zugang geben soll«, sagte Bryn. »Meinst du, die Wrackafrauen würden zulassen, dass wir uns danach umsehen?«

Joss erinnerte sich an die Frau an der Tür. »Die, mit der ich gesprochen habe, hat mich hereingebeten.«

Grenja machte ein bestürztes Gesicht.

»Ich bin aber natürlich nicht hineingegangen«, versicherte Joss ihr.

»Das Labyrinth ist ein genauso guter Ausgangspunkt für die Suche wie jeder andere Ort. Ich mache mich sofort auf«, erklärte Bryn.

Grenja nickte. »Und ich komme mit.«

»Nein«, erwiderte Bryn. »Ich werde keine Aufmerksamkeit auf mich ziehen, aber du als Zeithüterin strahlst zu viel Licht aus.«

»Red keinen Unsinn«, sagte Grenja wegwerfend. »Sie haben da unten doch sicher Beleuchtung. Ich werde überhaupt nicht auffallen.«

»Aber der Zeitvater hat dir die Verantwortung übertragen«, entgegnete Bryn. »Du wirst hier gebraucht.«

»Ja, Zeitvater Tim hat mir in der Tat die Verantwortung übertragen«, erwiderte die Hüterin von Greenwich spitz, »und daher treffe ich auch die Entscheidungen. Du kannst nicht allein ins Labyrinth gehen. Wie ich gehört habe, schätzen die Wrackafrauen Männer nicht allzu sehr. Du wirst mich als Vermittlerin brauchen. Zeit wird mich derweil vertreten.«

»Bei allem Respekt«, beharrte Bryn, »aber Zeit kennt sich mit dem Park doch gar nicht aus.«

»Ich werde ihm helfen«, erbot sich Enderell.

»Dann wäre das also geregelt«, sagte die Hüterin von Greenwich, bevor Bryn etwas einwenden konnte. »Bryn und ich gehen zum Labyrinth.«

»Ich auch.« Joss hatte sich überraschend zu Wort gemeldet.

»Du wirst hier gebraucht, um Zeit zu helfen«, erwiderte die Hüterin von Greenwich.

»Entschuldigung«, sagte Joss, »ich weiß, es steht mir nicht zu, das zu sagen, aber ich finde, du und Pa Brownal solltet nicht allein ins Labyrinth gehen. Es ist besser, ich komme mit.« Joss war sich bewusst, dass sein Verhalten an Respektlosigkeit grenzte, und das bedauerte er, doch er stand zu seinen Worten. Er wusste, dass ihm in der Zukunft als Nachfolger der Hüterin von Greenwich eine wichtige Rolle beschieden war. Um sich als würdig zu erweisen, musste er lernen Gefahren zu bestehen, genauso wie die Hüterin von Greenwich es in ihrer Jugend getan hatte. »Ich muss mitkommen dürfen«, sagte er, den Blick fest auf Grenja gerichtet.

Es herrschte fassungsloses Schweigen. Mit seiner Unverblümtheit verstieß Joss gegen alle Regeln. Bryn war erstaunt. Enderell war entsetzt. Zeit dagegen freute sich im Stillen: Joss hatte wohl doch mehr Mumm, als er vermutet hatte.

Joss wusste, dass die Hüterin von Greenwich diejenige war, die er überzeugen musste, daher hielt er ihrem Blick beharrlich stand, um seine Entschlossenheit deutlich zu machen. »Da unten kann ich dir mehr dienen als hier oben«, sagte er bestimmt. »Wenn ihr einen Durchstieg findet, braucht ihr jemanden, der unter der Erde ...« – wie sollte er sich ausdrücken? – »... der sich behaupten kann, wenn es zu einem Zusammenstoß kommt.«

»Ein Zusammenstoß?«, fragte die Hüterin von Greenwich beunruhigt. »Wir Hüter sind nicht zum Kämpfen geboren.«

»Nein, ich hege nicht die Absicht zu kämpfen«, erwiderte Joss. »Bei einer handgreiflichen Auseinandersetzung wäre mir ein Wracka immer überlegen, aber es gibt ja viele Arten von Konflikt. In einer brenzligen Situation, bei der es auf den Verstand ankommt, würde ich sagen, dass du die Überlegene bist.« Joss versuchte nicht ihr damit zu schmeicheln. Die Hüterin von Greenwich war für ihre Klugheit bekannt. »Aber gegen einen Wracka, der nichts anderes kennt als Gewalt, hättet ihr beiden keine Chance.«

»Und was gedenkst du zu tun, falls wir bedroht werden?«, fragte Bryn skeptisch.

»Ich wäre da«, sagte Joss einfach. »Mir ist klar, dass meine Anwesenheit einen Wracka nicht einschüchtern würde. Aber ich bin jung und kräftig, das könnte ihn zumindest zögern lassen und daraus könnten wir einen Vorteil ziehen.« Er sah die Hüterin von Greenwich weiterhin mit festem Blick an.

Sie erhob sich. Sie hatte ihre Entscheidung getroffen und sie wusste genau, dass die anderen sich ihr fügen mussten. »Bryn und ich gehen hin.«

Sie hielt inne.

»Und Joss kommt mit uns.«

»Und welchen Weg nehmen wir jetzt?«, fragte Sofie den Schatten.

»Bist du immer noch entschlossen diesen Raum zu suchen, von dem du gesprochen hast?«

»Ja, bin ich.«

»Findest du das wirklich klug?«, hakte der Schatten nach. »Es gibt Orte, die lässt man besser ungestört.«

»Ich will ja nicht in den Gemetbur hinein. Ich will nur meinen Großvater davon abhalten, es zu versuchen.«

»Ja«, sagte der Schatten mit einer Stimme, die selbst für einen Schatten flatterig klang. »Furchtbare Dinge können geschehen, wenn man den falschen Schlüssel hat.«

»Weißt du etwas über den Schlüssel?«, fragte Sofie gespannt. Sie hatte bisher kein Wort darüber verloren.

»Gar nichts weiß ich«, erwiderte der Schatten barsch. »Und ich werde auch nichts mehr dazu sagen.«

Sofie hatte das unbestimmte Gefühl, dass der Schatten sich vor dem Gemetbur fürchtete.

»Hilfst du mir denn ihn zu finden?«, fragte sie mit leiser Stimme und fügte dann rasch hinzu: »Nur, um Großvater zu schützen.«

»Ich habe mein Dasein dem Schutz von Reisenden geweiht«, sagte der Schatten wichtigtuerisch.

»Großvater und die anderen sind Reisende.«

»Dann«, erwiderte der Schatten ernst, »werde ich dir helfen.«

Tid und Shelton hielten sich dicht an der Uferlinie. Sie liefen mit strammen Schritten, um sich so gut wie möglich aufzuwärmen.

Das Buch trocknete schneller als ihre Kleider. Um seine Seiten genau zu betrachten, reichte das spärliche Licht des Stifts nicht aus, doch die schwebenden Symbole konnte Shelton erkennen und sie ergaben die Umrisslinien einer Route.

Nach einer Weile erspähte Tid weiter vorne ein Licht. Was konnte das sein? Es war schwer zu sagen. Er warf einen Seitenblick auf Shelton, um zu sehen, ob auch er es bemerkt hatte, aber der schaute im Gehen nur auf den Boden vor seinen Füßen.

Tid starrte geradeaus.

Sein Herz begann wild zu pochen.

War das die Falle?

Ein Licht in der Dunkelheit

Ob da vorn Wrackas auf ihn warteten?

Tid blickte noch einmal verstohlen zu Shelton hinüber. Wenn Wrackas zu seinem Plan für eine Falle gehörten, warum hielt er dann nicht nach ihnen Ausschau?

Tid musste eine Entscheidung treffen, und zwar gleich. Konnte er Shelton trauen oder nicht? Zweifellos, Shelton hatte ihn aus dem Teich gerettet, aber vielleicht nur, um ihn anschließend an die Wrackas auszuliefern.

Die Entscheidung fiel in Sekundenschnelle.

»Shelton«, flüsterte er und fasste ihn am Arm.

Alarmiert durch Tids Flüsterton sah Shelton auf. »Was ist los?«, zischte er zurück.

»Geradeaus.«

Shelton schaute nach vorn. Ein Licht! Das konnte nur eines bedeuten. »Sofie!«, stieß er mit aufgeregter, aber leiser Stimme hervor.

»Meinst du?«, fragte Tid hoffnungsvoll.

Shelton nickte und rannte auf den Lichtschein zu, der heller und heller wurde. Diese Lichtquelle musste größer sein als ein Stift. Tid ging zögerlich hinterher.

Shelton erreichte das Licht als Erster. Es stand auf einem kleinen Wandvorsprung, genau da, wo Sofie es abgestellt hatte. Shelton nahm das Glasrund in die Hand, hielt es so, dass es möglichst viel Licht verbreitete, und spähte umher. »Sofie!«, rief er. »Sofie!«

»Wo hat er gestanden?«, fragte Tid, als er bei Shelton ankam.

»Da«, antwortete Shelton und wies auf einen großen aus der Wand ragenden Feuerstein. »Aber sie ist nicht hier.«

Der vertraute Schein des Briefbeschwerers wärmte Tid und ließ ihn Zuversicht schöpfen.

»Jedenfalls beweist es eines«, meinte Shelton. »Sofie war auf dieser Seite des Teichs, wie ich gesagt habe.«

»Woher wissen wir denn, ob Sofie ihn da abgestellt hat?«

»Wer sonst soll schon in den Tunneln sein? Die Schatten können ihn wohl kaum aufheben.«

»Warum hat sie ihn nicht mitgenommen?«

»Vielleicht hat sie ihn für uns hiergelassen.«

»Und wieso hat sie dann nicht gewartet?«

»Wahrscheinlich denkt sie, wir sind tot«, erwiderte Shelton nüchtern.

»Tot? Wir beide? Warum?«

»Weil sie am Ufer stand, als ich wegen dir wieder rein bin.«

»Du bist wegen mir wieder ins Wasser zurückgegangen?« Tid traute seinen Ohren nicht.

Shelton war plötzlich verlegen. Sein ganzes Leben lang hatte er sich nach Anerkennung und Aufmerksamkeit gesehnt. Wie er sie bekommen konnte, hatte ihn nie wirklich interessiert. Er hatte schon immer ein Held sein wollen. Tatsächlich einer zu sein war allerdings ein ganz anderes Gefühl. Mit für ihn untypischer Bescheidenheit sagte er: »Es war Sofies Idee. Glaub mir, ich wollte das bestimmt nicht.«

Das gab den Ausschlag. Wenn Shelton sich in seinem Ruhm gesonnt hätte, hätte Tid sich gegen ihn gewandt. So aber glaubte er ihm und sagte schlicht: »Danke.«

Shelton hatte keinen Dank erwartet. Im Gegenteil, er war schon kurz davor gewesen, Tid einen undankbaren, verwöhnten Rotzbengel zu nennen, aber die Worte blieben ihm im Halse stecken. »Schon gut«, erwiderte er stattdessen.

Einen Augenblick herrschte betretenes Schweigen.

»Ich nehm den Briefbeschwerer«, sagte Tid.

»Er ist nicht gerade leicht. Du siehst aus, als ob du mit dem Laufen schon genug zu tun hast.«

Shelton hatte recht: Jeder Schritt war eine Qual für Tid. Er nickte und überließ ihm den kostbaren Briefbeschwerer.

»Ehrlich«, meinte Shelton, der die Glaskugel in der Hand hielt, als würde er sie wiegen, »ein schwereres Licht hättest du dir kaum aussuchen können. Warum eigentlich?«

»Sofie hat gesagt, ich soll ihn nicht mitnehmen, aber ich wollte mir von ihr nichts vorschreiben lassen.«

Shelton musste grinsen. »Manchmal kann sie einem ganz schön auf die Nerven gehen.«

»Das kannst du laut sagen.«

Falten traten auf Sheltons Stirn. Ihm war ein Gedanke gekommen. »Ich frage mich …« Er schaute auf den Briefbeschwerer.

»Was?«

»Ich weiß nicht genau.« Er überlegte und schüttelte dann den Kopf. »Ich müsste im Buch nachsehen, um mir sicher zu sein.«

»Sicher worüber?«

»Nichts.« Shelton beschloss den Gedanken vorerst für sich zu behalten. »Das hilft uns jetzt sowieso nicht weiter.« Er hielt Tid den Stift hin. »Hier, nimm du den, nur für den Fall, dass wir getrennt werden.«

Mit dem helleren Licht konnte Shelton die Symbole im Buch leichter übersetzen. Bald hatte er eine Route und sie liefen wieder los.

Nach und nach wandelte sich die Höhlenlandschaft. Die Decken wurden niedriger. Stellenweise mussten sie auf allen vieren kriechen, um weiterzukommen. Auch wurde es ringsum feuchter. Wasser sickerte an den Wänden herunter. Es gab Teiche jeder Größe – nicht schwarz wie der, den sie durchquert hatten, sondern kristallklar und seicht. Die Jungen konnten sogar die Gesteinsbrocken auf dem Grund sehen. Dennoch achteten sie stets darauf, einen großen Bogen um das Wasser zu machen. Beide taten vor dem anderen so, als wollten sie nicht erneut nass werden, nun, da sie allmählich wieder trocken wurden, doch in Wahrheit fürchteten sie sich davor, einem weiteren

Schatten zu begegnen. Als sie durch den nächsten niedrigen Gang gekrochen waren und sich wieder aufrichteten, knurrte Sheltons Magen besonders laut. Er schnitt eine Grimasse. »Hast du auch solchen Hunger?«

Tid nickte. »Wie ein Bär. Wir hätten was zu essen mitnehmen sollen.«

»Sofie hatte es ziemlich eilig«, erinnerte Shelton ihn.

»Was nützt die Eile, wenn wir verhungern?«

»Wir verhungern nicht«, sagte Shelton voller Überzeugung. »Wir sollten schon ertrinken, aber das sind wir nicht. Also kommen wir durch.«

Tid sah Shelton überrascht an. Er hätte nicht gedacht, dass er zu denen gehörte, die in einer schwierigen Situation einen kühlen Kopf bewahren.

Shelton war gleichermaßen überrascht, nicht weil er Tid Mut machte, sondern weil der ihm zu glauben schien.

»Es dauert ewig, bis man verhungert«, fügte er hinzu. »Wir haben reichlich Wasser. Das wird genügen.«

Wie zum Beweis ging er zu einem glasklaren Teich hinüber und trank. Das Wasser schmeckte gut, auch wenn es eiskalt war. Tid tat es ihm gleich. Zumindest hatte er so wieder etwas im Bauch.

»Bis du so weit?«, fragte Offa Scratch Lorin, die in der Drunterwelt hinter einem Heer von Soldaten stand. Es war keine höfliche Erkundigung, eher ein Befehl.

Lorin nickte schwach. Was blieb ihr auch anderes übrig? Was er von ihr erwartete, hatte er ihr bereits gesagt. Als Hilfe für die Frauen hatte er das Ganze verpackt, doch Lorin war nicht dumm. Scratch wollte das Labyrinth in seine Gewalt bringen und die Frauen für sich arbeiten lassen. Lorin sollte sie dazu überreden, andernfalls würde Morlenni die Folgen zu spüren bekommen.

Lorin steckte in einem Dilemma. Sie konnte nicht alle, die im Labyrinth lebten, einer verängstigten jungen Frau zuliebe ausliefern, aber sie konnte auch nicht ihre Freundin im Stich lassen. Lorin brauchte Zeit. Daher hatte sie eingewilligt Scratch zu helfen. Im Gegenzug hatte Scratch versprochen dafür zu sorgen, dass Morlenni kein Haar gekrümmt wurde. Lorin wusste natürlich, dass man Scratch nicht trauen konnte, doch sie ging davon aus, dass er sein Wort hielt, solange er auf sie angewiesen war. Vorläufig war Morlenni also sicher. Sie würde ihm vorgaukeln mitzuspielen und sich derweil nach einem Ausweg umsehen. So schlau war Scratch nun auch wieder nicht. Wenn sich eine Gelegenheit bot, dachte Lorin, konnte sie ihn überlisten. Auch wenn es riskant war, so hatten wenigstens alle eine Chance. Keine große, aber immerhin.

»Wir sind so weit!«, zischte Offa Scratch Sniff zu.

Sniff nickte und gab die Nachricht an Slime weiter, der wiederum Scamp verständigte. Scamp gab seinen Männern ein Zeichen. »Auf mein Kommando«, sagte er. Er hatte sie gründlich ausgebildet. »Fertig?«

Alle Blicke waren auf ihn gerichtet. Sie waren bereit.

Offa Scratch staunte, wie die Tunnelgraber Scamp zuhörten und ihm gehorchten, ohne dass er Gewalt androhen oder gar anwenden musste – und plötzlich kam ihm der Gedanke, dass Scamp mehr war als nur ein Ärgernis: Scamp war gefährlich. Er gab einen guten Anführer ab, vielleicht einen besseren als Offa Scratch, und das war eine sehr heikle Sache. Es war ein untragbares Risiko, ihn weiter um sich zu haben. Offa Scratch nahm sich vor, bei der ersten Gelegenheit etwas gegen ihn zu unternehmen.

»Rauf und rein!«, rief Scamp.

Er sprach die drei Wörter im Takt und mit einem Mal herrschte lebhaftes Treiben an der Felswand. Die Graber, die einen weiteren Zwischenfall vermeiden wollten, hatten Scamp gut zugehört und hielten sich an seine Anweisungen. Scamp hatte sie in Reihen aufgestellt. Drei seiner besten Arbeiter standen vorn. Bei *rauf* hoben sie ihre Spitzhacken an und bei *rein* rammten sie sie ins Gestein. Die drei Wrackas hinter ihnen rüsteten sich für ihre Aufgabe, die herabfallenden Felsbrocken aus dem Weg zu räumen. Die nächsten drei luden den Schutt alsdann in großen Kübeln ab. Sobald diese voll waren, wurden sie fortgeschleppt und rasch gegen neue ausgetauscht.

Für Wrackas war das eine hervorragend durchorganisierte Angelegenheit. Ehrfürchtig standen die anderen da und schauten zu, wie Scamp dafür sorgte, dass der Rhythmus eingehalten wurde.

»Rauf und rein. Rauf und rein«, sang er, auch wenn niemand das Wort *rein* hören konnte, weil es jedes Mal in dem ohrenbetäubenden Klirren von Metall auf Stein unterging.

Slime wartete nervös ab. Dies war sein großer Augenblick. Er putzte sich mit seinem glibberverkrusteten Lappen die Nase und betrachtete seine Truppen. Er fand sie großartig, so wüst und ungeordnet sie auch waren. In Gedanken ging er noch einmal den Plan durch. Offa Scratch hatte ihm eingebläut, dass sie das Labyrinth in einer mächtigen Flutwelle stürmen und dabei ein Mordsgetöse veranstalten sollten. Je verängstigter die Frauen waren, desto leichter ließen sie sich zusammentreiben. Einige würden natürlich dran glauben müssen, das war nicht anders zu erwarten, aber Offa Scratch hatte ihm eingeschärft, dass so viele Frauen wie möglich am Leben bleiben sollten.

Slime fragte sich, wie es wohl laufen würde. Im Eifer des Gefechts dachten Wrackas nur ans Metzeln. Waren sie diszipliniert genug gegen ihren Instinkt zu handeln? Er wusste, dass Offa Scratch ihn persönlich für jeden Fehler verantwortlich machen würde. Es musste ein Erfolg auf ganzer Linie werden.

Im Labyrinth gab es viel Gerede, seit Lorin verschwunden war. Es wurde gemunkelt, dass Berwyth sie wegen ihrer Beschimpfungen hinausgeworfen hatte.

Lorin war bislang nie offen bewundert worden – dafür war sie zu anders –, aber als Trankbrauerin wurde sie geschätzt. Wenn ihre Heilerden wirkten, waren die Frauen ihr gewogen, besonders wenn sie einem ihrer Kinder geholfen hatte. Als sie hörten, dass Lorin für nichts weiter verbannt worden war, als sich mit Berwyth anzulegen und den Komiteefrauen an den Kopf zu werfen, was alle über sie dachten, wurden sie wütend.

Doch all ihre Gedanken an Lorin waren wie fortgewischt, als von einem Moment auf den anderen der Lärm vom Durchbruch der Männer ins Labyrinth einsetzte. Vor Schreck klammerten sich die Frauen aneinander. Das Geklirr von Metall auf Stein jagte ihnen fürchterliche Angst ein. Mütter liefen hierhin und dorthin, um ihre Kinder einzusammeln. Als schließlich die erste Spitzhacke steinzersplitternd ins Labyrinth durchdrang, verfielen sie in Panik. Es gab keinen Plan, keine Vorkehrungen und keine Gelegenheit für Berwyth und ihr Komitee, als Erste fortzukommen. Niemand hielt sich damit auf, seine Habseligkeiten zusammenzuraffen. Dies war ein Augenblick der Flucht. Mütter griffen nach den Händen ihrer Kinder und rannten los.

Offa Scratch, Lorin und Sniff standen hinter den Truppen und warteten. Der Großteil der Streitmacht sollte das Labyrinth überrennen, die Tunnel sichern und die Frauen festsetzen. Die übrigen Soldaten sollten Offa Scratch schützen, während Lorin ihn auf direktem Weg zur Komiteekammer führte. Von da an wollte er das Kommando übernehmen. Er wippte auf den Fußballen, ein erregtes Funkeln in den Augen. Offa Scratch hatte lange auf diesen Moment gewartet.

Sobald die Spitzhacken der Graber durch die Wand brachen, erfasste die Truppen ein Nervenkitzel. Die Anspannung war zu groß, um sie zu unterdrücken. Sie zitterten vor Ungeduld. Ihre Hände, die die Waffen fest umschlossen hielten, wurden feucht.

Es schien endlos zu dauern. Irgendetwas mussten die Graber falsch machen. Wie konnte es sich nur so lang hinziehen? Slime sah nervös auf seine Truppen. Es würde schwierig sein, ihre Erregung noch viel länger im Zaum zu halten.

Wer als Erster aus der Reihe trat, war schwer zu sagen. Sobald einer losstürzte, stürmten alle Wrackas hinterher. Vergessen war die Disziplin. Sie fingen an mit bloßen Händen das Gestein fortzureißen und trampelten jeden nieder, der ihnen im Weg war.

Scamp trat zurück. Dem Plan zufolge sollten die Graber so lange mit ihren Spitzhacken weitermachen, bis das Loch groß genug war, um die Truppen in großer Zahl durchzulassen. Noch war es zu klein, doch die Soldaten drängten bereits nach vorn. Scamp kümmerte das nicht. Er hatte seinen Teil getan.

Der Durchbruch war viel zu schmal. Was eigentlich eine Flutwelle von Truppen hätte sein sollen, war ein bloßes Tröpfeln. Einer nach dem anderen kletterten die Männer hindurch, und anstatt auf die anderen zu warten und als Gruppe anzugreifen, liefen sie in alle Richtungen davon.

Die Langsamkeit des Angriffs verschaffte den Frauen die Möglichkeit zur Flucht. Bis eine größere Anzahl Soldaten durchgesickert war, war das Labyrinth verwaist, doch das bemerkten die Männer kaum. Sie waren außer Rand und Band. Betten, Vorhänge und Stühle waren für die meisten von ihnen aufregend neu und sie konnten den Drang, sich alles zu grapschen, was ihnen gefiel, nicht unterdrücken. Schon fingen sie an sich um die Beute zu zanken. Diejenigen, die an der Küche vorbeikamen, erlagen dem Duft des vor sich hin brodelnden Essens und schlugen sich die Bäuche voll, bis ihnen schlecht wurde.

Als Offa Scratch klar wurde, was geschah, war es bereits zu spät. Sein Gesicht lief rot an vor wildwütigem Zorn, aber da er sich ganz am Ende der Truppen befand, konnte er dem ungeordneten Vorstoß keinen Einhalt gebieten. Im Geschrei der vorpreschenden Männer, die sich mit Händen und Füßen einen Weg bahnten, ging sein wütendes Gebrüll unter. Also schnappte er sich die nächstbesten Soldaten, schlug mit seinen scharfen Fingernägeln nach ihnen und trat sie kräftig mit den Füßen, doch es war schon passiert. Jede Kontrolle war verloren.

Bebend vor Zorn schaute Offa Scratch umher – er wollte Rache üben, ganz gleich an wem. Sein Blick fiel auf Scamp, der unbeteiligt an der Seite stand und sich an den Fingernägeln herumpulte. In diesem Augenblick hasste Offa Scratch ihn mehr als jeden anderen auf der Welt. Wie es ihn verlangte, Scamp diesen Ausdruck der Seelenruhe aus dem Gesicht zu wischen. Wie er sich danach sehnte, Furcht in seinen Augen zu sehen.

Lorin beobachtete die beiden. Sie kannte Scamp aus ihrer Zeit in der Drunterwelt. Er war anders gewesen als die anderen, hatte in seiner eigenen Welt gelebt und immer an allerlei Krimskrams herumgebastelt, den er irgendwo aufgestöbert hatte.

Das Verwunderlichste an Scamp jedoch war seine scheinbar vollkommene Unkenntnis gewisser Grundregeln des Überlebens. Die meisten Wrackas, so begriffsstutzig sie auch sein mochten, waren schon in jungen Jahren dahintergekommen, dass sie sich vor ihrem Anführer fürchten mussten. Furcht war gut; sie machte ihren Anführer glücklich. Und obwohl die Furcht immer echt war, konnte es nicht schaden, sie noch ein wenig zu übertreiben. Scamp begriff das nicht. Er schien vor nichts und niemandem Angst zu haben und gab sich auch nicht die Mühe, welche vorzutäuschen. Lorin hatte bis heute nicht herausgefunden, ob er dumm war oder einfach bloß anders.

Als Lorin nun sah, wie Offa Scratch vor Wut beinahe eine Ader platzte, erkannte sie, dass Scamps unbekümmertes Auftreten ihm ernsthaften Ärger einzubringen drohte. Es schien ihr, als wollte der Wracka-Anführer jemandem den Schädel einschlagen, und es spielte keine große Rolle, wessen Schädel das war. Schon stürzte er auf Scamp los.

»Scratch!«, rief Lorin, um ihn abzulenken. Sie hatte keine Ahnung, was sie als Nächstes sagen sollte.

Offa Scratch blieb augenblicklich stehen.

Scamp bemerkte keinen von beiden.

»Die Frauen …«, begann Lorin lahm.

Offa Scratch drehte sich zu ihr um.

Ihr Herz fing wild an zu klopfen. Sie blickte verstohlen zu Scamp hinüber. Wenn sie ihn doch nur auf sich aufmerksam machen könnte, aber Scamp war ganz darin vertieft, einen eingerissenen Fingernagel abzukauen.

Offa Scratch starrte Lorin finster an. Seine Wut konzentrierte sich nun ganz auf sie.

»Die Frauen wern abhaun, wern se«, sagte sie dümmlich.

»Klar wern sie abhaun«, zischte Offa Scratch drohend.

Ihre Gedanken rasten. »Hmja, und sie könn' in zwei Richtung' laufen.« Sie versuchte ihre zitternde Stimme ruhiger klingen zu lassen. »Entweder inne Drüberwelt oder inne Höhlen.«

Mit Schrecken wurde ihr plötzlich klar, dass das stimmte. Sie konnte nicht glauben, dass sie die Frauen um dieses einen dummen Wrackas willen verriet! »Wenn sie inne

Höhlen gehn, wern se sich verirrn«, fuhr sie fort. »Sie ham 'ne Todesangst vor dich deine Truppen und sie wern nich aufpassen, wo se hinrenn', nich. Sie wern sich verlaufen und dann werdet ihr se niemals nich finden.«

Offa Scratchs Gesichtsausdruck schlug von Zorn in Argwohn um. Was führte sie im Schilde?

»Wenn sie inne Drüberwelt fliehn, ham wir 'ne Ewigkeit. Weit wern se sich nich wagen, weil se sich vor die Riesigkeit da oben fürchten, alsu könn' wir se später noch wieder zusamm'treiben. Aber wenn sie sich tief inne Höhlen verkriechen, wern se sich ganz bestimmt verirrn. Die sind endlos lang. Je eher du jemand reinschicks, um se zu finden, desto besser.«

Sie verstummte und wartete ab. Würde es klappen oder hatte sie die Frauen umsonst verraten? Sie hoffte inständig, dass sie nicht tiefer ins Höhlensystem geflüchtet waren. So unheimlich ihnen die Drüberwelt auch erscheinen mochte, sie war wenigstens nach allen Seiten offen und bot daher bessere Möglichkeiten zu entkommen.

»Was wills du damit sagen?«, fragte Offa Scratch in drohendem Tonfall.

»Och, ich weiß nich«, sagte Lorin. Es war gefährlich, sich allzu schlau anzuhören. »Ich hab bloß gedenkt, du wills, dass se schnell gefunden wern.«

Offa Scratch überlegte einen Augenblick und verkündete dann: »Genau das hab ich gedenkt!« Er war auf einmal sicher, dass es sein Einfall gewesen war.

»Du bis so schlau«, sagte Lorin, die kaum zu glauben wagte, dass sie ihn überzeugt hatte.

»Slime!«, brüllte Offa Scratch.

Slime hatte sich bemüht die Soldaten aufzuhalten, als die ersten von ihnen durch die Wand gebrochen waren, aber er hatte nichts ausrichten können. Nun versuchte er sich davonzustehlen und zu verstecken, bevor Offa Scratch ihn für das Scheitern seiner Truppen bestrafen konnte. Als Slime seinen Namen hörte, blieb er stehen. Das war's. Sein Ende!

Seltsamerweise aber hatte Offa Scratch den erbärmlichen Auftritt seiner Elitetruppen für einen Moment vergessen.

»Geh los und durchsuch die Höhlen nach die Frauen!«

Slime konnte sein Glück gar nicht fassen. »Hmja, Sir!«, gab er so zackig wie möglich zurück.

»Greif dich 'ne Handvoll Männer und setz dir in Bewegung!«, bellte Offa Scratch.

Slime verbeugte sich.

Lorin hatte sich unterdessen näher an Scamp herangeschlichen. Jetzt zupfte sie ihn am schmutzigen Hemd und gab ihm mit den Augen zu verstehen, dass er Slime folgen sollte.

Scamp begriff nicht, was sie von ihm wollte.

Aus Verzweiflung über seine Begriffsstutzigkeit schubste Lorin ihn hinter Slime her. Scamp taumelte dahin, wohin Lorin ihn gestoßen hatte. Leider war es nicht ganz die

Richtung, die sie beabsichtigt hatte, und Scamp stolperte tollpatschig gegen seinen Anführer.

Das Gesicht von Offa Scratch, dessen Züge sich gerade ein wenig entspannt hatten, erglühte wieder in rasendem Zorn. »Du!«, schrie er.

»Hmja genau, du fauler Trottel!«, fiel Lorin ein. Sie schob Scamp hinter Slime her. »Tu, was dein Anführer dich sagt, und mach dich hinter die Frauen her!«

Scamp war verwirrt. Diese nett aussehende junge Frau hatte sich aus heiterem Himmel in eine ihn anbrüllende Bestie verwandelt!

Lorin kehrte ihm schleunigst den Rücken zu und schaute in Offa Scratchs wütendes Gesicht. Sie legte so viel Besorgnis in ihren Blick, wie ihr rasendes Herz es zuließ, und sagte: »Geht's dich gut, Offa Scratch?« Zum ersten Mal sprach sie ihn mit seinem Titel an.

Offa Scratch sah aus, als irritierte ihn die plötzliche Veränderung in ihrem Verhalten.

Sie wischte ihm ein vermeintliches Stäubchen von der Schulter und schenkte ihm ein süßes Lächeln. Hoffentlich war Scamp das Ganze auch wert.

Slime, der es eilig hatte fortzukommen, knurrte: »Los.« Er packte Scamp und zerrte ihn mit sich.

Lorin hörte Scamps rumpelnden Abgang und seufzte innerlich erleichtert auf. Dann stand sie abwartend und betreten schweigend vor Scratch, unschlüssig, was sie als Nächstes tun sollte.

»Ich bring dir zu die Komiteekammer«, sagte sie schließlich.

Offa Scratch, der noch immer ganz verdattert war über Lorins Hilfsbereitschaft, stimmte zu. »Die Komiteekammer, hmja«, erwiderte er in dem Bemühen, seine Autorität zurückzuerlangen.

Lorin schlug das Herz bis zum Hals und ihre Hände waren feucht. Sie konnte kaum glauben, dass Scratch so bereitwillig auf ihr Gesäusel ansprang. Hoffentlich würde sie das nicht noch bereuen.

Während sie ihn durch das Labyrinth führte, stellte sie erfreut fest, dass dort keine Frauen mehr waren, die gefangen genommen werden konnten. Wie es schien, waren sie und Morlenni nun die einzigen, die noch in Gefahr schwebten.

IM LABYRINTH

Die Hüterin von Greenwich, Bryn und Joss liefen eilig zum Labyrinth. Als sie näher kamen, hörten sie von weiter vorn aufgeregtes Lärmen.

Überraschend tauchten wild umherrennende Wrackafrauen auf, die ihre Augen gegen die Sonne abschirmten und vollkommen verängstigt wirkten. Eine von ihnen hielt einen kleinen Jungen an der Hand. Er weinte. Als die Frauen die Zeithüterin und ihre zwei Begleiter erblickten, schrien sie erschrocken auf und stoben in alle Richtungen davon. »Die Männer müssen durchgebrochen sein«, sagte Grenja.

»Sieht ganz so aus«, pflichtete Bryn ihr angesichts von immer mehr wie um ihr Leben rennenden Frauen bei.

»Was sollen wir tun?«, fragte Joss, während ein Kind schreiend an ihm vorüberlief.

»Wir machen weiter wie geplant«, antwortete die Hüterin von Greenwich. Die Mutter des Kindes schoss an ihnen vorbei und nahm es rasch auf den Arm. »Aber du nicht«, sagte Grenja zu ihrem Bruder. »Es irren zu viele Wrackafrauen durch die Gegend. Manche flüchten sich vielleicht in den Park. Das gibt ein heilloses Chaos. Du als Parkältester solltest hierbleiben.«

»Nein, Grenja«, erwiderte Bryn, froh darüber, endlich einen triftigen Grund zu haben, um seine Schwester von der gefährlichen Reise unter die Erde abzuhalten. »Nicht nur im Park wird es von verängstigten Wrackafrauen wimmeln, sondern auch in Greenwich. Und wie du schon ganz richtig gesagt hast, braucht es eine Frau, um sie in den Griff zu kriegen. Also musst du hierbleiben und ich werde gehen.«

Lorin schaute zu, wie Scratch sich genüsslich auf Berwyths Lager ausstreckte. Er war ganz gefesselt von all der luxuriösen Pracht. Nachdem er sich eine Weile hin und her gerollt hatte, schwang er die Beine über die Bettkante, setzte sich aufrecht hin und sah Lorin an. Sie versuchte seinen Blick ruhig zu erwidern.

»Was is, wenn die Frauen nich in die Tunnel gerannt sind, wie du behauptet has?«, fragte er unvermittelt.

»Ich weiß nich«, antwortete sie, um eine feste Stimme bemüht.

Mit ein paar kurzen Schritten stand er vor ihr.

»Du has gesagt, wenn sie nich inne Tunnel gehn, gehn se inne Drüberwelt.«

»Das vermut ich ma.«

Offa Scratch musterte sie eingehend und versuchte sich darüber klar zu werden, ob sie etwas im Schilde führte. Lorin war nicht wie die anderen Frauen; sie war hübscher als die meisten. »Du bis verflucht schnucklig, weiß du«, sagte er schleimig.

Lorin hatte alles Mögliche erwartet, aber nicht das.

»Nu tu ma nich so überrascht«, sagte er in gespielt freundlichem, aber gefährlich süßem Ton. »Ich hab dir als was Besonneres auserkorn. Du und ich, wir könn' diesen Ort gemeinsam regiern. Na, was sags du?« Das meinte er natürlich nicht ernst. Offa Scratch war der Einzige, der hier jemals regieren würde, aber er fand, es klang gut.

Lorin hatte nicht übel Lust, ihm klipp und klar zu sagen, was er mit seinem Angebot anstellen konnte, doch das würde Morlenni kaum helfen. »Wirklich?«, fragte sie Interesse heuchelnd.

Das ermunterte Offa Scratch. »Natürlich«, sagte er. »Wir zwei beide! Was wern wir für 'n Gespann abgeben!«

Lorin drehte sich bei dem Gedanken der Magen um, doch sie rang sich ein Lächeln ab.

»Die Sache is bloß«, fuhr Offa Scratch in nachdenklichem Ton fort, »die Frauen müssen erfahrn, dass se von uns nix nich zu befürchten ham. Du und ich, wir wern se gut behandeln.«

Lorin sagte nichts, sondern lächelte nur weiter. Sie wusste genau, worauf er hinauswollte, aber er sollte denken, dass sie zu dumm war, um ihn zu durchschauen. Nur so würde er glauben, dass er ihr vertrauen konnte. Geduldig wartete sie ab und machte derweil ein freundliches Gesicht.

»Wenn sie inne Tunnel sind, dann treibt Slime se zusamm'«, erklärte Offa Scratch, »aber wenn sie inner Drüberwelt sind, wern se überall verteilt sein. Irgensjemand muss sie sagen, wie gut sie's ham wern, wenn sie hierher zurückkehrn. Hm, wen könnte ich da bloß fragen?« Offa Scratch hob den Blick zur Decke, so, als würde er scharf nachdenken. Dann zog er mit einem Mal die Luft ein, als ob ihm gerade eine wunderbare Idee gekommen wäre. »Wie wär's … ach nä, ich glaub nich … aber vielleich …« Er brach ab.

»Hmja?«, fragte Lorin unschuldig.

»Wie wär's denn mit dich?«, schlug er vor.

»Mit mich?«, erwiderte Lorin, scheinbar geschmeichelt. Sosehr ihr dieses Spielchen auch zum Hals heraushing, sie musste es noch ein Weilchen weiterspielen. »Meins du wirklich, ich bin dazu in die Lage?«

»Natürlich bis du das!«, rief Offa Scratch großmütig. »Und Sniff begleitet dir.« Er wollte, dass ihr jemand auf die Finger sah.

Unglücklicherweise war Lorin einen Moment lang nicht auf der Hut. »Sniff?«, entfuhr es ihr mit unverhohlener Bestürzung. Sie wollte keinen Aufpasser. »Äh … nein, nich Sniff«, sagte sie unbeholfen.

Offa Scratch wurde auf der Stelle misstrauisch. »Wieso nich?«

»Weil …« Sie musste sich schnell etwas einfallen lassen. Als ihr eine Idee kam, war sie so simpel, dass Lorin beinah laut gelacht hätte. »Weil die Frauen kein' Mann nich traun. Ich muss alleine gehn, sons funzoniert's nich.«

Offa Scratch überlegte. Sie hatte nicht ganz unrecht. »Und woher soll ich wissen, dass ich mir auf dir verlassen kann?« Er streckte den Arm aus und fuhr mit einem seiner sorgsam geschärften Fingernägel ihre Wange entlang.

Lorin war angewidert bis in die Haarspitzen, doch sie blieb ruhig. »Weil ich mit dich regiern will«, antwortete sie schlicht und blickte zu ihm auf, als wäre er ihr Held.

Konnte er ihr trauen? Offa Scratch wusste es nicht. Aber immerhin hatte er ihr das umwerfendste Aufstiegsangebot gemacht, das es nur gab. Wer könnte dem schon widerstehen? »Nu gut«, sagte er.

Sie lächelte süß.

»Dann ma ab mit dich.«

Lorin lächelte noch einmal und wandte sich um – ein bisschen gar zu eifrig.

Offa Scratch lief neben ihr her, während sie die Kammer durchquerte. Er musste ganz sicher sein. »Vergiss besser nich, dass Frollein Simple noch bei mich is. Sie will bestimmt nich, dass du irgenswas tus, was mir aufregen könnte.«

»Natürlich nich«, erwiderte Lorin. »Morlenni wird meine Dienerin sein, wenn du und ich regiern.« Sie wartete einen Augenblick. »Kann ich jetz gehn?«

Offa Scratch sah sie aus zusammengekniffenen Augen an. »Hmja, gut.«

Er schaute ihr zu, wie sie den Vorhang beseiteschob und hinausging.

»Sniff!«, rief Offa Scratch, sobald er sie außer Hörweite wähnte. »Folg sie und berichte mich, was se treibt.«

Vorsichtig näherten sich Bryn und Joss der Tür zum Labyrinth. Sie stand offen. Niemand war zu sehen.

»Es könnte eine Falle sein«, warnte Bryn.

»Ich schau nach.« Joss lief zum Eingang und lehnte sich mit dem Rücken an die Wand neben der Tür. Ganz langsam spähte er hinein. Es war niemand da.

Er winkte Bryn herbei. »Die Luft ist rein«, sagte er und gemeinsam schlichen sie ins Labyrinth.

Bryn war einigermaßen darüber im Bild, was sie erwartete. Als Hüterexperte für Wrackas hatte er einen Großteil seines Lebens mit ihrer Erforschung verbracht. Für Joss hingegen war das Innere des Labyrinths eine vollkommen neue Welt. Staunend betrachtete er die sich endlos windenden Tunnel, die in regelmäßigen Abständen von Fackeln erleuchtet waren. Wenn Bryn ihn nicht immer wieder am Ärmel gezupft hätte, um ihn daran zu erinnern, dass sie sich vorsehen mussten, wäre er wohl überhaupt nicht von der Stelle gekommen.

Soweit sie es überblicken konnten, war das Labyrinth verwaist, doch ein fernes Rumoren verriet ihnen, dass sie nicht allein waren.

»Hier entlang«, sagte Bryn. Er hatte eine grobe Vorstellung von der Anlage. Den genauen Weg wusste er zwar nicht, aber wenn das Labyrinth eine Verbindung zu den Hütertunneln hatte, konnte er in etwa die einzuschlagende Richtung bestimmen.

Bryn und Joss mussten sich nicht nur vor den Blicken der Wrackas verborgen halten, sie mussten auch aufpassen, dass niemand sie roch. Genauso wie Hüter Wrackas an ihrem Gestank erkennen, verströmen Hüter einen für Wrackas unverwechselbaren Geruch. Die beiden mussten also doppelt vorsichtig sein.

Sie hatten sich schon eine ganze Weile leise vorangeschlichen, als Bryn plötzlich »Hier rein!« zischte und hinter einen verblichenen Vorhang huschte. Joss folgte ihm und zusammen kauerten sie sich mit angehaltenem Atem in die Dunkelheit.

Ein paar Wrackas kamen lärmend näher. Es klang, als würden sie sich um ihre Beute streiten. Erst waren jede Menge Schimpfwörter zu hören, dann Geräusche wie von einem Kampf und schließlich ein dumpfer Schlag. Plötzlich krachte zu Bryns und Joss' Bestürzung ein dicker spukhässlicher Wracka rückwärts durch den Vorhang und landete bewusstlos zu ihren Füßen.

Der Vorhang flatterte über den ausgestreckt am Boden liegenden Wracka zurück. Bryn und Joss pressten sich an die Rückwand der Nische und machten sich darauf gefasst, dass jede Sekunde einer der anderen Wrackas den

Vorhang zur Seite ziehen und nach dem umgekippten Wracka sehen würde. Joss stellte sich auf Flucht ein. Bryn konnte nur mit aufgerissenen Augen den reglos daliegenden Wracka anstarren. Es sah aus, als wäre seine Nase gebrochen.

Sie lauschten angespannt. Auf der anderen Seite des Vorhangs wurde weitergestritten, aber diesmal weniger lebhaft. Durch den K. o. des einen Wrackas war das Problem erledigt und bald löste sich alles in Wohlgefallen auf. Die übrigen Wrackas machten sich mit ihrer Beute davon. Bryn und Joss wechselten einen erleichterten Blick. »Ich glaub, der ist weggetreten«, flüsterte Bryn. Von so nah hatte bislang keiner der beiden einen Wracka gesehen.

Joss raffte seine Gewänder, damit sie den leblos scheinenden Mann nicht streiften, und stieg über ihn hinweg.

Der Wracka stöhnte.

»Meinst du, wir sollten ihm helfen?«, fragte Bryn.

»Nein«, zischte Joss. »Beeil dich!«

Bryn war noch nie einfach an jemandem vorbeigegangen, der seine Hilfe brauchte.

»Wir müssen weiter«, beharrte Joss.

Bryn nickte. »Verzeihung«, sagte er zu dem Wracka, als er über ihn hinwegstieg. »Ich hoffe, dir geht es bald wieder besser.« Joss zog Bryn am Mantel und die zwei eilten die Tunnel entlang, genau in die Richtung, aus der noch mehr Plünderungslärm zu hören war.

»Scheint, als ob wir geradewegs aufs Schlimmste zusteuern«, flüsterte Joss.

»Wir müssen aber hier entlang«, erklärte Bryn und lief weiter. Dann wich er auf einmal zurück und drückte sich an die Wand. Da kam jemand. Rasch tat Joss es Bryn gleich. Zum Glück standen sie in einem dunklen Abschnitt zwischen zwei Fackeln. Solange die herannahende Gestalt sich mehr für ihre Beute interessierte als für alles andere, waren sie dort vielleicht sicher. Sie verharrten reglos an die Wand gepresst. Was sollten sie tun? Der Wracka würde sie jeden Moment riechen und sehen können! Sobald er um die Ecke bog, säßen sie fest. Zeit zu fliehen blieb keine.

Als der Wracka schniefend und schnüffelnd in Sicht kam, sahen sie, dass er ein Riesenbündel Vorhänge und Kleider in den Armen hielt. Auf dem Kopf trug er einen Kochtopf, weil er die Hände schon zu voll hatte. Offensichtlich versuchte er so viel wie möglich zu ergattern und in die Drunterwelt zu schleppen, und dabei schien er Bryn und Joss gar nicht zu bemerken.

Plötzlich begriffen sie, warum. Die Augen des Wrackas waren fest geschlossen und er atmete tief und stoßweise ein. Dann warf er überraschend den Kopf nach hinten, sodass der Topf zu Boden krachte, und ein ohrenbetäubendes Niesen brach aus ihm hervor. Das Geräusch wurde von den Wänden zurückgeworfen und hallte durch den Tunnel. Bryn kniff die Augen zu, während der Nieser ihn vollspritzte.

Schnurstracks fuhr der Wracka herum, um sich seinen Kochtopf wiederzuholen, wobei er sich die laufende Nase am dreckigen Ärmel abwischte. Als er versuchte sich den Topf wieder auf den Kopf zu rammen, fiel ihm sein kostbares Bündel herunter. Er grapschte sich die ergatterten Besitztümer und trottete weiter, ohne sich auch nur ein einziges Mal umzublicken.

Er hatte sie nicht bemerkt.

»Er hat Schnupfen!«, murmelte Joss amüsiert und reichte Bryn ein Taschentuch. Durch seine stark verstopfte Nase konnte sie der Wracka unmöglich gerochen haben. Bryn trocknete sich das Gesicht, auf dem ein Ausdruck äußersten Ekels lag.

»Komm«, drängte Joss.

Bryn stopfte das Taschentuch in eine seiner vielen Taschen und eilte los.

Je weiter sie ins Labyrinth vordrangen, desto schlimmer wurde das Durcheinander und umso lauter das Gelärm. Überall waren Wrackas.

»Wenn wir jetzt geschnappt werden«, sagte Joss mit Unbehagen, »nützen wir Sofie und Tid gar nichts.«

»Wir werden schon nicht geschnappt«, flüsterte Bryn. »Die sind viel zu sehr damit beschäftigt, um ihr Beutegut zu streiten.«

»Aber sie werden uns riechen.« Sie konnten kaum darauf hoffen, dass sämtliche Wrackas eine Erkältung hatten.

»Nein.«

Joss machte ein verwirrtes Gesicht, aber dann bedeutete Bryn ihm übertrieben schnuppernd, dass etwas in der Luft lag.

»Ach so!«, sagte Joss leise. Sie näherten sich der Küche, wo über offenen Feuern Kessel mit dampfendem Eintopf hingen und in Öfen Kartoffeln buken. Obwohl das Essen nicht so köstlich duftete wie Hüterspeisen, roch es für einen Wracka mächtig lecker – und überdeckte mit Sicherheit jedweden Hütergeruch.

Der Schatten war ein guter Gesellschafter. Er plauderte von den Zeiten, als er noch am Leben gewesen war, und wenngleich er ein bisschen zur Schwafelei neigte, war Vieles von dem, was er erzählte, interessant.

Hin und wieder wehte er durch Sofie hindurch, um sie warm zu halten. Und wäre ihr das Herz wegen Tid und Shelton nicht so schwer gewesen, dann hätte ihr das Ganze vielleicht sogar Spaß gemacht.

Sie liefen, wie es schien, kilometerweit. Die Landschaft änderte sich: Immer mehr Teiche lagen auf ihrem Weg und die Decken der Tunnel wurden niedriger. Sofie musste beim Gehen den Kopf einziehen. Doch welches Hindernis es auch zu überwinden galt, der Schatten plapperte unaufhörlich weiter. Sofie hatte das Gefühl, die Erste seit Jahrhunderten zu sein, die ihm zuhörte. Er schien sich die unausgesprochenen Gedanken vieler Jahre von der Seele zu reden und als er plötzlich verstummte, wusste Sofie nicht, warum. Zunächst dachte sie, ihm wären nur die Geschichten ausgegangen, doch als das Schweigen anhielt, hatte sie den Eindruck, als stimmte etwas nicht.

»Was ist los?«, fragte sie.

»Weiter gehe ich nicht«, antwortete der Schatten geheimnisvoll.

»Warum nicht?«

»Nur bis hierher gehen wir Schatten, wenn wir Schatten bleiben wollen.«

»Was meinst du damit?«

»Genau das, was ich gesagt habe«, erwiderte der Schatten ein wenig mürrisch. »Ich bin bereits weiter mitgekommen, als ich vorhatte. Hier verlasse ich dich.«

»Wie soll ich denn ohne dich den Weg finden?«, fragte Sofie ängstlich.

»Geh nur einfach geradeaus.«

»Diese Minen biegen und winden sich doch in alle Richtungen. Wie soll ich da wissen, wo geradeaus ist?«

»Das hier sind keine Minen«, gab der Schatten zurück. »Die Minen haben wir hinter uns gelassen. Das hier sind Höhlen. Uralte Höhlen.«

Sofie fühlte sich ausgesprochen unwohl. »Und der Gemetbur ist auch wirklich da vorn?«, fragte sie.

»Von einem Bemetgur habe ich nie etwas gesagt!«, antwortete der Schatten. »Ich kenne keine Hüternamen für merkwürdige Räume, aber dort vorn liegt etwas, das unbedingt gemieden werden muss.« Er klang noch besorgter als zuvor. »Versprich mir, dass du auf keinen Fall versuchst hineinzukommen.«

»Ja. Ich will nur verhindern, dass Großvater es probiert, mehr nicht. Und dann gehen wir nach Hause.«

»Na schön, wenn das deine Absicht ist, dann könnte der Bemet – Meget –«

»Gemetbur«, kam Sofie ihm zu Hilfe.

»Ja, genau der«, sagte der Schatten möglichst würdevoll, um seinen Versprecher zu überspielen, »könnte dort vorn sein oder auch nicht. Mit Bestimmtheit weiß ich nichts!«

Obwohl Sofie fand, dass dies nicht die Zeit war, ein Hasenherz zu sein, machte ihr der Gedanke, allein weiterzugehen, große Angst. Wenn der Schatten doch nur etwas präziser wäre!

Anscheinend spürte er ihr Unbehagen, denn er sagte mit weicherer Stimme: »Hör mal, ich könnte dich zurückbringen, wenn du möchtest. Nicht zu der Tür, durch die du hereingekommen bist – ich weiß nichts von geheimen Hütertüren –, aber ich könnte dich zu einem der Ausgänge führen, die die Menschen benutzen. Es ist vielleicht ein ganzes Stück von deinem Zuhause entfernt, aber über der Erde wärst du sicherer.«

Sofie überlegte. Das Angebot klang sehr verlockend. Sie war schon so lange zum Gemetbur unterwegs, dass sie fürchtete ohnehin zu spät zu kommen.

»Was ist das?«, fragte Sofie auf einmal. Sie legte den Kopf schräg und lauschte. »Ich hör jemand reden.«

Der Schatten schwieg einen Augenblick. »Es kommt von vorn.«

»Großvater!«, stieß Sofie beglückt hervor.

»Sch!«

Sofie wurde ganz still.

»Bleib hier. Verbirg das Licht. Ich bin gleich wieder da.«

Sofie steckte das Lineal unter ihre Kutte und wartete. Es kam ihr nicht vor, als hätte sie jemand verlassen, genau wie sie eigentlich auch nicht das Gefühl gehabt hatte, dass zuvor jemand bei ihr gewesen war. Bald kam der Schatten wieder zurück.

»Sie sind zu mehreren«, flüsterte er, »und kommen von rechts.«

»Das sind bestimmt Großvater und seine Freunde«, sagte Sofie aufgeregt.

»Wie sieht er denn aus, dein Großvater?«

»Er ist alt, sehr alt, hat einen kurzen, weißgrauen Bart und trägt einen langen Mantel, der manchmal blau schimmert, und er hat immer einen Stab bei sich.«

»So jemand hab ich nicht gesehen. Da waren nur lauter zottige, schmutzige Kerle mit Schaufeln und dergleichen.«

»Schmutzig?«, fragte Sofie nervös.

»Und wie. Noch nie habe ich so ungepflegte Sterbliche gesehen.«

Sofie stockte das Herz. »Oh nein«, flüsterte sie. »Riechen sie streng?«

»Wie soll ich das wissen?«, fragte der Schatten ein wenig pikiert.

»Pardon«, entschuldigte sich Sofie.

»Wer sind denn diese Leute?«

»Der Feind.«

»Meine Feinde nicht.«

»Sie sind aber schlecht.«

»Wer weiß schon, wer gut oder schlecht ist«, meinte der Schatten philosophisch.

»Wir müssen umkehren«, sagte Sofie, die sich auf keine Diskussion einlassen wollte. Sie zog das Lineal hervor, damit sie sehen konnte, wo es langging, und trabte in die Richtung zurück, aus der sie gekommen waren.

Sofie war als Wracka geboren. Als sie aus der Drunterwelt fortgelaufen war, hatte sie den Tick, den die Wrackas aus dem Zeitmesser der Hüter gestohlen hatten, mitgenommen und ihn Zeitvater Tim zurückgegeben. Wenn die Wrackas sie jetzt erwischten, musste sie mit der schlimmstmöglichen Behandlung rechnen. Zu ihrer Sicherheit hatten die Hüter ihr wie allen Hüterkindern einen Schutzzauber beigebracht. Sie befürchtete aber, dass er nichts nützte, wenn sie unter der Erde gefangen genommen wurde.

Sofie duckte sich hinter einen Pfeiler. »Steuern sie immer noch auf uns zu?«

Während der Schatten nachschaute, war es einen Augenblick still. Dann war er zurück. »Ja, aber sie sind so ins Streiten vertieft, dass sie nur langsam vorwärtskommen.«

Sofie wusste, sie würden irgendwann auftauchen. Nun blieb ihr nichts anderes übrig, als geradeaus an ihnen vorbeizurennen und in die alten Höhlen vorzudringen.

»Lass uns weitergehen.«

Der Schatten gab keine Antwort.

»Kommst du nicht mit?«

»Für mich ist hier die Grenze. Weiter kann ich nicht.«

»Na gut«, sagte Sofie leise. »Tust du mir noch einen Gefallen?«

»Natürlich.«

»Halt sie auf, wenn du kannst.«

»Ich bin ein guter Schatten«, entrüstete er sich.

»Du sollst sie doch nicht in den Tod locken oder so was, nur aufhalten sollst du sie, damit ich entkommen kann.«

»Das werde ich tun«, erwiderte der Schatten in einem Ton, als freute er sich geradezu darauf. Gute Schatten ließen sich eine Menge Spaß entgehen, weil sie ihre Unsichtbarkeit nicht dazu missbrauchten, wehrlose Wanderer zu erschrecken. »Viel Glück«, wisperte er.

»Danke«, sagte Sofie. »Es war mir ein Vergnügen, mich mit dir zu unterhalten, und wenn ich hier heil rauskomme, besuch ich dich wieder und rede mit dir, sooft ich kann.«

»Das solltest du nicht tun. Du könntest nie sicher sein, ob du dich mit mir oder mit irgendeinem anderen Schatten unterhältst.«

»Ich bringe mich schon nicht in Gefahr. Versprochen. Ich könnte ja mit meinem Großvater kommen. Der ist viel zu klug, um auf einen Schatten reinzufallen. Hast du einen Namen?«

»Den sage ich dir nicht, denn du darfst nicht wiederkommen. Hast du noch immer nicht gemerkt, dass es für deinesgleichen hier unten nicht sicher ist? Ich würde mir nie verzeihen, wenn dir etwas zustieße. Deine Freundlichkeit wird mir immer im Gedächtnis bleiben. Behalte du mich einfach als deinen wohlgesinnten Schatten in Erinnerung.«

Sofie wusste instinktiv, dass es zwecklos war, ihn umstimmen zu wollen. Sie spürte, wie er ein paar Mal durch sie hindurchwehte, um sie zu wärmen.

»Danke für alles«, sagte sie.

»Es war mir ein Vergnügen, werte Freundin.«

Sofie wartete einen Augenblick und wollte noch etwas sagen, wusste aber irgendwie, dass es keinen Sinn hatte. Der Schatten war fort.

Mit einem ergebenen Seufzer spähte sie hinter dem Pfeiler hervor. Sie hörte Stimmen. Hier durfte sie nicht bleiben. Sie spurtete los.

Jetzt war sie wirklich auf sich allein gestellt. Als sie noch in der Drunterwelt gelebt hatte, war sie es gewohnt gewesen, für sich zu sein, ja, sie hatte die Einsamkeit sogar gesucht. In der Drüberwelt hatte sie dann zum ersten Mal das Zusammensein mit anderen genossen. Umso beängstigender erschien ihr das Alleinsein nun.

Weiter ging es. Die Höhlen wurden immer nasser und niedriger. Sofie hoffte inständig, dass sie sich geradeaus hielt, doch ohne markante Orientierungspunkte war das schwer zu sagen.

Dann hörte sie plötzlich einen Schlachtruf und Geschrei hinter sich. Wrackafüße stampften über den holprigen Boden. Die Wrackas rannten. Hatten sie sie gesehen oder hatte der Schatten sich vertan und sie in ihre Richtung gejagt? Sofie nahm die Beine in die Hand.

Sie war schnell und machte nicht den Fehler, sich im Laufen umzudrehen und dadurch Zeit zu verlieren. Ihr war klar, sie musste sich geradeaus halten, und das tat sie jetzt. War Wasser im Weg, platschte sie mitten hindurch. An in der Tiefe lauernde Schatten dachte sie nicht. Auf den Lärm, den sie machte, achtete sie nicht. Wichtig war nur eins: die Wrackas abzuhängen.

Sie sauste weiter, hielt ihr Licht fest umklammert, wich den Pfeilern aus und duckte sich unter niedrigen Decken hindurch. Sie schnappte nach Luft, blieb aber nicht stehen. Jedes letzte bisschen Kraft wandte sie auf, um schnell weiterzukommen, immer geradeaus.

Als sie schließlich einen Lichtschein in der Ferne sah, beachtete sie ihn zuerst gar nicht. Sie war erschöpft. Da spielten einem die Augen schon mal einen Streich. Doch der Lichtschein wurde stärker, und da erkannte sie ihn.

Es gab nur eines, was so leuchtete.

»Großvater!«, rief sie, als sie platschend einmal mehr durch eine Pfütze sprang.

Die Zeithüter blickten in fassungslosem Staunen auf. Zeitvater Tim war zu verblüfft, um etwas zu tun oder zu sagen. Still stand er da, als Sofie in ihn hineinrannte, ihr Gesicht in seinen Gewändern vergrub und die Arme um seine breite Taille schlang.

Er drückte sie an sich. Wakaa und Aleyesu tauschten einen verwunderten Blick.

»Meine Enkeltochter«, erklärte Zeitvater Tim Aleyesu. Dann hielt er Sofie von sich und schaute ihr ins Gesicht. »Was machst du hier?«

»Und wie bist du hergekommen?«, fragte Wakaa.

Sofie hörte ihnen gar nicht richtig zu. Ihr einziger Gedanke war, dass Großvater den Gemetbur noch nicht gefunden hatte. Sie war rechtzeitig gekommen und sie war nicht mehr allein.

»Sofie«, sagte ihr Großvater erneut. »Was machst du hier?«

Sofie rief sich in die Wirklichkeit zurück, erinnerte sich plötzlich an die drohende Gefahr und sah ihm in die Augen. »Wir müssen weg!«, sagte sie hastig. Sie ließ ihn los und setzte sich wieder in Bewegung.

Doch die Zeithüter folgten ihr nicht.

»Ihr müsst euch beeilen«, drängte sie und nahm ihren Großvater bei der Hand. »Da hinten sind Wrackas und sie kommen hierher.«

»Nein, Herzchen«, sagte Zeitvater Tim geduldig. »Dies sind Hütertunnel. Wir haben nirgends etwas von Wrack-«

»Sie kommen«, fiel sie ihm ins Wort.

Wakaa blickte auf. Er konnte Schritte hören. »Vielleicht hat Sofie recht.«

»Bestimmt!«, erklärte sie und zog ihren Großvater mit sich. »Lauft!«

WRACKAS OBEN, HÜTER UNTEN

Als Lorin sich vom Labyrinth entfernte, widerstand sie der Versuchung, ihre Röcke zu raffen und loszurennen. Sie wusste, was sie zu tun hatte, aber sie musste es vorsichtig angehen. Scratch hatte ihr zwar erlaubt das Labyrinth zu verlassen, doch ihr war klar, dass sie ihm nicht trauen konnte. Garantiert beschattete sie jemand. Sniff wahrscheinlich. Wenn sie ihre Rolle gut spielte und es so aussehen ließ, als befolgte sie Scratchs Anweisungen, wäre Morlenni erst einmal außer Gefahr.

Lorin blickte suchend umher. »Caryd!«, rief sie laut, damit Sniff es hören konnte. »Falryd!«

Sie lenkte ihre Suche in Richtung Park, weil der ihr Ziel war. Irgendwann würde sie wohl auf ein paar von den Frauen stoßen, nahm sie an, doch es kam schneller dazu, als sie erwartet hatte.

Ein verängstigtes Grüppchen sich aneinanderklammernder Wrackafrauen kauerte hinter einer Gartenmauer. Keine von ihnen war je in der Drüberwelt gewesen und abgesehen von ihrer Angst machte ihnen auch der hohe Sauerstoffgehalt der Luft zu schaffen. Ihnen war schwindlig davon. Als sie Lorin rufen hörten, kamen sie mit einem Freudenschrei aus ihrem Versteck hervor und auf sie zugestürmt. Lorin kannte sich in der Drüberwelt aus. Sie konnte ihnen sagen, was zu tun war.

Falryd und Falwyth redeten so hektisch durcheinander, dass man keine von beiden verstehen konnte, und Dyran beklagte sich darüber, wie kalt ihr war. Nur von Caryd, die ihre Tochter Gytha an der Hand hielt, erfuhr Lorin Näheres darüber, wie die Männer durchgebrochen waren und alle die Flucht ergriffen hatten.

Lorin linste über die Schulter, um herauszukriegen, wo Sniff steckte. Dann stellte sie sich genau mit dem Rücken zu ihm und legte den Finger an die Lippen. »Pscht.«

Die Frauen verstummten.

»Wenn wir die Männer überlisten wolln, müssen wir schlau sein.«

Die Frauen stimmten lautstark zu, beruhigten sich aber, als Lorin wieder den Finger an die Lippen legte.

»Heute Nacht komm' sie inne Drüberwelt.«

Erschrocken schrien die Frauen auf und blickten wie wild um sich.

»Aber wenn ihr tut, was ich mich ausgedenkt hab«, schob Lorin schnell hinterher, »komm' sie garniert nich an euch ran nich.«

Aufmerksam hörten die Wrackafrauen Lorin zu. Dass man ihnen sagte, was sie tun sollten, waren sie gewohnt.

»Ihr müsst diesen Weg gradeaus gehn, dann kommt ihr zu 'n großen Wasser, das nennt man Teich. Dahinter is 'ne riesige Grasfläche. Wenn ihr die überquert, kommt ihr zu 'ne hohe Mauer mit 'n Tor. Geht durchs Tor und ihr seid im Park.«

Die Augen der Frauen weiteten sich vor Furcht, als ihnen klar wurde, dass Lorin sie aufforderte Hütergebiet zu betreten.

»Im Park wird euch nix passiern nich«, sagte Lorin. »Sobald ihr drin seid, geht ihr weiter, bis ihr an noch 'n Teich gelangt, und wartet. Da kommt jemand hin und sorgt dafür, dass ihr sicher seid.«

»Ich geh doch nich in 'n Park nich!«, stieß Dyran hervor.

»Und ich au nich!«, schrie Falryd.

»Wollt ihr, dass euch die Männer schnappen?«, fragte Lorin scharf.

Stumm schüttelten sie die Köpfe.

»Dann müsst ihr drauf hörn, was ich euch sag.«

»A-aber«, stammelte Caryd, »was is 'n mit die Hüter?«

»Die tun euch nix. Die ham die Männer auf 'n Kieker, nich die Frauen.«

Keiner glaubte ihr. Die Hüter waren der Feind.

»Sie ham nix gegen uns«, bekräftigte Lorin.

»Woher wills 'n du das wissen?«

»Weil ich die seit Jahren beobachte. Die sind ganz in Ordnung, wenn man weiß, wie man se in 'n Griff kriegt.«

»In 'n Griff?«, schrie Dyran. »Du bildes dich ein, du kriegs die in 'n Griff?« Sie wusste, dass Hüter viel zu clever waren, um sich jemals von einem Wracka *in den Griff kriegen* zu lassen.

»So schwer is das nich«, sagte Lorin. »Ich kenn eine von sie.«

»Du kenns eine?« Dyran war entsetzt.

»Sie heißt Enderell«, ergänzte Lorin schnell, »und sie is 'ne Gute. Wir könn' ihr traun.«

»Kein' von die kann man traun nich«, höhnte Dyran.

»Das is nich wahr nich!«, widersprach Lorin heftig. »Immerhin kenn ich die besser als ihr. Hüterfrauen helfen annern Frauen, ob's Wrackas sind oder nich. Sie is mich meine Freundin, is se, und wenn ihr se lasst, is se au eure.«

Die anderen starrten sie ungläubig an.

»Sie macht euch was zu mampfen«, lockte Lorin.

»Ohh!«, rief die kleine Gytha aus. Sie hatte Hunger. Auch das Interesse der Frauen schien nun etwas geweckt zu sein. Es war allgemein bekannt, dass Hüter gutes Essen schätzten.

»Und was is mit Scratch und seine Männer?«, fragte Dyran.

»Die Hasenfüße wern sich nich in eure Nähe traun, wenn ihr ers bei Enderell seid. Ihr wisst, dass sie vor die Hüter mächtig Angst ham.«

»Hab ich au«, meinte Gytha leise.

»Brauchs du aber nich, Kleine«, sagte Lorin und berührte sanft ihre Wange. »Enderell is richtig nett und sie macht den allerbesten Tee.«

»Has du den schon getrinkt?«, fragte Gytha aufgeregt.

»Er war oberlecker.« Wie um das zu unterstreichen, fuhr sie sich mit der Zunge über die Lippen.

Unwillkürlich leckten sich auch die anderen Frauen die Lippen, als hätten sie gerade selbst davon getrunken.

»Ihr müsst alle Wrackafrauen, die ihr seht, Bescheid sagen, dass wir uns an 'n Teich treffen«, drängte Lorin. Sie durfte keine Zeit mehr verlieren.

»Ich mach das«, sagte Caryd.

Dyran sah sie empört an. »Wieso wills du die helfen?«

»Weil die Männer mich mein' Oryth weggeschnappt ham. Er war noch so klein. Nachher nehm' sie mich au noch meine Gytha weg.« Sie packte die Hand ihrer Tochter fester. »Noch 'n Kind geb ich nich her nich, das kriegen die nich und sons au keiner.«

»Mich ham sie meine zwei Jungs weggeschnappt«, sagte Dyran voller Groll. »Ich hab se niemals nich wiedergesehn.« Sie blickte zu Caryd hinüber und ihr Gesicht nahm einen entschlossenen Ausdruck an. »Ich helf mit.«

Dann schauten sie Falryd und Falwyth an.

»Schon gut, schon gut«, meinten die beiden. »Aber wehe, du irrs dir, Lorin.«

»Tu ich nich«, erwiderte Lorin. »So, und jetz verteilt euch und gebt sie alle Bescheid.«

»Und was is mit Berwyth?«, fragte Falryd. »Ich mach das nich, damit sie nachher wieder ankommt und sich als unsre Oberchefin aufspielt.«

Lorin wusste, wie ihre Antwort darauf lautete, aber wenn Berwyth jemals dahinterkäme, würde ihr mächtig was blühen. Jetzt hieß es aufs Ganze gehen.

»Berwyths Zeit is um.«

Die Frauen waren sprachlos.

»Und die vons Komitee genauso«, fügte sie hinzu. »Wenn wir ins Labyrinth zurückkehrn, wird alles neu geregelt.«

Das gefiel den Frauen.

»Jetz beeilt euch.«

Caryd begann sofort sie in verschiedene Richtungen zu dirigieren. Lorin war beeindruckt, wie zügig und geschickt sie dabei vorging, und fand es schade, dass Berwyth sie nie ins Komitee berufen hatte. Aber Berwyth nahm eben nur Frauen auf, die sich bei ihr einschmeichelten. Falryd und Falwyth sausten in eine Richtung davon, Dyran in eine andere. Caryd, immer noch mit Gytha an der Hand, wandte sich Lorin zu. »Und was machs du?«, fragte sie.

Lorin schaute Caryd an. Sie würde ihr die Wahrheit anvertrauen. »Ich geh jetz zu Sniff, der sich übrigens da drüben versteckt und uns bespitzelt.«

Caryd und Gytha wollten schon die Köpfe drehen.

»Nich hinkucken!«, zischte Lorin schnell.

Sofort hielten sie die Köpfe ganz still. »Ich werd ihn auf die Nase binden«, fuhr Lorin fort, »dass ich alle Frauen zusamm'treib. Dann sind wir ihm los, weil er gleich verduften wird, um Scratch davon zu berichten. Danach muss ich Enderell suchen und sie sagen, dass ihr im Anmarsch seid.« Sie holte tief Luft. »Und dann geh ich inne Drunterwelt.«

Caryd war entgeistert. »Warum?«

»Sie ham Morlenni. Ich muss ihr retten.«

»Is das nich gefährlich?«, fragte Caryd ängstlich.

»Ich muss es versuchen.«

Nachdem Sofie, Zeitvater Tim und die Hüter eine Weile gelaufen und in einige Seitentunnel abgebogen waren, hörten sie die Wrackas nicht mehr. Sie verschnauften und Zeitvater Tim reichte Sofie ein Butterbrot. Ihrem Großvater mitzuteilen, dass Tid und Shelton ertrunken waren, war die schlimmste Erfahrung ihres jungen Lebens. Die Schuld am Tod der beiden nahm sie auf sich. Sie war diejenige gewesen, die unbedingt den Teich hatte durchqueren wollen. Sie hatte Shelton dazu gebracht, noch einmal hineinzugehen, um Tid zu retten. Sofie beschönigte nichts, als sie ihrem Großvater alles erzählte.

Zeitvater Tim hörte ihre Worte mit zunehmendem Kummer und drückte Sofie fest an sich. Nun wusste selbst er keinen Trost.

»Warum hat mir niemand dieses Buch gezeigt?«, fragte Aleyesu.

»Es ist nur ein Kinderbuch«, erklärte Wakaa.

»Jedes Buch kann wichtig sein«, erwiderte Aleyesu.

»Aber das ist jetzt auch weg.« Sofie bemühte sich ihre Tränen zurückzuhalten. »Es tut mir leid, Großvater.«

Zeitvater Tim sagte nichts, sondern drückte sie nur noch fester. Eine Träne rann ihm über die Wange.

»Iss erst mal etwas«, redete Aleyesu ihr zu.

Sofie biss von ihrem Brot ab, aber weil sie so unglücklich war, aß sie ohne Appetit.

»Geben uns die Chroniken sonst noch Hinweise auf den Standort des Gemetbur?«, fragte Wakaa.

Aleyesu schüttelte den Kopf. »Ich habe schon eine Weile nicht mehr auf die Seiten geschaut. Dabei war ich so sicher, darauf den Weg zum Gemetbur zu finden und eine Anleitung, wie man hineinkommt, aber da steht einfach nichts. Meine Überlegungen haben uns hierher geführt«, sagte Aleyesu, dann wandte er sich an Sofie. »Wer hat dein Buch geschrieben?«

»Defthilm Dot.«

»Interessant«, meinte Aleyesu.

»Da steht drin, dass man den Gemetbur nur auf eine ganz bestimmte Weise öffnen kann, und wenn man es anders versucht, erblickt man nie wieder das Tageslicht.« Sie schaute ihren Großvater an. »Deswegen sind wir hergekommen – wir mussten dich warnen.«

»Es ist doch nur ein Geschichtenbuch«, bemerkte Wakaa.

»Ja, aber die Stelle hatte ich noch nie gelesen.« Schnell fügte sie hinzu: »Das heißt, gelesen hatte ich sie schon, oft sogar, aber«, wie seltsam sich das nun wieder anhörte, »ich glaube, das stand da vorher nicht. Entweder hab ich es immer überlesen oder es ist da aus heiterem Himmel aufgetaucht.« Sie blickte zu den Hütern. »Hört sich das verrückt an?«

»Ganz und gar nicht, junge Dame«, sagte Aleyesu. »Wird denn auch beschrieben, wie man hineinkommt?«

»Da steht, dass es einen Schlüssel gibt und dass nur die …«, sie versuchte sich an den Wortlaut zu erinnern, »… nur die mit tiefer Einsicht Begabten ihn finden und benutzen können.«

»Es ist eine Kindergeschichte«, wiederholte Wakaa noch einmal. »Du sagst doch selber, Sofie, dass es vielleicht schon immer dastand und du es nur überlesen hast.«

»Das Buch hat uns aber verraten, dass der Eingang in Großvaters Werkstatt liegt«, hielt Sofie dagegen. »Shelton hat die Zeichen am Seitenrand gelesen. Er hat gesagt, sie schweben.«

»Schweben?« Aleyesu war hochinteressiert.

»Ja, so ein Stück über der Seite.« Sofie zeigte es ihnen. »Er wackelt irgendwie mit den Fingern. So haben wir die Luke gefunden.«

»In Dots Buch hat er das gelesen?«, fragte Wakaa verblüfft.

»Ich hatte keine Ahnung, dass diese Begabung in ihm steckt«, sagte Aleyesu. »Das Buch würde ich gerne mal sehen.«

»Aber es kann auch sein, dass das Ganze nur eine Falle war«, meinte Sofie düster. »Tid hat rausgefunden, dass Defthilm Dot ein Anagramm von *Hilft dem Tod* ist. Danach ging alles schief.«

»Sprechen wir von Defthilm Chauntespieu-Dot?«, fragte Wakaa.

»So hat Enderell ihn genannt.«

»Dann kann es keine Falle sein. Zu meiner Zeit stand Chauntespieu-Dot in hohem Ansehen. Seine Werke sind seit Langem in Umlauf. Schon mein Großvater hat mir daraus vorgelesen.«

Aleyesu erhob sich. »Wir müssen weiter.«

»Großvater«, wandte Sofie sich leise an den alten Mann.

Zeitvater Tim hatte nichts von dem Gesagten mitbekommen. Er saß nur da und starrte ins Leere.

»Wir müssen los«, sagte sie sanft.

Zeitvater Tim nickte. Schwer auf seinen Stab gestützt, mühte er sich hoch. Sofie kam es vor, als sei er stark gealtert. Sie nahm ihn bei der Hand.

Aleyesu ging voran.

»Woher weißt du, wo es langgeht?«, fragte Sofie.

»Ich muss auf meine Urteilskraft vertrauen«, antwortete Aleyesu.

Wieder änderte sich die Landschaft. Die glasklaren Teiche wurden immer seltener und die Decken wölbten sich nun gleichbleibend hoch, knapp über Aleyesus Kopf.

Die Sicht war gut, weil die Zeithüter ihr eigenes Licht ausstrahlten, doch Sofie hielt nach wie vor ihr Holzlineal umklammert. Hin und wieder blieb Aleyesu stehen und betastete die Wand, um daran etwas abzulesen.

Sie mussten beständig langsamer werden, damit Zeitvater Tim noch folgen konnte. Sofie hielt seine Hand fest umschlossen und zog ihn voran.

Plötzlich hörten sie Geräusche hinter sich. Wie weit entfernt, ließ sich wegen des Widerhalls schwer sagen, doch es klang so, als würde eine Gruppe im Laufschritt hinter ihnen herjagen.

»Die Wrackas!«, stieß Sofie mit angehaltenem Atem hervor.

»Schnell!«, drängte Aleyesu.

Zeitvater Tim sah Sofie an und lächelte. Er küsste sie auf die Stirn und legte ihre Hand in die von Aleyesu.

»Ich kann nicht rennen«, sagte er. »Ich bin zu müde.«

»Nein!«, rief Sofie.

»Ich werde sie so lange wie möglich aufhalten«, versprach er. »Ihr müsst ohne mich weiter.«

Sofie wand ihre Finger aus Aleyesus Griff und schlang die Arme um ihren Großvater.

»Zeitvater«, ermunterte ihn Wakaa, »du kannst schon noch schneller. Es muss gehen!«

Zeitvater Tim lächelte Wakaa an und schüttelte den Kopf. Dann löste er Sofies hinter seinem Rücken fest verschränkte Hände und zog sie nach vorn.

»Sofie, ich hab dich lieb«, sagte er.

Sie unterdrückte ein Schluchzen.

»Und wenn du mir deine Liebe beweisen willst, dann musst du jetzt tun, worum ich dich bitte.«

Sofie nickte.

Das Fußgetrappel war immer lauter zu hören.

»Wir haben keine Zeit mehr.« In Wakaas Stimme schwang große Unruhe mit.

Aleyesu ergriff Sofies Hand. Er neigte ehrerbietig den Kopf vor dem Zeitvater und lief los.

Sofie stolperte hinter ihm her und blickte dabei fortwährend zu Zeitvater Tim zurück. Erst als er nicht mehr zu sehen war, drehte sie sich um und rannte.

Zeitvater Tim umfasste seinen Stab und schloss die Augen. Er wusste, dass sein Zauber hier unten nur von geringem Nutzen war, doch er würde sein Bestes tun. Das Getrappel wurde lauter. Er war froh, dass alles bald vorbei war. Ein Jammer, dass er nicht mehr erleben würde, wie Sofie aufwuchs und wie sein Sohn heimkehrte. Doch andererseits war es ein Trost, dass er dann auch nicht derjenige sein würde, von dem sein Sohn erfahren musste, dass *sein* einziger Sohn den Tod gefunden hatte. Vor allem war er froh darüber, nicht ohne Tid nach Hause zurückkehren zu müssen. Dazu hätte ihm wohl die Kraft gefehlt.

Er schlug die Augen auf und ging den Tunnel ein Stück wieder zurück. Die Schritte kamen näher. Er nahm den Stab in beide Hände. Immerhin glaubte er genügend Zauberkraft heraufbeschwören zu können, um die Wrackas für kurze Zeit aufzuhalten. Jede Verzögerung konnte den anderen helfen zu entkommen.

Die Schritte waren fast bei ihm. Nach allzu Vielen hörte es sich nicht an. Zur Vorbereitung holte Zeitvater Tim tief Luft.

Er sah den Schein ihrer Fackeln. Sie mussten gleich hinter der nächsten Biegung sein.

Dann waren sie auch schon bei ihm, nur dass es statt einer ganzen Schar bloß ein Einzelner war. Zeitvater Tim hob seinen Stab und rief: »Geweald of lyfte!«

Ein unsichtbarer Kraftstoß fuhr aus seinem Stab und riss die Gestalt von den Beinen. Alle viere von sich gestreckt stürzte sie hintenüber und blieb der Länge nach am Boden liegen.

Zeitvater Tim vergeudete keine Zeit. Er hörte noch jemanden kommen. Ein zweiter Kraftstoß würde weniger stark sein; der Zauber musste sich erst wieder aufbauen. Er schwang den Stab, gefasst auf den nächsten Angreifer, der jeden Augenblick auf ihn zustürmen würde, und holte tief Luft, um seine Beschwörungsformel zu sprechen.

Vom Boden her war ein Stöhnen zu hören. Das lenkte Zeitvater Tims Aufmerksamkeit schlagartig auf den besinnungslosen Wracka. Verwirrt ließ er seinen Stab sinken und trat einen Schritt näher heran. Spielten seine Sinne ihm einen Streich?

»Tid?«

Es dauerte ein paar Sekunden, bis er seinen Augen zu trauen wagte.

»Tid!«

Tid lag bewusstlos am Boden. Zeitvater Tim eilte zu ihm und kniete sich neben ihn. Ohne sich erklären zu können, was geschehen war, nahm er seinen Enkel zärtlich in die Arme und hielt ihn umfangen.

»Nicht jetzt!«, rief Shelton im Vorüberflitzen. »Sie sind direkt hinter uns.«

Zeitvater Tim hob den Kopf. »Shelton?«, murmelte er völlig verdutzt.

Zwar war auch Shelton überrascht Zeitvater Tim zu sehen, doch er wusste, wie nah die Wrackas waren. Er sah, dass Tid ohnmächtig war, und nahm an, Zeitvater Tim würde ihn hochnehmen und mitkommen. Als der aber keine Anstalten dazu machte, kehrte Shelton um, riss Tid aus den Armen des alten Mannes und warf ihn sich über die Schulter. Aleyesus Stift, der Tid aus der Hand gefallen war, steckte er ein. »Keine Zeit zum Trödeln«, sagte er. »Es ist gleich da vorne.«

Zeitvater Tim war immer noch verwirrt. Was meinte Shelton?

»Komm schon!«, schrie Shelton unter völliger Missachtung der hüterlichen Anstandsregeln. Er zerrte Zeitvater Tim am Ärmel. »Die Wrackas sind uns auf den Fersen!«

Zeitvater Tim riss sich zusammen. Gemeinhin vernünftig und in Notsituationen verlässlich, hatte der alte Mann zugelassen, dass persönliche Gefühle vorübergehend die Klarheit seines Denkens trübten. Die Erwähnung der Wrackas holte ihn in die Wirklichkeit zurück.

»Ich bin gleich bei euch«, sagte er zu Shelton, als er sich mithilfe seines Stabs aufrichtete.

»Direkt um die Ecke ist ein Versteck.«

Zeitvater Tim blickte Shelton fragend an.

»Ich hab eine Karte«, erklärte er und lief auch schon mit Tid auf der Schulter weiter.

Zeitvater Tim folgte ihm. Nicht, dass er gerannt wäre, aber er bewegte sich so schnell wie seit vielen Jahren nicht mehr.

Gleich hinter der Biegung trat Shelton einen Schritt zurück und wies auf eine Nische. »Da rein!«, rief er.

Zeitvater Tim eilte hinein und Shelton schob ihn in den hintersten Winkel. »Sie dürfen auf keinen Fall dein Licht sehen!« Rasch stellte er sich vor den alten Mann und stopfte den Briefbeschwerer in seine Tasche, die von dem Gewicht schwer herabhing.

Sie warteten.

»Was zum …« Tid kam langsam wieder zu sich.

»Schsch!«

Sechs oder sieben Wrackas polterten um die Ecke. Sie legten ein Tempo vor, als dürfte ihre Beute ihnen um keinen Preis entwischen. Zwei von ihnen waren mit brennenden Fackeln bewaffnet, einer mit einer Schaufel. Da sie nicht damit rechneten, dass Tid und Shelton sich versteckt haben könnten, schauten sie gar nicht erst in die Nische, sondern rannten blindlings vorbei und waren bald außer Sicht.

»Großvater?«, sagte Tid verwundert, als Shelton ihn absetzte. Er stand wacklig auf den Beinen.

Zeitvater Tim drückte seinen Enkel fest an sich. »Ich dachte, ihr wärt tot«, murmelte der alte Mann.

»Wieso?«, fragte Shelton.

»Sofie hat das gesagt.«

»Sofie?«

»Hast du sie gesehen?«, fragte Tid. »Geht es ihr gut?«

»Sie ist wohlauf.«

Seit er Sofie verloren hatte, hatte Shelton ein elendes Gefühl, das ihm wie ein Stein im Magen lag. Jetzt, wo er hörte, dass sie gesund und munter war, spürte er einen Kloß im Hals. Er drehte schnell den Kopf weg, damit ihm niemand ansah, was er empfand.

»Wo ist sie?«, fragte Tid neugierig.

»Weiter vorn bei den anderen«, erwiderte Zeitvater Tim. Dann machte er plötzlich ein grauenerfülltes Gesicht. »Oh nein«, keuchte er. »Die Wrackas halten direkt auf sie zu!«

ENDERELLS ELIXIER

Lorin verlor keine Zeit damit, an der Haustür zu klopfen – sie riss sie auf und stürmte geradewegs in Zeitvater Tims Küche. Dort saß die Hüterin von Greenwich am Tisch und unterhielt sich mit Enderell, Ma Brownal und Ma Connal. Sie besprachen, was sie den Wrackafrauen, wenn sie kamen, zum Essen vorsetzen könnten. Als Lorin hereinrauschte, hoben die Hüterfrauen verdutzt die Köpfe.

»Die Männer sind durchgebrochen und die Frauen geflieht. Nu sind se überall verstreut. Sie solln sich an 'n Teich im Park versammeln, hab ich sie gesagt. Das is hoffentlich in Ordnung. Ich hab sie gesagt, dass du«, sie deutete auf Enderell, »sie erklärs, was zu tun is. Tut mich leid, dass ich dir«, jetzt blickte sie zur Hüterin von Greenwich, »nich erwähnt hab, aber ich hab gedenkt, vor 'ne mächtige Hüterin ham sie zu viel Angst.«

»Am Teich im Park?«, fragte die Hüterin von Greenwich.

»Hmja. Ging nich anners. Scratch will se zurück und da schien's mich am besten, sie möglichs weit von ihn wegzubring'.«

»Das war die richtige Entscheidung von dir«, sagte die Hüterin von Greenwich.

»Was sollen wir mit ihnen machen?«, fragte Enderell ein wenig bestürzt.

»Ich hab sie erzählt, sie kriegen bei euch was zu essen«, erwiderte Lorin. »Das is hoffentlich au in Ordnung. Sie wern natürlich Angst vor euch ham, aber sie mampfen für ihr Leben gern und es gibt nix Bessres nich, um sie zu beruhigen, besonners die Wichte. So Sachen, wie ihr se kocht, ham die noch niemals nich zwischen die Zähne gekriegt. Und …« Sie überlegte, was es sonst noch zu sagen gab, aber das war alles. »Behaltet se hier, bis ich ausgegrübelt hab, wie's weitergeht«, schloss sie.

»Ich gebe ihnen ein Elixier«, schlug Enderell vor. »Davon schlafen sie ein. Und wir gewinnen Zeit.«

»Gute Idee«, stimmte die Hüterin von Greenwich zu.

»Ich geh es gleich holen«, sagte Enderell und stand auf.

»Du solls doch die Frauen bei 'n Teich begrüßen«, erinnerte Lorin sie.

»Jetzt nicht«, sagte Enderell. »Ich muss schnell zum Horchenden Haus.«

»Lass mich gehen«, erbot sich die Hüterin von Greenwich.

»Nein, die Mixtur braucht noch einen Zusatz.«

»Für Mixurn ham wir keine Zeit nich«, meinte Lorin besorgt.

»Ich beeile mich.«

Die Hüterin von Greenwich übernahm das Ruder. »Lorin, du und ich werden zum Teich gehen und mit den

Frauen reden müssen, bis Enderell das Elixier zubereitet hat.«

»Nä, ich muss runter inne Drunterwelt.«

Alle starrten sie ungläubig an. »In die Drunterwelt?«

»Hmja. Scratch hat 'ne Freundin von mich geschnappt. Sie is halbtot vor Angst, is se. Ich muss ihr rausholn.«

»Und wie?«, fragte die Hüterin von Greenwich.

Lorin wurde plötzlich klar, dass sie keinen Schimmer hatte. In einer Geste der Hoffnungslosigkeit hob sie die Hände und ließ sie wieder fallen. »Weiß nich.«

»Ist es denn klug, unvorbereitet in die Drunterwelt zu gehen?«

Lorin war enttäuscht. Enttäuscht, dass die Hüterin von Greenwich sie nicht verstand. »Ich muss es versuchen.«

»Natürlich«, pflichtete die Hüterin von Greenwich ihr bei. »Aber lass uns mal einen Augenblick darüber nachdenken. Du kannst nicht allein hingehen.«

»Möchtes du vielleich mitkomm'?«, fragte Lorin trocken.

»Neinnein«, antwortete Enderell schnell, aus Angst, die Hüterin von Greenwich könnte Ja sagen. »Warte, bis ich mein Elixier zubereitet habe. Das hilft auch dort.«

»Wie denn?«, fragten Lorin und die Hüterin von Greenwich wie aus einem Mund.

»Wenn du es in ihr Wasser schüttest, schläft jeder Wracka, der davon trinkt, garantiert innerhalb von Minuten ein.«

»Und wie soll ich die Männer zum Trinken kriegen?«, fragte Lorin.

»Darüber denken wir gleich nach«, sagte die Hüterin von Greenwich. »Enderell, du gehst so schnell wie möglich zum Horchenden Haus. Lycian«, sie wandte sich an Ma Brownal, »ihr beide müsst euch allein um das Essen kümmern.«

»Für wie viele?«, fragte Ma Brownal.

Die Hüterin von Greenwich sah Lorin mit fragendem Blick an.

»Ganz viele«, sagte Lorin, die so weit nicht zählen konnte, »und sie verputzen alle 'ne Menge, besonners die Wichte.«

Ma Brownal nickte. Dann brachen sie und Ma Connal rasch auf.

»Komm, Lorin«, sagte die Hüterin von Greenwich. »Du und ich, wir müssen zum Teich.«

»Ich hab sie aber doch gesagt, dass Enderell sie da empfängt«, wandte Lorin ein.

»Wir werden sie vertreten«, erklärte die Hüterin von Greenwich, die ihren Stab in die Hand nahm und sich anschickte zu gehen. »Du kannst ihnen sagen, Enderell sei aufgehalten worden. Sie werden dir schon glauben.«

Lorin zögerte. »Du kanns nich mit«, sagte sie.

»Warum nicht?«

»'ne Hüterin traun sie nich.« Da es ihr peinlich war, das zu sagen, fügte sie schnell hinzu: »Nix für ungut.«

»Sie brauchen ja nicht zu wissen, dass ich eine Zeithüterin bin«, erklärte die Hüterin von Greenwich. »Ich lasse meinen Stab hier und du stellst mich als Grenja vor.«

Aleyesu kam schlitternd zum Stehen. Sofie konnte nicht rechtzeitig anhalten und rannte in ihn hinein. Wakaa als Schlusslicht krachte gegen sie beide. Als sie sich wieder gefangen hatten, standen sie da und schauten auf die Wand, die ihnen den Weg versperrte.

»Eine Sackgasse«, sagte Sofie und Panik stieg in ihr auf.

»Tut mir leid«, entschuldigte sich Aleyesu.

Sie verstummten. Alle dachten das Gleiche: Wann würden die Wrackas bei ihnen sein?

Lange brauchten sie nicht zu warten. Schon bald kamen ein, zwei, drei, vier Wrackas um die Ecke gejagt, rumsten in sie hinein und landeten mit ihnen zusammen in einem wirren Haufen auf dem Boden.

Geistesgegenwärtig befreite sich Aleyesu aus dem Wrackaknäuel, schnappte sich Sofie und lief wieder durch den Tunnel zurück. Prompt stießen sie auf zwei weitere Wrackas, die mehr auf Zack waren und sie kurzerhand packten. Gegen sie hatte Aleyesu keine Chance.

»Ach du Schreck!«, rief Slime schwer keuchend aus. »'n Hüter!« Als aber sein Blick auf Sofie fiel, verzog er das Gesicht zu einem hämischen Grinsen. »Miss Drüberwelt!«

Sofie wich erschrocken in die Falten von Aleyesus Gewändern zurück. Er legte schützend den Arm um sie.

Die anderen Wrackas hatten sich in der Zwischenzeit entknäuelt, packten Wakaa und rappelten sich hoch.

»Da hat sich aber einer mächtig verwandelt!«, meinte Slime zu Sofie. »Na warte, wenn Offa Scratch dir ers zu Gesicht kriegt!« Drohend näherte er sich ihr.

Aleyesu hob seinen Stab und holte zu einem Zauberspruch aus. Er wollte den Stab auf Slime richten und ihn aus nächster Nähe treffen, doch ehe er sichs versah, hatten Slob und Smell ihm den Stab aus der Hand gerissen. Gleichzeitig wurde auch Wakaa sein Stab entrungen.

Slime packte Sofie. Aleyesu versuchte sie festzuhalten, doch Spit drehte ihm unsanft die Arme auf den Rücken.

»Wie geht's 'n so, Schnoddernase?«, fragte Slime in einem gehässigen Singsang.

Sofie trat Slime, so fest sie konnte, mit ihrem Absatz auf die Zehen. Er schrie vor Schmerz auf und bückte sich, um sich den Fuß zu halten.

Das nutzte Sofie, um Reißaus zu nehmen, doch sie hatte noch keine drei Schritte getan, da packten sie zwei Hände am Schlafittchen und brachten sie zum Stehen. Sie schluckte, als der Stoff ihres Kragens ihr in den Hals schnitt, und musste husten. »Nu ma nich so fix nich«, spöttelte Sick.

Während Sofies Fluchtversuch waren Aleyesu und Wakaa von triumphierenden Wrackas an die Wand geknallt und eingekeilt worden. Sie konnten sich weder rühren noch einen Zauber probieren.

»Was Offa Scratch wohl sagt, wenn ich mit dich erscheine?«, fragte Slime Sofie höhnisch. »Is ja schon 'n Weilchen her.«

»Ab in 'n Ruckus«, meinte Slob. Dieser Vorschlag wurde immer gern gehört und fand begeisterte Zustimmung.

Sofie krampfte sich vor Angst der Magen zusammen. Der Ruckus! Den würde sie keine zwei Minuten überstehen.

»Ers haun wir mal die zwei da rein«, sagte Slime mit wieherndem Gelächter.

»Nein!«, rief Sofie. Slime sah überrascht auf sie herunter.

»Was meinst du wohl, was Hüter mit Wrackas anstellen, die sich an anderen Hütern vergreifen?«, fragte sie beherzt und sah ihm fest in die Augen. »Wenn du schon den Ruckus gruselig findest, solltest du erst mal sehen, was die sich einfallen lassen!«

Das war ein Bluff und beinah wären die Wrackas sogar darauf hereingefallen. Sofie schöpfte schon ein Fünkchen Hoffnung, aber dann lachte Slime. Es war kein fröhliches Lachen, wie Sofie es in der Drüberwelt kennengelernt hatte. Dieses Lachen war grausam, sie kannte es noch allzu gut, und ihr wurde schlagartig schlecht vor Angst.

»Meins du ernshaft, du kanns uns drohn?« Slimes Lippen kräuselten sich unbarmherzig. Er packte sie an den Haaren, aber nicht am ganzen Schopf. Er wusste, dass es eine größere Folter war, wenn er sie nur an einem Büschel vom Boden hochzog.

Sofie presste die Lippen zusammen, um ihn nicht in den Genuss eines Schmerzensschreis kommen zu lassen.

»Aufhören!«, rief Wakaa. Sofort hielt ihm eine schmutzige Wrackahand den Mund zu. Aleyesu wurde auf die gleiche Art der Mund gestopft.

Tränen des Schmerzes standen Sofie in den Augen, so brannten die Haarwurzeln in ihrer Kopfhaut, und doch gab sie keinen Laut von sich.

Slime war das einerlei. Er wusste, er würde sie schon noch zum Schreien bringen. Langsam begann er sie hin und her zu schaukeln. Die Wrackas sahen sich das Schauspiel blöde grinsend an. Aleyesu und Wakaa stand das Entsetzen ins Gesicht geschrieben.

Sofie biss die Zähne zusammen und schnappte mit den Händen nach Slime.

Der schwenkte sie nur noch heftiger.

»Ey!«

Slime guckte neugierig hoch, um festzustellen, wer da gesprochen hatte. Scamp, der bis zu diesem Moment nur Zuschauer gewesen war, trat vor. Als Slime sah, dass es bloß Scamp war, machte er weiter.

»An dich deine Stelle würd ich damit aufhörn«, sagte Scamp ruhig.

»Hä?«

»Sie hat dich nix nich getan. Lass ihr runter.«

Slime war so überrascht, dass er aufhörte Sofie hin und her zu schlenkern, und sie – nicht weniger schmerzhaft – in der Luft baumeln ließ.

Scamp legte ihr den Arm um die Taille und hob sie hoch, um sie aus ihrer misslichen Lage zu befreien. »Das Bestrafen überlassen wir besser Offa Scratch«, sagte er. »Wir wolln ihr doch nich ramponiert abliefern, nich wahr nich?«

Slime dachte einen Augenblick nach und ließ sie dann los, nicht weil er unbedingt der gleichen Meinung war, sondern weil er auf keinen Fall riskieren wollte seinen Anführer zu verärgern.

»Am besten, wir nehm' se alle mit zurück«, meinte Scamp, als er Sofie herunterließ. Mit festem Griff legte er ihr die Hand auf die Schulter.

Slime war wütend darüber, dass ein Untergebener ihm sagte, was zu tun war. »Wär schön, wenn du 's Maul hälts!«, spie er Scamp ins Gesicht. »Ich erteil hier die Befehle!«

Scamp war kein bisschen eingeschüchtert. »Klar doch«, lenkte er ein und wischte sich mit dem Handrücken Slimes Spucke fort.

»Bringt die Gefangnen!«, befahl Slime.

Wakaa und Aleyesu wurden grob herangeschleift, während Slime die Hüterstäbe an sich nahm. Scamp hielt Sofie fest gepackt. Er wollte sich mit ihr nach hinten stehlen.

»Nach vorne mit sie«, kommandierte Slime, bevor sie aufbrachen.

Slime hoffte mit der Überbringung der Gefangenen einiges wiedergutzumachen, was er sich durch das Versagen der Truppen bei Offa Scratch verdorben hatte. Da er so schnell wie möglich zu ihm wollte, legte er ein flottes Tempo vor. Kein Problem für ihn, denn er ging allein, aber die Bewacher der Gefangenen konnten nicht mit ihm Schritt halten.

»Sie kommen nicht mehr mit!«, rief Sofie, als sie um die Ecke bogen. Sie hatte Angst, ihre Freunde aus den Augen zu verlieren.

Slime blickte sich um. »Beeilung!«, schrie er. »Hier wird nich getrödelt!« Man hörte zwar, wie sie »Wir komm' ja schon!« riefen, aber sie tauchten nicht auf.

»Ich kuck ma, was da los is«, sagte Scamp, obwohl Sofie nicht den Eindruck hatte, dass er wirklich nachsehen wollte.

»Nä, ich geh«, erwiderte Slime gereizt. Er hatte hier das Kommando! »Bleib du schön bei Miss Drüberwelt.«

Slime marschierte den Tunnel zurück.

Scamp sah ihm zunächst unschuldig hinterher, aber sobald Slime um die Ecke verschwunden war, packte er Sofie noch fester und rannte mit ihr im Schlepptau in die entgegengesetzte Richtung davon.

»Was machst du denn?«, stieß sie hervor und versuchte ihr Tempo zu drosseln.

Scamp schleifte sie noch ein paar Ecken weiter und ließ sie dann plötzlich los.

Slime und sein Fackellicht waren jetzt weit hinter ihnen. Da erst begriff Sofie, dass sie ihr Lineal verloren haben musste. Sie standen im Dunkeln.

»Lauf weg!«, befahl Scamp ihr.

»Was?« Sofie traute ihm nicht.

»Mach, dass du wegkomms.«

»Warum?«, fragte sie. In diese Falle würde sie nicht tappen.

»Die Hüter da kriegen, was sie verdien', aber du bis noch 'n Wicht. Hau ab!«

Sofie konnte es kaum glauben. Ein Wracka, der ihr zur Flucht verhalf!

»Danke«, sagte sie leise. »Du bist ein guter Wracka.«

Scamp wunderte sich über das Kompliment, konnte aber nichts erwidern, denn Sofie war schnell davongesaust, damit er es sich nicht noch anders überlegte.

Sie rannte mit solcher Geschwindigkeit, dass sie an den Biegungen gegen die Tunnelwände stieß. Sie wollte die Wrackas so weit hinter sich lassen wie nur möglich. Immer weiter hastete sie und …

Fing sie nun schon an sich Dinge einzubilden? Vor sich meinte sie ihren Großvater zu sehen, majestätisch in der Mitte des Tunnels, den Stab erhoben, bereit seinen schwächelnden Zauber zu entfesseln.

Zum Glück war Zeitvater Tim diesmal achtsamer. Als er Sofie herankommen sah, brach er seine Beschwörungsformel ab.

Überwältigt vor Freude warf sie sich in seine Arme. »Die Wrackas sind direkt hinter uns«, schnaufte sie. »Sie haben Wakaa und Aleyesu.« Schon wollte sie weiterrennen und Zeitvater Tim mit sich fortziehen, doch er packte sie und wirbelte sie herum, sodass sie in der Wandnische landete.

Es war dunkel darin, aber nicht stockduster. Sofie konnte verschwommene Umrisse erkennen. Sie traute ihren Augen nicht.

Tid war fast so erstaunt, sie zu sehen, wie sie ihn.

Mit einem Aufschrei unbändiger Freude schlang sie ihm die Arme um den Hals. »Ich dachte, du wärst tot!«

Sie drückten sich innig, und dann machte Sofie sich los und schlang die Arme um einen höchst verdutzten Shelton. Im Gegensatz zu Tid erwiderte er die Umarmung nicht. Steif hingen seine Hände an ihm herunter. In der Dunkelheit bemerkte Sofie nicht die Träne in seinem Augenwinkel.

»Du lebst«, hauchte sie.

Zeitvater Tim steckte den Kopf in die Nische. »Wie weit sind sie entfernt?«

»Nicht weit.«

»Haben Wakaa und Aleyesu noch ihre Stäbe?«

»Nein, Slime hat sie.«

Zeitvater Tim sah die beiden Jungen an. »Ihr wisst, was zu tun ist?« Sie nickten.

Er ging wieder hinaus in den Tunnel.

Sofie machte Anstalten, ihm zu folgen, doch Tid hielt sie zurück. »Wir sollen hier warten«, sagte er.

»Habt ihr einen Plan?«, flüsterte Sofie.

»Scht!«

Sie brauchten nicht lange zu warten. Dröhnend ertönte die Stimme von Zeitvater Tim: »Geweald of lyfte!«

Es folgte ein Knall wie von einer kleinen Explosion. Sobald sie das hörten, rannten Tid und Shelton aus ihrem Versteck. Sofie lief hinterher.

Zeitvater Tims Zauber hatte Slime und Scamp von den Füßen geholt. Shelton und Tid stürmten geradewegs auf Slob und Smell zu. Sie benutzten ihre Köpfe als Rammböcke und stießen sie mit voller Wucht in die Bäuche der Wrackas. Dieser Überraschungsangriff sorgte dafür, dass die Wrackas ihre Gefangenen vorübergehend nicht mehr richtig festhielten.

Aleyesu, den ein verblüffter Wracka nur noch locker um den Arm fasste, gelang es, sich loszureißen. Der Wracka hechtete nach ihm. Aleyesu machte rasch einen Schritt zur Seite und versetzte dem Wracka einen solchen Stoß, dass dieser mit einem lauten Rums gegen die Wand krachte. Wie ein Stein fiel der Wracka zu Boden.

Auch Wakaa nutzte den Tumult für sich und stieß den Ellbogen fest in den Bauch seines Bewachers, der daraufhin in sich zusammenklappte.

Sofie hatte dem halb bewusstlosen Slime inzwischen die Stäbe entrissen. »Fangt!«, rief sie.

Als Aleyesu den Kopf hob, warf sie ihm den einen Stab zu und Wakaa den anderen. Kaum hatte Wakaa den seinen gefangen, schlug er seinem Bewacher damit fest auf den Hinterkopf. Der sackte schlaff zu Boden. Aleyesu rief: »Geweald of lyfte«, und gleich danach beschwor auch Wakaa die Magie herauf. Slob und Smell, die sich gerade vom Angriff der Jungen erholten, wurden durch den Zauber umgeworfen.

»Schnell!«, rief Aleyesu und rannte los.

»Nein, hier entlang«, erwiderte Zeitvater Tim, worauf er sich umdrehte und in die Richtung lief, aus der Aleyesu gekommen war.

Verwirrt blickte Wakaa den Zeitvater an. »Das ist doch eine Sackgasse.«

»Nein, ist es nicht.«

Tid und Shelton waren schon in die von Aleyesu und Wakaa vermutete Sackgasse gelaufen.

»Los!«, drängte Zeitvater Tim und nahm Sofie bei der Hand.

Verwundert schlossen sich die beiden Zeithüter an. Als sie die Sackgasse erreichten, kratzte Shelton bereits mit den Fingern an der Wand herum.

»Was soll …?«, setzte Aleyesu an.

»Sch!«, sagte Tid. »Er hat die Lösung.« Gebannt schaute er Shelton zu, dessen Finger sich hektisch in bestimmte Stellen der Wand bohrten, so als wollten sie uralten Schmutz ablösen.

Sie hörten den Lärm der wieder zu sich kommenden Wrackas.

»Beeilung! Der Zauberbann hält sie nicht lange auf«, mahnte Wakaa.

»Ah!«, rief Shelton triumphierend.

Aleyesu ging zur Tunnelbiegung, um sich jedwedem auftauchenden Wracka entgegenzustellen. Wakaa stieß zu ihm. Sie wussten, dass die Kraft in ihren Stäben noch nicht wieder ausreichte, aber sie würden es versuchen.

»Ich hab's!« Sheltons Finger kratzten den Dreck von einer tief in die Wandmitte eingeritzten Gravur. Er legte ein Zeichen frei, das wie ein reich geschmücktes Sechseck mit einem eingefügten Dreieck aussah.

Schon zerrte Shelton den Briefbeschwerer aus seiner Tasche, steckte den dreieckigen Fuß in die passende Wandvertiefung und drehte.

Nichts geschah.

Alle schauten gespannt zu.

Shelton starrte auf die Wand. Wieso passierte nichts? Hatte er sich geirrt?

Dann war ein leises *Klack!* zu hören, die Wand glitt langsam zurück und gab den Blick auf einen Raum frei.

»Achtung, sie kommen!«, rief Aleyesu im gleichen Moment.

Die Wrackas waren in Sicht.

»Rein hier!«, schrie Shelton, packte den Briefbeschwerer und lief in den Raum, gefolgt von Tid und Sofie.

Scamp bog als Erster um die Ecke. Fest entschlossen mindestens einen Hüter gefangen zu nehmen, schien er die wie aus dem Nichts erschienene Wandöffnung gar nicht zu bemerken.

Aleyesu und Wakaa stürmten auf die Tür zu.

»Schnell!«, rief Tid.

Sie preschten über die Schwelle und drehten sich sofort nach Zeitvater Tim um, um ihn zur Eile anzutreiben. Der alte Mann war dabei, Scamp auszuweichen, der gerade auf ihn zuhechtete – und schwer hinstürzte.

Endlich hatte auch Zeitvater Tim die Kammer erreicht.

»Schließt die Tür!«

Scamp wälzte sich am Boden. Slime nahte, die anderen Wrackas waren dicht hinter ihm.

»Schließt doch die Tür!«

Alle suchten fieberhaft nach einem Hebel oder einem Knopf zum Drücken.

»Hierher!«, rief Wakaa und stemmte sich mit seinem ganzen Gewicht gegen die Tür. Aleyesu und Shelton eilten ihm zu Hilfe.

Die Wrackas waren schon ganz nah. Scamp kroch auf allen vieren auf den Eingang der Kammer zu.

Die Hüter schoben und schoben und langsam setzte sich die Tür in Bewegung.

Nur noch ein paar Schritte und die Wrackas waren bei ihnen.

Sofie sah, wie Scamp und Slime sich mühten sie noch zu erreichen, bevor die Tür endgültig ins Schloss fiel. Panisch flitzten sie und Tid zu den anderen und halfen mit.

Die Tür schloss sich weiter … und weiter … und weiter … *Klack.*

Die Tür war zu, aber es war zu spät.

AM TEICH

Lorin ging auf die kleine Gruppe von Frauen zu, die dicht aneinandergedrängt am Teich standen. Sie waren heilfroh ein bekanntes Gesicht zu sehen und bombardierten Lorin sofort mit Fragen.

»Was solln wir hier?«

»Was has du vor?«

»Ich hab Hunger!«

»Sind die Männer ins Labyrinth?«

»Wer is 'n das?«

Die letzte Frage bezog sich auf die Hüterin von Greenwich, die sich ohne ihren Stab ziemlich wehrlos vorkam, zumal die Fragestellerin auch noch wild fuchtelnd mit dem Finger auf sie zeigte. Alle beäugten sie misstrauisch. Sie lächelte wohlwollend und gab sich gelassen. Aber das machte die Frauen nur noch argwöhnischer.

»Das is Grenja«, sagte Lorin. »Die hilft uns.«

»Wieso?«, wollte eine Stimme aus dem Gedränge wissen. »Was springt 'n für ihr dabei raus?«

»Nichts«, antwortete die Hüterin von Greenwich vorschnell.

Lorin verzog das Gesicht. Das würde ihr keine der anwesenden Wrackafrauen abnehmen.

»Ich verzieh mir«, meinte eine und nahm ihr Kind bei der Hand.

»Ich au«, sagte eine zweite, ebenfalls mit Kind.

»Das is 'ne Falle«, befand eine dritte.

Blitzartig verbreitete sich diese Ansicht unter den umstehenden Frauen und eine nach der anderen wandte sich zum Gehen.

»Das is keine Falle nich!«, rief Lorin durch den Lärm und sprang auf eine Parkbank. »Klar hat Grenja au was davon.«

Die Frauen blieben stehen, wo sie gerade waren.

»Grenja und ihre Leute wolln uns hier nich ham, wolln se nich. Wir gehn aber ers, wenn die Männer weg sind. Wenn Grenja uns alsu aus ihrn Park rausham will, muss sie uns helfen!«

»Was is 'n los ins Labyrinth?«, rief jemand.

»Da sind die Männer einmarschiert«, sagte Lorin.

Große Unruhe breitete sich unter den Frauen aus.

»Wolln die sich da breitmachen?«, fragte eine.

»Wenn's nach den' ihre Nase geht, ja.«

Ein allgemeiner Aufschrei der Empörung war zu hören.

»Aber wir wern sie das austreiben!«, rief Lorin laut, um den Lärm zu übertönen.

»Wie 'n?«, fragte eine einzelne Stimme.

»Kämpfen könn' wir gegen die nich«, meinte eine andere.

»Nä, kämpfen nich«, sagte Lorin. »Wir müssen schlau sein«, und dabei tippte sie sich mit dem Finger an die Stirn.

Totenstille trat ein. Die Frauen wussten, dass sie nicht schlau waren.

»Da kommt Grenja ins Spiel. Ich weiß, wir könn' ihre Leute nich leiden nich. Sie is von uns au nich grade begeistert. Aber wir sind auf ihrn Grips angewiesen und sie is drauf angewiesen, dass wir hier verschwinden.«

Lorin blickte sich um. Während ihrer kleinen Rede waren von allen Seiten Wrackafrauen und -kinder über das Gras herbeigeströmt, sodass nun eine stattliche Menge versammelt war.

»Sag was«, zischte Lorin, als sie von der Bank heruntersprang.

Die Hüterin von Greenwich versuchte sich ihre Beunruhigung nicht anmerken zu lassen. Die Frauen tuschelten unzufrieden. Sie stieg auf die Bank und verkündete: »Wir sind alle Frauen.« Ihre Stimme klang ein wenig höher als sonst. Sie räusperte sich und fuhr fort: »Wir lassen nicht zu, dass die Männer euch besiegen!« Zu ihrer Erleichterung erntete sie zustimmendes Gemurmel. »Der Sieg wird uns gehören!« Sie hatte gehofft, das würde die Frauen mitreißen, doch sie verstummten, als trauten sie ihrem Überschwang nicht ganz.

»Zu eurer eigenen Sicherheit müsst ihr vorerst hierbleiben. Für Essen ist gesorgt.«

Das wurde mit zufriedenem Raunen zur Kenntnis genommen.

»Sammelt euch dort drüben unter den Bäumen, dann wird es euch gleich gebracht.«

Scamp stand im Gemetbur und hielt seine Schaufel vor sich wie eine Waffe. »Bleibt, wo ihr seid!«, blaffte er und blickte scharfäugig umher, um zu sehen, wer als Erster angreifen würde.

»Na hör mal«, sagte Zeitvater Tim.

»Komm mich ja nich mit dein' Zauber!«, schrie Scamp und stieß drohend mit der Schaufel nach dem Zeitvater, während er mit der freien Hand nach einem Griff an der geschlossenen Tür hinter sich tastete, um herauszukommen.

»Ohne das hier kriegst du sie nicht auf«, sagte Shelton und hielt den Briefbeschwerer hoch.

»Her damit!«, zischte Scamp, die Augen kurz auf Shelton, dann aber schnell wieder auf Zeitvater Tim gerichtet. Offensichtlich schätzte er den alten Mann als am gefährlichsten ein.

Shelton hielt sich den Briefbeschwerer hinter den Rücken. »Denkste.«

Scamp legte beide Hände wieder an die Schaufel. »Noch ma zieht euer Schleuderzauber nich«, sagte er. »Jetz bin ich drauf gefasst.«

»Solch einfache Magie brauchen wir hier drinnen nicht«, erwiderte Zeitvater Tim mild. »Wir stehen hier auf Hüterboden. Spürst du das nicht? Die Luft pulsiert von Zauberkraft. Wenn ich nur mit den Fingern schnipse, ist es um dich geschehen«, und er hob die Hand, wie um tatsächlich zu schnippen.

»Neiiin!«, rief Sofie und warf sich schützend vor Scamp. Prompt legte er ihr den Arm um den Hals und hielt sie fest.

Alle erstarrten.

»Er tut mir schon nichts«, meinte Sofie zuversichtlich, auch wenn sie schlucken musste.

»Wer sagt das?«, knurrte Scamp.

Sofie antwortete ihm nicht. Ihr Blick ruhte auf ihrem Großvater. »Er hat mich vor den anderen gerettet. Er hat mich freigelassen.«

»Den Fehler mach ich kein zweites Mal nich«, schnarrte Scamp.

»Das war kein Fehler.« Sofie versuchte den Kopf zu drehen, damit sie ihn ansehen konnte. »Du hast mich befreit, weil du ein guter Wracka bist. Also tust du mir jetzt auch nichts.«

Alle drei Zeithüter waren bereit, jeden denkbaren und undenkbaren Zauber zu entfesseln, sobald Sofie nur einen Schritt zur Seite trat. Aber Sofie dachte gar nicht daran.

»Du hast mich vor deinen Freunden gerettet, jetzt rette ich dich vor meinen«, sagte sie. Sie drehte sich wieder um.

»Großvater, er hat mich gerettet. Das können wir für ihn doch auch tun, oder?«

»Lass sie los«, forderte Zeitvater Tim ihn mit eiserner Beherrschung auf.

»Hälts du mir für 'n Trottel?«

»Nein, natürlich nicht«, gab Sofie zur Antwort, »aber wenn du mich loslässt, versprechen Großvater und die anderen, dir nichts zu tun.« Sie wandte sich zu ihnen um. »Ja?«

Alle schwiegen.

»Er ist nicht wie die übrigen Wrackas«, machte Sofie sich für ihn stark. »Bitte, Großvater!«

Zeitvater Tim traute keinem Wracka so leicht über den Weg, aber er wollte alles tun, um Sofie zu helfen, daher sagte er: »Wenn du Sofie loslässt und dich da drüben hinsetzt«, er zeigte auf eine Stelle an der Wand, »und uns versprichst dich nicht zu rühren, passiert dir nichts.«

»Und wir helfen ihm hier raus, nicht wahr?«, ergänzte Sofie.

»Ja«, sagte Zeitvater Tim ruhig, während seine stählernen Augen sich in die von Scamp bohrten.

Und dort entdeckte der alte Mann etwas, das ihn überraschte. Er hatte nicht erwartet, bei einem ausgewachsenen Wracka Ehrlichkeit zu erkennen.

»Woher weiß ich, dass du dir an das hälts, was du sags?«, wollte Scamp wissen.

»Weil er ein Hüter ist«, erklärte Sofie. »Hüter lügen nie.«

»Aber einem Wracka, dem kann man nicht trauen«, sagte Shelton mit zornerfüllter Stimme. Er hatte am eigenen Leib erfahren, dass es unmöglich war, mit ihnen zu verhandeln.

Scamp warf ihm einen drohenden Blick zu.

»*Ihm* kann man trauen«, beharrte Sofie, »weil er nicht wie die anderen ist.« Sie schaute wieder zu Scamp. »Oder?«

Scamp überlegte kurz. »Doch, Schnoddernase. Ich bin 'n Wracka, bin ich. Was anneres werd ich niemals nich sein und der da hat recht.« Er wies mit einer Kopfbewegung auf Shelton. »'n Wracka is nich zu traun.«

»Na bitte«, meinte Shelton. »Pustet ihn um!«

»Nein!«, rief Sofie und warf die Arme nach beiden Seiten, um sich größer zu machen und Scamp mehr Schutz zu bieten.

Niemand regte sich. Sie blickte argwöhnisch umher, um sich zu vergewissern, dass keiner der Zeithüter zum Angriffszauber ausholte, und wandte sich dann leise an Scamp. »Die tun, was sie sagen, solange du keine Dummheiten machst. Setz dich da rüber und muck dich nicht. Das ist deine einzige Chance.«

Scamp rührte sich nicht von der Stelle.

»Hör mal«, fuhr sie fort, »ob du es zugibst oder nicht, du bist anders als die Wrackas hinter dieser Tür. Du hast einen guten Kern, der ihnen fehlt. Jetzt lass los und setz dich da rüber, wie Großvater gesagt hat, dann geb ich dir ein Butterbrot.«

»Butterbrot?«, fragten Tid und Shelton gleichzeitig. Sie hatten nicht mitbekommen, dass etwas zu essen da war.

»Na los«, ermunterte Sofie Scamp, ohne den Blick von ihm zu wenden.

Langsam und bedächtig lockerte der Wracka seinen Griff. Die Schaufel noch wie eine Abwehrwaffe vor sich, schob er sich zu dem Platz auf der anderen Seite des Raums hinüber, auf den Zeitvater Tim gezeigt hatte.

Sofie ergriff Zeitvater Tims Tasche und holte ein ziemlich zermatschtes Butterbrot hervor. »Setz dich«, sagte sie.

Scamp hockte sich vorsichtig auf den Boden, die Schaufel noch immer fest umklammert. Das Brot, das Sofie ihm hinhielt, schnappte er sich und biss gierig hinein.

»Sind da noch mehr drin?« Tid sah hungrig auf die Tasche. Sofie nahm noch ein paar belegte Brote heraus und gab sie den Jungen.

»Behaltet ihn im Auge, ja?«, sagte Wakaa.

Tid und Shelton nickten wortlos, da sie den Mund voll Brot hatten.

»Gut gemacht, Sofie«, meinte Zeitvater Tim lächelnd.

»Ist die Tür auch wirklich fest verschlossen?«, fragte Wakaa.

»Sieht so aus«, erwiderte Zeitvater Tim mit einem prüfenden Blick.

Nun hatten sie Gelegenheit, sich den Gemetbur genauer anzuschauen. Es war gar kein so kleiner Raum, doch da er bis in den letzten Winkel mit summenden, sirrenden, schnurrenden Apparaturen und Gerätschaften vollgestopft war, fand sich nur in der Mitte ein wenig Platz, wo man stehen konnte. Wie bei einem Raum, den der ehrwürdige Tempus angelegt hatte, nicht anders zu erwarten, lag ein magischer Schimmer über allem. Selbst nach mehreren tausend Jahren verströmte er noch ein wohltuendes, hell orangefarbenes Licht.

Sofie fühlte sich an das Bild vom Gemetbur in ihrem Buch erinnert. Zwar war nichts genau gleich, doch die Anordnung und die Größenverhältnisse waren ähnlich. Sie konnte kaum glauben, dass der Raum so alt war; er schien funkelnagelneu. Nirgends deuteten Staub oder Spinnweben auf das Wirken der Zeit hin. Der Raum sah aus, als wäre er seit höchstens zwanzig Minuten versiegelt.

Zeitvater Tim und Wakaa wandten sich einer großen, senkrecht stehenden Glasröhre zu, die oben und unten kuppelförmig gewölbt war und zahlreiche miteinander verbundene silberne Kolben enthielt. Die Kolben vibrierten von Zauberkraft, doch nicht einer von ihnen bewegte sich.

»Das muss das Isochron sein«, sagte Zeitvater Tim.

»Welchen Zweck erfüllt es?«, fragte Sofie.

»Es ist ein empfindliches Instrument, das die Zeit in den verschiedenen Zeitzonen im Gleichgewicht hält.«

»Willst du damit sagen, das Isochron ist das, was die Menschen- und die Hüterzeit zusammenhält?«

»Ja.«

»Es ist wunderschön«, meinte sie ehrfürchtig. »Funktioniert es denn auch richtig?«

»Nein, es müsste sich bewegen«, antwortete Zeitvater Tim. »Darum sollten wir uns kümmern.«

Aleyesu ging zu Shelton hinüber, der soeben sein drittes Butterbrot verspeiste. »Woher wusstest du, dass der Briefbeschwerer der Schlüssel ist?«, fragte er.

»Ich war mir nicht sicher.« Shelton bemühte sich trotz vollem Mund respektvoll zu sprechen. »Aber in dem Buch stand ein Rätsel.« Er blätterte es durch und fand die Stelle. »Hier ist es«, und er las vor: »*Vier hat der Kompass*. Ich hab angenommen, damit sind die vier Himmelsrichtungen gemeint.« Er las weiter: *»Drei unter mir.«*

»Das musste das Dreieck sein«, warf Tid ein.

»*Obschon ich ein Rund bin* – das war die Glaskuppel. *Der Schlüssel liegt hier.*«

»Damit konnte nur der Briefbeschwerer gemeint sein«, sagte Tid aufgeregt.

»Gute Arbeit, Jungs, wirklich ausgezeichnet. Ich bin beeindruckt.« Beide Jungen strahlten vor Stolz.

»Von Sofie habe ich gehört«, fuhr Aleyesu fort, »dass du, Shelton, die Zeichen deuten kannst.«

»Ich weiß nicht, ob ich das richtig mache«, erwiderte Shelton ein wenig verlegen. Schließlich war Aleyesu der Experte und verglichen mit seinen Fähigkeiten konnten Sheltons holprige Übersetzungsversuche nur lächerlich erscheinen.

»Es hat euch doch hierhergeführt, oder nicht?«, fragte Aleyesu.

Shelton nickte.

»Also musst du ja irgendetwas richtig angestellt haben.«

Vor lauter Verlegenheit brachte Shelton nur wirres Gestammel als Antwort zustande und war froh, dass Tid ihm in diesem Augenblick noch ein Butterbrot reichte.

»Gib dem Wracka auch noch eins«, sagte Aleyesu. Widerstrebend nahm Tid ein weiteres aus der Tasche und hielt es Scamp hin. Der ließ Tid keine Zeit, es sich anders zu überlegen, und riss es ihm rasch aus der Hand.

»Darf ich das Buch mal sehen?«, bat Aleyesu.

Shelton reichte ihm den immer noch feuchten Band. »Es ist ins Wasser gefallen«, erklärte er.

»Wie seid ihr da rausgekommen?«, fragte Sofie, die zu ihnen trat. »Ich hab ewig lang auf euch gewartet. Und schließlich dachte ich, ihr wärt ertrunken.« Bei der Erinnerung daran spürte sie einen dicken Kloß im Hals.

»Shelton hat mich gerettet«, sagte Tid. »Zwei Mal«, fügte er hinzu und begann zu erzählen.

Zeitvater Tim und Wakaa hatten ihre Aufmerksamkeit einem großen, sich langsam drehenden Holzrad zugewandt. Scharf geschliffene Zähne liefen rings um es herum. »Ah ja«, sagte der Zeitvater zu Wakaa, »da liegt unser Problem.« Er wies auf ein zweites, kleineres Zahnrad. Offensichtlich sollten diese beiden Räder miteinander verbunden sein und sich gemeinsam drehen. Jetzt jedoch sah es aus, als wären sie ganz und gar auseinandergesprungen.

»Das muss ein gewaltiger Wobbel gewesen sein, der das fertiggebracht hat«, meinte Wakaa.

Zeitvater Tim rieb sich nachdenklich das Kinn. »Wir müssen versuchen das Rad wieder in die richtige Stellung zu bringen.«

»Durch Zauberei?«, fragte Tid interessiert. Die Butterbrote hatten seinen ersten Hunger gestillt. Jetzt wollte er etwas Spannendes sehen.

»Nein«, sagte Zeitvater Tim. »Nicht durch Zauberei.«

»Hier braucht es reine Körperkraft«, bemerkte Wakaa.

Tid verspürte einen Anflug von Enttäuschung.

»Wir müssen das Rad wieder in seine ursprüngliche Position stemmen«, sagte Zeitvater Tim. »Zaubern lässt sich da nichts. Trotzdem dürfte das kein Problem sein, wir sind ja zu dritt.«

»Womit wollt ihr es denn stemmen?«, warf Tid ein.

»Gute Frage«, meinte Zeitvater Tim. »Seht euch mal nach etwas Geeignetem um.«

»Geht es vielleicht mit einem eurer Stäbe?«, fragte Sofie.

»Zu dick am Ende«, sagte Zeitvater Tim. »Wir brauchen etwas Flaches, das sich zwischen die beiden Räder schieben lässt.«

»Aber etwas Stabiles«, ergänzte Wakaa. »Es muss stabil sein.«

»Ich verstehe nicht, warum das mit Zauberei nicht gehen soll«, sagte Tid.

»Magie ist kein Allheilmittel, mein Junge«, erklärte Zeitvater Tim freundlich. »Im Gegenteil, sie ist nur selten die Lösung, aber wenn, dann kann sie höchst wirksam sein.«

»Was ist mit Scamps Schaufel?«, schlug Sofie vor.

»Gute Idee«, fand Shelton und wollte schon danach greifen, doch Scamp drückte die Schaufel an seine Brust.

»Gib her!«, knurrte Shelton und versuchte sie Scamp zu entreißen.

Scamp hielt sie fest gepackt und reckte ihm sein wütendes Gesicht entgegen.

»Lass mal, Junge«, sagte Zeitvater Tim und legte Shelton beschwichtigend die Hand auf die Schulter. Dann setzte er erneut zum Sprechen an, überlegte es sich aber anders. Wortlos schaute er Sofie an. Sie verstand sofort.

»Scamp, dürfen wir bitte deine Schaufel benutzen?«

»Nä.«

»Kommen wir auch ohne die Schaufel aus, Großvater?«

»Ich glaube nicht.«

Sie wandte sich wieder an Scamp. »Wir brauchen sie.«

»Na und?«

»Es ist wirklich wichtig.«

»Wieso?«

Sofie war sich nicht sicher.

Ihr Großvater kam ihr zu Hilfe. »Die Menschenzeit ist von der unsrigen abgesprungen«, sagte er. »Das hört sich nicht sonderlich wichtig an, hm?«

Scamp schwieg.

»Das ist es aber«, fuhr Zeitvater Tim fort. »Denn wenn die Menschenzeit mit unserer Zeit nicht mehr richtig in Einklang steht, wird sie sich über kurz oder lang vollständig abspalten. Und wenn das geschieht, hat das furchtbare Folgen für uns alle. Es bedeutet den Untergang beider Welten.«

»Worauf warten wir dann noch?«, sagte Shelton. »Warum nehmen wir uns das Ding nicht einfach? Wir sind in der Überzahl.«

»Diplomatie«, erwiderte Aleyesu, »ist meistens die bessere Lösung.«

Shelton verstummte.

»Was is 'n das da?«, fragte Scamp unvermittelt und schaute auf das Isochron.

In der Drunterwelt besaß Scamp einen Schraubenzieher und einen Hammer und damit hatte er ohne jegliche Vorkenntnisse ein paar einfallsreiche, wenn auch simple Vorrichtungen gebaut, auf die kein anderer Wracka je einen Blick verschwendet hatte. Da ihn solche Dinge interessierten, fand er den Gemetbur faszinierend.

»Ich zeige es dir, wenn du möchtest«, sagte Zeitvater Tim freundlich.

Scamp tat, als wäre seine Neugier nicht allzu groß.

»Komm.« Sofie ließ ihm keine Gelegenheit zu einem Rückzieher. Sie nahm ihn bei der Hand, zog ihn hoch und führte ihn hinter Zeitvater Tim her, der sogleich zu erläutern begann, wozu die verschiedenen Instrumente dienten.

Scamp hielt seine Schaufel eng an sich gepresst, doch er war an allem sehr interessiert. »Ich hatte kein' Schimmer nich, dass es so Zeugs gibt. Was is 'n das da?« Er wies auf ein kleines, flaches, hauchdünnes Blech, welches mit vier winzigen silbrigen Klemmen befestigt war, die wie Schmetterlinge aussahen.

»Das würde ich dir gern erklären«, antwortete Zeitvater Tim, »doch die Zeit drängt. Wenn du willst, zeige ich dir bei unserer Rückkehr ein paar von den Geräten, die ich baue.«

»Was 'n so?«

»Nun, ich habe den Zeitmesser gebaut. Den zeige ich dir, wenn du möchtest.«

Von dem Zeitmesser hatte Scamp schon gehört.

»*Falls* wir zurückkehren«, sagte Aleyesu vom Rand des Raumes her.

Zeitvater Tim blickte zu ihm hinüber. »Ist das ein Problem?«

»Unmöglich ist es nicht«, sagte Aleyesu, »aber es könnte schwierig werden. Die Chronik war in dem Punkt nämlich etwas unklar, aber Sofies Buch gibt wesentlich mehr her.«

»Du kannst es also auch lesen?«, fragte Sofie ihn begeistert.

»Natürlich. Hätte ich den Text zuerst gehabt, wäre uns eine Menge Ärger erspart geblieben.«

»Was steht denn drin?«

»Genau weiß ich das noch nicht.« Aleyesu hielt das Buch hoch. »Shelton«, sagte er, »würdest du mir deine Meinung hierzu verraten?«

Shelton war sehr unbehaglich zumute, aber er freute sich auch über die Bitte. Schüchtern nahm er das Buch entgegen.

»Also?«, fragte Zeitvater Tim, wieder an Scamp gewandt. »Dürfen wir deine Schaufel benutzen?«

»Und du zeigs mich 'n Zeitmesser und wie er funzoniert und all den Kram?«, fragte Scamp.

»Ganz bestimmt.«

Scamp überlegte einen Augenblick.

»Na los«, ermutigte ihn Sofie.

Scamp lockerte seinen Griff um die Schaufel. Dann hielt er sie ein kleines Stück weit Zeitvater Tim entgegen, der die Hand nach ihr ausstreckte.

Scamp zögerte kurz. Konnte er das wirklich tun? Konnte er dem Mann behilflich sein, den er immer als seinen Feind betrachtet hatte?

Zeitvater Tim sah etwas von dem inneren Aufruhr in Scamps Augen und legte langsam die Finger um den Griff der Schaufel, wie um sie an sich zu nehmen.

Für einen Moment dachte Sofie, Scamp würde es sich anders überlegen, doch dann war auch schon alles passiert. Zeitvater Tim hielt die Schaufel in der Hand und Scamp ließ den Arm sinken. Ein lebenslanges Vorurteil war überwunden.

EIN UNGEHEURER WOBBEL

Die Gruppe der Wrackafrauen wurde so groß, dass sie nicht mehr alle im Schatten der Bäume Schutz vor der heißen Sonne fanden. Ihr Missmut schlug jedoch in helle Freude um, als Ma Brownal und Ma Connal, gefolgt von Ma Lom, mit dem Essen erschienen.

»Hoffentlich schmeckt es«, sagte Ma Brownal. »Es musste schnell gehen.«

Doch ihre Sorge erwies sich als unbegründet. Alles wurde bis auf den letzten Krümel verputzt und Frauen wie Kinder rieben sich genüsslich die Bäuche.

Kurz bevor sie aufgegessen hatten, traf Enderell ein. Sie ging schnurstracks zu Lorin und überreichte ihr eine Glasflasche. »Fünf Tropfen auf einen großen Zuber Wasser«, sie deutete den Umfang mit den Händen an, »und wer auch nur einen kleinen Becher davon trinkt, schläft in Minutenschnelle ein.«

Lorin nickte zerstreut; sie wollte schleunigst los.

»Behältst du das?«, fragte Enderell.

Lorin nickte abermals und hielt eine Hand mit gespreizten Fingern hoch. »Fünf Tropfen, kleiner Becher.«

»Ja«, sagte Enderell herzlich lächelnd. »Viel Glück.«

Mit einem kurzen Abschiedsgruß brach Lorin auf.

»Hast du das Elixier?«, fragte Ma Brownal. »Die Frauen klagen schon über die Hitze und die Kinder sind nicht zu bändigen. Eins ist gerade in den Teich geplumpst.«

Enderell gab die erforderliche Anzahl Tropfen in die bereitstehenden großen Wasserkrüge, die daraufhin schnell herumgereicht wurden. Durstig tranken die Frauen und Kinder. Der Trunk war ungemein köstlich und wie von Enderell vorausgesagt, schliefen alle binnen weniger Minuten ein.

Die Hüterin von Greenwich seufzte erleichtert, als sich die Lage beruhigte. Hoffentlich verlief auch für die anderen unter der Erde alles so glimpflich. Sie trat aus dem Baumschatten und genoss die Ruhe, die sich über den Park legte. Da erblickte sie Seff, der von der Schule nach Hause eilte. Sie grüßte ihn mit erhobener Hand, doch er sah sie nicht.

»Das scheint ja zu wirken«, meinte Enderell, als sie zu der Hüterin von Greenwich stieß. Einige Frauen schnarchten bereits laut.

»Kann ich noch etwas tun?«, fragte Grenja.

»Nein. Bald sind sie alle im Reich der Träume.«

Grenja drehte sich nach Seff um, aber er war nicht mehr zu sehen. Wo wollte er hin? Sie hatte ihm gesagt, er solle sich heute Abend gleich zu Zeitvater Tims Haus begeben. Wieso ging er in die entgegengesetzte Richtung?

Sie lächelte Enderell geistesabwesend zu und lief ein paar Meter, sodass sie gerade noch mitbekam, wie Seff einen abgeschiedenen Winkel des Parks betrat. Sie folgte ihm und beobachtete, wie er stehen blieb und sich an einen Baum lehnte. Es sah aus, als ob er auf jemanden wartete.

Eigentlich hatte er in diesem Teil des Parks nichts verloren. Sie wollte gerade seinen Namen rufen, da hielt sie abrupt inne, weil Seff plötzlich aufgeregt jemandem zuwinkte. Selten hatte Grenja ihn so munter erlebt. Sie schaute, wem sein Winken galt. Es war ein Junge – ein Menschenjunge!

Grenja traute ihren Augen nicht. Endlich erkannte sie die Ursache des ganzen Übels.

Seff blickte sich verstohlen um. Grenja wich unwillkürlich hinter einen Baum zurück, sodass er sie nicht sah.

»He, Baz!«, rief er und warf dem Jungen einen Fußball zu.

»Heute mal Kopfbälle!«, rief Baz zurück. Er legte seine Tasche in passender Entfernung zum Baum auf den Boden, um einen Torpunkt zu markieren. Dann warf er den Ball in hohem Bogen auf Seff zu. Seff köpfte ihn Baz direkt in die Hände. »Gut!«, rief Baz. »Jetzt versuch mal ein Tor zu köpfen!«

Er warf den Ball zurück und bereitete sich auf Seffs Kopfstoß vor. Seff sprang hoch und köpfte den Ball von oben herunter. Baz ließ sich auf die Seite fallen und hielt ihn mühelos.

»Nicht schlecht«, meinte er beim Aufstehen, »aber leg mal mehr Druck dahinter.« Er warf ihm den Ball wieder zu und ging zurück in Stellung, doch diesmal fing Seff den Ball einfach nur auf. Er machte ein sehr ernstes Gesicht. Sein Blick ging direkt an Baz vorbei.

Baz drehte sich rasch um. Die Hüterin von Greenwich kam auf sie zugelaufen. Er wusste, wer sie war. Seff hatte sie ihm genau beschrieben.

Lächelnd langte sie bei ihnen an. »Guten Tag, Seff.« Der Menschenjunge konnte sie sehen, da war sie sich sicher.

Seff gab keine Antwort.

»Willst du mich deinem Freund nicht vorstellen?« Sie schaute Baz an. »Freut mich, dich –«

Doch die Hüterin von Greenwich kam nicht dazu, ihren Satz zu Ende zu sprechen …

»Wofür braucht ihr ’n eintlich mich meine Schaufel?«, fragte Scamp.

Zeitvater Tim erklärte die Sache mit den beiden Rädern, die aufeinander ausgerichtet werden mussten.

»Das is doch ’n Klacks«, meinte Scamp. Sie brauchten lediglich das Schaufelblatt zwischen die beiden Räder zu stemmen und das kleinere Rad wieder an seinen Platz zu hebeln. Das Prinzip war denkbar einfach, nur die Umsetzung nicht. Zeithüter lesen Bücher. Sie verstehen Theorien. Zeitvater Tim konnte die kompliziertesten Mechanismen ersinnen, doch keiner der Zeithüter war praktische, körperlich anstrengende Arbeit gewohnt.

Aus ihrem Zaudern und Zögern schloss Scamp, dass sie nicht recht wussten, wie sie das Ganze angehen sollten. »Lasst mir ma ran«, sagte er. Er merkte ihnen an, dass sie sich gern von ihm hätten helfen lassen – aber er war ein Wracka!

»So was machen wir bei's Graben alle naselang«, fügte Scamp hinzu. »Appenzu is was in 'n Weg, dann müssen wir's rausbrechen. Die annern Tunnelgraber ham's damit nich so, weil's schiefgehn kann. Deshalb mach ich's immer alleine.«

Nach kurzem Überlegen hielt Zeitvater Tim die Schaufel wieder ihrem Eigentümer hin. »Dir ist aber klar«, sagte er, bevor er sie losließ, »dass es sehr gefährlich für uns sein kann, wenn eins der Räder beschädigt wird.«

Scamp nickte. »Aus 'n Weg jetz.«

Sie traten alle einen Schritt zurück.

»Ob das klug ist?«, meinte Tid, aber ein Blick seines Großvaters brachte ihn zum Schweigen.

Vorsichtig schob Scamp das Schaufelblatt zwischen die beiden Räder. Er stellte den Fuß auf die Achse des großen Rads und stemmte sich langsam hoch, bis er mit gestreckten Armen über dem Schaufelgriff stand und sein ganzes Körpergewicht einsetzen konnte. Er wartete einen Augenblick und warf sich dann plötzlich auf den Griff. Die Schaufel sprang hoch in die Luft und Scamp fiel auf den Rücken.

»Hat's funzoniert?«, fragte er, als die Schaufel scheppernd auf dem Boden landete.

Alle starrten die Räder an.

»Nein«, antwortete Zeitvater Tim.

Scamp rappelte sich hoch und schaute hin. »M-hm«, machte er.

Shelton und Tid wechselten einen nervösen Blick.

Noch einmal setzte Scamp die Schaufel an und stieg auf die Radachse. Konzentriert brachte er die Schaufel genau im richtigen Winkel an die richtige Stelle. Sorgfältig hielt er die Balance.

Er wartete.

Alle hielten den Atem an.

Dann stürzte er sich zum zweiten Mal mit seinem ganzen Gewicht auf den Griff.

Mit dem gleichen Ergebnis: Der Spaten flog hochkant durch die Luft und Scamp schlug lang hin.

Eine Weile lag er nur da, dann schüttelte er den Kopf. Er war sich gar nicht mehr so sicher, ob er das hier schaffen konnte.

»Du hast es geschafft!«, rief Sofie auf einmal.

Scamp sprang auf die Füße und starrte zusammen mit den anderen auf die Räder. Die Zähne des kleineren griffen jetzt säuberlich in die des größeren. Alle warteten darauf, dass sich die Räder wieder in Bewegung setzten, doch nichts geschah. Statt dass das große das kleinere mitzog, hatte das kleinere das große zum Stehen gebracht.

»Was ist denn los?«, fragte Sofie.

Die drei Zeithüter schauten einander betreten an. Zeitvater Tim war es, der schließlich das Wort ergriff. »Hüterzeit und Menschenzeit stehen wieder im Einklang miteinander«, sagte er.

»Dann hat's also geklappt!«, rief Sofie aus, doch außer ihr schien sich niemand darüber zu freuen.

»In gewisser Weise schon«, erwiderte Zeitvater Tim. »Nur hat sich nicht die Menschenzeit in die Hüterzeit eingeklinkt, sondern umgekehrt.«

»Und was bedeutet das?«, fragte Sofie.

»Es bedeutet«, erklärte Wakaa, »dass auch die Hüterzeit stehen geblieben ist.«

»Was passiert denn dann jetzt?«, fragte Tid bang.

Zeitvater Tim und Wakaa tauschten besorgte Blicke. »Die Zeit muss voranschreiten«, sagte der alte Mann. »Sie darf nicht stillstehen.« Seine Miene war sehr ernst. »Wenn die Zeit nicht bald wieder weiterläuft ...« Er verstummte.

»Was dann?«, fragte Sofie bestürzt.

»Droht dann das Chaos?«, fragte Tid voller Angst.

»Nein«, erwiderte Zeitvater Tim. »Dann tritt etwas viel Schlimmeres ein als das Chaos. Dann ist unser aller Untergang besiegelt.«

Die Erde wurde von einem so starken Wobbel erschüttert, dass sowohl Menschen als auch Hüter ins Taumeln gerieten. Einige fielen sogar hin.

»Was war das denn?«, fragte Baz.

»Noch ein Zeitwobbel«, erwiderte die Hüterin von Greenwich, als sie das Gleichgewicht wiedergefunden hatte. »Nur diesmal ein sehr schwerer.«

»Wie meinst du das?«, fragte Seff.

»Die Wobbel werden immer schlimmer«, antwortete sie. »Wir werden etwas unternehmen müssen wegen euch beiden.« Sie wandte sich an Baz. »Ich bin Seffs Großmutter.«

Baz verknotete die Finger hinterm Rücken.

»Und wer bist du?«, fragte Grenja.

»Baz«, murmelte Seff, die Augen auf den Fußball in seinen Händen geheftet.

»Hallo, Baz.«

Er gab keine Antwort.

»Seff«, sagte Grenja, »wie lange geht das schon so?«

»Ein paar Tage«, brummelte Seff in seinen Fußball.

»Seit die Wobbel angefangen haben?«

Er schwieg.

»Seff.« Ihre Stimme bekam einen mahnenden Unterton, und ihm war klar, dass er antworten musste, wenn er sich nicht noch mehr Ärger einhandeln wollte. »Dir ist doch wohl bewusst, dass ihr der Grund dafür seid, weshalb alles immer schlimmer wird.«

»Der erste Wobbel kam, bevor Baz mich sehen konnte«, sagte Seff trotzig.

»Ein Zeitwobbel ist nichts Ungewöhnliches«, erklärte die Hüterin von Greenwich. »So etwas kommt hin und wieder vor, hat aber nichts weiter zu bedeuten. Eine Freundschaft wie eure jedoch, die im Zuge eines Wobbels entstanden ist, dürfte der Grund dafür sein, dass es immer weiter gewobbelt hat.« Mit ihrer wachsenden Wut schwoll auch ihre Stimme an. »Onkel Bryn hat euretwegen viel Mühe gehabt und der Parkrat war Tag und Nacht damit beschäftigt, die Zeitsensoren zu prüfen. Kein Wunder, dass sie nirgends ein Problem entdecken konnten. Ich fasse nicht, dass es die ganze Zeit an euch lag!«

Seff starrte weiter auf seinen Fußball.

»Begreift ihr denn nicht, wie gefährlich euer Verhalten ist?«, fuhr die Hüterin von Greenwich fort. »Die Menschen- und die Hüterwelt müssen voneinander getrennt sein. Dem Gesetz zuwiderzuhandeln, wie ihr es getan habt, ist katastrophal. Wenn wir die beiden Zeitsysteme nicht wieder miteinander in Einklang bringen, werden wir in das Chaos und den Aufruhr von einst zurückgeworfen. Habt ihr auch nur die leiseste Ahnung, wie verhängnisvoll das wäre?«

Seff schwieg und schaute immer noch stur auf den Ball in seinen Händen.

Von der Wiege an lernen Hüterkinder, wie wichtig es ist, sich nicht mit Menschen einzulassen. Die meisten Hüter liefen allenfalls mal durch einen hindurch und auch das nur, wenn es sich nicht vermeiden ließ. Da Seff als Wracka geboren war, hatte er viele dieser Kindheitslektionen verpasst, und weil er so unglücklich gewesen war, hatte er sich nie richtig klargemacht, wie sehr es darauf ankam, sie zu beherzigen. Die Hüterin von Greenwich sah ein, dass sie an seiner Unwissenheit mitschuldig war. Sie holte tief Luft, um sich zu beruhigen. Dann schlug sie wieder ihren normalen, besonnenen Ton an. »Das hier darf nicht weitergehen.«

Seff warf ihr einen trotzigen Blick zu.

»Wir müssen das korrigieren«, fuhr sie fort. »Wenn wir die Zeit nicht bald harmonisieren, kriegen wir das vielleicht nie wieder hin. Es tut mir leid, Seff, aber diese Freundschaft muss ein Ende haben.«

»Warum denn?«, fragte Seff wütend. »Warum muss ich alles aufgeben? Warum kann es nicht Tid, Sofie oder sonstwer sein? Warum ich?«

Grenja streckte die Hand nach ihm aus, doch er entzog sich ihr. Die Zurückweisung schmerzte sie. »Ich weiß, dass Baz ein guter Freund von dir ist«, sagte sie, »aber wir anderen bleiben dir ja erhalten.«

»Was heißt hier *ein* guter Freund?«, stieß Seff hervor. »Er ist mein einziger Freund. Die Hüterjungen mögen mich nicht. Sie wissen, dass ich ein Wracka bin und nicht hierher gehöre. Baz ist es gleich, wo ich herkomme.«

»Mir ist es auch gleich«, erwiderte Grenja.

»Du hast mich doch nur aus Mitleid bei dir aufgenommen«, meinte Seff finster. »Ich bin nicht so schlau wie Sofie. Die wäre dir bestimmt lieber.«

Grenja kniete sich vor ihn hin.

»Nein, Seff, das stimmt nicht. Ich möchte nicht Sofie haben. Ich möchte dich.«

Seff wusste, dass sie so reden musste. In der Hüterwelt war es verpönt, Kindern gegenüber unfreundlich zu sein. Ihre Worte ließen ihn kalt, doch zu seiner Verblüffung sah er auf einmal Tränen in ihren Augen. Er presste die Lippen aufeinander, damit sie nicht bebten.

»Ich hab dich doch lieb«, erklärte sie und war plötzlich ganz schuldbewusst, weil sie ihm das noch nie gesagt hatte.

Seff blinzelte.

»Es tut mir so leid«, setzte sie hinzu.

Seff presste die Lippen noch fester zusammen, doch es nützte nichts mehr. Sein Gesicht verzog sich und bald lag er schluchzend in ihren Armen.

Baz hätte beim Zuschauen beinah ebenfalls losgeweint, nicht wegen Seff und seiner Großmutter, sondern weil ihm jäh bewusst wurde, wie sehr er sich nach seiner Mutter sehnte.

Grenja küsste Seff auf den Kopf. »Seff, es muss leider sein.« Er nickte und zog die Nase hoch.

Die Hüterin von Greenwich wandte sich an Baz. »Wir müssen dich in deine eigene Zeit zurückversetzen.«

»Kommt dann alles wieder in Ordnung?«, fragte Baz mit merkwürdig krächzender Stimme.

»Mit Sicherheit weiß ich das nicht, aber wir müssen es probieren.«

Seff blickte seinem Freund ins Gesicht. »Es geht nicht anders«, sagte er.

»Scheint so.«

»Also gut, Jungs.« Die Hüterin von Greenwich sprach bemüht nüchtern und sachlich. »Dann kommt mal mit.«

»Können wir das denn nicht hier machen?«

»Nein, ich habe meinen Stab nicht dabei.«

Seff sah sich um. Seine Großmutter ging doch sonst nie ohne ihren Stab vor die Tür.

»Wo ist er denn?«

»Im Haus von Zeitvater Tim. Kommt.«

»Heißt das, ich darf ein Hüterhaus von innen sehen?«, fragte Baz begeistert.

»Ja, aber wir müssen uns beeilen«, erwiderte die Hüterin von Greenwich. Dann fügte sie mit einem Lächeln hinzu: »Vielleicht sind noch ein paar von Enderells Ingwerplätzchen da.«

Lorin stand an der unteren Tür zur Drunterwelt. Sie war sehr nervös und atmete tief durch, um sich zu beruhigen. Es musste sein.

Sie stieß die Tür vorsichtig auf, froh darüber, dass die Drunterwelttüren sich von außen so leicht öffnen ließen. Wie oft war sie als Kind heimlich durch sie zurück unter die Erde geschlüpft? Nie hätte sie gedacht, dass sie es noch einmal tun würde.

Keine Wachen. Das überraschte sie nicht – die Männer waren zu sehr mit dem Labyrinth beschäftigt, um an die Bewachung ihrer Türen zu denken.

Schnell rannte sie durch die düsteren Tunnel. Sie wollte zur Kombüsenkammer. Das war die Wrackaküche. Aufs Essen wurde in der Drunterwelt keinerlei Sorgfalt verwandt; es wurde einfach in einem riesigen fettverklebten Kessel zusammengekocht. Der Dampf staute sich an der Kombüsendecke, tropfte an den Wänden herunter und machte alles feucht, heiß und stickig.

Nicht viele Wrackas waren zu sehen. Anscheinend waren nur die alten zurückgelassen worden.

Plötzlich spürte Lorin, wie sich ihr ein knochiger Finger in die Schulter bohrte.

»Was friss 'n du aus?«

Abschied

Lorins Herz klopfte wie wild. Wen würde sie sehen, wenn sie sich umdrehte? Zu ihrer Erleichterung war es nur ein älterer Wracka. Er stand zwar mit einem unangenehm spöttischen Grinsen da, war aber zu klapprig und zu dumm, um ihr gefährlich zu werden. »Halt du dir da raus«, fauchte Lorin. »Ich arbeite für Scratch!«

In der Drunterwelt schienen nur noch alte Männer zu sein, und die hatten nicht mehr viel Kampfgeist. Nach diesem einen behelligte sie keiner mehr.

Lorin hatte den Weg noch gut in Erinnerung und schon bald betrat sie die Kombüse. Dampfwolken stiegen aus dem riesigen Kochtopf empor. Squabble zankte sich wie üblich mit Slop. Lorin zog angewidert die Nase kraus. Der Wrackafraß stank fürchterlich.

»Was suchs du 'n hier?«, fragte Squabble, sobald er sie erblickte. »Du has hier nix verlorn nich.«

»Halt 'n Schnabel!«, pflaumte sie zurück. »Ich bin in offisjelln Auftrag von Scratch hier. Für den arbeite ich jetz.«

Slop beäugte sie misstrauisch. Die nannte ihren Anführer ja noch nicht mal bei seinem richtigen Titel. »Offa Scratch lässt nie und nimmer keine Frau nich für sich arbeiten.«

»Denkse. Ich bin die Heiltrankbrauerin«, sagte sie hochtrabend. Als sie merkte, dass er das nicht verstand, erklärte sie: »Ich rühr Tränke an, die Kranken helfen, dass es sie wieder besser geht.«

»Ich bin nich krank nich«, meinte Squabble.

»Gut, dann brauchs du hiervon ja nix.« Sie hielt die Flasche hoch, die Enderell ihr gegeben hatte.

»Was is 'n das?«

»'n Exilier«, antwortete sie mit dem Wort von Enderell. »Das verscheucht dich dein' Brummkopf, aber wenn du das nich kuriert ham wills, is es dein Bier.«

»Ich hab kein Kopfweh nich«, sagte Squabble.

»Has du nich?« Sie tat überrascht. »Ich hätte gedenkt, dass dich in den Undunst hier der Kopf zerspringt. Der ganze Dampf, der setzt sich nämlich inne Denkritzen fest und führt zu Schwere im Hirn. Na, aber wenn's dich gut geht«, fügte sie hinzu, »dann hab ich ein' Pasjenten weniger zu versorgen.« Sie zog den Korken aus der Flasche.

Squabble griff sich an die schweißbeperlte Stirn. Jetzt, wo er darüber nachdachte, brummte ihm doch der Kopf. »'n bisschen was tut er schon weh«, sagte er und drückte sich die Fäuste an die Schläfen.

Lorin verbarg ein Lächeln. Wie leicht sie sich doch manipulieren ließen! Sie rief sich in Erinnerung, was Enderell ihr zu dem Trank gesagt hatte. Fünf Tropfen auf einen großen Zuber Wasser. Ja, genau, aber wie viele Tropfen brauchte es dann für ein so großes Spülbecken? Schwer zu sagen. Besser zu viel als zu wenig, fand sie und schüttete etwa die Hälfte des bernsteinfarbenen Flascheninhalts in das gewaltige, mit schleimigem Wasser gefüllte Becken.

»Was fällt dich ein!«, schrie Slop und packte sie am Handgelenk. Sie riss sich los, nahm einen langen Holzstock und verrührte die Flüssigkeit mit dem Wasser.

»Dafür zieht Offa Scratch dich das Fell über die Ohrn«, sagte Slop. Das Elixier hatte dem Wasser einen feinen gelben Schimmer verliehen.

Lorin tauchte den Finger hinein und tat so, als ob sie kostete, legte den Finger aber nur an den Mund. Sie durfte nicht schläfrig werden.

»Hmmm«, machte sie, schloss die Augen und ließ die Zunge über ihre Lippen gleiten. »Lecker. Wie schade, dass ihr zwei kein Kopfweh nich habt. Würd sich schon lohn', wenn man dafür diese Köstlichkeit probiern kann.«

»Ich hab ja Kopfweh«, sagte Squabble voller Selbstmitleid. Er schöpfte eine Handvoll Wasser und setzte es an die Lippen. Ein Ausdruck der Glückseligkeit trat auf sein Gesicht.

Das war zu viel für Slop. »Uuh, hab ich 'n Ziehn inner Birne«, sagte er und hielt sich theatralisch die Hand an die Stirn. Dann schöpfte er ein wenig von der Brühe und stürzte sie hinunter.

Lorin lächelte zufrieden.

Beide tauchten die Hände erneut ins Wasser.

»Mehr dürft ihr nich trinken«, sagte sie scharf.

»Wieso nich?«, fragten sie streitlustig. »Offa Scratch hat doch gesagt, es is für uns.«

»Für euch alle«, stellte sie richtig. »Für jeden nur eine Porsjon. Wenn ihr mehr nehmt, seid ihr dran.«

Die beiden zögerten. Nichts war es wert, Offa Scratchs Zorn auf sich zu laden.

»Aber«, fügte sie mit einem einladenden Lächeln hinzu, »wenn ihr mich bei's Verteiln helft, erfährt Scratch das von mich. Er hat noch mehr von das Zeug und er hat gesagt, das kriegen die, die helfen.«

Squabble und Slop tauschten gierige Blicke. »Was solln wir für dir tun?«

Lorin ließ sie ein paar riesengroße angeschlagene Kannen vollgießen, von denen eine nicht mal mehr einen Henkel hatte, und drückte ihnen noch zwei schmierige Krüge in die Hand. Sie selbst nahm auch eine Kanne. Dann führte sie die beiden in die Tunnel hinaus. Sie verteilten das Wasser an alle, die ihnen begegneten. Die Männer ließen sich ohne Weiteres zum Trinken bewegen. Schwierig war nur sie davon abzuhalten, dass sie mehr als einmal tranken. Immer wieder musste Lorin ihnen mit Offa Scratchs Unmut drohen, wenn sie den Hals nicht voll bekamen. Squabble und Slop heizten denjenigen ein, mit denen sie selbst vielleicht nicht fertig geworden wäre, fingen aber schon bald an zu gähnen. Lorin schlug ihnen vor sich auszuruhen und zwei anderen das Helfen zu überlassen. Sobald auch der letzte Wracka zufrieden gähnte, eilte sie fort zu der Kammer, in der Morlenni festgehalten wurde.

Die schwere alte Tür war geschlossen, doch Lorin stieß sie mit der Schulter auf. Morlenni hockte in einer Ecke auf dem Boden, die Knie bis zum Kinn hochgezogen, und sah verängstigt aus. Ein Ausdruck glühender Zuversicht verdrängte die Angst aus ihrem Gesicht, als sie ihre Freundin erblickte.

»Ey! Was wills 'n du?«, knurrte Stupid, der allein zu Morlennis Bewachung abgestellt worden war und sich deshalb arg benachteiligt fühlte. Er hätte gern zusammen mit den anderen das Labyrinth gestürmt und noch lieber hätte er Morlenni dafür wehgetan, dass er nicht mitstürmen durfte, aber da Offa Scratch ihm das verboten hatte, musste er sich damit begnügen, ihr Angst und Schrecken einzujagen.

Lorin widerstand dem Drang, ihre Freundin zu umarmen. Stattdessen sagte sie energisch: »Hier, ich bring dich was von Scratch«, nahm einen schmutzigen Krug vom Tisch und schenkte Stupid eine Portion ein.

»Was is 'n das?«, fragte Stupid mit einem Ausdruck der Verblüffung auf dem breiten Trottelgesicht.

»Wird dich guttun.«

»Mich geht's doch gut.«

»Was, keine Wehwehchen?« Jeden Wracka zwackte es irgendwo, die meisten hatten es mit dem Magen.

»Nä.«

»Na gut, dann brauchs du nix«, erwiderte Lorin. »Kriegen die annern ebent umso mehr«, und damit drehte sie sich um, als ob sie gehen wollte.

»Geh nich«, hauchte Morlenni unglücklich.

»Maul halten!«, fauchte Stupid.

»Ich geb *ihr* was«, meinte Lorin.

»Gar nix gibs du der nich«, knurrte er. »Offa Scratch hat nix nich davon gesagt, dass sie was zu trinken kriegen soll.«

»Ich muss die vorgeschriebene Anzahl Tränke verteiln. Wenn du kein' nich wills, muss wer anners ihm nehm'. Deshalb kriegt sie ein'.« Sie lächelte Morlenni an. »Freu dich. Das is lecker.«

»Her damit!«, sagte Stupid und schnappte sich den Krug. Wie hätte er auch zulassen können, dass eine Gefangene etwas Leckeres zu sich nahm? Misstrauisch steckte er seine lange Zunge in die goldene Flüssigkeit. Sein Gesicht erstrahlte vor Wonne und er stürzte den Rest in einem Zug hinunter.

Lorin blickte Morlenni an, während Stupid trank. Sie riskierte ein Lächeln, um ihrer Freundin zu verstehen zu geben, dass sie alles im Griff hatte.

»Ich will noch was«, verlangte Stupid.

Lorin wusste, dass er genug hatte, aber wenn sie ihm noch mehr gab, wirkte es vielleicht schneller. Morlenni sah aus, als stürbe sie fast vor Angst. Sie füllte den Krug erneut bis zum Rand und schaute zu, wie Stupid ihn leer trank.

»Mehr!«, rief er.

»Mehr gib's nich«, antwortete sie.

»Wer sagt das?«, fragte er drohend.

»Nu ja, Scratch sagt das«, gab sie ganz beiläufig zurück. »Wenn der hört, dass du mehr gekriegt has, als dich zusteht, bis du dran.«

»Warum nenns du ihm so?«, fragte er gar nicht mehr böse. Mit einem Mal war er so mild gestimmt.

Offa Scratch hatte zu Lorins Zeiten einfach nur Scratch geheißen und sie vergaß immer seinen neuen Titel mitzusagen.

»Ich nenn ihm Scratch, weil er und ich …«, sie senkte den Kopf, als wäre ihr die Sache etwas peinlich, »… befroindet sind.«

Stupid stutzte. »Nie und nimmer nich!«, rief er ungläubig.

»Wieso nich?«, fragte sie.

Morlenni sah mit weit aufgerissenen Augen zu ihrer Freundin hoch.

Lorin wartete. Stupid fing bestimmt bald an zu gähnen. Er hatte doppelt so viel getrunken wie alle anderen.

»Offa Scratch will keine Frau nich«, brummte Stupid.

»Denkse«, erwiderte sie mit finsterem Blick. »Er wird die Drunterwelt regiern und ich das Labyrinth.«

»Nie und nimmer nich!«

»Unter ihn als Anführer«, setzte sie hinzu.

Morlenni stieß einen erstickten Schrei aus.

Stupid wollte etwas sagen, wurde jedoch plötzlich von einem Gähnen übermannt.

Erleichtert sagte Lorin: »Komm«, und streckte Morlenni ihre Hand hin.

»Was has du vor?«, fragte Stupid in einem Ton, der grimmig sein sollte, sich aber nur matt anhörte. »Ich bin hier der Wächter.«

»Scratch will ihr sehn«, sagte Lorin.

»Dann komm ich mit.«

»Tu das«, erwiderte Lorin ruhig.

Stupid gähnte wieder.

Lorin nahm Morlenni bei der Hand und zog sie hoch. Dann blieb sie abwartend stehen.

Morlenni war verwirrt. Lorin hatte doch gesagt, sie sollten gehen, und jetzt stand sie still und starrte Stupid an.

Dem gaben plötzlich die Beine nach und er fiel krachend zu Boden.

Lorin zupfte Morlenni am Ärmel, die verblüfft auf den lang hingestreckten Stupid schaute. Er schnarchte bereits laut. »Komm schon«, drängte Lorin leise und zog die staunende Morlenni aus der Kammer.

»Wer ist das?«, wollte Seff wissen, als die Hüterin von Greenwich ihn und Baz an den schlafenden Wrackafrauen vorbeiführte.

»Erzähle ich dir später«, gab seine Großmutter zurück.

Enderell starrte auf den Menschenjungen, der hinter Seff herkam. Sie war völlig irritiert. »Was ist los?«, fragte sie die Hüterin von Greenwich.

»Nichts. Jedenfalls nichts, wobei du mir helfen kannst. Mir nach, Jungs.«

Enderell schaute ihnen hinterher und warf dann Ma Brownal, Ma Connal und Ma Lom einen fragenden Blick zu, doch die zuckten nur mit den Schultern: Sie hatten nicht die leiseste Ahnung.

Baz wurde unwillkürlich kribbelig, als er Zeitvater Tims Haus betrat. Erwartungsvoll blickte er mit leuchtenden Augen umher. Von Seff hatte er so viel über die Zauberkünste von Zeitvater Tim gehört. Doch abgesehen von einem einladend schimmernden Licht hatte sein Haus zu Baz' Enttäuschung nichts Magisches an sich.

Die Hüterin von Greenwich reichte Baz einen Teller mit Enderells Ingwerplätzchen. »Iss schnell ein paar davon«, meinte sie. »In eurer Welt kannst du so welche nicht kosten.«

Baz, der von seiner Umgebung noch immer ganz eingenommen war, biss zerstreut in das Plätzchen und mit einem Mal waren alle Gedanken an das Haus wie weggefegt. Das Plätzchen war einmalig und unvergleichlich lecker.

»Tut mir leid, wenn ich drängen muss«, sagte die Hüterin von Greenwich nach ihrem Stab greifend, »aber ich denke, wir sollten es hinter uns bringen. Nehmt ihr Abschied voneinander?«

Seff wollte so Vieles sagen. Baz war der beste Freund, den er je gehabt hatte, aber mehr als ein gepresstes »Wiedersehn« brachte er nicht über die Lippen.

»Tretet euch gegenüber«, forderte die Hüterin von Greenwich sie auf.

»Tschüs dann«, sagte Baz, während er sich vor Seff hinstellte.

»Näher. So, dass ihr euch fast berührt, aber nicht ganz.«

Sie traten aufeinander zu, bis ihre Schuhspitzen beinah aneinanderstießen.

Die Hüterin von Greenwich stellte sich neben sie und hielt den Stab mit beiden Händen hoch über den Kopf.

Erst jetzt wurde Baz richtig bewusst, dass es zu Ende war. Er war im Begriff, seinen einzigen Freund zu verlieren. »Ich werde jeden Tag nach der Schule unter dem Baum sein«, nuschelte er noch schnell.

»Endebyrdnes is geniwad!« Die Stimme der Hüterin von Greenwich erfüllte den Raum. Plötzlich fing ihr Stab an zu leuchten. Sie ließ ihn hinter sich fallen, doch bevor er am Boden auftraf, trat sie zu den Jungen, fasste sie bei den Köpfen und stieß sie mit Wucht zueinander hin.

Beide Jungen verzogen das Gesicht. Sie waren darauf gefasst, dass ihre Köpfe schmerzhaft aneinanderknallen würden, doch der Zusammenprall blieb aus. Sie taumelten vorwärts, der eine mitten durch den anderen …

… Baz fand sich allein im Park wieder. Seff und seine Großmutter waren verschwunden. Sein Verstand kam mit der abrupten Veränderung nicht gleich zurecht. Baz schaute sich um. Er war in einem Teil des Parks, den er nicht besonders gut kannte.

Einen Moment lang dachte Seff, sein Freund würde sich umdrehen und etwas sagen, aber das tat er nicht. Baz wandte sich ab, vergrub die Hände in den Hosentaschen und schlurfte mit hängendem Kopf davon.

Seff sah ihn durch die Wand verschwinden. Er lief zur Tür und beobachtete, wie Baz seines Weges ging. »Wird er sich an mich erinnern?«

»Ich glaube nicht.«

Seff schaute Baz nach, bis er außer Sicht war. Dann stieß er einen tiefen Seufzer aus und fragte heiser: »Hat es geklappt? Kommt die Zeit jetzt wieder in Ordnung?«

»Ich hoffe es«, antwortete seine Großmutter und hob ihren Stab auf. »Du hast richtig gehandelt, Seff. Ich bin stolz auf dich«, und ein leises Zittern lag in ihrer Stimme. »Komm«, sagte sie dann wieder gefasst, »es gibt noch viel für uns zu tun. Hilfst du mir?«

Seff schob seine Hand in die ihre und sie verließen gemeinsam das Haus.

DURCH DAS FUNDAMENT

Zeitvater Tim und die anderen saßen im Gemetbur auf dem Boden. Er war in ein Gespräch mit Wakaa vertieft. Aleyesu und Shelton hatten Sofies Geschichtenbuch mit den beiden von Aleyesu aus den Hüterchroniken herausgerissenen Seiten verglichen und nichts gefunden, was ihnen bei der Wiederangleichung der Zeit helfen würde. Ein Gefühl der Hoffnungslosigkeit erfasste alle, die sich darüber im Klaren waren, welches Schicksal ihrer Welt drohte.

Sofie wusste zwar, dass das Zeitproblem ihrem Großvater zu schaffen machte, ahnte aber nichts von den Auswirkungen und war deshalb nicht sonderlich beunruhigt. Sie glaubte felsenfest an den alten Mann und war überzeugt, wenn sie nur lange genug warteten, würde er schon eine Lösung finden. Um sich die Zeit zu verkürzen, las sie in ihrem Buch und wurde jetzt allmählich auch aus Stellen klug, die sie früher nie so recht verstanden hatte. »*… das Geheimnis des Gemetbur schlummert noch immer irgendwo im Verborgenen.* Es ist im Buch verborgen«, murmelte sie beim Weiterlesen vor sich hin. Dann stupste sie Tid an. »He, hier geht's um dich.« Sie zeigte auf den Text. »*Nur, wer mit tiefer Einsicht begabt ist, vermag es je zu erkennen, den Schlüssel zu fin-*

den und ihn zu benutzen. Das bist du«, sagte sie. »Du hast den Schlüssel gefunden. Hättest du den Briefbeschwerer nicht mitgenommen, wären wir nie reingekommen. Meinst du, du wusstest das, als du ihn vom Tisch genommen hast?«

»Ich wusste nur, dass ich dich ärgern wollte. Darum habe ich ihn mitgenommen. Da war keine Einsicht dahinter.«

»Wir streiten uns ja nicht oft«, meinte Sofie nachdenklich. »Vielleicht mussten wir das, damit du Lust bekommst, mich zu ärgern, und ihn deshalb mitnimmst. Mir wäre das im Traum nicht eingefallen. Ich hab mich für das Lineal entschieden.« Sie schaute wieder auf den Text. »Und danach geht's um Shelton. Er hat rausgefunden, wie der Schlüssel benutzt wird. Ihr müsst beide mit echter Einsicht begabt sein.« Sie klang beeindruckt.

»Und du?«, fragte Tid. »Im ersten Teil geht's doch um dich. Du hast erkannt, was das Buch aussagt. Du hast gemerkt, dass etwas nicht stimmt. Ohne dich wäre nichts von alldem passiert. Wenn hier jemand mit Einsicht begabt ist, dann ja wohl du.«

»Wahrscheinlich hatte jeder von uns seinen Anteil daran«, meinte Sofie mit einem zufriedenen Lächeln.

Schläfrigkeit machte sich im Gemetbur breit, als jeder für sich die Gedanken, die ihm durch den Kopf gingen, bis ins Letzte ausgeschöpft hatte. So gab auch Aleyesu sein Bemühen um die Übersetzung der Chroniken auf, nur Shelton machte weiter. Scamp döste an die Wand gelehnt.

Plötzlich stieß Sofie einen Schrei aus.

Alle schraken auf. Scamp erwachte schlagartig, packte seine Schaufel und war sofort in Alarmbereitschaft.

»Was ist los?«, fragte Zeitvater Tim.

Sie wies auf die Räder. »Da!«

Sie bewegten sich! Leise und reibungslos griffen ihre Zähne nun ineinander, während sie sich in mechanischer Eintracht drehten.

Die Zeithüter erhoben sich rasch und nahmen das Isochron in Augenschein. Es klopfte jetzt in stetem Rhythmus, wie ein Herz. Erleichterung ergriff sie alle. Beide Welten waren außer Gefahr.

»Wie kommt das?«, fragte Sofie.

»Jemand oben auf der Erde steht uns bei«, erwiderte Zeitvater Tim.

»Seit wann läuft denn das Isochron wieder?«, erkundigte sich Shelton. Sofie zuckte mit den Schultern. Sie hatte keine Ahnung.

»Wahrscheinlich, seit sich die Räder wieder drehen«, meinte Tid.

Plötzlich vernahmen sie Gesang. Die drei Zeithüter standen um das Isochron herum. Jeder hielt das Ende seines eigenen Stabs in der linken und das Ende des Stabs seines Nachbarn in der rechten Hand, so, dass die Stäbe in Brusthöhe ein Dreieck formten.

Ihre tiefen Stimmen sangen in vollendetem Gleichklang. Es war eher ein Sprechgesang als ein Lied. Die Kinder lauschten fasziniert und Scamp nicht weniger. Mit offenem Mund sah er zu, wie die drei Zeithüter einen so mächtigen Zauber heraufbeschworen, dass der ganze Raum vibrierte. Bald begann alles zu leuchten, tieforange mit einem Hauch von Gold, nicht nur die Zahnräder, sondern auch die Kinder und schließlich auch Scamp.

»Schnell«, sagte Zeitvater Tim.

Ohne ihre Formation oder den Gesang zu unterbrechen, hoben die Zeithüter ihre Stäbe über das pulsierende Isochron und entfernten sich von ihm zur Raummitte hin. Es war eine enge Angelegenheit. Sie blieben an den Eckpunkten des Dreiecks stehen, über sich die Stäbe.

»Kommt her und umfasst jeweils einen Stab in der Mitte«, befahl Zeitvater Tim, als die Zeithüter ihre Stäbe wieder senkten.

Tid nahm den Briefbeschwerer und ergriff mit der anderen Hand Zeitvater Tims Stab. Sofie umfasste Wakaas Stab und Shelton packte den von Aleyesu, das Buch unter seinen Arm geklemmt.

»Ihr müsst euch mit beiden Händen festhalten«, sagte Wakaa.

»Dann nehmen wir die Tasche.« Tid flitzte los, um sie zu holen. »Da können wir das Buch und den Briefbeschwerer reinlegen.«

»Nein«, sagte Zeitvater Tim. »Die Reise ist schon schwierig genug. Wir dürfen uns nicht mit unnötigem Gepäck belasten.«

»Aber das Buch können wir doch nicht hierlassen!«, rief Shelton.

»Nicht nur das Buch, auch der Briefbeschwerer muss hierbleiben.«

»Den kann ich mir doch in die Hosentasche stecken.«

»Lass ihn hier, Junge.« Zeitvater Tims Stimme war ruhig, aber streng, und Tid wusste, dass er gehorchen musste, aber die Sachen hatten ihnen geholfen eine schreckliche Feuerprobe zu bestehen. Es schien falsch, sie zurückzulassen. »Und wenn wir noch einmal hierher müssen?«, fragte Tid.

»Ein zweites Mal funktioniert weder der Schlüssel noch das Buch. Wenn Tempus jemals auf unsere Wiederkehr angewiesen ist, findet er schon einen Weg.«

Die Jungen zögerten.

»Die Sachen nützen uns jetzt nichts mehr«, versicherte ihnen Zeitvater Tim. Tid und Shelton warfen einander einen Blick zu, bevor sie ihre kostbaren Besitztümer wieder auf den Boden legten.

»Schnell«, drängte Zeitvater Tim.

»Was ist mit Scamp?«, fragte Sofie, die nicht wollte, dass er zurückblieb.

»Er bekommt den wichtigsten Platz überhaupt«, sagte Zeitvater Tim. »Scamp, du stellst dich in die Mitte. Du bist der Dreh- und Angelpunkt in unserem Ausstiegsplan.«

Scamp war ein wenig überrascht, doch er gehorchte. Langsam fasste er Vertrauen zu dem alten Mann.

»Ich schätz, die muss ich au hierlassen«, sagte Scamp auf seine Schaufel deutend.

»Leider ja.«

Andächtig legte er sie zu der Tasche, dem Buch, den zwei Seiten aus der Chronik und dem Briefbeschwerer. Dann duckte er sich unter einem der Stäbe hindurch, um sich in die Mitte des Dreiecks zu stellen.

»Halt die Hände über den Kopf«, wies Aleyesu ihn an, »Handfläche an Handfläche. Du bist derjenige, der das Fundament durchbrechen muss. Es wird eine holprige Fahrt werden, du musst also stark sein.«

Scamp nickte und nahm die Hände über den Kopf.

»Alles festhalten«, sagte Zeitvater Tim. »Denkt daran, dass ihr nicht loslassen dürft. Was immer auch geschieht, haltet euch fest!« Dann stimmte er wieder in den Gesang ein.

Langsam begannen sie sich im Kreis zu drehen, nicht wirklich zwar, aber es fühlte sich so an. Sofie sah, wie Tid die Augen schloss, und schloss ihre ebenfalls.

Allmählich wurden die Drehungen schneller. Tid, Sofie und Shelton merkten, dass sie die Stäbe fester packen mussten. Das durch die Drehung hervorgerufene Schwirren wurde lauter und übertönte bald den Gesang. Die Kreiselbewegung nahm an Heftigkeit zu und die Stäbe vibrierten beängstigend. Alle hielten sich krampfhaft fest. Sofie fürchtete, der Stab würde ihrem Griff entrissen, und sie biss die Zähne zusammen und verwandte ihre ganze Kraft darauf, sich festzuklammern. Bei allen traten die

Knöchel weiß hervor, als das Blut ihnen bei der hohen Drehgeschwindigkeit langsam aus den Fingern wich, doch seltsamerweise hatten sie das Gefühl, dass ihre Füße dabei immer noch auf festem Boden standen.

Dann wurde es dunkler und dunkler, bis kein Funken Licht mehr durch ihre geschlossenen Augenlider drang.

Scamp hielt die Hände fest zusammengepresst. Es war ihm fast unmöglich, bei den wilden Umdrehungen auf den Beinen zu bleiben. Hierhin und dorthin stieß es ihn … und dann trat an die Stelle der Dunkelheit unverhofft blendendes Licht.

Morlenni wurde nicht so recht schlau aus dem, was vor sich ging. Nur, dass Lorin wieder da war, drang zu ihr durch, und dass wundersamerweise alle Wrackamänner zu schlafen schienen.

»Hier lang«, sagte Lorin, als sie in einen engen Tunnel abbog. Morlenni folgte ihr stumm.

Sie kamen zu dem Loch in der Wand, das Scratchs Tunnelgraber geschlagen hatten. Es sah verlassen aus, nachdem die letzten Soldaten nun schon vor einiger Zeit hindurchgestiegen waren.

»Heda! Was habt ihr vor?«, ertönte eine raue Stimme. Ein Gesicht spähte durch das Loch. Dieser Wracka war keiner von den alten Männern, die Lorin in der Drunterwelt angetroffen hatte.

»Was has du ’n hier verlorn?«, fragte Lorin barsch. Der Wracka war jung und mit einem Knüppel bewaffnet. Er musste wohl zu Slimes Stoßtrupp gehören.

»Die Fragen stell hier ich«, knurrte er und kam von der Labyrinthseite durch das Loch geklettert.

Lorin reckte das Kinn vor und sagte hochtrabend: »Ich bin in offisjelln Auftrag unterwegs. Offa Scratch höchspersönlich hat mir mit diese Angelegenheit betraut.«

Der Wracka zog die Stirn in Falten. Sie hatte ein paar ziemlich lange Wörter verwendet.

Lorin redete weiter. »Weil«, sagte sie leise und blickte sich dabei um, als sei sie im Begriff, ein großes Geheimnis preiszugeben, »ich muss nämlich rüber ins Labyrinth.«

»Keiner geht rein oder raus nich. Befehl von Offa Scratch an mir«, erwiderte er unerhört stolz. »Ich hab Wachdienst.« Empört fügte er hinzu: »Man soll’s nich glauben nich, aber die wollten Offa Scratch seine ganze Beute hier aus ’n Labyrinth schmuggeln und alles inne Drunterwelt schaffen!« Er trat zur Seite – »Kuck!« – und zeigte in das Loch.

Lorin schaute hindurch. Auf der einen Seite sah sie einen gewaltigen Berg von Sachen, die den Frauen gehörten, und auf der anderen drei blutende Wrackas. Der wachhabende Wracka hatte sie offensichtlich mit seinem Knüppel niedergeschlagen.

»Offa Scratch will, dass der Frauenkrempel hierbleibt«, sagte der Wächter. »Er will hierherziehn und da soll nich alles leer sein.«

Lorin unterdrückte ihren Zorn, als sie in dem Haufen auch einige ihrer eigenen Habseligkeiten entdeckte. Sie hätte diesem Wracka gern etwas von dem Schlaftrunk gegeben, um ihn aus dem Weg zu haben, aber wenn er betäubt wäre, würde er die anderen Wrackas nicht mehr davon abhalten können, in die Drunterwelt zurückzukehren. In der Drunterwelt schliefen schon alle, im Labyrinth schlief keiner. Sie musste sie getrennt halten. Das ging am besten, wenn der Wächter an Ort und Stelle blieb und seine Arbeit machte. Er durfte also erst ganz zuletzt von dem Elixier trinken. Bloß musste sie ihn zunächst einmal dazu kriegen, dass er sie und Morlenni durchließ. Sie trat auf das Loch zu.

»Nä, daraus wird nix nich«, meinte er und fügte erklärungshalber hinzu: »Befehl.«

»Ach, ich muss aber unfisüglich zu Offa Scratch. Um ihm zu informiern«, sagte sie mit einem lieblichen Lächeln. »Es gibt nämlich 'ne Belohnung von ihn für alle Soldaten, die ihn die Treue halten, in Gegensatz zu die Stinkmorcheln da«, und sie deutete mit dem Kopf auf den kleinen Wrackahaufen.

»Belohnung?«, fragte der Wracka aufgeregt.

Sie nickte. »'ne dicke, fette, saftige Belohnung«, gab sie zurück. »Ich schätz ma, du bis reif für die allergrößte.«

»Und was wär die?«, fragte er gierig.

»Das darf ich dich nich verraten.«

Er sah geknickt und eine Spur misstrauisch drein.

»Na, wenn schon.« Lorin beugte sich zu ihm vor und senkte die Stimme. »Sniff soll schwer Mist gebaut ham, hab ich gehört, und Offa Scratch sucht jetz für ihn sein' Posten«, sie wurde so leise, dass das letzte Wort kaum noch zu hören war, »Ersatz.«

Die Augen des Wrackas weiteten sich vor Verblüffung. Zweiter Anführer! Davon hatte er schon immer geträumt, aber nie hätte er gedacht, dass es Wirklichkeit werden könnte.

Das reichte als Bestechung. »Na gut«, sagte er und trat zur Seite.

Lorin packte Morlenni bei der Hand und zog sie zu dem Loch hin. Doch bevor sie durchsteigen konnte, streckte der Wracka seine schmutzige Pranke aus und grapschte nach ihr. »Vergiss nich, mir zu erwähn'«, schärfte er ihr ein. »Ich verhinner hier, dass irgensjemand ihn sein' Krempel wegschleppt. Sag ihn das!«

»Klar«, erwiderte sie. »Du stehs ganz oben auf mich meine Liste.«

Der Wracka ließ sie los und die beiden jungen Frauen kletterten durch das Loch und eilten davon.

Das Labyrinth war traurig anzusehen: Überall herrschte heilloses Durcheinander.

»Ach du Schreck!«, rief Lorin plötzlich aus. Morlenni blickte ängstlich auf und ihr stockte der Atem. Sie wich gegen die Wand zurück. »Tut uns nix«, wimmerte sie, während sie zu Boden sank.

»Was macht ihr ’n hier?«, fragte Lorin.

»Wir wollten sehen, ob wir einen Durchschlupf finden«, antwortete Bryn. »Tid und Sofie sind verschwunden.«

»Verschwunn’?«, staunte Lorin. »Und wieso sucht ihr hier unten?«

»Das ist eine lange Geschichte«, erwiderte Bryn, »aber wir glauben, sie sind in den Hütertunneln. Wir hatten gehofft einen Durchgang zu finden.«

»Ach, steh schon auf, Morlenni«, seufzte Lorin gereizt, »vor die brauchs du keine Angst nich ham.« Sie schaute wieder zu Bryn. »Von die Hütertunnels hab ich gehört, aber ich glaub nich, dass es da ’n Durchschlupf gibt.«

»Dann müssen wir wohl weitersuchen«, sagte Bryn mit einem Blick auf die verschreckte junge Wrackafrau am Boden.

»Das könnt ihr nich alleine«, meinte Lorin besorgt. »Habt ihr nich bemerkt, dass es hier gefährlich is?«

Bryn grinste. »Ein klitzekleines bisschen.«

Lorin zog Morlenni auf die Füße. »Was has ’n du? Das sind doch bloß Bryn und Joss!«

Morlenni fand daran nichts Beruhigendes.

»Ich halt’s für keine gute Idee nich, wenn ihr zwei hier alleine rumwandert«, sagte Lorin.

»Wir kommen schon klar«, meinte Joss zuversichtlich.

Seltsamerweise konnte Lorin jetzt ganz unbefangen mit ihm reden. Vielleicht lag es daran, dass sie unter der Erde waren, in ihrem eigenen Revier.

»Ihr werdet euch verlaufen«, erklärte sie unumwunden. »Jeder verläuft sich hier irgenswann, appenzu sogar Wrackas.«

»Wir müssen unser Glück versuchen.«

Lorin fühlte sich für die beiden verantwortlich. »Alsu, wenn ihr uns helft«, meinte sie, »helf ich euch die Hütertunnels zu finden.« Die zwei schauten skeptisch drein. »Ohne mir findet ihr hier unten gar nix nich. Was habt ihr 'n davon, wenn ihr euch verirrt? Ich helf euch, aber ers muss ich das hier zu Ende bring'. Ich brauch Wassernachschub.«

Joss lag zwar nichts an einer Verzögerung, aber Bryn hatte ein Einsehen. »Was hast du denn vor?«, fragte er mit einem Blick auf die Kanne in ihrer Hand.

Lorins Gesicht hellte sich auf, als sie mit einem verschwörerischen Grinsen antwortete: »Die Männer betäuben.«

Seff saß in einem Baum. Er war nicht bei seiner Großmutter am Teich geblieben, weil er allein sein musste, um über alles, was passiert war, nachzudenken.

Wusch!

Das Geräusch war nicht laut, doch die Luft wirbelte in einem einzigen gewaltigen Windstoß um den Baum herum. Seff musste sich mit aller Kraft festhalten und hoffte inständig, dass der Baum nicht umstürzen würde.

Dann flaute der Wind ebenso schnell, wie er aufgekommen war, ab und alles war wieder ruhig.

Als Seff den Stamm losließ, sah er jemanden im Gras liegen. Er war sicher, dass da vorhin noch niemand gelegen hatte. Der Wind musste ihn hergeweht haben. Er kletterte von Ast zu Ast den Baum hinunter und lief zu dem Liegenden hin. Es war ein Hüterjunge. »Alles in Ordnung?«, fragte Seff und kniete sich neben ihn.

Shelton stöhnte. Er spürte einen brennenden Schmerz im Kopf. »Wo bin ich?«

»Im Park. Wo bist du denn hergekommen?«

Shelton schlug die Augen auf. Im ersten Moment sah er alles verschwommen. Er schüttelte den Kopf und fuhr unter der Bewegung zusammen. Das würde er so schnell nicht wieder versuchen. »Im Park bin ich?«, wunderte er sich.

»Ja.«

»Wo sind die anderen?«, fragte er und hielt sich mit der Hand den dröhnenden Schädel.

Seff blickte sich um. »Welche anderen?« Er half Shelton auf die Füße.

»Da!« Shelton sah weiter weg jemanden liegen. Stolpernd lief er hin. Seff folgte ihm.

Es war Sofie.

»Ist sie tot?«, fragte Seff.

Shelton kniete sich neben sie. »Sofie«, sagte er sanft.

Sie rührte sich nicht.

Er strich ihr über die Wange. »Wach auf.«

Sie schlug die Augen auf und schloss sie gleich wieder, das Gesicht zu einer Grimasse verzogen. Offensichtlich schmerzte ihr der Kopf genauso wie ihm.

»Geht's dir gut?«, fragte Shelton.

Sie wollte nicken, aber das tat zu weh. »Wo sind wir?«

»Im Park.«

»Es hat geklappt«, sagte sie, aber ihr war zu übel, um sich wirklich darüber freuen zu können. »Wo sind die anderen?«

»Ich weiß es nicht«, erwiderte Shelton, während er ihre Hand nahm und ihr auf die Füße half.

»Shelton MacRaven!« Sein Name schallte durch den Park. »Lass das Kind in Ruhe!«

Verblüfft drehten Sofie, Shelton und Seff sich um und sahen Conrad Lom über das Gras auf sich zurennen.

»Conrad ...«, setzte Sofie an, doch schon war Conrad bei ihnen und versetzte Shelton einen solchen Schlag auf den Arm, dass er Sofies Hand losließ.

»Finger weg, hab ich gesagt!«, raunzte Conrad.

»Was ist denn los?«, fragte Sofie.

Shelton warf Conrad einen verächtlichen Blick zu und griff trotzig wieder nach Sofies Hand.

Conrad stieß ihn unsanft weg. »Schon gut, Sofie«, sagte er. »Jetzt bist du in Sicherheit.«

Shelton war ein paar Schritte nach hinten getaumelt. Trotz seiner hämmernden Kopfschmerzen baute er sich vor Conrad auf: »Was soll das?«

»Entführung ist ein schwerwiegendes Vergehen«, knurrte Conrad, »besonders im Wiederholungsfall.«

»Ich bin nicht entführt worden!«, rief Sofie.

Die beiden Jugendlichen standen sich mit geballten Fäusten gegenüber.

»Shelton!«

Schwer auf seinen Stab gestützt, kam Wakaa, so schnell er konnte, über das Gras gelaufen. »Was hat denn das zu bedeuten?«

»Klar, jetzt bin ich wieder schuld!«, entgegnete Shelton grollend.

»Er beschuldigt doch überhaupt keinen«, wandte Sofie ein.

Shelton machte dennoch ein eingeschnapptes Gesicht.

»Das ist Shelton MacRaven«, erklärte Conrad. »Der Entführer!«

»So ein Quatsch«, meinte Sofie wegwerfend.

»Aber ...«, setzte Conrad zum Protest an, doch Wakaa unterbrach ihn.

»Shelton ist unser Freund«, sagte Wakaa ruhig, wenngleich er dabei wegen seiner Kopfschmerzen das Gesicht verzog.

Für Conrad sah Shelton ganz und gar nicht nach einem Freund aus. »Aber ...«

»Ich habe gesehen, wie du Shelton geschlagen hast«, sagte Wakaa streng. »Darüber werde ich mit der Hüterin von Greenwich sprechen müssen.«

»Es war zu Sofies Schutz«, entgegnete Conrad beleidigt. »Ich dachte, er wollte ihr wehtun. Uns wurde gesagt, dass er Tid und Sofie entführt hat.«

»Wo sind denn Tid und die anderen?«, warf Sofie dazwischen.

»Ich habe keine Ahnung«, gestand Wakaa. »Man kann nur hoffen, dass sie zusammen sind.«

Plötzlich eilten von allen Seiten Leute herbei. Das Brausen des Windes hatte sie alarmiert. Sofie fand sich in Enderells Armen wieder. »Welch ein Glück, du bist wohlauf!«, rief Enderell. »Wo ist Tid?«

Da niemand die Antwort kannte, war Enderells Freude gleich wieder getrübt.

Die Hüterin von Greenwich nahm Seffs Hand in die ihre und drückte sie fest. Sie war froh, dass er den Wind heil überstanden hatte.

Sofie, Shelton und Wakaa wurden zum Haus von Zeitvater Tim gebracht, wo Enderell ihnen allen einen Stärkungstrank bereitete. Wakaa schilderte, was geschehen war. »Shelton war großartig«, sagte er, sehr zu dessen Verlegenheit. »Er hat die Symbole in Sofies Buch übersetzt und Tid unter Einsatz seines Lebens gerettet.«

»Zweimal«, ergänzte Sofie lächelnd.

Shelton war es äußerst peinlich, dass ihn nun alle beglückwünschten und lobten.

»Conrad«, sagte die Hüterin von Greenwich, »du musst die Suche nach den anderen organisieren.«

Um seinen Fehler wiedergutzumachen, brach Conrad sofort auf und stellte einen Suchtrupp zusammen, noch bevor Wakaa in seinem Bericht beim Betreten des Gemetbur angelangt war.

Bald darauf wurde Aleyesu ins Haus gebracht. Enderell machte gerade Rührei. »Nach einer langen Reise schmeckt nichts so gut wie Eier«, meinte sie. »Aber trink erst mal das hier.« Sie reichte ihm ein Glas. »Dann ist dein Kopfweh im Nu wie weggeblasen.«

Als Tid hereingebracht wurde, stürmte Sofie durch die Küche und warf ihm die Arme um den Hals. Die ebenso lange Umarmung von Enderell ließ er mit verdrehten Augen über sich ergehen. Als sie ihn genug gedrückt hatten, fragte er Shelton: »Alles klar bei dir?«

Shelton nickte. »Und bei dir?«

»Wenn ich nicht mehr das Gefühl habe, dass mir der Kopf platzt, bestimmt.«

Enderell reichte auch Tid einen Stärkungstrank.

»Wo ist Großvater?«, fragte er.

Dem allgemeinen Schweigen entnahm Tid, dass Zeitvater Tim noch nicht gefunden worden war.

CONRADS ZWEITER IRRTUM

Sorgfältig darauf bedacht, nicht gesehen zu werden, suchte Lorin noch ein paar zusätzliche Kannen zusammen. Joss und Bryn halfen ihr sie mit Wasser zu füllen. Dann gab Lorin das Elixier hinein.

»Enderell ist fantastisch!«, rief Bryn bewundernd aus, als sie den Plan erläuterte.

»Jetz muss ich die Männer bloß noch ans Trinken kriegen und dabei könnt ihr mich nich helfen.«

»Das schaffst du doch gar nicht allein«, meinte Joss.

»Inner Drunterwelt hab ich's au alleine gemacht«, gab Lorin zurück.

Joss ließ nicht locker. »Es ginge aber schneller, wenn wir mithelfen.« Der Gedanke, Lorin das ganz allein zu überlassen, behagte ihm nicht.

»Au ja, tolle Idee«, erwiderte Lorin. »Und wie erklär ich, wer ihr seid?«

»Sag ihnen, wir sind deine Gefangenen.«

»Da kenns du die Wrackas aber schlecht. Die murksen euch ab wie nix und Morlenni und mir wahrscheinlich gleich hinnerher, weil wir bei euch warn. Die fackeln nich ers lang und stelln Fragen, Wrackas nich.« Sie warf einen Blick auf ihre Freundin, die inzwischen nicht mehr vor Bryn und Joss zitterte, aber dafür ganz benommen wirkte. »Für Morlenni is es glaub ich besser, wenn se hier rauskommt.«

Bryn und Joss hoben zum Protest an.

»Ich lass mich nich helfen!«, rief Lorin gereizt. »Wenn ihr helfen wollt, geht inne Drüberwelt und nehmt Morlenni mit. Uns rennt die Zeit weg!«

Nach einigem Hin und Her erklärten sie sich damit einverstanden, an der Tür zur Drüberwelt auf sie zu warten. Lorin musste Morlenni gehörig einschüchtern, um sie zum Mitgehen zu bewegen, aber schließlich gingen sie alle drei, sodass Lorin sich voll und ganz der anstehenden Aufgabe widmen konnte.

Jedem Wracka, der ihr über den Weg lief, sagte sie, sie habe einen Trunk *von Offa Scratch höchspersönlich* für ihn. »Damit du stärker wirs und noch besser kämpfen kanns.« Der Gedanke gefiel ihnen und bald konnte sie sich vor Männern, die um den Trunk bettelten, kaum noch retten. Systematisch arbeitete sie sich durch das Labyrinth, bis sie wieder bei dem Loch zur Drunterwelt ankam. Der Wächter stand dort wie eine Eins, bereit einem jeden zu beweisen, dass er für den Posten des zweiten Anführers der Richtige war.

»Offa Scratch is so erfreut darüber, wie du hier dich deine Arbeit machs, dass ich dich das von ihn geben soll«, sagte Lorin und bot ihm den Trunk an. »Davon wirs du noch stärker.«

Er nahm ihr den Krug aus der Hand und trank in gierigen Zügen. Bald schon gähnte er.

Jetzt musste sie sich um Scratch und Sniff kümmern.

Offa Scratch lief in der Komiteekammer auf und ab. Er hatte getobt, als Sniff ohne Lorin zurückgekommen war. Sniff saß jetzt zusammengekauert in der Ecke, während sein Anführer lang und breit überlegte, wo Lorin sein könnte und was sie wohl ausheckte. Er ahnte nicht, dass sie draußen vor der Kammer stand und allen Mut zusammennahm, um einzutreten.

Lorin holte tief Luft, stieß den ausgeblichenen Vorhang zur Seite und trat endlich ein, die Kanne noch in der Hand.

»Wo komms du her?«, fragte Offa Scratch sofort.

Sie zwang sich ruhig zu bleiben. »Es is alles in Butter. Die Frauen versammeln sich an 'n sichren Ort. Ich bring se alle auf ein' Rutsch zurück. Dann gib's au keine Nachzügler nich.«

»Ich will se auf die Stelle hier ham!«, brüllte er.

Lorin fand, dass er sich benahm wie ein verzogenes Kind. »Es is besser, man holt se alle auf einma«, sagte sie wie zu einem kleinen Jungen. Dann fügte sie vertraulich hinzu: »Die stelln sich 'n bisschen blöd an. Du weiß doch, wie Frauen sind. Die fühln sich wohler in 'n Rudel.«

»Wer bewacht se?«

»Caryd. Die versteht sich auf so was.«

»Aber kann man die au traun?«

»Nein«, sagte Lorin, als wäre die Frage lächerlich, »aber sie hat 'ne Tochter. Ich hab sie gesagt, wenn se nich spurt, nehm ich sie die Kleine ab.«

Offa Scratch beruhigte sich sichtlich. Diese Art zu denken verstand er. Er warf einen abschätzenden Blick auf Lorin. Die war also nicht weniger raffiniert als manche Männer. Das gefiel ihm. Vielleicht war aus ihr eine anständige zweite Anführerin zu machen. Schlimmer als dieses Fliegenhirn Sniff konnte sie kaum sein.

»Was has 'n du da?«, fragte Offa Scratch, auf die Kanne in ihrer Hand deutend.

»Och, nix weiter«, antwortete sie leichthin und drückte die Kanne an sich.

»Was is 'n da drin?«

»Was zu trinken.«

»Auf 'ne Schaufel hätt ich au nich getippt«, meinte Offa Scratch und grinste über seinen kleinen Scherz.

Lorin rang sich ein beifälliges Lachen ab. »Das is nich annähernd gut genug für dir, Offa Scratch. Ich hab das nur zu 'n Spaß gebraut. Berwyth weiß nix nich davon.«

»Was is es?«, hakte er nach und versuchte dabei in die Kanne zu linsen.

»Ringelblum'ezzenz.« Von dieser Blume hatte sie die Hüter von ihrem Baumversteck aus reden hören. »Mit 'n Schuss Morgentau.«

So etwas Ausgefallenes war Offa Scratch noch nie zu Ohren gekommen. Er leckte sich die Lippen. »Her damit«, befahl er ihr, um gleich darauf Sniff anzubrüllen: »Hol mich 'n Becher!«

Sniff nahm den erstbesten und überreichte ihn Offa Scratch mit einer tiefen Verbeugung. »Mit Freuden zu Diensten, Euer Machtfülligkeit.«

Offa Scratch schnappte sich den Becher und hielt ihn Lorin hin.

Sie schenkte ihm ein liebreizendes Lächeln und goss den Becher randvoll.

Er kostete davon und seine Augen fingen vor Wonne an zu leuchten, als er den Trank hinunterkippte. »Gib mich noch was.«

Lorin füllte den Becher erneut.

Er leerte ihn in einem Zug, wobei ihm einige Tropfen das Kinn hinunterrannen.

Sie warf einen Blick auf Sniff. Der schielte neidisch auf die Kanne in ihrer Hand. Es würde sie keine großen Überredungskünste kosten, ihn zum Trinken zu bringen.

Offa Scratch wischte sich mit dem schmutzigen Ärmel übers Kinn und hielt Lorin wieder den Becher unter die Nase. »Mehr!«, verlangte er.

Sie nahm ihm den Becher ab und füllte ihn aufs Neue. »Setz dir doch hin, Offa Scratch«, säuselte sie. »Im Sitzen trinkt sich's viel besser.«

Offa Scratch war seltsam wohlig zumute.

Lorin gab Sniff den vollen Becher. »Halt ma«, sagte sie und kehrte ihm bewusst den Rücken zu, als sie Offa Scratch beim Ellbogen fasste und ihm auf Berwyths Lager half. Mit wackligen Beinen ließ er sich daraufplumpsen. Er gähnte. »Mehr!«

Lorin drehte sich um, nahm Sniff den Becher ab und tat, als wäre nichts dabei, dass der jetzt leer war. Sie goss ihn langsam wieder voll, doch ehe sie ihn aushändigen konnte, hallte die Kammer von Offa Scratchs Geschnarche wider.

»Oje«, sagte sie und trat näher zu Sniff. »Er is müde von die ganze Arbeit, die er mit uns hatte. Du bis bestimmt au müde, Sniff. Setz dir doch hier auf die Bank. Möchtes du 'n Schluck?«, und sie bot ihm den Becher an. Gierig ergriff er ihn und fing an zu trinken, doch der Becher fiel ihm aus der Hand, noch bevor er fertig war, und er sank in einen tiefen Schlaf.

Conrad suchte die Heide ab. Der Rüffel, den er von Wakaa erhalten hatte, nagte noch an ihm. Schwer zu glauben, dass Shelton nun nicht nur als Freund, sondern auch noch als Held betrachtet wurde. Für ihn stand fest, dass es sich da um einen Irrtum handeln musste. Er kannte Shelton MacRaven als den Jungen, der die Bäume im Park beschädigt, jüngere Kinder tyrannisiert und die Grauhörnchen in Angst und Schrecken versetzt hatte. Und in nicht einmal zwei Jahren sollte er sich so verändert haben, dass er Tid zweimal das Leben gerettet hatte?

Während er den alten und den neuen Shelton noch miteinander in Einklang zu bringen versuchte, erblickte Conrad von Weitem jemanden. Die Gestalt sah aus wie ein Wracka, wenn das auf die Entfernung auch schwer zu erkennen war. Auffallend an der Gestalt war, dass sie etwas – oder vielleicht auch jemanden – auf dem Rücken trug. Conrad schaute genauer hin. Ja, richtig. Dieser Wracka trug jemanden auf dem Rücken.

Conrad überlegte, was er tun sollte. Gerade hatte er sich entschlossen in Gedanken einen Freund herbeizurufen, den er in der Nähe wusste, da fiel ihm vor Verblüffung die Kinnlade herunter. Der Wracka schleppte Zeitvater Tim! Eine echte Entführung!

Diesmal gab es kein Vertun, und Zeit, jemanden zu rufen, war auch nicht mehr. Conrad rannte über die Heide und schrie schon lange, bevor er überhaupt in die Nähe gekommen war: »Setz ihn ab, du Dreckskerl!«

Scamp blickte gequält auf. Er musste sich in unbekanntem Gebiet zurechtfinden und sein Kopf fühlte sich an, als wollte er zerspringen. Er brauchte einen Augenblick, um die Lage zu erfassen.

Ohne Zauberhilfe konnte kein noch so kräftiger junger Hüter es mit einem ausgewachsenen Wracka aufnehmen, nicht mal mit einem, der sich so krank fühlte wie Scamp. Der setzte Zeitvater Tim so behutsam ab, wie er es in seinem geschwächten Zustand nur konnte, und ging in Position.

Als Conrad heranstürmte, trat Scamp kurz einen Schritt zur Seite und stellte ihm ein Bein. Conrad stürzte mit beträchtlicher Wucht vornüber und landete mit dem Gesicht am Boden. Einen Moment lang blieb er still liegen und versuchte nachzuvollziehen, wie er dahin gekommen war. Als er aufstehen wollte, drückte ihm ein schwerer Fuß in den Nacken und stieß sein Gesicht in den harten Boden. Er hatte Angst, ihm würde das Genick brechen.

»Überleg dich, was du tus«, sagte Scamp matt. »Ich will dich nix.«

Conrad versuchte sich aufzurichten, wurde aber wieder in den Schmutz gedrückt.

»Das hier is Zeitvater Tim«, fuhr Scamp fort, »und es geht ihn nich gut nich. Du muss ihm zu jemand bring', der sich um ihm kümmern kann.«

»Was hast du ihm getan?«, knurrte Conrad, Dreck ausspuckend.

»Gar nix nich hab ich getan.« Scamp war sehr müde. Ein wütender junger Hüter hatte ihm jetzt gerade noch gefehlt.

»Wehe, du hast ihm auch nur ein Haar gekrümmt!«

»Ach, halt die Klappe!«, rief Scamp und verzog das Gesicht. Ihm war, als sei ihm das Gehirn im Kopf zersprungen. »Der alte Mann is krank. Hilfs du ihn oder nich?«

Conrad überlegte einen Moment. Was war wichtiger – dem Wracka eine Lektion zu erteilen oder Zeitvater Tim zu Enderell zu schaffen?

»Ja«, sagte er heiser.

»Gut, dann lass ich dir jetz los«, kündigte Scamp an, verringerte aber noch nicht gleich den Druck auf Conrads Nacken. »Hüter lügen nich, hab ich gehört. Ich verlass mir drauf, dass du dir dran hälts, was du sags, weil sons kanns du was erleben, Junge.«

Conrad erwiderte nichts, spürte aber, wie der Druck in seinem Genick langsam nachließ. Als Scamp den Fuß herunternahm, rappelte sich Conrad so würdevoll wie möglich hoch und warf verstohlen einen Blick auf Zeitvater Tim. Er sah sehr krank aus.

»Was hast du mit ihm gemacht?«

Scamp überging die Frage. »Kriegs du ihm alleine zu 'n Park?«

Conrad glaubte echte Sorge im Tonfall des Wrackas zu hören. »Wenn du mir hilfst ihn auf den Rücken zu nehmen.«

Scamp nickte, fuhr dabei aber vor Schmerz zusammen. Wenn er das noch mal versuchte, würde ihm bestimmt die Rübe abfallen! Er bückte sich ganz vorsichtig, um das Hämmern im Kopf nicht zu verschlimmern, und hievte Zeitvater Tim hoch.

Conrad ließ sich auf ein Knie hinab, damit Scamp ihm den alten Mann leichter auf den Rücken heben konnte.

Er war zwar nicht zum Kämpfen geschaffen, aber er war stark. Ohne Mühe stand er auf.

»Sind die annern in Sicherheit?«, fragte Scamp.

Conrad war verwirrt. Welche anderen? Wovon redete der Wracka?

»Die bei ihn warn.« Scamp wies auf den Zeitvater. »Sind die wieder da?«

»Ja«, antwortete Conrad, nun noch verblüffter. Wieso wusste der Wracka von ihnen?

»Gut«, sagte Scamp. »Dann ma los.« Er war froh die Verantwortung für Zeitvater Tims Sicherheit abzugeben. Jetzt konnte er nach Hause und sich um seinen Brummschädel kümmern.

Conrad schob die Fragen, die ihm im Kopf herumschwirrten, beiseite. So wie sich Zeitvater Tims Atmung anhörte, musste er so schnell wie möglich zu Enderell und ihren Heilkräutern. Er stapfte davon, ohne daran zu denken, dass er jemanden hätte herbeirufen können.

Als er schließlich beim Häuschen ankam, rief der Anblick des Zeitvaters gemischte Gefühle hervor – Erleichterung, weil er gefunden, aber auch Sorge, weil er noch bewusstlos war. Rasch wurde der alte Mann auf sein Zimmer gebracht und ins Bett verfrachtet. Grenja und Zeit bemurmelten ihn mit Zaubersprüchen und ließen ihn schlafen.

»Ein Wracka hat ihn geschleppt!«, berichtete Conrad fassungslos.

»Ging es ihm gut?«, fragte Sofie besorgt.

Zuerst verstand Conrad die Frage gar nicht, weil er dachte, Sofie meinte Zeitvater Tim, dem es ja offensichtlich schlecht ging. Noch verblüffter war er aber, als er mitbekam, dass nicht nur Sofie, sondern auch die Jungen sich um den Wracka sorgten.

Lorin machte sich auf den Weg zur Tür in die Drüberwelt. Sie war erschöpft und alles andere als begeistert von der Aussicht, nun auch noch nach Tid und Sofie suchen zu müssen. Am liebsten hätte sie selbst einen Schluck von dem Trunk in der Kanne genommen, die sie noch in der Hand hielt. Wie sehnte sie sich nach Schlaf!

»Da bist du ja endlich!«, rief Joss erleichtert, als sie die Tür öffnete.

Bryn eilte auf sie zu. »Dem Himmel sei Dank«, sagte er. »Ich weiß nicht, wie lange ich Joss hier noch hätte halten können. Er wollte unbedingt wieder runter und nach dir suchen.«

»Du warst so lange weg«, erklärte Joss.

»Ich hatte alle Hände voll zu tun«, erwiderte Lorin matt. »Und nu geht's gleich wieder weiter«, fügte sie seufzend hinzu.

»Jetzt geht's nur noch zu Zeitvater Tim, junge Dame«, sagte Bryn, indem er ihr die Kanne abnahm und sie Joss reichte.

»Und was is mit Tid und Sofie?«

»Schon zu Hause«, antwortete Bryn. »Alle beide, gesund und munter.« Lorin war zu müde, um zu fragen, woher er das wusste. Sie hätte ohnehin Mühe gehabt, die Sache mit dem Gedankenrufen zu verstehen, selbst wenn Bryn versucht hätte es ihr zu erklären.

Lorin unterdrückte ein Gähnen. Zu ihrer Erleichterung stellte sie fest, dass sich Morlenni jetzt offenbar an die Gegenwart der beiden Männer gewöhnt hatte. »Wie geht's dich dein' Kopf?«, fragte sie.

»Tut noch weh.«

»Komm jetzt.« Bryn bot Lorin seinen Arm. Dankbar hakte sie sich unter. Morlenni sah es mit Schrecken, denn sie befürchtete, Joss würde ihr gleich auch den Arm hinhalten, aber er tat es nicht.

»Bestimmt hat Enderell einen Stärkungstrank für uns«, meinte Bryn und alle zusammen marschierten sie zu Zeitvater Tims Haus.

Als sie an der Tür ankamen, zögerte Morlenni. Sie scheute sich überhaupt ein Haus zu betreten, erst recht jedoch eins, das Zeitvater Tim gehörte. Wer weiß, mit welchem Zauber er sein Zuhause geschützt hatte! Sie traute sich nicht über die Schwelle.

»Sei nich so 'ne Zimperliese!«, quittierte Lorin das Zögern ihrer Freundin. Sie versetzte ihr einen Schubs in den Rücken und Morlenni stolperte ins Haus. Die nächsten Minuten verbrachte Morlenni damit zu prüfen, ob sie dabei war, sich in einen Frosch zu verwandeln.

Sie wurden herzlich von allen begrüßt. Enderell reichte Getränke herum. Morlenni wollte erst nicht – es schien ihr gefährlich, etwas zu trinken, das jemand vom Hütervolk anbot –, aber da Lorin zugriff, wagte sie selbst schließlich auch ein Schlückchen.

Es war eine ganz neue Erfahrung für sie. Das köstliche Getränk prickelte auf Morlennis Lippen. Dann brannte ein Wonnefeuer in ihrem Mund. Sie nahm einen größeren Schluck und schnurrte wohlig, als die erlesene Flüssigkeit ihr durch die Kehle rann. Morlenni war von dem Geschmack so überwältigt, dass sie gar nicht bemerkte, wie ihr Kopfweh verschwand.

»Wo sind der Zeitvater und Wakaa?«, fragte Bryn.

Es wurde still in der Runde.

»Die Reise hat den Zeitvater ein wenig ermüdet«, sagte die Hüterin von Greenwich, um niemanden mit der Wahrheit zu beunruhigen, »und Wakaa ist bei ihm.«

»Kein Wunder, dass den alten Mann das mitgenommen hat«, meinte Bryn. »Selbst ich bin ja schon erschöpft! Ich wünschte, ich könnte mir auch etwas von Enderells Schlaftrunk genehmigen, wie die Wrackamänner.«

»Hmja«, warf Lorin fröhlich ein. »Die sind nu alle lahmgelegt. Jeder einzelne von sie schnarcht wie verrückt, sogar Scratch!«

»Wie lange hält die Wirkung an?«, fragte Joss Enderell.

»Hast du es so dosiert, wie ich es dir beschrieben habe?«, fragte sie Lorin.

Lorin verzog das Gesicht. »Schwer zu sagen«, meinte sie. »Das Becken war so riesig. Wahrscheinlich hab ich 'n bisschen viel reingekippt.«

»Macht nichts«, erwiderte Enderell. »Dann haben sie eben einen kleinen Kater, wenn sie aufwachen.«

»Geschieht sie recht!«, rief Lorin.

»Ein paar Stunden dürften sie noch schlafen.«

»Dann haben wir Zeit«, sagte Bryn und schlang das Rührei hinunter, mit dem Enderell ihn versorgt hatte. »Wir brauchen jeden einsatzfähigen Mann. Die Wrackas müssen zurück in die Drunterwelt geschafft werden und dann bauen wir diese Wand wieder auf.«

Ein neuer Tag

Früh am nächsten Morgen, als im Park die Sonne aufging, waren die Hüter bereits wach. Einige saßen an ihren Törchen, andere hatten sich an der Zeitlinie versammelt, wieder andere wollten hinaus auf die Heide. Aufgeregt schauten sie zu, wie die Menschen ihr Tagesgeschäft aufnahmen. Es war anders! Die Zeit war wieder ins Gleis gesprungen.

Die Grauhörnchen schliefen aus.

Die müden Abenteurer in Zeitvater Tims Haus schliefen ebenfalls lang. Die Hüterin von Greenwich und Enderell hatten die ganze Nacht hindurch abwechselnd bei Zeitvater Tim gewacht. Am Morgen war sein Zustand unverändert. Lorin und Morlenni hatten bei Sofie auf dem Boden geschlafen und Seff bei Tid. Wakaa hatte bei Bryn zu Hause übernachtet und Aleyesu war mit Shelton zu den Loms gegangen.

Gegen Mittag saßen sie wieder zusammen und labten sich an köstlichen Pfannkuchen mit Sirup. Da sie nicht alle um den Tisch passten, aßen einige auf dem Fußboden oder in Zeitvater Tims gemütlichen Sesseln.

Dann kehrten Bryn, Joss und Conrad mit ihrem Helfertrupp zurück. »Das Labyrinth ist jetzt wrackafrei«, sagte

Bryn vergnügt. »Noch Futter da, Enderell? Ich hab einen Bärenhunger!«

»Gab es Schwierigkeiten?«, erkundigte sich die Hüterin von Greenwich.

»Überhaupt nicht«, antwortete Joss. »Alle schlummern wie die Murmeltiere. Dein Elixier muss es ganz schön in sich gehabt haben, Enderell«, setzte er bewundernd hinzu.

»Ich glaube, Lorins Mischung war ein klitzekleines bisschen stärker als von mir vorgesehen.«

»Ich wollte nich, dass was schiefgeht«, sagte Lorin.

»Eben!«, meinte Bryn fröhlich.

»Und die Wand?«, fragte die Hüterin von Greenwich.

»Conrad hat sie fabelhaft hingekriegt«, berichtete Bryn. »Sie sieht besser aus als das Original. Aufs Maurern versteht er sich, Grenja. Ich glaube, ich setze ihn mal auf meine Gartenmauer an.«

»Ich habe schnelltrocknenden Mörtel verwendet«, erklärte Conrad. »Hoffentlich schlafen die Wrackas, bis er richtig fest geworden ist.«

»Auch wenn sie vorher aufwachen, werden sie nicht viel unternehmen«, sagte Enderell. »Ich habe der Flasche für Lorin noch etwas zugesetzt.«

»Was 'n?«, fragte Lorin.

»Ich dachte, es wäre vielleicht gut, wenn sie sich nicht allzu genau an die letzten Wochen erinnern.«

»Ein Vergessenstrunk!«, rief Bryn aus. »Enderell, du bist ein Genie!«

Mit einer leichten Verneigung nahm sie die allseitigen Komplimente entgegen.

In ernsterem Ton fragte Bryn dann: »Wie geht es dem Zeitvater?«

»Der schläft immer noch«, sagte Grenja bemüht heiter, doch alle wussten, dass das kein gutes Zeichen war.

Enderell bewirtete den Helfertrupp, der anschließend entlassen wurde, um sich auszuschlafen.

»Gib uns Bescheid, wenn sich der Zustand des Zeitvaters ändert«, sagte Bryn leise zu seiner Schwester. Dann tat er ganz plötzlich einen gewaltigen Atemzug und nieste, dass es klang wie ein Trompetentusch. »Oh nein«, stöhnte er. »Hoffentlich habe ich mich nicht erkältet!«

Der Helfertrupp mit Ausnahme von Joss legte sich schlafen und alle anderen zogen los, um den Wrackafrauen zu verkünden, dass sie ins Labyrinth zurückkehren konnten.

»Sie haben ein anderes Elixier bekommen als die Männer«, erklärte Enderell. »Ihnen wird beim Aufwachen nicht der Schädel brummen. Im Gegenteil«, fügte sie hinzu, »sie werden sogar bestens gelaunt sein.«

»Kann ich dies Exilier vielleich öfter ma ins Labyrinth verabreichen?«, witzelte Lorin.

»Wenn du möchtest, bring ich dir ein paar Grundrezepte für Kräutermischungen bei.«

»Wirklich?« Lorin traute ihren Ohren kaum. »Machs du das echt?«

»Natürlich.«

»Ich verwend Erden, aber die tun's nich so gut.«

»Erden? Ich habe gelesen, dass manche davon heilend wirken. Ausprobiert habe ich sie noch nie. Meine Urgroßmutter allerdings, glaube ich.«

»Viel versteh ich nich davon«, sagte Lorin, »aber ich zeig dich, was ich kann.«

Auf dem Weg zum Teich verabredeten sich die beiden Frauen zu einem baldigen Wiedersehen.

Morlenni hatte unterdessen zwar ihre Furcht vor den Hütern abgelegt, konnte in ihrer Gegenwart aber nicht so locker wie Lorin sein. Sie wartete, bis Lorin sich nicht mehr mit Enderell unterhielt, und lief dann schnell zu ihr. Sie musste mit ihr über etwas reden.

»Lorin!«

»Hmja?«

Morlenni sah verlegen aus, als wollte sie etwas Schwieriges loswerden.

»Spuck's aus«, ermunterte Lorin sie.

»Nu ja, es geht mir eintlich gar nix an«, sagte Morlenni als Einleitung.

Lorin warf ihrer Freundin einen Blick zu, der besagte: »Mach schon.«

»Alsu … bis du … bis du echt mit Scratch zusamm'?«

Lorin reagierte vollkommen anders, als Morlenni es erwartet hatte. Sie warf den Kopf zurück und brach in schallendes Gelächter aus. Dann legte sie den Arm um die Schultern ihrer Freundin. »Nä, Morlenni«, sagte sie,

»und ich kann dich versprechen, dass es dazu au nie komm' wird.«

Sofie ging neben Tid her, behielt aber Lorin im Auge. Auch sie wollte ihr eine Frage stellen. Bei der ersten Gelegenheit nahm sie sie beiseite.

»Lorin …« Vielleicht war es ein Unding, jetzt, wo ihr Großvater so krank zu Hause im Bett lag, darüber zu reden, aber Sofie konnte nicht anders. Sie musste Bescheid wissen.

»Was gib's, Sofie?«

»Ist – ist meine Mutter bei den Frauen da unter den Bäumen?«

Lorins Miene wurde sehr ernst. »Nä«, sagte sie sanft. »Die is vor 'ne Weile gestorben.«

Sofie biss sich fest auf die Lippe, damit sie nicht zitterte.

»Aber ich hab ihr gekannt.«

»Ja?«

»Als ich aus die Drunterwelt gekomm' bin, war ich ziemlich durch 'n Wind. Sie hat mir bei sich wohn' lassen. Sie war nett.«

Sofie drängte die Tränen zurück, bis ihr der Hals wehtat.

»Meine Mutter war tot«, sprach Lorin weiter, »alsu hab ich deine immer au als meine angesehn. Sie hat ständig nach dich gefragt und ich musste mir an alles erinnern. Ich hab sie erzählt, dass du mir niemals nich verraten has, wenn ich rauf inne Drüberwelt bin. Und dass du 'n Goldstück bis.«

Sofies Augen füllten sich mit Tränen. »Wie hieß sie denn?«

Lorin lächelte. »Als ich ins Labyrinth zurückkam, wusste keiner nich mehr, wie ich früher hieß, und da hab ich den Namen von dich deine Mutter angenomm'.«

»Lorin«, flüsterte Sofie.

Lorin nickte.

»Und wie hieß ich, bevor ich in die Drunterwelt kam?«

Lorin lächelte. »Du has au Lorin geheißen.«

Sofie lächelte mit. »Wir haben den gleichen Namen.«

»Ham wir.«

»Dann sind wir wie Schwestern.«

Lorin strahlte. »Hmja, sind wir.«

Das Lächeln wich von Sofies Lippen. »Wie ist sie denn gestorben?«

»Im Schlaf, bei's Warten auf die Heimkehr von ihre Tochter.«

Sofie fing an zu weinen.

Lorin legte die Arme um sie und drückte sie fest.

Nachdem die Wrackafrauen gegessen hatten und Lorin ihnen versichert hatte, dass Scratch und seine Leute wieder in der Drunterwelt waren, wollten alle schnell nach Hause.

Lorin hatte eigentlich damit gerechnet, Berwyth unter den Frauen zu entdecken, doch sie und ihr Komitee waren verschwunden.

Viel Zeit, darüber nachzudenken, blieb Lorin nicht, denn vor allem musste sie die Frauen darauf vorbereiten, in welchem Zustand sie das Labyrinth bei ihrer Rückkehr vorfinden würden. Bryn und die anderen hatten die ganzen Habseligkeiten der Frauen in die Küche verfrachtet und sie auf einen einzigen riesigen Haufen gepackt. Das alles auseinanderzuklamüsern würde viel Organisationstalent erfordern. Lorin ahnte schon, dass sie in den nächsten Tagen ihre liebe Mühe damit haben würde, für Ruhe zu sorgen. Im Augenblick jedoch waren die Frauen dank Enderells Elixier so guter Dinge, dass sie ihr friedlich zuhörten und sich zwar nicht für erwiesene Freundlichkeiten bedankten, sich aber frohen Mutes auf den Weg machten.

Morlenni war erleichtert wieder unter ihresgleichen zu sein. Lorin umarmte erst Enderell und dann noch einmal Sofie. »Bis dann, Sofiechen«, flüsterte sie leise und da wusste Sofie, dass sie ihre neue Schwester nicht zum letzten Mal gesehen hatte.

»Auf Wiedersehn, Hüterin von Greenwich«, sagte Lorin und gab Grenja selbstbewusst die Hand.

»Du bist stets bei mir willkommen.«

»Nä, nach Greenwich zieht's mir so bald nich wieder«, meinte Lorin. »Eher sehn wir uns mal in 'n Park.«

Enderell und Sofie umarmten Lorin am Parktor noch einmal und schauten dann den über die Heide spazierenden Wrackafrauen nach, bevor sie zum Haus von Zeitvater Tim zurückkehrten, wo Zeit und Wakaa bei dem alten Mann wachten.

Mitten auf der Heide hörte Lorin jemanden ihren Namen rufen. Sie drehte sich um und sah Joss, der mit etwas ziemlich Sperrigem bepackt auf sie zugelaufen kam. Sie spürte ihr Herz klopfen. Was könnte er wollen?

Schon war er bei ihr, leicht außer Atem, und hielt ihr den Korbsessel mit den schönen Patchworkkissen hin, auf dem sie im Horchenden Haus gesessen hatte.

Lorin trat einen Schritt zurück. »N-nein«, stammelte sie. Er war viel zu schön für sie.

Joss lächelte freundlich, als erriete er ihre Gedanken. »Die Hüterin von Greenwich hat ihn dir zugedacht. Die Stühle im Horchenden Haus sind für diejenigen bestimmt, die auf ihnen sitzen. Der Sessel gehört dir. Niemand sonst wird ihn jemals benutzen.« Er streckte ihn ihr auffordernd entgegen.

Nach kurzem Zögern nahm ihn Lorin mit zitternden Händen an. »Danke schön«, sagte sie leise.

Zeitvater Tim schlief weiter. Allein war er nie; immer saß jemand bei ihm. Da Enderell meinte, es könne ihm helfen, wenn er Stimmen hörte, redeten alle abwechselnd mit ihm. Wakaa wandte tiefe Magie an, doch auch davon wachte der alte Mann nicht auf.

Als Tid am Abend dann im Bett lag, fand er keinen Schlaf. Ihn quälte der Gedanke, sein Großvater könnte vielleicht nie wieder aufwachen. Leise schlich er sich in das Schlafzimmer des alten Mannes.

Er spähte durch den Türspalt in der Erwartung, einen der Erwachsenen auf dem Stuhl am Bett seines Großvaters sitzen zu sehen, doch der Stuhl war leer. Stattdessen saß Sofie auf dem Bett, streichelte Zeitvater Tims Silberhaar und redete mit ihm.

»Meine Mutter hieß Lorin«, erklärte sie gerade. »Das war auch mein Name, bevor ich in die Drunterwelt kam. Den hätte ich gern wieder, aber nicht anstelle von Sofie, das ist ja mein Drüberweltname. Als zweiten Vornamen würde ich ihn nehmen. Dann heiße ich Sofie Lorin Mossel. Einverstanden? Ich weiß, es ist komisch, gleichzeitig einen Hüter- und einen Wrackanamen zu haben, aber das bin ich nun mal: eine Mischung aus Hüter und Wracka.« Und plötzlich wurde Sofie bewusst, dass sie das überhaupt nicht störte. Sie war sogar ziemlich stolz darauf, als Wracka geboren zu sein wie Lorin und ihre Mutter.

»Ich dachte auch«, fuhr sie fort, »mit meinem erweiterten Namen ließe sich ein gutes Anagramm bilden, aber außer *Ein Reim floss solo* ist mir nichts eingefallen.«

Tid musste lachen und als Sofie merkte, dass er da war, winkte sie ihn zu sich. Er setzte sich auf die andere Seite des Bettes. Sofie redete weiter und Tid umfasste eine der runzligen Hände seines Großvaters und hörte zu.

»Es ist wirklich traurig«, sagte sie jetzt, »denn seit ich denken kann, habe ich mich nach meiner Mutter gesehnt, und es tut mir leid, dass sie tot ist. Aber wenn sie noch am Leben gewesen wäre, hätte ich doch nicht bei ihr bleiben wollen. Geliebt hätte ich sie schon, meine Mutter, das weiß ich, aber das Leben hier ist mir auch lieb. Ich habe Tid lieb.« Ein wenig verlegen hob sie den Blick.

Tid lächelte ihr zu.

»Am allerliebsten aber habe ich dich«, und da versagte ihr die Stimme. Sie schlang die Arme um den alten Mann und vergrub ihr Gesicht an seinem Hals.

Mit einem Mal begriff Tid, dass Sofie genau wie er Angst hatte, ihr Großvater könnte nie wieder aufwachen. Er hätte gern etwas Tröstendes gesagt, doch ihm fiel nichts ein.

Da fühlte er einen sanften Druck auf seiner Hand. Hoffnungsvoll blickte er auf. Die Augen seines Großvaters waren noch geschlossen, doch aus dem einen Augenwinkel lief ihm eine Träne und er hatte den Arm um Sofie gelegt.

»Großvater!«, rief Tid, ließ seine Hand los und warf sich auf den alten Mann.

Zeitvater Tim legte den anderen Arm um ihn und drückte beide Enkelkinder an sich.

Offa Scratchs Mund fühlte sich an, als wäre er mit Kies gefüllt. Er leckte sich die Lippen, doch seine Zunge war trocken. Die Augen schlug er auf und schloss sie gleich wieder. Selbst das schwache Flackerlicht von der Fackel an der Wand war zu grell für sie.

Er bewegte den Kopf. »Arrgh!«, stieß er hervor und davon schmerzte ihm der Kopf umso mehr. Wo war er?

Er öffnete die Augen einen Spalt und linste umher. Überall lagen Wrackas wie Kraut und Rüben auf dem Boden. Einige schliefen noch. Die aufgewachten sahen aus, als litten sie grässliche Qualen.

»Gebtmichsutrinken«, murmelte Offa Scratch. Das Gemurmel war lauter, als sie ertragen konnten. Alle verzogen das Gesicht.

Was war passiert? Er erinnerte sich nicht. Er war sicher, er hatte etwas sehr Schlaues getan, aber er wusste nicht mehr, was.

»Gebt mich was su trinken!«, raunte er heiser, aber die einzige Antwort der Wrackas war ein geballtes Schnarchen.

TEMPUS FINDET IMMER EINEN WEG

Am nächsten Morgen gingen Tid und Sofie nicht zur Schule. Sie hatten ein paar Tage frei bekommen, um sich von ihrem Abenteuer zu erholen.

Zeitvater Tim nahm sein Frühstück im Bett ein. Tid schnitt ihm den Toast klein und reichte ihm einen mit Butter bestrichenen Brotstreifen, damit er ihn in sein weich gekochtes Ei tunken konnte.

»Es war schrecklich, als du geschlafen hast«, sagte Sofie, die am Fußende des Bettes saß. »Wenn du nicht bei uns bist und uns lieb hast, ist alles anders.«

»Wenn ihr nicht bei mir seid und mich lieb habt, auch.«

»Ja, das eine taugt nicht viel ohne das andere, was?«, philosophierte sie.

»Wahrhaftig, kleine Sofie Lorin Mossel«, sagte der alte Mann mit einem großväterlichen Lächeln, »du hast dich sehr gemacht, seit du bei uns lebst. Ich erinnere mich da an ein einsames Mädchen, frisch aus der Drunterwelt, das behauptete gar nicht lieben zu können.«

Sofie lächelte. »Hier lernt man das leicht.«

»Lieben ist immer leichter, wenn die Liebe erwidert wird«, sagte Zeitvater Tim und drückte ihr zärtlich die Hand.

Sie drückte die seine. »Was meinst du, was mit den Wrackas passiert ist, die aus dem Gemetbur ausgesperrt worden sind?«, fragte sie.

»Ich könnte mir denken, dass jetzt noch ein paar Schatten mehr diese Tunnel bevölkern«, antwortete Zeitvater Tim.

»Und das Tageslicht nie wieder erblicken«, sagte Sofie düster.

»Dann bekommt der Schatten der Trüben See also wohl Gesellschaft von Gleichgesinnten. Mag man sich gar nicht vorstellen, was?«, meinte Tid und schnitt ein Gesicht.

Einen Augenblick dachten sie schweigend darüber nach. Dann kramte Zeitvater Tim einen Zettel aus seiner Nachttischschublade hervor und reichte ihn Sofie. »Das habe ich für dich aufgeschrieben.«

Auf dem Zettel stand: »Ich, Tempus, hielt den Tod auf.«

Sofie sah ihren Großvater fragend an.

»Ich konnte nicht einschlafen, nachdem ihr beiden wieder zu Bett gegangen wart, und da habe ich mich an Anagrammen versucht. Dies«, der alte Mann wies auf den Zettel, »ist ein Anagramm von Defthilm Chauntespieu-Dot.«

Sofie blickte auf den Text und begann im Geist die Buchstaben auszustreichen. Tid, der ihr über die Schulter schaute, war schneller.

»Stimmt!«, sagte er begeistert. »Ich, Tempus, hielt den Tod auf! Super, Großvater! Schade, dass wir *Chauntespieu* nicht mit einbezogen haben, als wir in den Tunneln waren. Das hätte uns vielleicht etwas aufgemuntert.«

»Schade auch, dass wir mein Buch dalassen mussten«, meinte Sofie.

»Wenn ich wieder auf dem Damm bin, gehen wir in den Buchladen und kaufen es dir neu.«

»Danke, Großvater«, sagte Sofie lächelnd. Sie ging für ihr Leben gern in den Buchladen.

»Meinst du, wir finden noch mal dieselbe Ausgabe?«

»Nein, Sofie«, erwiderte Zeitvater Tim ernst. »Das glaube ich nicht. Dein Buch war ein ganz besonderes Exemplar.«

»Wie sind wir denn an das Buch rangekommen?«

»Tempus hat einen Weg gefunden«, antwortete Zeitvater Tim.

»Ich wünschte, ich hätte den Briefbeschwerer nicht zurücklassen müssen«, sagte Tid. »Wer weiß? Vielleicht wäre er doch nützlich gewesen, wenn irgendwann noch mal jemand in den Gemetbur muss.«

Zeitvater Tim lächelte seinen Enkel an. »Tempus findet immer einen Weg.«

Gegen Mittag klopfte es an die Tür. Enderell schaute aus dem Fenster und ihr stockte der Atem. »Es ist ein Wracka«, zischte sie der Hüterin von Greenwich zu. »Was soll ich tun?«

Tid und Sofie sahen hinaus. »Scamp!«, riefen sie begeistert und rissen die Tür auf.

Scamp hatte Zeitvater Tims Stab in der Hand. »Der lag noch da, wo ich Zeitvater Tim gefunn' hab«, sagte er. »Hab 'n heut Morgen geholt.«

Tid und Sofie bestanden darauf, dass Scamp mit nach oben kam und ihn Zeitvater Tim selbst überreichte. Als jemand, der sich überall wohlfühlte, stieg Scamp die Treppe hinauf und verbrachte ein Stündchen plaudernd mit dem alten Mann. Zeitvater Tim versprach Scamp genau zu zeigen, wie der Zeitmesser funktionierte, sobald Enderell ihm aufzustehen erlaubte.

»Wie kann ich dich erreichen?«, fragte er Scamp.

»Wend dir an Lorin«, erwiderte Scamp. »Die Frauen ham se zu ihre Anführerin erkorn. Sie krempelt das Labyrinth orntlich um.«

»Wow!«, rief Tid beeindruckt.

»Was ist denn mit Berwyth?«, erkundigte sich Zeitvater Tim.

»Keiner hat ihr mehr gesehn nich. Die is bestimmt über alle Berge. Lorin hat 'n neues Komitee gewählt. Meine Meinung nach is es ganz anners als das alte. Sie ziehn jetz 'ne Schule für die Wichte auf. Nich, dass wir se viel beibring' könn', aber Lorin sagt, das lern' wir schon.«

»Wir?«, fragte Zeitvater Tim.

»Hmja.« Scamp lächelte. »Ich wohn jetz ins Labyrinth. Da sind nich alle Frauen von begeistert, aber Lorin findet, Wrackamänner, die nich fies und gemein sein wolln, ham 'ne Schangse verdient. Darum hat se mich 'ne Nische zugeteilt. Die liegt ganz für sich, weg von die Frauen, aber das stört mir nich. Ich hab da 'ne Werkbank und stöber mich Werkzeug zusamm', dann kann ich den' ihre Möbel reparieren. Manche davon sind ziemlich kaputt.«

Tid fiel plötzlich etwas ein und er verschwand kurz nach unten. Als er wieder hochkam, hielt er eine nagelneue Schaufel in der Hand. »Wir – also, wir alle – dachten, dass du dafür vielleicht irgendwie Verwendung hast.«

»Für mir?«

»Ja«, grinste Sofie, »weil du deine andere doch zurücklassen musstest.«

Scamp nahm die Schaufel und prüfte sie fachmännisch. »Puh«, meinte er. »Das is 'n gutes Teil.«

Seff marschierte durch den Park. Er hatte etwas Wichtiges vor. Baz hatte ihm ja gesagt, er würde nach der Schule unter dem Baum sein, und deshalb war Seff auf dem Weg dorthin. Er nahm allerdings nicht an, dass Baz sich daran erinnerte, und freute sich daher umso mehr, als er hinkam und seinen Freund unter dem Baum auf und ab gehen sah. Betrüblich war nur, dass sie nicht miteinander reden konnten.

Baz schien seltsamerweise guter Dinge zu sein. Seff hatte gedacht, es ginge ihm vielleicht schlecht.

»Ich weiß nicht, ob du hier bist, Seff«, setzte Baz an, »aber da ich versprochen hab hier zu sein, nehm ich an, du bist auch da. Ich hab super Neuigkeiten. Die Untersuchungsergebnisse von Mum sind gekommen und es ist alles klar mit ihr. Na ja, sie ist zwar immer noch müde und so, aber der Krebs ist weg. Das haben die Ärzte gesagt. Sie wird wieder gesund.« Er sprach mit solcher Freude, dass Seff unwillkürlich etwas von seinem Glück mitempfand. Seff wusste zwar nicht, was Krebs war, aber es hörte sich ernst an.

»Das Beste ist, dass Dad sagt, wir kehren nach Hause zurück, damit wir wieder alle unter einem Dach leben können! Stell dir vor! Er meint, jetzt wo er Mum beinah verloren hat, ist ihm erst klar geworden, wie sehr sie ihm fehlt oder so. Jedenfalls hat Dad seine alte Stelle wieder und er hat schon die Flugtickets gekauft und alles.« Plötzlich war sein Gesicht nicht mehr ganz so munter. »Ich werd also nicht mehr hier sein. Tut mir leid, Seff. Eigentlich dachte ich, dass ich mich jeden Tag ein bisschen hier rumtreiben könnte, damit es so ähnlich wie vorher wär, auch wenn ich dich nicht sehen kann. Aber das geht jetzt auch nicht mehr. Ach, verdammt!«, rief er. »Wüsst ich doch nur, ob du hier bist.«

Seff wünschte, er könnte sich irgendwie bemerkbar machen. Plötzlich hatte er eine Idee. Er zögerte. Auf keinen

Fall durfte er wieder einen dieser Zeitwobbel auslösen. Er bedachte es genau. Nein, so müsste es gehen, er würde Baz ja nicht berühren. Ein Steinwurf wäre harmlos. Er hob einen Stein auf und warf ihn zu seinem Freund hinüber. Der Stein schlug vor Baz' Füßen auf. Baz stutzte. Seff warf noch einen. Der landete auf seinem Schuh.

Baz' Miene hellte sich auf. »Du bist hier!«, rief er und blickte suchend umher, wobei er sich fragte, ob nun wohl wieder neue Zeitwobbel auftreten würden. Aber nichts geschah. Die Erde erbebte nicht unter ihm. Er konnte seinen Freund nicht sehen.

»Also, Seff«, sagte Baz, »du warst der beste Freund, den ich je hatte, wollte ich dir sagen, und ich werde dich nie vergessen.«

Seff bückte sich nach einer Handvoll Steinchen und warf sie Baz vor die Füße.

Und Baz verstand.

Der Zeitschüler

Alles normalisierte sich – es war, als wäre nie etwas geschehen. Enderell kam nur noch tagsüber, um Zeitvater Tim zu helfen, und Sofie, Tid und Seff gingen wieder zur Schule.

Am ersten Tag wollten alle auf dem Pausenhof wissen, was passiert war, und bald versammelte sich eine Schar aufgeregter Kinder um Sofie und Tid. Seff trollte sich mit hängendem Kopf davon. Es war schön zu wissen, dass seine Großmutter ihn lieb hatte, und es war gut, dass Tid und Sofie gerettet waren, aber die Schule würde für ihn jetzt wieder eine genauso einsame Angelegenheit sein wie zuvor.

Er lungerte am Rand des Schulhofs herum. Als er über sich ein Flugzeug hörte, hob er den Kopf und fragte sich, ob Baz wohl schon heim nach Amerika geflogen war. Plötzlich rief ihn seine Lehrerin.

»Seff!«

Er drehte sich zu ihr um. Sie kam mit einem Jungen auf ihn zugelaufen, den Seff nicht kannte. Er sah nervös aus.

»Seff, das ist Cory«, sagte Ma Popple. »Er ist heute zum ersten Mal hier und kennt niemanden. Nimmst du ihn bitte unter deine Fittiche?«

Seff musterte Cory. Er war kleiner als er selbst, hatte mausbraune Haare und wirkte völlig verschreckt. Seff musste daran zurückdenken, wie verängstigt er an seinem ersten Schultag gewesen war.

»Tust du das?«, hakte Ma Popple nach.

»Ja«, sagte Seff höflich.

»Danke.« Und schon war sie wieder weg.

Cory schaute unbehaglich drein. Ein verlegenes Schweigen entstand. »Wo kommst du her?«, fragte Seff, weil ihm nichts Besseres einfiel.

»Amerika.«

Seff lächelte. »Ich kenn einen, der da wohnt.«

»Wo denn? Vielleicht kenn ich ihn auch«, freute sich Cory.

»Das bezweifle ich«, meinte Seff mit einem gequälten Lächeln. Er hätte gern gewusst, ob Baz sich in seiner Menschenwelt drüben in Amerika schon wieder eingelebt hatte. Er und Cory schwiegen sich erneut verlegen an.

»Magst du Fußball?«, fragte Seff.

»Meinst du Football?«, wollte Cory wissen.

»Nein, Fußball. Euer *Soccer.* So nennt ihr das doch, oder?«

»Ja, zu Hause spiel ich Fußball, aber ich bin nicht besonders gut.«

»Ich auch nicht.« Seff freute sich, jemanden gefunden zu haben, der vielleicht genauso schlecht spielte wie er selbst. »Wir können zusammen trainieren, wenn du willst.«

»Klasse! Ich muss noch viel üben!« Die Klingel ertönte.

»Komm«, sagte Seff fröhlich. »Ich zeig dir, wo deine Tasche hingehört. Du kannst neben mir sitzen.«

Endlich war der Augenblick gekommen, den neuen Zeitschüler zu ernennen. Die Zeithüter und ihre Kandidaten sollten sich an der Linie versammeln, wo Zeitvater Tim die feierliche Zeremonie vornehmen würde. Er war zwar noch blass um die Nase, erholte sich aber gut.

»Du, mein Junge«, sagte er zu Tid, »darfst mit dabei sein.«

»Und Sofie?«

Zeitvater Tim verzog das Gesicht. »Ich weiß, sie wird enttäuscht sein, aber du bist Zeitvaterenkel. Du musst die Gelegenheit erhalten, solchen Zeremonien beizuwohnen. Wenn du mit Fleiß studierst und dich anstrengst, wirst du wahrscheinlich selbst einmal Zeitvater.«

»Ich weiß«, erwiderte Tid. »Vor einer Ewigkeit hat Wakaa mal gesagt, dass es zwar so üblich ist, aber nirgendwo geschrieben steht. Wenn ich mich als ungeeignet erweise, könnte dann Sofie Zeitvater werden?«

Zeitvater Tim dachte darüber nach. »Das ist eine sehr gute Frage, mein Junge. Es gibt keinen Grund, warum sie es nicht werden können sollte.«

»Dann sollte sie auch bei der Zeremonie dabei sein dürfen.«

»So gesehen«, meinte Zeitvater Tim, »können wir eigentlich gleich eure ganze Schule einladen. Kandidaten werden wollen ja schließlich alle.«

Und so kam es, dass sich am darauffolgenden Nachmittag die gesamte Schule an der Zeitlinie einfand. Die Kinder waren sehr aufgeregt, hatten sie doch noch nie zuvor an einer so wichtigen Veranstaltung teilnehmen dürfen. Viele hofften nach der Schule selbst Kandidat zu werden. An der Zeitlinie hockten sie sich im Kreis hin und plapperten in gespannter Erwartung miteinander.

Wakaa, Vremja und Seegan saßen mit Kanika, Pascha, Sascha und Yu Yul zusammen. Zeit und Shelton waren ebenfalls da.

Shelton saß geduckt auf seinem Sitz und wünschte, er könnte sich unsichtbar machen. Er blickte zu Yu Yul hinüber, die unruhig neben Seegan saß. Ihr glattes schwarzes Haar glänzte in der Nachmittagssonne. Sie lächelte ihn an.

Die Hüterin von Greenwich ging nach vorn und half Zeitvater Tim aufzustehen. Er trat in die Mitte und hielt seinen Stab hoch. Alle verstummten und warteten auf seine Ansprache.

»Seid willkommen«, begann er. »Dies ist, wie ihr wisst, ein ganz besonderer Anlass. Wir haben fünf Kandidaten, die anstreben unser neuer Zeitschüler zu werden. Diese Ehre wird jedoch nur einem – oder einer – einzigen zuteil. Sie eröffnet dem Betreffenden außergewöhnliche Lernmöglichkeiten. Bei der Vergabe dieses Titels – dessen jeder einzelne Kandidat würdig wäre – haben wir, die Zeithüter, vielerlei Dinge zu berücksichtigen. Der Kandidat oder die Kandidatin muss zuverlässig, fleißig und treu sein sowie über herausragende Fähigkeiten verfügen.«

Shelton blickte zu Sofie und Tid hinüber, die bei ihren Freunden saßen und eifrig den Worten des alten Mannes lauschten. Er nahm an, dass Tid zum Zeitschüler ernannt werden würde, wenn die Reihe an ihn kam und er alt genug war. Der Gedanke ärgerte Shelton nicht mehr so wie einst. Früher hatte er Tid verübelt, dass er Zeitvaterenkel war, aber damit war es vorbei. Dann dachte er an Sofie und fragte sich, ob sie nicht eine bessere Wahl wäre. Tid machte alles, was er anfing, gut, aber Shelton fand, dass Sofie in Vielem genauso gut war und es sich härter hatte erkämpfen müssen. Sie warf ihm einen Blick zu und lächelte. Shelton sah schnell weg. Warum lief er bloß immer rot an, wenn Sofie so was machte?

»Somit kommen wir nun also zur Bekanntgabe des neuen Zeitschülers«, sagte Zeitvater Tim.

Yu Yul setzte sich ein wenig gerader hin und machte ein banges Gesicht. Paschas Augen bohrten sich in die des Zeitvaters, Sascha schaute nervös auf seine Füße. Nur Kanika schien gefasst zu sein. Ruhig saß sie da, blickte zu Zeitvater Tim und wartete auf seine Verkündung.

»Seit ich dabei bin, ist dies das erste Mal, dass die Wahl einstimmig ausgefallen ist. Dieser Kandidat hat sich eines solchen Titels würdig erwiesen, nicht nur von seinen Fähigkeiten her, sondern auch aufgrund seiner Treue und Standhaftigkeit, Eigenschaften, die er sich erst einmal aneignen musste. Sie waren ihm nicht in die Wiege gelegt.«

Yu Yuls Schultern sackten ein wenig ab. Der Zeitvater hatte *er* gesagt. Sie war wohl nicht gemeint. Pascha setzte sich gespannt auf. Sascha kaute an den Fingernägeln.

»Ich möchte den neuen Zeitschüler bitten vorzutreten«, sagte Zeitvater Tim. »Shelton MacRaven!«

Verblüffte Stille trat ein. Auch wenn die Kunde von seinen jüngsten Heldentaten sich herumgesprochen hatte, wurde Shelton doch immer noch mit Argwohn betrachtet. Den meisten war er als unsympathischer Rebell in Erinnerung, den man erst eineinhalb Jahre zuvor in eine Erziehungsanstalt gesteckt hatte.

Plötzlich zerschnitt ein Freudenschrei die Stille. Sofie, die von der Entscheidung ganz überrascht war, hielt sich die Hand vor den Mund. Mit Sheltons Ernennung hatte niemand gerechnet. Ihre Augen leuchteten. Tid rief neben ihr: »Gute Wahl!«

Shelton war nicht weniger verblüfft als die anderen. Er saß wie festgeklebt auf seinem Platz, überzeugt, dass ein Irrtum, ein schreckliches, peinliches Versehen vorlag.

»Viele von euch scheinen verwundert zu sein«, sagte Zeitvater Tim mit Blick auf die verdatterten Gesichter in der Runde. »Ihr erinnert euch an Shelton als Kind.«

Shelton klammerte sich an die Armlehnen seines Sitzes und starrte auf seine Knie. Er wusste, dass er ein echter Fiesling gewesen war. Bei dem Gedanken daran wäre er am liebsten im Boden versunken vor Scham.

»Aber ich zumindest«, fuhr Zeitvater Tim fort, »möchte nicht in einer Welt leben, in der man bis in alle Ewigkeit für seine Fehler bezahlen muss. Dass Shelton früher Unrecht getan hat, lässt sich nicht leugnen, doch er hat sich gewandelt. Das ist nicht nur aus seinem Aufenthalt in Deutschland ersichtlich, wo er unter Anleitung von Zeit im Rekordtempo zum Kandidaten aufsteigen konnte, sondern auch daraus, wie er sich neuerdings hier in Greenwich präsentiert. Hier in seiner Heimatstadt hat Shelton Mut, Treue und Stärke bewiesen wie kein anderer. Davon abgesehen aber, sollt ihr wissen, hat Shelton eine Begabung auf dem Gebiet der Übersetzung alter Schriften an den Tag gelegt, die uns allesamt verblüfft hat.« Er drehte sich zur Seite und schaute auf den Jungen, der zusammengesunken an seinem Platz saß. »Bitte komm hier herauf, Shelton!«

Shelton rührte sich nicht. Er fühlte die Blicke aller auf sich gerichtet, starrte aber weiter auf seine Knie.

Zeit stupste ihn an. »Na los.«

Shelton rührte sich noch immer nicht. Er wollte überall sein, nur nicht hier. Das war doch oberpeinlich. Er wusste, was sie alle dachten: Er war ein kleines Ekelpaket gewesen. Ganz Greenwich hatte ihn verabscheut und jetzt wurde ihm diese unglaubliche Ehre zuteil. Die anderen

Kandidaten hatten viel mehr Anspruch darauf. Wie sauer mussten sie auf ihn sein!

Aleyesu kam auf ihn zu. »Shelton MacRaven.« Seine Stimme war tief und Achtung gebietend. »Ich möchte, dass du bei mir studierst. Du besitzt außerordentliche übersetzerische Fähigkeiten. Ich fände es bedauerlich, wenn dieses Talent ungenutzt bliebe.«

Shelton blickte auf. Er konnte sich nichts Schöneres vorstellen, als bei Aleyesu zu lernen.

»Aber du bist Zeits Kandidat«, fuhr Aleyesu fort. »Du kannst nicht bei mehr als einem Zeithüter lernen, es sei denn, du bist Zeitschüler.«

Shelton holte tief Luft. Sein Wunsch, bei Aleyesu zu studieren, war so stark, dafür hätte er beinah alles getan. Langsam ließ er die Armlehnen seines Stuhls los und stand auf.

Aleyesu fing an zu klatschen.

Tid erhob sich und jubelte Shelton zu. Neben ihm sprang Sofie auf und jauchzte und klatschte mit. Begeistert stimmten die Zeithüter ein. Yu Yul applaudierte lächelnd. Wenn sie schon nicht selbst gewählt worden war, freute sie sich zumindest, dass Shelton das Rennen gemacht hatte. Auch Bryn stand auf. »Bravo, Shelton!«, brüllte er und klatschte laut.

Schließlich applaudierten alle, wenn auch viele nur halbherzig. Den meisten war Shelton nach wie vor unsympathisch und er wusste, dass sich das nicht von einem

Tag auf den anderen ändern würde. Das ging nur, wenn er daran arbeitete.

Verlegen schritt er auf den Zeitvater zu, der ihm herzlich die Hand schüttelte. Der Beifall verebbte.

»Glückwunsch, mein Junge«, sagte Zeitvater Tim vergnügt. »Ich freue mich.«

Shelton war gleichzeitig aufgeregt, nervös und verängstigt. Er blickte zu den Gesichtern der ihn bestaunenden Kinder hinüber. Einige schienen verdutzt zu sein. Sie hatten gedacht, einer der interessanten Kandidaten aus fremden Ländern würde die Auszeichnung erhalten.

Zwei Gesichter in der Mitte der versammelten Menge strahlten: Sofie und Tid waren begeistert. Das machte Shelton Mut. Immerhin kannten sie ihn besser als jeder andere und sie hielten ihn offenbar für würdig.

»Du musst uns mitteilen, ob du die Wahl annimmst oder nicht«, raunte Zeitvater Tim ihm zu.

Shelton hatte einen trockenen Mund. Ihm war klar, dass er etwas sagen musste. Gern hätte er angenommen. Er wollte unbedingt übersetzen lernen. Aber wie könnte er? Er war einfach nicht gut genug.

Noch einmal schaute er zu Tid und Sofie hinüber. An Sofies stets so ausdrucksvollen Augen blieb er hängen. Ihr Blick nahm ihn trotz der Entfernung gefangen und mit einem Mal begriff Shelton, wie viel ihr daran lag, dass er Ja sagte. In diesem Moment, so schien ihm, wünschte sie sich nichts auf der Welt mehr.

Und auch er wünschte sich nichts auf der Welt mehr. Zum ersten Mal in seinem Leben wurde ihm genau das angeboten, was er sich am meisten ersehnte.

Er musste etwas sagen.

Alle warteten.

»Ich nehme die Wahl ...«, er wog seine Worte sorgfältig ab, denn er wollte es genau treffen und niemanden enttäuschen, »... mit Freuden an.«